Santa

Letras Hispánicas

Federico Gamboa

Santa

Edición de Javier Ordiz

SEGUNDA EDICIÓN

CÁTEDRA

LETRAS HISPÁNICAS

1.ª edición, 2002
2.ª edición, 2018

Ilustración de cubierta: José Gutiérrez Solana, *Mujeres de la vida*
(fragmento)
© José Gutiérrez Solana. VEGAP. Madrid 2002

© Ediciones Cátedra (Grupo Anaya, S. A.), 2002, 2018
Juan Ignacio Luca de Tena, 15. 28027 Madrid
Depósito legal: M. 740-2002
I.S.B.N.: 978-84-376-1952-1
Printed in Spain

Índice

Introducción

A Marieta, Inés y Juan

FEDERICO GAMBOA: EL HOMBRE Y SU OBRA

La principal fuente de información con que contamos hoy día para conocer la trayectoria vital, artística e ideológica de Federico Gamboa son sus textos autobiográficos, reunidos en su primera obra de juventud *Impresiones y recuerdos,* publicada cuando el novelista aún contaba veintiocho años, y los siete volúmenes de *Mi diario,* cuya redacción abarca hasta poco antes de su muerte. Como ha señalado la crítica, Gamboa es el primer escritor hispanoamericano que practica de forma sistemática el género autobiográfico al modo como lo habían hecho algunos de sus principales modelos literarios: los hermanos Goncourt y Alphonse Daudet[1], lo cual permite hacer una reconstrucción bastante fiable y de primera mano de los principales avatares que jalonaron su existencia, así como acercarse a sus ideas y convicciones más profundas.

Trayectoria vital y artística

«Federico Gamboa nace en la Ciudad de México el 22 de diciembre de 1864, fecha en la que el país se hallaba ocupado por el ejército francés. Su madre, Lugarda Iglesias, hermana de José María Iglesias, escritor y ministro de Juárez, fallece en 1875, cuando su hijo apenas cuenta once años. El general Manuel Gamboa, padre del futuro escritor, había combatido contra el ejército norteamericano en la batalla de La Angostu-

---

[1] Federico Gamboa, *Impresiones y recuerdos,* México, CNCA, 1994, «Nota del editor», pág. IX. Las citas posteriores harán referencia a esta edición.

11

ra, y en los años subsiguientes había ocupado diversos cargos públicos en Jalisco, Sonora y Sinaloa. Don Manuel, oficial de las fuerzas militares de Maximiliano, se queda sin trabajo tras la derrota de los franceses, y los Gamboa viven unos años de dificultades económicas hasta que en 1874 el cabeza de familia comienza a colaborar como ingeniero en la construcción del Ferrocarril Mexicano.

Los primeros años de la vida de Federico corresponden a su formación en distintos colegios de la capital. En 1880, el general Gamboa se traslada a Nueva York en compañía de sus cuatro hijos como comisionado del Ferrocarril. El año de estancia del joven en la capital norteamericana será decisivo para su formación; allí, aprende a hablar correctamente el inglés, lo cual le abrirá las puertas de su futura actividad como traductor, y va tomado progresiva conciencia de su propia nacionalidad, en contraste con la cultura e idiosincrasia estadounidense que criticará con dureza a lo largo de toda su vida. Allí experimenta también su primer desengaño amoroso y comienza a hacerse asiduo de locales nocturnos y burdeles. Alarmado el padre por la vida licenciosa del joven Federico, lo envía de vuelta a México para ingresar en el colegio de Emilio G. Baz, de donde pasará posteriormente a la Escuela Nacional Preparatoria, y más tarde a la Escuela de Jurisprudencia.

En 1883 muere el general Gamboa, y a instancias de Porfirio Díaz le son rendidos honores militares, a pesar de su condición de antiguo oficial del Imperio. Ese gesto traerá consigo el agradecimiento y lealtad eternos del escritor hacia la figura a cuya sombra desarrollará casi toda su vida diplomática[2].

Tras el fallecimiento de su padre, Federico comienza a trabajar, primero como traductor y más tarde como cronista de sociedad, en el *Diario del Hogar*. Para entonces, según sus propias declaraciones, ya había escrito dos novelas, una pieza teatral y algunas composiciones poéticas. Sus colaboraciones pe-

---

[2] Federico Gamboa, *Mi diario,* México, CNCA, 1995, vol. III, pág. 32. En adelante las referencias a esta obra llevarán indicación del volumen y la página correspondientes.

riodísticas, que suscribe con el apodo de *La Cocardière,* le facilitan el acceso a todo tipo de eventos sociales, políticos y culturales, que le proporcionan un profundo conocimiento de la ciudad y de la sociedad mexicana de la época. Sin embargo, y a pesar de la creciente popularidad de su crónica semanal, titulada *Desde mi mesa,* las dificultades económicas del joven escritor le obligan a aceptar la propuesta que le hace su hermano, el abogado y juez José María Gamboa, de trabajar como escribiente en un juzgado. Sus experiencias en este oficio, con el que pasará nueve años de su vida, se reflejan en numerosas escenas de su obra literaria y en particular en *Suprema ley.*

Desde su regreso de Nueva York hasta 1892, fecha de su viaje a Buenos Aires, Federico prosigue con su activa vida nocturna, que le lleva por los distintos antros y burdeles de la capital mexicana. En 1888, *El Pajarito,* como lo conocen sus compañeros de correrías, decide presentarse al examen para ingresar en el cuerpo diplomático, que pasa satisfactoriamente, y al año siguiente se le asigna su primer destino como tercer secretario de la Embajada de México en Centroamérica, con sede en Guatemala. Gamboa inicia así una relación con esta región del continente que será larga e intensa en el tiempo que dure su dilatada trayectoria diplomática. En 1889 publica en Guatemala su primer libro de relatos, *Del natural,* y poco después ingresa en la Real Academia de la Lengua Española como miembro correspondiente, a propuesta de un grupo de intelectuales encabezado por el escritor Agustín Gómez Carrillo y con el aval, entre otros, de Juan Valera y Manuel Tamayo y Baus.

Tras una corta estancia en México, Gamboa es nombrado en 1890 primer secretario de la legación mexicana en Argentina. Antes de integrarse a su nuevo destino, realiza su primer viaje por Europa, que le lleva, entre otros lugares, a Londres y París, donde se empapa del ambiente cultural de la época, dominado por el éxito y la polémica que rodeaban al naturalismo. Más tarde, y en los tres años que pasa en la capital argentina, Federico tiene también la oportunidad de conocer a los escritores más relevantes de ese país, que estaban en aquel momento introduciendo los principios de la escuela zoliana en la novela hispanoamericana, y de leer las novelas del maestro francés, que eran rápidamente traducidas. Traba asimismo una buena amistad con Rubén Darío, por aquél entonces cónsul general de Colombia. En 1892 sale a la luz *Apariencias* y un año más tarde *Impresiones y recuerdos*. En agosto de 1893 se cierra la legación en Argentina por problemas financieros, y Gamboa, tras una emotiva despedida de sus amigos, emprende su segundo viaje a París, con la intención de conocer personalmente a sus escritores preferidos.

El 4 de octubre de 1893 Gamboa visita a su admirado Zola en la capital francesa, un encuentro que sin duda decepciona a nuestro escritor: «En toda una conversación, *hélas!*, poquísimas ideas, lugares comunes, respuestas de escaso interés: o sólo revela su genio cuando escribe, o mi visita, que a mí me significa tanto, a él maldito lo que le importa» *(Mi diario*, vol. I, pág. 110). La personalidad vanidosa y egocéntrica del cabeza visible del naturalismo desagrada también a Gamboa, quien reproduce una significativa frase de su interlocutor: «Sólo leo en castellano, y eso con dificultades grandísimas, los artículos de diario en que hablan de mí» *(ibíd.)*. Cuatro días más tarde, Federico acude a visitar a otro de sus grandes modelos literarios, Edmond de Goncourt. En este caso, las sensaciones que sobre el personaje refleja el escritor mexicano en su diario son ambivalentes: por un lado, le causan una «malísima impresión» (I, pág. 112) las duras críticas que su anfitrión dirige hacia su colega Zola, pero, a medida que la conversación avanza, su figura lo va envolviendo por su cultura y su personalidad. La frase que le escribe a modo de dedicatoria el maestro francés («un romancier n'est au fond, qu'un historien des gens qui n'ont pas d'histoire») la utilizará Gamboa más tarde como encabezamiento de su novela *Suprema ley*.

Gamboa regresa a México en diciembre de 1893, y permanece en la capital hasta su nuevo traslado a Guatemala en 1899. Son años de fecunda creación literaria e intelectual, en los que nuestro escritor ve representadas con éxito en los escenarios capitalinos sus piezas teatrales *La última campaña* y *Divertirse*, además de *La señorita Inocencia*, vodevil traducido del original francés con el que Gamboa ya había adquirido fama desde su estreno en 1888. También en 1896 publica su nueva

14

novela, *Suprema ley,* e inicia de inmediato la redacción de la siguiente, *Metamorfosis.* Sus continuadas correrías nocturnas y sus devaneos amorosos, como el que vive en 1897 con una norteamericana casada, finalizan un año más tarde, en febrero de 1898, cuando Federico contrae matrimonio con María Sagaseta, una mujer cuya vida estará siempre a la sombra de su marido, y cuya personalidad apenas se significa en las memorias del autor, que, de hecho, relata el evento con un lacónico «12 de febrero. Hoy me casé» (II, pág. 39).

En sus cinco años sin destino diplomático, Gamboa trabaja como alcaide en las oficinas de la Aduana, donde vive unas experiencias que en el futuro confía reflejar en una novela «por el estilo de *Germinal* de Zola» (I, pág. 165). Más tarde desempeña distintos cargos en las Secretarías de Hacienda y Relaciones Exteriores y ejerce como profesor en la Escuela Nacional Preparatoria.

La visita que realiza al presidente Díaz en 1898 le produce al escritor una profunda impresión, y su lealtad incondicional hacia la figura del gobernante queda plenamente de manifiesto en un discurso que pronuncia en su presencia el 28 de septiembre de ese mismo año, y que supone también una de las escasas manifestaciones escritas del novelista sobre el pasado de México y la cultura indígena. En él, Gamboa comienza alabando la prosperidad de México desde la Independencia, que atribuye directamente a Díaz, y tras un repaso a la historia del país donde hace evidente su rechazo e incluso su desprecio por la cultura y las razas autóctonas, termina doliéndose de la suerte de España, derrotada en una injusta guerra con los EEUU, que ve perfilarse ya como el verdadero enemigo de Hispanoamérica.

En enero de 1899 Gamboa llega a Guatemala como Encargado de Negocios de su país. Sus difíciles relaciones con el dictador Estrada Cabrera se inician tras conceder el escritor asilo diplomático a tres opositores políticos y lograr finalmente enviarlos al exilio. En Guatemala se publica *Metamorfosis,* y también allí nace su único hijo, Miguel Félix Gamboa Sagaseta (1899-1970). Su actividad durante estos años es muy intensa, y Gamboa viaja con frecuencia por las distintas repúblicas centroamericanas con la intención, según él, de lograr «la reconciliación» (II, pág. 100) entre esos países.

A finales de 1900, ya iniciada la redacción de *Santa*, Federico regresa a México para pasar unas cortas vacaciones. Las páginas de su Diario se llenan entonces de nuevo de comentarios elogiosos hacia la figura de Díaz con motivo de una recepción a la que el escritor es invitado a poco de su llegada. Considera al Presidente como «el tipo clásico del "caudillo" iberoamericano», pero en una dimensión «positiva», en el mismo nivel que «Quiroga y Rosas en la Argentina, no obstante su incurable salvajismo cruel» (III, pág. 14), y justifica sus métodos de gobierno con el argumento de que los mexicanos no están «suficientemente preparados» (III, pág. 18) para tener una república. La pluma de Gamboa se va entusiasmando de forma progresiva hasta tildar al dictador de personaje «a quien con el criterio canónico habría que bautizar de "hombre providencial"», cuyo sueño es «reedificar una patria» (III, pág. 21), y se explaya en comentarios sobre el «imbécil e inmoral *sufragio universal*» (III, pág. 34). También en esta época la adicción al juego que padece el escritor le lleva a perder grandes sumas de dinero en los casinos de la capital.

De vuelta a Guatemala en julio de 1901, Gamboa recibe la difícil misión de mediar en las tensiones prebélicas entre ese país y El Salvador. Sin embargo, pronto se ve obligado a marcharse perseguido por la hostilidad del dictador guatemalteco, que incluso difunde una calumnia en la que hacía protagonista al diplomático de un escándalo sexual, con el objetivo de desacreditarlo y probablemente apartarlo de la vida pública. Gamboa acude entonces a visitar a Justo Sierra en busca de una cátedra en la Preparatoria y de influencias para publicar su recién terminada *Santa*. Si el primer objetivo no fructifica, sí lo hará el segundo, puesto que en casa de Sierra Federico conoce al librero español Araluce, que se compromete a editar su novela en Barcelona.

El ostracismo diplomático del escritor dura poco, y tras aclarar en una entrevista personal con Díaz la falsedad de la difamación, es enviado en 1903 a la Embajada de México en Washington en calidad de primer secretario. Poco antes, en anotación realizada en su diario el 22 de febrero de 1902,

Gamboa había dejado constancia de su decidido regreso a la religión católica:

> ¡Creo!... ¡creo!... Apenas si hay que arrancar ortigas menudas, que aún persisten en crecer y reproducirse; (...) pero el dogma, lo fundamental e inconmovible, impera y reina, me ha reconquistado... Es tiempo ya de principiar *Reconquista* (III, pág. 90).

En su nuevo destino, el mexicano dará rienda suelta a su visión crítica sobre la cultura y la sociedad estadounidenses a través de la redacción de una serie de artículos sobre la violencia y la corrupción de aquel país. El tono de sus censuras se acrecienta tras la independencia de Panamá, impulsada por los EEUU, hecho que cataloga como «una de las más cínicas y villanas piraterías que hayan visto los siglos» (III, pág. 201). Gamboa se suma así al clamor generalizado en el mundo hispánico ante este suceso, que dio origen a numerosos textos teóricos y de creación de los intelectuales hispanoamericanos de la época. En Washington el escritor recibe en octubre de 1903 los primeros ejemplares de *Santa* que le remite la editorial Araluce. La novela pronto alcanza un notable éxito en México, que perdurará después de la muerte de su autor. También en la capital norteamericana escribe en su integridad su pieza teatral *La venganza de la gleba,* que finaliza en 1904, y que se estrena en México con gran éxito un año después.

En 1905 Gamboa regresa a Centroamérica, ahora como ministro plenipotenciario de su país en Guatemala, y de nuevo se significa como un decidido aliado de los opositores al dictador Estrada Cabrera. Allí le espera también una delicada misión diplomática, que revela claramente el nivel de confianza que la administración de Díaz tiene por estos años en el escritor. Guatemala entra en guerra con El Salvador, y ante la amenaza de una generalización del conflicto a toda el área centroamericana, México y EEUU proponen entablar unas negociaciones de paz que finalmente se llevan a cabo en 1906 a bordo del buque norteamericano *Marblehead,* fondeado en Costa Rica. Federico Gamboa acude como enviado especial del gobierno mexicano y protagoniza un duro enfrentamiento con el delegado estadounidense que parece augurar un final desastroso para la reunión. Sin embargo, Gamboa logra imponer sus tesis y la conferencia termina felizmente. A su regreso a Guatemala todavía le esperará hacer frente a una etapa de fuertes tensiones entre este país y México, a las que no son ajenas las acusaciones que se dirigen contra él por haber dado cobijo y asilo a quienes habían intentado atentar contra la vida de Cabrera, suceso que determina el traslado del diplomático a El Salvador.

En 1907 Gamboa retorna a México en medio del reconocimiento general por su difícil y exitosa labor en Centroamérica. Es nombrado subsecretario de Relaciones Exteriores, y un año más tarde, el de la publicación de su nueva novela, *Reconquista,* y del primer tomo de *Mi diario,* es elegido diputado por Chihuahua. En medio de un descontento creciente en su país hacia el régimen de Díaz y de los continuos ataques que éste recibe por parte de la prensa norteamericana, Gamboa viaja de nuevo por Europa en 1909 y descansa durante tres semanas en una clínica alemana para aliviar los problemas nerviosos que ya le acompañarán hasta su muerte. Por estos años, las páginas de su diario se siguen llenando de comentarios elogiosos hacia la figura de Don Porfirio y los logros de su administración, y continúan dando fe de una ideología que permanece inalterable y que, entre otras cosas, defiende como ejemplo de régimen político «el monárquico y, en su defecto, la dictadura» (V, pág. 115). Tras el fallecimiento de Ignacio Mariscal, titular de Relaciones Exteriores, Gamboa es nombrado de forma interina para el cargo y forma parte de la comisión organizadora de las fiestas del Centenario de la Independencia de México. Sus malas relaciones con el nuevo ministro Enrique Creel son determinantes para que se le intente relegar a la Embajada en Noruega, algo que el escritor interpreta como una clara represalia de su superior (V, pág. 133). Tras su renuncia al puesto, se le ofrece la misma responsabilidad en Bruselas, que finalmente acaba aceptando sin mucho entusiasmo.

En 1910 estalla la Revolución Mexicana. Después de un viaje por España a comienzos del siguiente año, donde lee un discurso ante el rey Alfonso XIII, y desde su legación en Bruselas, Gamboa recibe la triste noticia de la renuncia y posterior huida de Porfirio Díaz, a quien acude a recibir al puerto de El Havre. Derrocado su admirado general, los comentarios políticos del escritor a partir de este momento se centrarán de forma casi generalizada en destacar los aspectos negativos de los sucesivos gobiernos mexicanos habidos hasta su muerte. Lo que hasta entonces había sido mesura y contención se convierte ahora en crítica violenta rayana en el insulto, como muestran los calificativos de «loco de atar», «retrasado» o aquejado de «manifiesto desequilibrio cerebral» (VI, pág. 57) que le dedica al nuevo presidente Francisco Madero. No obstante, y a pesar de reconocérsele como un fiel servidor del dictador derrocado, Gamboa no cae en desgracia ante la nueva administración, quizás porque como él mismo declara «se me considera víctima de los científicos» (VI, pág. 34), en alusión al grupo que dominó la escena política del porfirismo en sus últimos años y de cuyos principios ideológicos, como veremos más adelante, discrepó abiertamente el novelista.

La llegada al poder de Victoriano Huerta tras el asesinato de Madero supone para nuestro escritor una leve mejora dentro de su obstinada oposición a todos aquellos que habían expulsado a Díaz del poder y del país. La creciente tensión con los Estados Unidos decide al nuevo presidente a recurrir a Gamboa en virtud de su reconocida habilidad como negociador en anteriores conflictos de gravedad. El sentido del deber hacia la patria, amenazada además por el odiado vecino del norte, impulsa al novelista a regresar a México y hacerse cargo de la Secretaría de Relaciones Exteriores. Antes de partir tendrá un emotivo encuentro de despedida con Porfirio Díaz. El 12 de agosto de 1913, en medio de un clima pre-bélico con los Estados Unidos y de una fuerte agitación interna, Gamboa toma posesión de su nueva reponsabilidad en la Administración y encabeza las conversaciones ante el gobierno de Woodrow Wilson, en las que rechaza de forma vehemente lo que considera como injustificable injerencia de un estado extranjero en asuntos de índole interna, y logra finalmente aplacar los ánimos. Poco después, en septiembre de ese mismo año, decide aceptar la candidatura a la Presidencia de la República por el Partido Católico, hecho que le acarrea la antipatía de Huerta y, por el contrario, el apoyo norteamericano. Gamboa sale

19

derrotado en las urnas en medio de fuertes sospechas de fraude electoral. Sin embargo, el gobierno de Huerta no durará mucho: el 15 de julio de 1914 el presidente renuncia, acosado por las tropas de Obregón y Carranza, y su sucesor, Carvajal, abandona poco después el país. En este importante episodio de la historia de México, Federico Gamboa figura como el personaje encargado de remitir al ministro de Guerra, José Refugio Velasco, la orden de disolver el ejército federal.

La victoria de los constitucionalistas supone la inmediata caída en desgracia de Gamboa, quien, temiendo seriamente por su vida, se refugia en la embajada de Guatemala y poco después logra huir junto con su familia a Galveston, desde donde se traslada en 1915 a La Habana. En la capital isleña, y en medio de serias penurias económicas que lo llevan a aceptar trabajos mal remunerados de periodista y escribiente, Gamboa deja constancia de su tristeza ante la realidad de la situación a que ha llegado por su fidelidad al régimen anterior: «De mi tierra me expulsan mexicanos; a Guatemala no puedo regresar en tanto ahí gobierne Estrada Cabrera; y en los Estados Unidos, mientras el puritano de Princeton habite la Casa Blanca, no me darán, ni sus moradores libérrimos, una gota de agua» (VI, pág. 352). No obstante, la nueva tensión entre México y EEUU, ahora a raíz de la expedición punitiva de Pershing contra Villa, le hace pensar a Gamboa en ofrecer sus servicios al gobierno de Carranza, idea de la que desiste por miedo a su integridad personal. Desde Cuba, el novelista se convierte en observador y comentarista de la realidad nacional e internacional. Contempla con horror el avance mundial «del caos socialista y ácrata» (VI, pág. 559), comenta con tintes apocalípticos el estallido de la guerra mundial, mientras que la noticia del estreno en México de una versión teatral de *Santa* le enternece y le produce una fuerte nostalgia. Su orgullo le impide solicitar un indulto a Carranza, pues ello supondría volver a su país «como delincuente» (VI, pág. 581). No obstante, en 1919 la enfermedad de su mujer le decide a pedir el permiso para el regreso, que se produce en octubre de ese mismo año, poco antes del fallecimiento de su esposa.

Tras unos años de exilio, Federico Gamboa retorna a un México muy distinto del que dejó y al que sirvió como diplomático, y en el que pasará los últimos años de su vida como un símbolo viviente de otro tiempo, venerado por los nostálgicos y semiolvidado por las nuevas autoridades postrevolucionarias. En 1921 consigue trabajo en la Preparatoria como profesor de Literatura Castellana, y poco después toma posesión de la Cátedra de Literatura Española e Hispanoamericana en la Facultad de Altos Estudios (posteriormente de Filosofía y Letras). Ocupa la presidencia del Consejo Cultural y Artístico, y a la muerte de José López Portillo es nombrado director de la Academia Mexicana de la Lengua. En 1922 se publica la que será su última novela: *El evangelista*.

En los artículos periodísticos de sus últimos años, aparecidos en su mayoría en el diario *El Universal*, Gamboa no ahorra comentarios negativos hacia el gobierno, con el que se encuentra resentido por no haberle reconocido la pensión como ex-diplomático que cree le corresponde, y, en general, hacia todo lo que suene a izquierdismo y liberalismo. En este contexto se sitúan su negativa a acudir al homenaje que en 1922 tributa la Academia Mexicana a Vasconcelos y Antonio Caso, su rechazo a votar en las elecciones de ese mismo año y su satisfacción por la llegada al poder de los fascistas en Italia. Su última pieza teatral, *Entre hermanos*, estrenada en 1928, es asimismo un alegato contra la Revolución. Poco después sus fuertes críticas hacia la persecución religiosa que se vive en México a raíz de la guerra cristera le llevan a ser destituido de su cátedra. «Todo o casi todo se halla en plena descomposición»[3], anota Gamboa por estos años en su diario en alusión a las transformaciones que percibe en su país. Los apuros económicos lo encaminan en más de una ocasión a la casa de empeños, y el único consuelo que encuentra el escritor en su vejez es el prolongado éxito de *Santa*, de la que en 1931 se hace una nueva versión cinematográfica. «Mi pobre novela me sobrevivirá. ¿Qué más podría yo ambicionar?»[4], escribe Gamboa entonces. Poco después el pueblo de Chimalistac,

---

[3] José Emilio Pacheco (ed.), *Diario de Federico Gamboa (1892-1939)*, México, Siglo XXI, 1997, pág. 259.
[4] *Ibíd.*, pág. 260.

del que Santa era oriunda, da el nombre del escritor a su plaza central.

En 1934 el novelista regresa a la enseñanza en la Facultad de Filosofía y Letras, de la que un año más tarde es nombrado Doctor Honoris Causa. Después de un homenaje que le tributa la Academia Mexicana en 1938 con motivo de los cincuenta años de *Del natural,* la salud del escritor comienza a deteriorarse de forma progresiva. Tras una breve estancia en Cuernavaca en busca de un clima más benigno, Federico Gamboa fallece en la Ciudad de México el 15 de agosto de 1939.

Porfirismo y positivismo

Federico Gamboa ha pasado a la historia como uno de los intelectuales más representativos del régimen porfirista. No es sólo su colaboración con el gobierno como diplomático, sino también la abierta admiración hacia el dictador que el escritor expresó siempre que tuvo ocasión, lo que ha contribuido a ello. Junto a su adhesión personal a Díaz, fruto quizás como se ha visto de la gratitud que Federico siempre le guardó por el trato dispensado a su padre, Gamboa fue un encendido defensor de los logros conseguidos bajo el mandato de su venerado general, en especial en lo relativo a la paz y el orden que implantó en el país y que dieron como resultado una estabilidad y un desarrollo económico hasta entonces desconocidos en México.

Sin embargo el apoyo que le brindó a Díaz no implicó que el novelista obviase la crítica hacia algunos aspectos del sistema porfirista. En sus relatos es de hecho frecuente encontrar una censura más o menos ácida hacia el proceder de la clase acomodada del país y una descripción de la miseria moral y económica de las clases menos favorecidas de la sociedad, situación de la que culpa en ocasiones directamente a los encargados de ejecutar la filosofía *oficial* del régimen: el positivismo.

El pensamiento positivista se origina en Europa a partir de las teorías de filósofos como Auguste Comte o John Stuart Mill, y en México se adopta como guía teórica primordial de la reforma que emprende Juárez en su lucha contra los elementos que, a su juicio, habían contribuido a la inestabilidad del país hasta la fecha y simbolizaban un pasado que se intentaba dejar atrás: el clero y la milicia. La burguesía se convierte en la clase llamada a dirigir un cambio que, en un principio, se centra en unos planes de índole principalmente educativa. Como resume el filósofo Leopodo Zea: «La educación sería el instrumento por medio del cual se formaría una nueva clase dirigente, capaz de establecer el orden. Al mismo tiempo, por medio de esta educación, se arrancarían las conciencias de los mexicanos de manos del clero»[5]. La influencia del catolicismo era considerada tan perniciosa en estos primeros momentos que incluso, informa de nuevo Zea, hubo intentos a la postre baldíos de sustituirlo por el protestantismo (Zea, págs. 63-64). La Escuela Nacional Preparatoria, fundada en 1867, será la encargada de ofrecer a los jóvenes mexicanos una formación basada en los principios de la nueva filosofía, que pronto va a impregnar al resto de los niveles educativos del país.

Durante el gobierno de Díaz el poder e influencia de los posivistas se acrecientan hasta tal punto que sus más significados adeptos se agrupan en un partido político, conocido como el de los *Científicos,* verdaderos ideólogos del gobierno del general. Las bases teóricas de este grupo dominante se fundamentan en un *darwinismo* social que considera que aquellos que ocupan los puestos más altos en el escalafón económico del país han sido más *aptos* y en consecuencia *superiores* al resto. En el Porfirismo, señala de nuevo Zea, «sólo se reconocen los derechos del más fuerte; sólo poseen los bienes aquellos individuos que se han mostrado capaces de obtenerlos; la forma no importa. El estado no debe preguntarse por la forma en que estos bienes se han obtenido; su misión es protegerlos» (Zea, pág. 294). La otra cara de la moneda serán los pobres de las ciudades, campesinos y obreros, que, sin ninguna protección gubernamental, estarán a expensas de la «generosidad» del burgués pudiente.

---

[5] Leopoldo Zea, *El positivismo en México,* México, FCE, 1968, pág. 65. Las referencias posteriores serán a esta edición.

Junto a sus teorías sociales, la escuela positivista mexicana pretendía ser neutral en materia religiosa. No obstante, se tendía por parte de sus acólitos a resaltar el papel negativo que la religión había desempeñado en la historia del país y a rechazar todo principio de esta naturaleza en nombre de la ciencia.

Las críticas a esta filosofía partieron de las propias filas del Porfirismo y llegaron desde el ala católica y liberal del régimen. El entonces secretario de instrucción pública, Ezequiel Montes, lanza en 1880 una primera andanada contra los resultados que en su opinión está teniendo en la juventud mexicana una educación basada en estos principios. Argumenta tan destacado funcionario que «el positivismo es una doctrina que ataca el dominio del hogar y la conciencia» y es la filosofía «que ha causado la corrupción social generando todo tipo de vicios y libertinajes» (Zea, pág. 135). La disputa en torno al positivismo en el seno del propio Porfirismo no hacía así más que empezar. Federico Gamboa será uno de los intelectuales del momento que con más ahínco atacará el pensamiento de los *Científicos,* hasta el punto de que se podría afirmar sin excesivo riesgo que buena parte del sentido global de su obra se puede interpretar en el contexto de la polémica sobre los resultados de la política social y educativa que este grupo llevó a cabo.

Desde sus convicciones católicas, Gamboa no podía estar de acuerdo con el laicismo y el cientificismo de los teóricos del régimen. En línea con otros pensadores del ala conservadora, el escritor achacará al olvido de los principios religiosos la degradación que se vive en el país cuyos habitantes, formados en un sistema educativo que excluye toda moral, dan rienda suelta a su egoísmo y a sus más bajos instintos. Esta situación afecta sobre todo a la capital, donde se han concentrado los mayores esfuerzos del gobierno y donde en consecuencia son mucho más palpables sus resultados. No es de extrañar por tanto que en los relatos de Gamboa la ciudad aparezca siempre reflejada como un lugar inmoral, dominado por el vicio, invadido por hábitos foráneos y poco temeroso de Dios, en tanto que el campo es un espacio de pureza que, frente a la anarquía de la ciudad, se rige por dos pilares básicos: la familia y la religión. En las obras del mexicano el poder del *medio* logra transformar en primera instancia el carácter del personaje llegado a la capital desde alguna zona rural del país, aunque éste finalmente logra liberarse de esa influencia y acaba regresando a los valores tradicionales aprendidos en los felices años de infancia y adolescencia.

En la novela *Reconquista* es donde se plantea este problema de una forma más clara. El protagonista, Salvador, que se erige a lo largo del relato en portavoz de las opiniones del propio Gamboa, llega muy joven a México DF procedente de un campo idílico. En la capital será víctima del nefasto sistema educativo, que cambiará por completo su personalidad: «Todas las ideas hechas y baratas (...) de las escuelas superiores a que concurría, ideas demoledoras e iconoclastas (...) fueron incrustándosele y modificando su manera de ser y de pensar», nos dice el narrador[6]. Los profesores, añade, «como una piara de cerdos aniquila y enloda un sembrado de violetas que por desdicha atraviesa, así enlodaban y aniquilaban las almas infantiles y las juveniles conciencias confiadas a su guarda» (pág. 930). Salvador abandona la práctica religiosa en nombre de la «sana razón» y «de un criterio científico» (pág. 935) e inicia una vida entregada al vicio y al placer carnal. Su evolución es paralela a la de la propia capital: ambos están carentes de «sentido moral» alguno y adolecen de «falta de ideales de todo género» (pág. 1027). Pero, tras sus incesantes paseos por la ciudad, sus constantes observaciones y, sobre todo, tras su reencuentro con la antes despreciada Carolina, Salvador halla la respuesta a sus males existenciales, que no es otra que el regreso a sus olvidadas convicciones religiosas. En sus reflexiones finales, el personaje se siente como el hijo pródigo a quien Dios perdona sus desvaríos y propone el dogma católico como la solución al mal que domina la sociedad. Una conclusión muy similar, como se verá más adelante, se encuentra en *Santa*.

El *darwinismo* social del positivismo dio lugar también a una enorme desigualdad social en el país que ahondó las diferencias entre una clase burguesa acomodada y una población

---

[6] Federico Gamboa, *Reconquista*, en *Novelas de Federico Gamboa*, México, FCE, 1965, pág. 930. Las citas posteriores harán referencia a esta edición.

empobrecida y desprotegida. En sus novelas, Gamboa también deja constancia de su descontento con esta situación al retratar a los poderosos como seres egoístas, ocasionalmente violentos y sólo preocupados por el dinero y el placer. Por el contrario, el novelista sabe también reflejar las condiciones de miseria en que vive buena parte de la población del país, aunque nunca pone en cuestión el cerrado clasismo de la sociedad mexicana ni carga las tintas sobre la explotación obrera y la maldad innata del empresario, como ocurría en los relatos de algunos de sus contemporáneos[7]. Lo que va a defender Gamboa es la necesidad de proporcionar a los trabajadores unas condiciones dignas que mejoren su calidad de vida y contribuyan a erradicar lacras sociales como el alcoholismo y la prostitución.

Salvador, en *Reconquista*, es una vez más el portavoz de las ideas del autor al respecto. En sus largos recorridos por la ciudad, el personaje observa la vida y costumbres de las clases menos pudientes y le embarga la ira al pensar que «a la sombra de ese progreso innegable en algunos casos (...) se descuidan las condiciones del pueblo, que es la verdadera alma nacional» (pág. 969). En otro momento, Salvador esboza su solución al problema:

> Los de arriba deben, por humanidad y por instinto de conservación sobre todo, preocuparse más de los de abajo, subir salarios y multiplicar escuelas, tender las manos, piadosamente, a los analfabetos y desgraciados que por los arroyos ambulan con sus copiosas proles a cuestas, sin estrellas terminales ni compensaciones intermedias, fuera del alcohol y de la prostitución barata que nada más al crimen conducen (pág. 965).

Sin embargo, esto no será posible mientras las clases dirigentes sigan adorando al «Becerro de Oro (...) disforme y brutal que todo lo derriba, ideales, patriotismo, religiones, afectos, amor, justicia, vergüenza...» (pág. 1070).

---

[7] El caso más destacado de este tipo de denuncia lo constituyen los relatos del escritor chileno Baldomero Lillo, agrupados en el volumen *Sub terra* (1903).

Los *científicos* consideraban en consecuencia que incrementando la riqueza de la burguesía se contribuiría al desarrollo y al progreso del país. El ejemplo a seguir eran los Estados Unidos, que, según la opinión común, habían alcanzado un grado tan alto de prosperidad gracias a la aplicación de estas *recetas* económicas. Después de conocer el pensamiento beligerante de Gamboa frente a esta ideología oficial del régimen, no es de extrañar que en su obra censure también de forma reiterada la imitación de modelos extranjeros, particularmente norteamericanos, que, en su opinión, está acarreando el olvido de los valores tradicionales de la nación. El riesgo de la pérdida de las señas de identidad del país se apunta en varios momentos en las palabras de Salvador: «Era», señala el personaje, «la invasión yanqui, lenta, sin entrañas, corruptora» (pág. 1087). La consciencia de este peligro está también en el origen de la serie de artículos que el novelista escribió durante su estancia en Washington entre 1903 y 1904, en los que ofrecía una imagen fuertemente negativa de la sociedad estadounidense, y que tenían de hecho la intención declarada de funcionar a modo de «casos ejemplares» «dedicados a nuestros políticos y sociólogos, predicadores de que Hispanoamérica debería ser un trasunto de los Estados Unidos» *(Mi diario,* vol. III, pág. 181).

En su visceral rechazo del materialismo y en la identificación que hace de los Estados Unidos como principal foco de propagación de estas teorías perversas, Gamboa entra en conexión directa con una sensibilidad muy extendida en la época por toda Iberoamérica y que encontró en *Ariel* (1900) de José Enrique Rodó su principal manifiesto teórico[8]. Aunque todavía en 1917 el mexicano reconocía no haber leído aún a Rodó (VI, pág. 468), la comunidad de pensamiento entre ambos escritores se expresa no sólo en su mutuo rechazo del mundo utilitario anglosajón, sino también en su visión de España ya no como el enemigo de antaño sino como el origen de un importantísimo legado cultural que debía preservarse frente a las amenazas foráneas.

---

[8] José Enrique Rodó, *Ariel* (edición de Belén Castro Morales), Madrid, Cátedra, 2000.

La solución, en resumen, a los males de México radica para el autor en una vuelta a los valores tradicionales del país y en particular en el respeto a los dogmas y principios de la moral católica. Esta será una tesis reiterada en la obra narrativa de Gamboa y *Santa*, como veremos, no será una excepción.

Federico Gamboa y el naturalismo

Establecidas en el punto anterior las premisas básicas del pensamiento de Gamboa, cabe ahora tratar sobre la perspectiva artística que adopta para dar forma a sus novelas. En este punto intento dilucidar las relaciones del escritor mexicano con la corriente literaria del naturalismo, de la que Gamboa se presenta a menudo como representante destacado en las letras del continente americano. Para ello, creo conveniente en principio un breve repaso de las características más reseñables de este movimiento.

Desde el punto de vista ideológico, la novela naturalista es un resultado del triunfo de las ideas positivistas a ambos lados del Atlántico. Las tesis de investigadores, filósofos y científicos de la época, como Comte, Taine, Spencer o Darwin, influyen decisivamente a la hora de poner el código realista al servicio de una profunda especulación sobre los resortes últimos de la condición humana y de un estudio de las conflictivas relaciones del individuo con la sociedad que le rodea. En este sentido, el naturalismo anticipa muchas de las preocupaciones teóricas que más tarde desarrollarán disciplinas de gran influencia en la creación artística como el psicoanálisis o el existencialismo. El intento de bucear en los resortes del porqué de las actitudes humanas y la inquietante tesis de fondo de la escuela, que pone en entredicho la libertad de elección del ser humano y analiza los factores que determinan su conducta, son aspectos que, en mayor o menor grado, gravitan siempre en las narraciones que reciben el impacto de la llamada Escuela de Médan. El personaje naturalista suele aparecer tratado como un ser sin voluntad ni libre albedrío; es un mero *producto* cuyo carácter y comportamiento se deben a instancias superiores sobre las que no posee control ni a menudo tan siquiera consciencia, como el *medio* en que ha nacido, se ha educado o simplemente desarrolla su existencia, y la *herencia genética*. En este último aspecto, es frecuente también encontrar una distinción entre los rasgos heredados de los propios antepasados familiares —lo que da lugar siempre a una presentación más o menos detenida de los progenitores, abuelos o bisabuelos del personaje con el fin de determinar la *tara* que marcará su destino— y aquellos otros que podríamos denominar universales o *de especie*, que anidan en la trastienda de la mente humana y que, cuando afloran al exterior, se convierten en fuerzas incontrolables que anulan toda norma de *civilización* y emparentan al individuo con la más cruda animalidad. Se hace especial hincapié en el poder irrefrenable de los instintos sexuales, que siempre desencadenan alguna forma de violencia, y en el papel del alcohol como vehículo que desinhibe al individuo y deja al descubierto sus más bajas pasiones. El naturalista, en el fondo, trata por tanto de indagar en los resortes de esa dialéctica que se produce entre el interior y la imagen externa del ser humano, lo cual genera por extensión una crítica a una sociedad en el fondo viciosa y corrupta que se esconde bajo la máscara de la civilización y el progreso.

Estas premisas teóricas determinan necesariamente el carácter de los personajes, los espacios donde se mueven y el tipo de historias que desarrollan los relatos naturalistas. La mayor viabilidad que suponen los casos patológicos a la hora de *demostrar* el poder inexorable de esas *leyes superiores* implica que la galería de personajes naturalistas esté nutrida por tipos marginales de la sociedad, como son la prostituta, el demente o el alcohólico, que comparecen en su propio hábitat y con su particular lenguaje. Ellos son los desheredados de la fortuna, las víctimas de un sistema cruel donde el hombre explota al hombre y donde dominan los más fuertes, los que mejor se han adaptado a ese mundo de injusticia, violencia y corrupción. En esta línea, las premisas naturalistas sirvieron en muchos casos para ejercer una dura denuncia del sistema económico y social de la época, con claras conexiones con las doctrinas socialistas y anarquistas que a finales de siglo empezaron a tener calado entre la clase trabajadora y fueron la base

29

teórica de los grandes movimientos obreros que tuvieron lugar en las fechas aledañas al cambio de siglo.

En su pretensión de convertir su novela en campo de experimentación científica, al narrador naturalista ortodoxo le está vedado participar en su propio relato: debe limitarse a ser un mero transmisor objetivo e imparcial de una historia que, a la postre, ha de *demostrar* el poder implacable que esas fuerzas ocultas o esa *tara* que siempre se identifica tienen en el destino del personaje, cuyo comportamiento, en consecuencia, responde a una clara lógica interna y, por tanto, se encuentra alejado de cualquier tipo de componente de carácter irracional. Zola quiso marcar en este sentido con claridad las fronteras que separaban las pretensiones de su escuela y el *fatalismo* romántico-idealista propio de escritores que «admiten influencias misteriosas que se escapan al análisis y permanecen en lo desconocido, al margen de las leyes de la naturaleza»[9].

Además de esta pretendida objetividad es ya tradicional mencionar el *feísmo,* o delectación casi morbosa en la descripción de personajes o escenas desagradables, como una de las características del narrador naturalista.

Los preceptos del maestro francés llegaron muy pronto a Hispanoamérica. Su impacto se dejó sentir en la polémica que suscitó en casi todos los países del continente entre defensores y detractores, similar a la que tenía lugar por esas mismas fechas en España, y en la huella que los personajes, ambientes y problemática zolianos imprimieron en parte de la narrativa desde 1880.

Estamos, no obstante, ante un panorama dominado por la variedad, condicionado además por factores geográficos —no será igual el impacto naturalista en Argentina que en Perú, por ejemplo— y personales, en la medida en que la formación o convicciones del escritor le predispongan a aceptar o no en su integridad las premisas teóricas del movimiento. Sin embargo, todas las novelas hispanoamericanas de impacto naturalista tendrán como nota común el ser obras muy apegadas a problemas contextuales e intentar concienciar al lector

---

[9] Émile Zola, *El naturalismo,* Barcelona, Península, 1972, pág. 55.

sobre temas concretos de un país determinado en un momento histórico preciso.

Una vez planteados los principios ideológicos que rigen el pensamiento y la estética del naturalismo cabe pues hacerse la pregunta: ¿es Federico Gamboa un escritor naturalista? La respuesta, como suele ocurrir, depende de la perspectiva que se adopte en cuanto al grado de relevancia que se otorgue al cumplimiento íntegro de la normativa zoliana, algo, por otra parte, difícil de encontrar incluso en las novelas del propio autor francés. Con el fin de clarificar en lo posible un panorama un tanto confuso, creo que se debe comenzar por deslindar de forma conveniente el naturalismo *teórico* del *real*: el primero sólo existe a modo de principio programático en los ensayos de Zola, en tanto que el segundo se convierte en la expresión artística de aquél, y en él entran en juego aspectos fundamentales en toda creación: la libertad y el genio creador del artista. Emilia Pardo Bazán vio con claridad el problema al afirmar que el naturalismo *«no es* un conjunto de recetas para escribir novelas»[10], en alusión al carácter abierto y flexible del movimiento. Federico Gamboa se encuentra en la misma línea que la escritora española, como se desprende de las siguientes declaraciones, efectuadas casi al final de su vida, en las que parece no importarle demasiado la definición de su filiación artística:

> Yo no soy naturalista profesional ni jamás me afilié, en arte principalmente, a escuela ni bandería ninguna. El que mis maestros mentales lo fueran los naturalistas franceses, más que los de otros países (...) no quiere decir nada (...) Mis libros me los dictó mi propio temperamento, y si resultaron naturalistas, naturalista me quedo hasta la hora de mi muerte, ya que no sé escribir de modo diverso; pero un naturalista con mis más y mis menos personalísimos[11].

---

[10] Emilia Pardo Bazán, *La cuestión palpitante*, Barcelona, Anthropos/Universidad de Santiago, 1989, pág. 128.
[11] Carta de Gamboa a J. O. Theobald del 17 de mayo de 1933, citada por Alexander C. Hooker, *La novela de Federico Gamboa*, Madrid, Plaza Mayor, 1971, pág. 10.

Ya en el último capítulo de *Impresiones y recuerdos* Gamboa aludía al entronque de su entonces incipiente obra literaria con el movimiento francés. Tras reconocer el «triunfo» del naturalismo en toda Europa y Estados Unidos, el mexicano afirma que para él esta nueva corriente consiste básicamente en «decir la verdad, decir lo vivido, lo visto, lo que codeamos, lo que nos es familiar» (pág. 150). Plantea Gamboa como fundamento de su credo artístico un realismo de base, apoyado en la observación, documentación y descripción del mundo circundante, pero que no ofrece precisamente una imagen amable del mismo, sino aquella «que nos horroriza porque sale a contar en letras de molde lo que ha visto dentro de nosotros» (pág. 151). Como contrapunto, menciona el escritor esa otra literatura que se nutre de «castillos, trovadores y pelucas (...) la idealización romántica que producía engendros calenturientos, incestos, adulterios, infamias que exigen ducha helada en quien las inventa» (págs. 150-151). El novelista rechaza el romanticismo entendido como escuela literaria, como hará más tarde y por los mismos motivos con el modernismo, pero admite lo que él denomina «el otro romanticismo, el que todos llevamos en el alma, y los hispanoamericanos más que cualquiera por el complejo heredismo de que somos usufructuarios» (pág. 152). Es un romanticismo que nace de la propia entraña del ser americano y que consiste en un «hambre de ideal» *(ibíd.)* y una especial sensibilidad hacia la naturaleza. El escritor expresa así su propio sentimiento:

> Yo mismo por mucho que pretendo ser escéptico experimental, lo llevo tan lejos, que si me toca morir en mi México encargaré que me entierren en el cementerio de un pueblecito llamado Chimalistac, a orillas del de San Ángel; un cementerio enteramente de aldea, pequeño, lleno de árboles y de yerba que crecen a sus anchas por entre las rústicas tumbas y por entre las grietas de las paredes de adobe (...). Sé que mi deseo es exageradamente romántico (pág. 153).

En este mismo cementerio, descrito en la novela de manera similar, será enterrada Santa.

Estas opiniones del autor son de gran interés a la hora de definir la variedad de influencias que recorren su obra literaria. Por un lado está clara su actitud naturalista de origen, basada en un deseo de describir las facetas menos agradables de la realidad y ahondar en los mecanismos inconscientes de la personalidad humana, todo ello apoyado en un sólido trabajo de documentación previa al que el novelista alude de forma reiterada en sus memorias. A esto se han de añadir otros tópicos del naturalismo como la finalidad docente o correctora, la crítica a las injusticias sociales, o la presencia de personajes o espacios claramente acordes con los de la escuela francesa. Sin embargo, la narrativa de Gamboa, y sobre todo a partir de *Santa*, se halla impregnada de un innegable idealismo romántico y una creciente carga religiosa que entran en colisión con el pensamiento científico y laico del naturalismo teórico. Como ya en su día expresara la mencionada Pardo Bazán, las convicciones religiosas sirven de freno al desarrollo de las tesis deterministas que, a juicio de la escritora gallega, anulan «toda responsabilidad, y por consiguiente toda moral»[12].

Las tensiones entre naturalismo e idealismo presentes en la narrativa de Gamboa se perciben de manera particular en su tratamiento del tema amoroso.

El amor entendido exclusivamente en su dimensión de deseo físico domina en las tres primeras novelas del escritor, que tienen como fin primordial describir «los estragos y desequilibrios que una pasión engendra»[13]. El sentimiento amoroso aparece confundido con el instinto sexual masculino, que, al modo naturalista, se presenta como un poder irrefrenable que hace aflorar a la bestia humana y oculta las normas *civilizadas* del personaje. Ni en *Apariencias*, ni en *Suprema ley*, ni en *Metamorfosis* se hace alusión a otra motivación que la «vanidad» satisfecha del macho y su «triunfo»[14] sobre la hembra deseada. Los personajes masculinos actúan movidos por sus «deseos carnales»[15], acicateados por insoportables «latigazos de luju-

---

[12] *La cuestión palpitante, op. cit.*, pág. 232.
[13] *Suprema ley*, en *Novelas de Federico Gamboa, op. cit.*, pág. 436.
[14] *Ibíd.*, págs. 347-348.
[15] *Metamorfosis*, en *Novelas de Federico Gamboa, op. cit.*, pág. 662.

ria»[16], y todos ellos, tras satisfacer sus instintos, se sienten momentáneamente aplacados, cuando no decepcionados y con deseos de abandonar al hasta hace poco ardiente objeto de sus obsesiones. En todos los casos mencionados la mujer es siempre un ente pasivo, a menudo juguete de las circunstancias y con frecuencia víctima de ese hombre «perseguidor, traicionero, múltiple y cobarde»[17], y cuya pasión pseudoamorosa pasa por encima de toda conducta moral y civilizada, hecho que indefectiblemente acarrea la desgracia e infelicidad de los personajes.

Gamboa no ofrece hasta *Santa* el contrapunto a esta pasión desenfrenada: el amor puro, casto, sincero, abnegado, el amor entendido como un sentimiento idealista-platónico, que excluye las bajezas de la carne y se rige por las normas del catolicismo, y que sale triunfante en su pugna con el mero instinto animal en novelas como *Santa, Reconquista* o *La llaga,* además de ser la vía de salvación de unos personajes que hasta entonces habían mostrado una conducta moralmente reprobable.

Santa se convierte, por tanto, en un punto de inflexión que marca el inicio de la etapa de didactismo religioso-moral en la narrativa de Gamboa, en lo que supone una evolución similar a la que había experimentado uno de los grandes maestros literarios del mexicano: Lev Tolstói.

ANÁLISIS DE «SANTA»

Desde su publicación en 1903, *Santa* se convirtió en una de las novelas de mayor éxito en su país. El gran número de ediciones realizadas hasta nuestros días, las cinco adaptaciones cinematográficas estrenadas en las pantallas, una canción de gran popularidad compuesta por Agustín Lara o las versiones teatrales que aún hoy se producen en México dan idea de la aceptación que ha cosechado esta obra a lo largo de generaciones. Hoy día es posible incluso pasearse por Chimalistac,

---

[16] *Ibíd.*, pág. 694.
[17] *Reconquista, op. cit.,* pág. 993.

el pueblo natal de la protagonista ahora ya unido a México DF, y desde la plaza llamada de Federico Gamboa vislumbrar las calles cercanas bautizadas con los nombres de los dos personajes más representativos de la obra: Santa e Hipo.

Uno de los grandes valores de *Santa* es su carácter de obra de transición, escrita en un momento histórico en el que conviven en el ámbito literario distintas tendencias que hacen mella en su creación. La deuda a la tradición pasada impregna los numerosos rasgos románticos que salpican el relato, especialmente en la parte final del mismo. Por otra parte Gamboa, como perfecto conocedor de la literatura europea e hispanoamericana del momento, no se sustrae al influjo del movimiento naturalista que por entonces triunfaba en la narrativa de ambos continentes. Pero, a su vez, *Santa* es un relato que abre caminos por los que transitará parte de la novela continental en el siglo XX. Esta tendencia innovadora, que ha sido poco subrayada por la crítica, se manifiesta principalmente en el especial protagonismo que adquiere la ciudad, en modo similar a como ocurrirá en años posteriores con novelas como *Adán Buenosayres* o *La región más transparente*.

Historia y desarrollo temporal

La novela refiere la historia de una muchacha de un pueblo cercano a la capital, Chimalistac, que, tras resultar engañada por un alférez que la abandona embarazada y abortar fortuitamente, es expulsada de su casa y se dirige a la gran ciudad para ejercer la prostitución. Allí Santa se convierte en la reina de la noche capitalina y vive un tiempo amancebada primero con el torero español *Jarameño* y más tarde con el rico burgués Rubio, mientras el ciego y físicamente detestable Hipólito, pianista del burdel donde la joven presta sus servicios, siente un callado y profundo amor por ella. Un cáncer termina finalmente con la vida de la muchacha tras una operación desesperada y después de un continuo proceso de degradación que la conduce por los tugurios más sórdidos de la ciudad. En sus últimos días Santa vive sin embargo una auténtica historia de amor platónico con Hipólito que, junto con su sufrimiento, parece *purificar* en este tramo final de su vida al personaje, como así sugiere su entierro en su edén particular de Chimalistac y la oración con que Hipólito cierra la novela.

El *tiempo de la historia* en su parte central abarca un lapso aproximado de dos años localizados cronológicamente en las postrimerías del siglo XIX. Las referencias al Centro Mercantil de la Ciudad de México, cuya construcción concluyó en 1898 y que en la novela aparece como «terminado casi», a la plaza de toros de Bucareli, derruida en 1899, y al semanario *El Mundo,* que se publicó con tal nombre hasta 1900, nos permiten fijar de forma precisa la acción en los dos o tres años que preceden al momento de su escritura, iniciada en abril de 1900 y finalizada en febrero de 1902.

Las escenas retrospectivas que refieren en el capítulo II de la primera parte los recuerdos de la muchacha en Chimalistac se inician cuando ésta tiene quince años. Dos años después tiene lugar el episodio del alférez, que se extiende desde poco antes de la Fiesta de las Flores (16 de julio) hasta el momento del aborto, cuatro meses más tarde de la conclusión de los amoríos. Tras una corta convalecencia, la madre y los hermanos de Santa la expulsan de su casa. Transcurre, por tanto, el mes de noviembre o diciembre y el personaje, nacido como se dice en el relato el 1 de noviembre, acaba de cumplir los dieciocho años. A continuación, en el episodio que desarrolla el capítulo primero de la novela, encontramos a Santa a su llegada al burdel de Elvira. Aunque el lector perciba ambos momentos —la salida del pueblo y el viaje a México— como sucesos próximos en el tiempo, lo cierto es que las alusiones del narrador al «sol estival de fines de agosto» y a los diecinueve años que tiene la muchacha nos ponen ante la evidencia de un lapso temporal de unos veinte meses en que no tenemos ni tendremos más tarde noticia alguna de la vida de la protagonista, a no ser en frases veladas del tipo «juré que pararía en esto y no lo creyeron» (¿cuándo y a quién se lo juró?). A partir de este momento la lógica temporal de los acontecimientos será ya irreprochable: tras un breve período de adaptación, la joven ya convertida en profesional convencida acude a las fiestas de la Independencia del 15 de septiembre. Unos seis meses después la seguimos encontrando en la cúspide de su fama acudiendo a los bailes de carnaval y ya en el inicio de su decadencia, «mediando el mes de julio», se va a convivir con Rubio por un período de unos tres meses. Ha pasado por tanto poco más de un año desde la llegada de Santa al burdel y la constatación de tal referencia la encontramos en las palabras del joven que tiene una relación con la ya enferma y alcohólica prostituta y que afirma conocerla desde hace «lo menos un año». Poco después de este suceso, Santa vive durante un lapso de tiempo indefinido su historia de amor con Hipo, quien, tras la muerte de su amada y antes de la oración final, velará su tumba durante meses.

El personaje de Santa

La figura de la prostituta es uno de los personajes habituales que pueblan la narrativa europea y americana de finales del XIX. La situación económica y social que acompaña al nacimiento y desarrollo del capitalismo es de gran importancia para comprender el sentido de la aparición en la literatura occidental de esta galería de individuos desheredados de la fortuna, rufianes, delincuentes y viciosos, que comparecen en sus ambientes y con su propio lenguaje. Federico Gamboa percibe en México la existencia de unas condiciones similares a las que otros escritores de la época habían denunciado en sus países de origen: el empobrecimiento de los campesinos, que trae consigo la masiva emigración a la ciudad, o la explotación del obrero por el empresariado local son realidades históricas que generan fuertes desigualdades sociales y la creación de una gran masa de población urbana que vive en la miseria y entre la que se ceban la prostitución y el alcoholismo. La prostituta, en este sentido, se erige en un símbolo de los tiempos y en un emblema sangrante en la denuncia de un sistema social injusto que se pretende corregir.

Con un nivel de anclaje en la realidad similar al de sus contemporáneas, Santa se suma así a la extensa galería de cortesanas que habitan en la novela de este cambio de siglo, y que cuenta con ejemplos destacados tanto en Europa como en Hispanoamérica, donde la Loulou de *Música sentimental* (1884), obra del

37

argentino Eugenio Cambaceres, o *Juana Lucero* (1902) del chileno Augusto D'Halmar, responden perfectamente al arquetipo.

La figura de la prostituta arrepentida tiene por otra parte una larga tradición en la literatura religiosa occidental y se puede encontrar en distintos textos y leyendas medievales europeos. El caso de la Magdalena, mencionada de forma explícita en el texto, es el más evidente, pero los avatares de la joven mexicana tienen puntos de contacto más cercanos con la historia que recoge la antigua leyenda de Santa María Egipciaca, reelaborada en un texto castellano de comienzos del siglo XIII que Gamboa pudo leer en alguna de las tres ediciones existentes antes de la aparición de *Santa*[18].

María es una muchacha que se va de su pueblo para ejercer la prostitución, primero en Alejandría y más tarde en Jerusalén. En ambas ciudades todos los hombres la desean por su gran belleza. Tras serle prohibida la entrada a un templo, María se arrepiente de su vida y se retira por mandato divino a hacer penitencia al desierto, a orillas del río Jordán. Con el tiempo, su antigua hermosura se va transformando en desagradable fealdad y, tras cuarenta y siete años de purgar sus culpas, le cuenta su historia al monje Gozimás, que se encargará también de enterrarla tras su muerte.

Al margen de la cercanía global entre las dos historias, se pueden encontrar en los textos otros detalles que avalan su proximidad. Hay en ambos motivos comunes como el rechazo a la entrada o la expulsión de un recinto religioso, o la petición de una muerte rápida que las dos mujeres hacen a Dios tras su primer arrepentimiento[19], y alusiones en la novela que parecen tener esta leyenda medieval como referente. Hipólito

---

[18] Son la de Pedro José Pidal, *Colección de algunas poesías castellanas anteriores al siglo XV*, Madrid, 1841, Eugenio de Ochoa, *Colección de los mejores autores españoles antiguos y modernos*, París, 1842, y F. Janer, *Poetas castellanos anteriores al siglo XV*, Madrid, BAE, 1864, vol. LVII. Por otra parte, la alusión que se hace a esta figura de Santa María Egipciaca en *Safo* (1884) de Daudet indica que esta historia no fue desconocida para los autores de la época (Alphonse Daudet, *Safo*, Madrid, S. A. de Promociones y Ediciones, 1992, pág. 119).

[19] Manuel Alvar (ed.), *Vida de Santa María Egipciaca*, en *Poemas hagiográficos de carácter juglaresco*, Madrid, Eds. Alcalá, 1967, pág. 90. Las referencias posteriores serán a esta edición.

sueña que en un futuro próximo «Santa se bañaría en el Jordán del arrepentimiento», frase que recuerda la purificación que experimenta María tras beber de las aguas de este río y bañarse en él (pág. 85). En otro momento, la imagen de la mujer en el desierto y su desagradable aspecto físico se sugiere en una intervención del mismo personaje:

> Pues si tú, en medio de un desierto, mil veces más enferma y más pobre y más despreciada y más fea, ¡vaya, que asustaras a las fieras! (...) me llamabas como me has llamado hoy (...) habría ido hasta ti, a bendecirte y adorarte como en este momento te adoro y te bendigo...

Pero quizás lo más significativo sea el contraste entre el *exterior* y el *interior* de la mujer protagonista que se plantea en ambos textos: tanto María como Santa cuando gozan de una gran belleza física tienen *sucia* su alma, mientras que tras su sufrimiento y expiación tienen las dos una apariencia repulsiva. La lección moral que se desprende de la obra castellana y que transcribo a continuación coincide por último plenamente con la que expresa Hipólito en su oración final:

> Esto sepa tod'pecador
> que fuer'culpado del Criador,
> que non es pecado
> tan grande ni tan orrible,
> que Dios non le faga perdón
> por penitencia ho por conffesión
> qui se repinte de coraçón
> luego le faze Dios perdón (pág. 75).

El carácter y la historia del personaje de Santa se construyen también a partir del recuerdo de otras prostitutas que pueblan la literatura europea del siglo XIX. La mexicana comparte con Marguerite Gautier, de *La dama de las camelias* (1848), su regeneración por el sufrimiento provocado por su enfermedad y, sobre todo, por el amor sincero y abnegado que es capaz de sentir hacia un hombre, tema que aparece también en distintas obras del romanticismo, como la pieza teatral de Víctor Hugo *Marion de Lorme* (1831). Por su parte, la protagonista de *La Fille Élisa* (1887) de Edmond de Goncourt coincide con Santa en sus reflexiones sobre «los impulsos secretos y misteriosos»[20] que guían su comportamiento, y en sus deseos de obtener algún día el perdón divino. La contemplación del campo como espacio idílico contrapuesto a la ciudad es asimismo un tema reiterado en ambas novelas y que aparece también en *Naná* (1880) de Zola, el principal modelo de las prostitutas naturalistas. Con este último Gamboa tiene en común el intento de ofrecer una imagen de la corrupta sociedad capitalina desde la perspectiva, insólita hasta la fecha, que proporcionaba el burdel. Santa y Naná llegan a reinar en su mundo merced a los atractivos de su cuerpo, y en sus ocasionales momentos de flaqueza sienten nostalgia de otra vida y sueñan con un ya inalcanzable paraíso de felicidad. Pero el parentesco entre ambas termina aquí: Santa no es ni mucho menos la Naná mexicana, y su personalidad se acerca más a la romántica Gautier que a la libertina cortesana zoliana.

La influencia de *Resurrección* (1899) de Lev Tolstói, novela que Gamboa reconocía haber leído al poco de comenzar la redacción de *Santa (Mi diario,* vol. II, pág. 150), se percibe en este relato quizás más que cualquier otra obra contemporánea. Maslova, personaje femenino de la historia, es también engañada por un militar que la abandona embarazada, y se dedica a la prostitución como «una especie de venganza contra el príncipe que la había seducido (...) y contra todos los hombres a los que tenía motivos para detestar»[21]. Al margen de numerosos paralelismos en escenas y reflexiones de los personajes y del narrador, se ha de destacar la *lección* final que extrae de todo lo acaecido el príncipe Nejludov, que, al igual que Hipólito, se *convierte* y proclama el Evangelio y el dogma cristiano como la única vía para erradicar el mal y el vicio de la sociedad de la época.

Además de ser un personaje surgido de la propia realidad y conformado a través de distintas influencias literarias, el carácter de Santa y algunos episodios de la novela se nutren de la propia experiencia personal del autor. En *Impresiones y recuerdos* Federico Gamboa deja constancia de la fascinación

---

[20] Edmond de Goncourt, *La ramera Elisa*, Madrid, Ágata, 1998, pág. 124.
[21] Lev Tolstói, *Resurrección,* Barcelona, Juventud, 1972, pág. 15.

que las prostitutas causaron en él desde temprana edad: «Las veía ir y venir dentro de sus carruajes al mediodía por las calles de Plateros y San Francisco, en los inmorales paseos que por tanto tiempo han existido en México y me extasiaba en la contemplación, me sentía atraído por ellas, ejercían en mí inexplicable y misterioso atractivo» (pág. 33). Por estos años, el futuro novelista comienza a frecuentar a estas mujeres, conoce a los «calaveras profesionales» *(ibíd.)* que las acompañan y se hace asiduo de burdeles y otros lugares de mala fama como «los bailes nocturnos (...) del Tívoli Central y Capellanes» *(ibíd.)*.

Federico entabla relaciones algo más estables con una prostituta, Carlota, que, al igual que Santa, se debate entre su entusiasta entrega *profesional* y la nostalgia de un pasado feliz truncado por un infortunado desliz sexual. Años más tarde otra prostituta, ahora del Moulin Rouge parisino y de nombre Margarita, se unirá al recuerdo de la anterior para perfilar parte del carácter y la historia del personaje novelesco. Gamboa rememora en sus escritos juveniles la estrecha relación que le unió a la francesa y recuerda la fuerte impresión que le causó la noticia de su solitaria muerte tras una rápida enfermedad y su anónimo entierro en el cementerio de los delincuentes. La escena final de *Santa* se puede leer a la luz de estas líneas como una suerte de *reparación* del escritor al triste final de su amiga: «¡Pobre Margarita! Nunca estaré conforme con su sepulcro; (...) su delicioso cuerpo de diecinueve años (...) tenía derecho a una cruz, a ese emblema elocuente de los que sufren y sufriendo perdonan...» (pág. 132).

Las desgracias de Santa se inician tras el episodio del alférez y el aborto fortuito. La historia de la muchacha que se entrega de forma sincera e inocente al varón que la engaña con promesas con la sola intención de satisfacer sus deseos es recurrente en los relatos de Gamboa. La mujer, en este caso Santa, es inicialmente una víctima ingenua cuya responsabilidad en el suceso que determinará su existencia ulterior es por tanto limitada. El autor, sin restar a la joven su parte de culpa, parece incidir más a lo largo del relato en la realidad de una sociedad que genera hombres egoístas y desalmados, que propicia y mantiene el degradante oficio de la prostitución, y que impide el arrepentimiento de aquellas que, por una u otra razón, se ven en la necesidad de practicarlo.

El carácter de Santa, inestable y aparentemente contradictorio en ocasiones, se debate entre su para ella inexplicable atracción hacia la mala vida y sus crisis de religiosidad y arrepentimiento. El narrador intenta penetrar en las razones profundas que mueven el comportamiento de la joven, y pretende en principio justificar su dedicación a tal oficio como resultado del despecho y el resentimiento: Santa «buscaba (...) al Hombre para dañarlo, para herirlo» y así saciar «el alevoso golpe que le asestara aquel que le quedaba lejos». La imagen de la Santa convertida en «cortesana a la moda» y «emperatriz» de la ciudad contrasta con la personalidad oculta de la joven en la que anida aún un profundo sentido moral y religioso que aflora en sus momentos de crisis. Los motivos esgrimidos de forma explícita en el relato no son sin embargo suficientes para justificar plenamente el proceder de la protagonista tanto en su opción inicial como en momentos posteriores. El personaje renuncia a analizar racionalmente los porqués de sus decisiones convencido de la existencia de un misterioso fatalismo, de «los designios insondables y las fuerzas secretas» que la mueven como el viento a las hojas y cuya raíz cree hallar en la propia fisiología femenina, en «la fuerza cósmica del elemento que la hembra lleva en sí, fuerza ciega de destrucción invencible». El narrador, aunque en ocasiones contradice expresamente los razonamientos de la muchacha (como cuando apostilla que Santa lo atribuía todo «a lo que suponía erróneamente fuerzas superiores»), en varios momentos parece compartir la perplejidad y las dudas que invaden a su personaje y no acierta más que a dar justificaciones hipotéticas de algunos comportamientos o simplemente declara su ignorancia con frases como «¡y explíquense ustedes por qué (...) retardaba el principio de enmienda (...)!».

En cualquier caso, lo que sí está claro es que la tendencia ocasional que Santa manifiesta hacia el vicio no se justifica nunca como producto de una herencia genética que transmite una *tara* ni como fruto de una educación equivocada. Muy al contrario, Santa vive hasta el momento de la *transgresión* en un ambiente sano y feliz. A pesar de que en cierto momento se sugiere la posibilidad de que el proceder de la muchacha se deba a «gérmenes de muy vieja lascivia de algún tatarabuelo que en ella resucitaba con vicios y todo», lo cierto es que tal circunstancia no queda ni mucho menos *probada* a lo largo del relato. La historia de Santa no responde en modo alguno al típico *caso de determinismo naturalista*, sino más bien a su propia voluntad, guiada por el despecho, y a un mal reconocido sentimiento de culpabilidad que la lleva a autocastigarse con la inmersión en la vida de la mujer *mala* que en el fondo se considera.

En el transcurso de su *viaje a los Infiernos*, Santa experimenta el placer ocasional de la venganza por medio del poder que le otorga el sexo. Como apunta Rosa Fernández Levin, Santa tiene a sus pies a los hombres más ricos y poderosos de la sociedad capitalina, con lo cual la humilde campesina ha conseguido subvertir a través del sexo el cerrado clasismo dominante en la época[22]. Quizás en esta razón haya que buscar también el motivo de la traición al *Jarameño:* Santa se aburre en ese remedo de vida burguesa y decente que el torero le propone y desea sentir de nuevo la excitación del poder, ejercer una vez más el reinado de la noche sobre sus rendidos esclavos masculinos. En otro momento será la presión del medio lo que impida la regeneración de Santa. Tras el episodio de su expulsión de la iglesia, parece claro que el perdón de la joven ya no le llegará en este mundo.

Una vez transcurridos sus instantes de gloria, Santa comienza un declive físico que la conduce por el sufrimiento del dolor, la enfermedad y el alcoholismo, pero que también la hace conocer el verdadero y sincero amor al lado de Hipólito. La muerte de la joven será a la postre su salvación.

Hipólito

El pianista ciego comparte protagonismo en la novela con la prostituta Santa. De nuevo estamos ante un personaje forjado a partir de las experiencias juveniles del novelista, en

---

[22] Rosa Fernández Levin, *El autor y el personaje femenino en dos novelas del siglo XIX,* Madrid, Pliegos, 1997.

concreto en este caso de la amistad que le unió con el compositor e intérprete de piano Teófilo Pomar, que hacía su trabajo en locales nocturnos de la capital mexicana. La figura de su amigo ya le había servido a Gamboa para crear al personaje del pianista de *Apariencias*.

Uno de los rasgos más destacables de Hipólito es sin duda su desagradable imagen externa. El narrador no ahorra ocasión para poner de relieve su desaliño indumentario y su extrema fealdad, que centraliza especialmente en esos «horribles ojos blanquizcos, de estatua de bronce sin pátina», frase que a modo de epíteto épico se repite hasta la saciedad en los momentos en que entra en escena el pianista. Hipólito es, junto con Santa, el único personaje cuya historia conocemos, aunque sólo parcialmente, a través de su propio relato: abandonado de niño en la Escuela de Ciegos por una madre a quien adoraba, aprendió pronto a «sufrir» en la vida. A los catorce años de edad, con el corazón «encallecido», «pobre, sin ilusiones, sin esperanzas, sin cariño», el tapicero Primitivo Aldábez se lo lleva a trabajar a su establecimiento. En este punto se interrumpe la narración de Hipólito, que ya no se reanudará en el futuro dejando al lector en la ignorancia de los años transcurridos hasta su entrada en el burdel y su encuentro con Santa, cuando el ciego es ya un adulto, de edad indefinida, agnóstico en materia religiosa, «veterano en libertinaje», poseedor de un «vicioso temperamento de fauno en continuo celo», y que se hace acompañar por un criado, Jenaro, a quien trata con gran severidad. Sin embargo, Hipólito dista mucho de ser un rufián desalmado al modo de los muchos que pueblan la narrativa de la época. Por el contrario, siente casi desde el principio un profundo amor por la joven pueblerina, que se va incrementando a lo largo de la novela. En algún momento parece que, de nuevo, el personaje gamboano confunde o enmascara el deseo sexual con el sentimiento amoroso, como atestigua la escena en que el ciego, impelido por «su animalidad, acicateada por el deseo refrenado», intenta forzar a la mujer, hecho que impide la fortuita llegada de Jenaro. No obstante, la marcha de la historia pone en evidencia la verdadera naturaleza de los sentimientos del pianista, quien se convierte en una especie de protector que vigila y ayuda en lo que

44

puede a la muchacha. Torturado en todo momento por los celos que siente hacia los amantes de Santa, Hipo es su confidente en el burdel de Elvira, está siempre pendiente de su suerte y la recoge en su casa cuando se encuentra ya enferma y no queda en ella ni rastro de su antigua belleza. Es el suyo un amor idealista que se pone a prueba cuando, una vez en compañía de la mujer de sus sueños, es capaz de reprimir sus instintos por temor a agravar los dolores de la muchacha. Hipólito no duda además en gastar todos sus ahorros en sufragar la desesperada y a la postre fallida operación de urgencia a que es sometida Santa con el fin de atajar su grave enfermedad, y él es también el encargado de hacer regresar el cuerpo de su amada a la tierra que la vio nacer. Hipólito, igual que Santa, se redime humanamente por la sinceridad de sus sentimientos y también por su decidida y quizás algo abrupta re-conversión al catolicismo. Tras varias jornadas al lado de la tumba de su amada muerta, el pianista parece comprender el sentido de la historia de ambos y que la recompensa a su amor y a su sufrimiento llegará en el más allá. Con sus devotas oraciones finaliza el relato.

Personajes secundarios

El resto de los personajes de la novela están descritos a grandes pinceladas. No sabemos casi nada de su trayectoria personal ni de sus pensamientos íntimos y su papel en la historia tiene sólo valor en cuanto a su implicación en la vida de la protagonista. Entre ellos, el que tiene mayor presencia en el relato es el torero *Jarameño*, en cuyas apariciones el narrador emplea todos los tópicos imaginables para un hombre de su oficio. Es también un personaje netamente *positivo*, que llega a sentir amor verdadero por Santa, a quien retira incluso temporalmente de la profesión y lleva a vivir con él a la pensión de La Guipuzcoana. El torero dispensa siempre un trato exquisito a la joven y, al igual que Hipólito, la ayuda en todo momento, incluso después que ésta le pague sus atenciones con el engaño.

Después del *Jarameño*, el personaje secundario que más se significa en el relato es Jenaro, el criado de Hipólito, cuyo parentesco con el pícaro tradicional remarca el propio narrador en alusiones a la «inteligente cara picaresca» del muchacho y a sus intervenciones «llenas de donaire y no exentas de colorido picaresco». Al igual que el personaje de la tradición española, Jenaro es un «granuja abandonado», un «niño que no ha tenido infancia» y que se ha visto obligado a trabajar desde su más temprana edad. Crecido en las calles de México, sirve de lazarillo a un ciego —como en su día hiciera el de Tormes—, y su presencia en la novela con su peculiar lenguaje y su forma de describirle a Hipo la realidad supone el único contrapunto amable y desenfadado al dramatismo del relato.

El resto de los personajes de la novela aparecen identificados con los espacios donde transcurre su existencia cotidiana. Es el caso de Pepa, la encargada del burdel, o de Elvira, la dueña, que, en un encuentro fortuito con Santa cuando ésta aún vivía en su pueblo, le ofrece trabajo en su establecimiento. Frente a los anteriores, es un personaje sin escrúpulos ni sentimientos, que trata a sus pupilas como mera mercancía y que no duda en expulsar a la joven cuando ésta ya no se encuentra capacitada para trabajar en un local de esa categoría. A su lado, pulula una legión de prostitutas cada vez más desdibujadas, y en la que sólo la *Gaditana,* confidente ocasional de Santa y que siente por ella una pasión lésbica, destaca un tanto sobre el resto. Tampoco el alférez, Marcelino Beltrán, tiene un peso específico en la novela. Su figura responde a un tipo muy común en la narrativa de Gamboa: el burlador que seduce a la mujer bajo promesas de matrimonio y amor fingido para más tarde abandonarla a su suerte. Su función en este caso es la de actuar como mero desencadenante de la tragedia.

Menos perfilados aún están los inquilinos de La Guipuzcoana, pensión para españoles donde el *Jarameño* vive su historia de amor con Santa. El ambiente del hospedaje le sirve a Gamboa para ofrecer una imagen de la emigración española en México y del sentimiento de superioridad que algunos todavía albergan sobre la antigua colonia. Pese a ello, el escritor no ve de forma negativa a los españoles, a quienes siempre en sus novelas presenta integrados sin problemas en la vida de la

capital. El inventor Ripoll será el elegido por Santa para enga-
ñar al *Jarameño* y poner así fin a una vida que ya empezaba a
causar un cierto hastío en la joven. La escena en que el torero
descubre al inquilino de la pensión y a su amada en el lecho,
con la huida precipitada del azorado amante y la salvación
milagrosa de Santa al clavarse en la cómoda que sustenta una
imagen de la Virgen la navaja del enfurecido *Jarameño,* ha sido
destacada por la crítica como una de las más logradas de la
novela.

La Ciudad de México

Santa es una de las primeras obras de la narrativa hispanoamericana en las que la ciudad cobra un destacado protagonismo.

Con un censo declarado de 326.594 habitantes en 1890[23],
la capital mexicana, aunque muy poblada para la época, dis-
taba mucho de ser la urbe desmesurada de nuestros días. Sus
límites se circunscribían de forma muy aproximada a lo que
hoy se conoce como *centro histórico* y algunas calles adyacentes, y la ciudad había comenzado su expansión hacia el oeste
con la apertura en 1872 del paseo de la Reforma, donde las familias pudientes construían sus elegantes mansiones. Hacia el
sur, algunas granjas y haciendas aisladas salpicaban el camino
hasta pequeños núcleos de población como Contreras, San
Ángel o Chimalistac, hoy ya plenamente integrados en el núcleo urbano de la capital.

En las páginas de *Santa* encontramos una imagen muy precisa de ese México de finales del XIX; recorremos con los personajes sus calles, la gran mayoría aledañas al Zócalo y al parque de la Alameda, visitamos sus establecimientos más populares (el Tívoli, el Café de París o el Palais Longchamps, entre
otros) y respiramos la gran vitalidad de celebraciones populares como las fiestas de conmemoración de la Independencia.
Es la cara vitalista de una urbe que atesora una enorme ener-

---

[23] José María Marroquí, *La ciudad de México,* México, La Europea, 1900,
t. I, pág. 114.

gía y que poco a poco se va convirtiendo en el lugar de destino de gentes llegadas de distintas partes del país. Pero México también nos ofrece otra imagen. Sobre todo al llegar la noche, la gran ciudad se transforma en la capital del vicio, en el espacio donde habitan los desheredados de la fortuna, que conviven con la ociosa y derrochadora burguesía. La doble cara de México tiene una clara expresión en el barrio donde se sitúa el burdel de Elvira, «muy poco tolerable por las noches», aunque «de día trabaja, y duro, ganándose el sustento con igual decoro que cualquiera otro de los de la ciudad». En posteriores novelas, Gamboa prosigue con este intento por penetrar en los distintos ambientes y rincones de la ciudad, empresa que se convierte casi en una obsesión para Salvador en *Reconquista*.

Naturalismo y didactismo religioso

Con *Santa* el burdel y los bajos fondos de México, con sus espacios y personajes característicos, cobran carta de naturaleza en la novela del país. Parte de la crítica ha considerado este hecho como suficiente para afiliar esta obra a la corriente naturalista, lo cual además vendría avalado por la cercanía que desde un primer momento se quiso advertir entre la Naná zoliana y las desventuras de la prostituta mexicana. Pero el parentesco de *Santa* con el naturalismo tradicional no se limita tan sólo al personaje protagonista, sino que se extiende a otros temas y tópicos que encuentran su lugar en el relato. Uno de los ejemplos más evidentes es la escena que describe la muerte de un cliente en el burdel. En su desarrollo el narrador se explaya sobre los efectos negativos del alcohol, «el Enemigo de la especie, el que nos orilla a los precipicios y a las infamias» y plantea que la herencia fisiológica de «los hombres de las cavernas», dormida en «los calabozos de la conciencia» y que se nutre de todo tipo de «instintos perversos», despierta con el alcohol y deja al descubierto el «milenario impulso homicida, la incurable exigencia fisiológica de matar por matar». Este intento por analizar los resortes ocultos que mueven el comportamiento humano es típico del narrador

naturalista, quien también suele limitar la responsabilidad in-
dividual de los personajes ante los hechos negativos que co-
meten, al considerarlos como víctimas de un engranaje social
y una herencia fisiológica que determinan sus decisiones. En
esta línea, Marcelino Beltrán es presentado como «un ignorante, un irresponsable, un macho común y corriente que se
proporciona un placer de amores donde le cuesta menos y le
sabe más».

Sin embargo, como ya he señalado en páginas anteriores,
Gamboa se halla muy lejos de ser un naturalista ortodoxo, y
la tensión entre las premisas de este movimiento y el idealismo romántico que se puede rastrear en toda su obra narrativa
también se encuentra presente en *Santa*. Son muchos los factores que separan a esta novela de las normas medianias: no
encontramos en ella descripciones feístas, no hay determinismo de herencia o medio y el narrador dista de ser el observador imparcial de los hechos que narra. Por otro lado, ingredientes como la naturaleza *solidaria*, las premoniciones que a
veces asaltan a los personajes, y sobre todo la sensiblería que
destilan las páginas finales del relato acercan por momentos
la obra a los parámetros de la sensibilidad romántica. La vida
de la prostituta finalmente redimida encierra además unas claras connotaciones de índole religiosa y moralizante que casan
mal con el pregonado laicismo naturalista y que se advierten
desde la propia estructura de la obra.

La historia de Santa se puede articular en torno a una serie
de etapas o *funciones* narrativas que conformarían la secuencia
*vida paradisiaca-transgresión (caída)-castigo-penitencia (sufrimien-
to)-redención*. Santa será culpable de transgredir las normas
sociales y la moral religiosa, y su castigo consistirá en su separación del núcleo familiar y de su pueblo, que siempre recordará como un verdadero *paraíso perdido*. La escena de la
expulsión de la joven del lado de su madre y hermanos se describe en la novela con las connotaciones propias de un *juicio
sagrado*: Agustina se encuentra en «hierática actitud», con el
«busto enhiesto», y de su figura emana «un resplandor de imagen imprecisa dentro de alguna nave a media luz». Tras el alegato acusador, la anciana se pone en pie «agrandada, engrandecida, sacra», y Santa, arrodillada ante ella, escucha la senten-

cia. Al salir de la habitación, la muchacha contempla la figura de su familia «en solemne grupo patriarcal de los justicieros tiempos bíblicos». Agustina, a modo de divinidad suprema del Paraíso primigenio, expulsa a Santa del mismo por haber violado sus normas de conducta. La vida posterior de la joven transcurrirá lejos de la simbólica luz de su pueblo, en las *tinieblas exteriores* de la capital mexicana, expiando su culpa en una vida entregada al vicio y con inútiles intentos de regeneración. Pero Santa consigue finalmente su salvación, y lo hace sobre todo a través del sufrimiento de su enfermedad y del amor sincero y casto que siente por Hipólito, que le devuelve la pureza de su infancia y la reconcilia con las normas de la moral católica («¡por el amor volvían a Dios!», dice el narrador). Santa muere, y la imagen simbólica de su redención nos la ofrece su entierro en el pueblo: es el regreso al Edén. De este final se desprende una de las principales tesis del relato: no hay pecado ni pecador a quien no perdone la infinita misericordia divina. La oración de Hipólito que cierra la novela recoge con claridad esta idea: «Dios recibe entre sus divinos brazos misericordiosos a los humildes, a los desgraciados, a los que apestan y manchan, a la teoría incontable e infinita de los que padecen hambre y sed de perdón... ¡A Dios se asciende por el amor o por el sufrimiento!»

La moraleja explícita con que concluye la historia se puede aplicar tanto al personaje como al conjunto del país. En *Santa* Gamboa plantea por vez primera la tesis central que desarrollarán sus obras posteriores y que se encuentra expresada con toda claridad en *Reconquista:* la única forma de salvar a México de la decadencia que el autor percibe a su alrededor reside en un retorno a la esencia de lo que el escritor considera como «el nacionalismo más desinteresado y puro»[24], que anida principalmente en el campo y que tiene como firmes pilares la fe en Dios y el respeto a las normas del catolicismo. En consonancia con esta argumentación, no es de extrañar que un sector de la crítica haya interpretado *Santa* como una suerte de metáfora del México corrompido por

---

[24] José Emilio Pacheco (ed.), *op. cit.,* pág. 149.

la influencia extranjera[25]. Aunque Gamboa no hace en esta novela tanto hincapié en el tema como en la mencionada *Reconquista,* en algunos momentos de la historia de la prostituta y en ciertos comentarios del narrador se percibe esa tensión entre tradición e innovación que se palpa en casi toda la obra narrativa del mexicano y que, como señalan algunos historiadores, fue una de las principales características de la sociedad porfirista[26]. En esta línea, la llegada de la «Gendarmería Municipal de a caballo» a la guarnición de San Ángel en sustitución de los viejos *rurales* supone la entrada en el pueblo de una modernidad que, a la postre, traerá la desgracia. El regimiento, de indumentaria «a la europea», se instala además como un «invasor» en el secularizado convento del Carmen, como un exponente claro de los nuevos tiempos en que el espíritu laico se pretende imponer sobre las convicciones religiosas tradicionales del pueblo mexicano. El código de conducta de Santa y su familia es totalmente distinto del que tiene el alférez Beltrán, hombre egoísta y libertino, reflejo también de la nueva época. Las alusiones que en el transcurso de la novela se hacen a las «ropas londinenses» que visten los acompañantes de la joven, o al hecho de que a ésta «ni trazas de lugareña le restaban» en sus horas de triunfo, son claros ejemplos de esta tensión subyacente en la novela de Gamboa.

Son muy numerosos, en conclusión, los argumentos que alejan a esta novela de un naturalismo ortodoxo. No hay que olvidar, sin embargo, que también existen algunos factores que se han desgranado en páginas anteriores y que han sido los *culpables* de hacer figurar esta obra en la nómina de la tendencia zoliana. Como ya he comentado anteriormente, el incluir o no *Santa* en la corriente naturalista depende en exclusiva del enfoque que adopte el crítico de turno en función de la importancia que otorgue a la aplicación estricta del có-

---

[25] Véase al respecto Bartie Lee Lewis, *The Myth and the Moment; a Reappraisal of the Novels of Federico Gamboa,* tesis doctoral, University of New Mexico, 1973.

[26] Sobre este aspecto véase William H. Beezly, *Judas at the Jockey Club,* University of Nebraska Press, 1989.

digo de la escuela. En el fondo, por lo tanto, el hecho de definir o no a una novela como naturalista se basa en un criterio netamente subjetivo y por ello quizás la actitud más saludable sea la de huir de encasillamientos que rara vez responden a la realidad y valorar en este caso *Santa* como una obra de gran riqueza literaria en la que se entrecruzan distintos caminos artísticos.

Estructura, narrador y estilo

El relato se estructura en dos partes perfectamente simétricas compuestas cada una de ellas por cinco capítulos. La narración comienza, como es frecuente en varias obras de la época, *in medias res,* cuando Santa llega al burdel de Elvira en México. Al poco de instalarse en él y durante su primera noche, los recuerdos de la muchacha informarán al lector de lo sucedido con anterioridad. A partir de este momento, la historia fluirá ya de manera lineal hasta su conclusión. No es por tanto *Santa* una novela que presente innovación alguna frente al código realista tradicional. Tampoco en principio el narrador en tercera persona parece diferenciarse del ente omnisciente que refiere y dirige a su antojo la historia en el relato decimonónico clásico: tiene acceso a la interioridad de todos los personajes y es capaz de transcribir sus pensamientos más íntimos. No obstante, se advierten algunas excepciones a esta norma que en ocasiones ponen en entredicho el grado de omnisciencia y por tanto de fiabilidad del narrador de *Santa*. En distintos momentos, la voz heterodiegética que refiere los hechos reconoce explícitamente algunas lagunas de conocimiento, que se ponen de manifiesto con expresiones del tipo «no está averiguado...», «no está investigado...» o «únicamente Dios para saber lo que pasaría por el espíritu de Santa en aquella noche de duelo solitario». En varias ocasiones parece evidente que el narrador ha reconstruido la historia que cuenta a partir de testimonios e informaciones obtenidas a través de distintos testigos, como parece apuntarse en frases como «y cuenta que...», «se cuenta que...», «es lo comprobado...» y en aquellos casos en que se identifica de forma explícita al informador: «Jenaro aseguraba que las manos de ambos se juntaban y separaban», «la pareja que aquella noche pernoctó tabique de por medio con el asesino y Santa, contó que les oyó llorar». No estamos, por tanto, ante el tradicional dominador de todos los recovecos de la ficción, sino más bien ante alguien que, según el procedimiento naturalista, ha realizado una profunda labor de documentación previa que ha dado como resultado una obra en la que quedan ciertas zonas oscuras. Aparte de esto, el narrador de *Santa* conduce la historia, da entrada a los pensamientos de los personajes, expresados en estilo indirecto libre, y ralentiza con frecuencia el desarrollo de los acontecimientos con descripciones de ambientes humanos, espacios o personas concretas, donde al gusto por el detalle objetivo le acompañan valoraciones y apostillas personales. Así, términos como «orgía vulgar», «bestial concupiscencia» o «prostituta envejecida y hedionda» revelan a las claras la opinión que al autor-narrador le merecen las actividades de los prostíbulos y las mujeres que trabajan en ellos. En otros casos los comentarios son mucho más directos y explícitos, como ocurre con las críticas que se vierten en la novela hacia las clases acomodadas y su «hipócrita y falsa moral burguesa» o la descripción de la miseria de los obreros, explotados por sus patronos, que viven «en su esclavitud mansa de bestias humanas». Pero el narrador carga las tintas de manera especial en sus apreciaciones sobre la corrupción de la Administración, en particular de los agentes de Sanidad, y la ineficacia del sistema judicial, que define como «imperfecta e imbécil maquinaria». Estamos, en consecuencia, ante un narrador que se encuentra muy lejos de la deseada neutralidad preconizada por el naturalismo y que, por el contrario, salpica de continuo el relato con comentarios personales y juicios de valor.

Al margen de sus reiteradas intromisiones, el narrador de *Santa,* conforme al código realista, sabe retratar con gran maestría los rasgos más sobresalientes de espacios y personajes, y muestra una gran habilidad a la hora de transmitir la fuerte tensión dramática de algunas escenas, como la que refiere el intento fallido del *Jarameño* de clavarle a Santa el cuchillo, la que relata la operación de la prostituta o la excelen-

53

te secuencia que describe la muerte del parroquiano del burdel. En otros momentos, la acción se detiene para dar cabida a escenas de claro sabor costumbrista, como sucede en la recreación de los ambientes dominicales de San Ángel, de las conversaciones de los clientes de La Guipuzcoana, o de celebraciones populares como las fiestas de la Independencia.

El estilo de Gamboa tiende hacia la elaboración de períodos largos y peca en ocasiones de un cierto tono declamatorio y grandilocuente, muy de su época ciertamente, pero que ha resistido mal el paso del tiempo y que al lector actual le puede resultar un tanto pretencioso y engolado. Todos los escritos gamboanos presentan no obstante una gran riqueza de vocabulario que se desgrana en abundantes neologismos, latinismos o galicismos y un léxico que da preferencia a los términos castellanos frente a los mexicanismos[27]. A pesar del manifiesto rechazo que el escritor expresó hacia el modernismo, en algunos pasajes de *Santa* se pueden advertir expresiones como las siguientes, que recuerdan al esteticismo y la búsqueda del ritmo que son propios de este movimiento contemporáneo al autor: «los cínicos rostros anémicos de las infecundas hetairas marchitas», «los cortinajes de los "estrados" undivagan como disformes búhos satánicos».

Los personajes de *Santa,* por su parte, comparecen como ya se ha dicho con su propio código expresivo, lo cual contribuye aún más a enriquecer el léxico del texto. Esta circunstancia es evidente en el caso del *Jarameño,* cuyas intervenciones están plagadas de términos y expresiones originarias del español de Andalucía, y de Elvira, la *Gaditana* o los huéspedes de La Guipuzcoana, que utilizan en sus diálogos numerosos vocablos procedentes del castellano peninsular. Caso opuesto es el de Jenaro, cuyas intervenciones introducen en la novela aspectos del habla popular mexicana.

---

[27] Para el estilo de Gamboa véase María Guadalupe García Barragán, *Federico Gamboa et le Naturalisme,* tesis doctoral, Université de Paris, Institut des Hautes Études de L'Amérique Latine, 1971.

Esta edición

Desde su aparición en 1903, el texto de la novela no ha registrado apenas variaciones. Las modificaciones que Gamboa introdujo en la tercera edición —la primera en México— son muy poco significativas y apenas afectan a términos concretos y frases aisladas.

He utilizado como texto de referencia la octava edición de Eusebio Gómez de la Puente (1927), cuyo cotejo con la original de 1903 y las más recientes de Botas, Fondo de Cultura Económica y Grijalbo me ha permitido advertir y corregir numerosas erratas repetidas en las ediciones modernas de la obra.

Las notas, por su parte, tienen la función de aclarar aquellos aspectos tanto de tipo léxico como de carácter histórico o cultural que puedan resultar menos conocidos para el lector. Aunque en rigor no afecte a la comprensión del texto, he intentado, en la medida en que la información a mi alcance me lo ha permitido, identificar y poner al día las variadas alusiones a edificios y calles de la Ciudad de México que Gamboa realiza en la novela. Al lector, de esta forma, se le facilita la posibilidad de seguir los desplazamientos de los personajes con la simple ayuda de un plano actualizado del centro histórico de la capital.

Bibliografía

BIBLIOGRAFÍA DE FEDERICO GAMBOA
(PRIMERAS EDICIONES)[28]

Narrativa

Del natural. Esbozos contemporáneos, Guatemala, Tip. La Unión, 1889.
Apariencias, Buenos Aires-La Plata, Casa Editora de Jacobo Peuser, 1892.
Suprema ley, París-México, Librería de la Vda. de Ch. Bouret, 1896.
Metamorfosis, Tip. Nacional de la Ciudad de Guatemala, 1899.
Santa, Barcelona, Talleres y Editorial Araluce, 1903.
Reconquista, México, Eusebio Gómez de la Puente, 1908.
La llaga, México, Eusebio Gómez de la Puente, 1913.
El evangelista, Nueva York, *Pictorial Review,* marzo-abril de 1922.
Novelas de Federico Gamboa (introducción de Francisco Monterde), México, FCE, 1965 (incluye todas las obras mencionadas excepto *El evangelista*).

Teatro

La última campaña, Guatemala, Tip. de Arturo Siguera y Compañía, 1900.

---

[28] Sigo en este apartado el artículo de Ernest R. Moore, «Bibliografía de obras y crítica de Federico Gamboa, 1864-1930», *Revista Iberoamericana,* II, 1940, págs. 271-279, al que remito para mayor información.

La venganza de la gleba, Guatemala, Tip. de Sánchez y de Guise, 1907.

Teatro de Federico Gamboa (ed. de M.ª Guadalupe García Barragán), México, UNAM, 2000 (incluye, además de las piezas anteriores, *Entre hermanos* y fragmentos de *A buena cuenta*).

Ensayo

La novela mexicana, México, Eusebio Gómez de la Puente, 1914.

Impresiones y recuerdos, Buenos Aires, Arnaldo Moen, 1893.

Mi diario I (1892-1896), Guadalajara, Imprenta de la Gaceta de Guadalajara, 1907.

Mi diario II (1897-1900), México, Eusebio Gómez de la Puente, 1910.

Mi diario III (1901-1904), México, Eusebio Gómez de la Puente, 1920.

Mi diario IV (1905-1908), México, Eusebio Gómez de la Puente, 1934.

Mi diario V (1909-1911), México, Botas, 1938.

(El Consejo Nacional para la Cultura y las Artes de México ha reeditado recientemente todos estos volúmenes, que ha completado con otros dos hasta entonces inéditos.)

Mi diario VI (1912-1919), México, CNCA, 1995.

Mi diario VII (1920-1939), México, CNCA, 1995.

Diario de Federico Gamboa (1892-1939) (selección, prólogo y notas de José Emilio Pacheco), México, Siglo XXI, 1997.

ESTUDIOS SOBRE LA OBRA DE FEDERICO GAMBOA

ANDERSON, Helene M., *The Influence of Zola and De Maupassant on the Novels of Federico Gamboa*, tesis doctoral, Syracuse University, 1952.

BUTLER, Charles W., *Federico Gamboa, Novelist of Transition*, tesis doctoral, University of Colorado, 1950.

FERNÁNDEZ LEVIN, Rosa, *El autor y el personaje femenino en dos novelas del siglo XIX*, Madrid, Pliegos, 1997.

GARCÍA BARRAGÁN, M.ª Guadalupe, *Federico Gamboa et le Naturalisme*, tesis doctoral, Université de Paris Sorbonne III, Institut d'Études Ibéroaméricaines, 1971.

58

— «Memorias de Federico Gamboa: lo que a los críticos se les pasó por alto», *Ábside,* 36, 1972, págs. 16-32.

— «Primordialidad y vigencia de Federico Gamboa en el cine mexicano», Pamela Bacarisse (ed.), *Tradición y actualidad de la literatura iberoamericana,* Pittsburgh, 1995, págs. 75-78.

GLANTZ, Margo, *«Santa* y la carne», *La lengua en la mano,* México, Premiá, 1983.

HOOKER, Alexander C., *La novela de Federico Gamboa,* Madrid, Plaza Mayor, 1971.

ITURRIBARRÍA, Jorge Fernando, «Gamboa, admirador y crítico de Díaz», *Historia Mexicana,* 8, 1959, págs. 474-498.

LAY, Amado Manuel, *Visión del Porfiriato en cuatro narradores mexicanos: Rafael Delgado, Federico Gamboa, José López Portillo y Rojas y Emilio Rabasa,* tesis doctoral, University of Arizona, 1981.

LEE LEWIS, Bartie, *The Myth and the Moment; a Reappraisal of the Novels of Federico Gamboa,* tesis doctoral, University of New Mexico, 1973.

MENA, Francisco, «Federico Gamboa y el naturalismo como expresión ideológica y social», *Explicación de Textos Literarios,* 2, 1976, págs. 207-214.

MENTON, Seymour, «Federico Gamboa: un análisis estilístico», *Humanitas,* 4, 1963, págs. 311-342.

— *The Life and Works of Federico Gamboa,* tesis doctoral, University of New York, 1952.

MONTERDE, Francisco, «Federico Gamboa y el Modernismo», *Revista Hispánica Moderna,* 31, 1965, págs. 329-330.

NIESS, Robert J., «Federico Gamboa: The Novelist as Autobiographer», *Hispanic Review,* vol. XIII, 1945, págs. 161-180.

ORDIZ VÁZQUEZ, F. Javier, *«Santa,* o el espejismo naturalista», Pamela Bacarisse (ed.), *op. cit.,* págs. 255-258.

— «El Naturalismo en Hispanoamérica. Los casos de *En la sangre* y *Santa»,* *Anales de Literatura Hispanoamericana,* núm. 25, 1996, págs. 77-87.

ROSEMBERG, S. L., «El Naturalismo en México y don Federico Gamboa», *Bulletin Hispanique,* vol. 36, 1934, pág. 482.

SEDYCIAS, Joao, *The Naturalistic Novel of the New World: A Comparative Study of Stephen Crane, Aluisio Acevedo and Federico Gamboa,* Lanham, Maryland, University Press of America, 1993.

TORRES POU, Juan, «La ficción científica: fábula y mito en *Santa* de Federico Gamboa», *Crítica Hispánica,* otoño de 1995, págs. 302-309.

Yudico Sigler, Elena, *Federico Gamboa: «Santa»*, México, Fernández, 1991.

Obras de carácter general

Chevrel, Ives, *Le Naturalisme*, París, PUF, 1982.

Díaz y de Ovando, Clementina, *Los cafés en México en el siglo XIX*, México, UNAM, 2000.

García Barragán, M.ª Guadalupe, *El Naturalismo literario en México*, México, UNAM, 1993.

González Obregón, Luis, *Las calles de México*, México, Manuel Sánchez León Editor, 1923.

Marroquí, José M.ª, *La ciudad de México*, México, La Europea, 1900, 3 tomos.

Pardo Bazán, Emilia, *La cuestión palpitante*, Barcelona, Anthropos/Universidad de Santiago, 1989.

Zea, Leopoldo, *El positivismo en México*, México, FCE, 1968.

Zola, Émile, *El Naturalismo*, Barcelona, Península, 1972.

Diccionarios de consulta

Diccionario de la lengua española, Madrid, Espasa-Calpe, 2001 (22.ª ed.) (en las notas al texto figura como *DRAE).*

Diccionario Porrúa de historia, biografía y geografía de México, México, Porrúa, 1986 (5.ª ed.), 3 tomos.

Santamaría, Francisco, *Diccionario de mejicanismos*, México, Porrúa, 1992.

Seco, Manuel, Andrés, Olimpia, y Ramos, Sabino, *Diccionario del español actual*, Madrid, Aguilar, 1999.

Santa

Yo les daré rienda suelta; no castigaré a vuestras hijas cuando habrán pecado, ni a vuestras esposas cuando se hayan hecho adúlteras; pues que los mismos padres y esposos tienen trato con las rameras (...) por cuya causa será azotado este pueblo insensato, que no quiere darse por entendido.

Oseas, caps. IV, V, 14[1]

---

[1] *Oseas:* profeta hebreo que vivió en Israel durante el reinado de Jeroboam III (784-748 a.C.). Deslumbrado por la riqueza material, el pueblo le había vuelto la espalda a Dios, hecho que el profeta reprueba, convencido además de que sólo una conversión sincera y auténtica podría darle fortaleza y unidad a un país como el suyo debilitado por conflictos internos.

A Jesús F. Contreras, escultor[2]

En México

No vayas a creerme santa, *porque así me llamé. Tampoco me creas una perdida emparentada con las Lescaut o las Gautier*[3]*, por mi manera de vivir.*

Barro fui y barro soy; mi carne triunfadora se halla en el cementerio.

Desahuciada de las «gentes de buena conciencia», me cuelo en tu taller con la esperanza de que, compadecido de mí, me palpes y registres hasta tropezar con una cosa que llevé adentro, muy adentro, y que calculo sería el corazón, por lo que me palpitó y dolió con las injusticias de que me hicieron víctima...

No lo digas a nadie —se burlarían y se horrorizarían de mí—, pero ¡imagínate!, en la Inspección de Sanidad, fui un número; en el prostíbulo, un trasto de alquiler; en la calle, un animal rabioso, al que cualquiera perseguía; y en todas partes, una desgraciada.

Cuando reí, me riñeron; cuando lloré, no creyeron en mis lágrimas; y cuando amé, ¡las dos únicas veces que amé!, me aterrorizaron

---

[2] *Jesús F. Contreras:* escultor nacido en Aguascalientes (1866-1902), a quien se deben diversas estatuas y monumentos situados en distintas ciudades del país. Realizó un busto de Gamboa en 1896. A su muerte, el escritor lo recordará como «uno de mis dos o tres mejores amigos, si no el mejor de ellos» *(Mi diario,* VI, págs. 601-602).

[3] Manon Lescaut es el nombre de la protagonista de la novela del mismo título publicada en 1731 por el abate Prévost. Margarita Gautier, por su parte, es el personaje principal de *La dama de las camelias* (1848) de Alejandro Dumas hijo. En ambas obras se refiere la historia de amor entre un caballero y una prostituta que finaliza con la trágica muerte de ésta.

en la una y me vilipendiaron en la otra. Cuando cansada de padecer me rebelé, me encarcelaron; cuando enfermé, no se dolieron de mí, y ni en la muerte hallé descanso; unos señores médicos despedazaron mi cuerpo, sin aliviarlo, mi pobre cuerpo magullado y marchito por la concupiscencia bestial de toda una metrópoli viciosa...

Acógeme tú y resucítame, ¿qué te cuesta?... ¿No has acogido tanto barro, y en él infundido, no has alcanzado que lo aplaudan y lo admiren?... Cuentan que los artistas son compasivos y buenos... ¡Mi espíritu está tan necesitado de una limosna de cariño!

¿Me quedo en tu taller?... ¿Me guardas?...

En pago —morí muy desvalida y nada legué—, te confesaré mi historia. Y ya verás cómo, aunque te convenzas de que fui culpable, de sólo oírla llorarás conmigo. Ya verás cómo me perdonas, ¡oh, estoy segura, lo mismo que lo estoy de que me ha perdonado Dios!

Hasta aquí, la heroína.

De mi parte debo repetir —no para ti, sino para el público— lo que el maestro de Auteuil declaró cuando la publicación de su Fille Élisa[4]:

«*Ce livre, j'ai la conscience de l'avoir fait austère et chaste, sans que jamais la page échappée á la nature délicate et brûlante de mon sujet, apporte autre chose à l'esprit de mon lecteur qu'une méditation triste*»[5].

F. G.

---

[4] Auteuil es un suburbio de París, en la orilla derecha del Sena, donde tenía su residencia Edmond de Goncourt, autor de *La Fille Élisa* (1877), cuando Gamboa lo visitó en 1893.

[5] «Este libro tengo la consciencia de haberlo hecho austero y casto, y al copiar de la naturaleza el asunto delicado y peligroso de mi novela, sólo llevo al ánimo de mi lector una meditación triste» (Edmond de Goncourt, *La ramera Elisa*, Madrid, Ágata, 1998, págs. 3-4).

Primera parte

Capítulo primero

—Aquí es —dijo el cochero deteniendo de golpe a los caballos, que sacudieron la cabeza hostigados por lo brusco del movimiento.

La mujer asomó la cara, miró a un lado y otro de la portezuela, y como si dudase o no reconociese el lugar, preguntó admirada:

—¡Aquí!... ¿En dónde?...

El cochero, contemplándola canallamente desde el pescante, apuntó con el látigo tendido:

—Allí, al fondo, aquella puerta cerrada.

La mujer saltó del carruaje, del que extrajo un lío[6] de mezquino tamaño; metióse la mano en el bolsillo de su enagua y le alargó un duro al auriga:

—Cóbrese usted.

Muy lentamente y sin dejar de mirarla, el cochero se puso en pie, sacó diversas monedas del pantalón que recontó luego en el techo del vehículo y, por último, le devolvió su peso:

—No me alcanza; me pagará usted otra vez, cuando me necesite por la tarde. Soy del sitio de San Juan de Letrán, número 317, y bandera colorada. Sólo dígame usted cómo se llama...

—Me llamo Santa, pero cóbrese usted; no sé si me quedaré en esa casa... Guarde usted todo el peso —exclamó después de breve reflexión, ansiosa de terminar el incidente.

---

[6] *Lío:* «porción de ropa o de otras cosas atadas» *(DRAE).*

Y sin aguardar más, echóse a andar de prisa, inclinando el rostro, medio oculto el cuerpo todo, bajo el pañolón que algo se le resbalaba de los hombros; cual si la apenara encontrarse allí a tales horas, con tanta luz y tanta gente que de seguro la observaba, que de fijo sabía lo que ella iba a hacer. Casi sin darse cuenta exacta de que a su derecha quedaba un jardín anémico y descuidado, ni de que a su izquierda había una fonda de dudoso aspecto y mala catadura, siguió adelante, hasta llamar a la puerta cerrada. Sí advirtió confusamente, algo que semejaba césped raquítico y roído a trechos; arbustos enanos y uno que otro tronco de árbol; sí le llegó un tufo a comida y a aguardiente, rumor de charlas y de risas de hombres; aun le pareció —pero no quiso cerciorarse deteniéndose o volviendo el rostro— que varios de ellos se agrupaban en el vano de una de las puertas, que sin recato la contemplaban y proferían apreciaciones en alta y destemplada voz, acerca de sus andares y modales. Toda aturdida, desfogóse con el aldabón y llamó distintas veces, con tres golpes en cada vez.

La verdad es que nadie, fuera de los ociosos parroquianos del fonducho, paró mientes en ella; sobre que el barrio, con ser barrio galante y muy poco tolerable por las noches, de día trabaja, y duro, ganándose el sustento con igual decoro que cualquiera otro de los de la ciudad. Abundan las pequeñas industrias; hay un regular taller de monumentos sepulcrales; dos cobrerías italianas; una tintorería francesa de grandes rótulos y enorme chimenea de ladrillos, adentro, en el patio; una carbonería, negra siempre, despidiendo un polvo finísimo y terco que se adhiere a los transeúntes, los impacienta y obliga a violentar su marcha y a sacudirse con el pañuelo. En una esquina, pintada al temple, destácase La Giralda, carnicería a la moderna, de tres puertas, piso de piedra artificial, mostrador de mármol y hierro, con pilares muy delgados para que el aire lo ventile todo libremente; con grandes balanzas que deslumbran de puro limpias; con su percha metálica, en semicírculo, de cuyos gruesos garfios penden las reses descabezadas, inmensas, abiertas por en medio, luciendo el blanco sucio de sus costillas y el asqueroso rojo sanguinolento de carne fresca y recién muerta; con nubes de moscas inquietas, voraces, y uno o dos mastines callejeros, corpulentos, de pelo erizo y fuerte, echados sobre la acera, sin reñir, dormitando o atisbándose las pulgas con la mirada fija, las orejas enhiestas, muy cerca el hocico del sitio invadido, en paciente espera de las piltrafas y desperdicios con que los regalan. En la opuesta esquina, con bárbaras pinturas murales, un haz de banderolas en el mismísimo ángulo de las paredes de entrambas calles y sendas galerías de zinc en cada una de las puertas, divísase La Vuelta de Los Reyes Magos, acreditado expendio del famoso Santa Clara y del sin rival San Antonio Ometusco[7]. Amén del jardín, que posee una fuente circular, de surtidor primitivo y charlatán por la mucha agua que arroja sin cansarse ni disminuirla nunca, no obstante las furiosas embestidas de los aguadores y del vecindario que descuidadamente desparrama más de la que ha menester, con lo cual los bordes y las cercanías están siempre empapados; amén del tal jardín, luce la calle hasta cinco casas bien encaradas, de tres y cuatro pisos, balcones calados y cornisas de yeso; la cruzan rieles de tranvías; su piso es de adoquines de cemento comprimido, y, por su longitud, disfruta de tres focos eléctricos.

¡Ah! También tiene, frente por frente del jardín que oculta los prostíbulos, una escuela municipal, para niños...

Con tan diversos elementos y siendo, como era en aquel día, muy cerca de las doce, hallábase la calle en pleno movimiento y en plena vida. El sol, un sol estival de fines de agosto, caía a raudales, arrancando rayos de los rieles y una tenue evaporación de junto a los bordes de las aceras, húmedos de la lluvia de la víspera. Los tranvías, con el cascabeleo de los collares de sus mulas a galope y el ronco clamor de las cornetas de sus cocheros, deslizábanse con estridente ruido apagado, muy brillantes, muy pintados de amarillo o de verde, según su clase, colmados de pasajeros cuyos tocados y cabezas se distinguían apenas, vueltas al vecino de asiento, dobladas

---

[7] Las haciendas productoras de *pulque,* bebida blanca y espesa obtenida por la destilación y fermentación del maguey, gozaron de gran prosperidad en la época porfirista. Muchas de ellas, como la aquí mencionada de San Antonio Ometusco, contaban con sus propias redes de distribución, que les permitían llevar diariamente sus productos a la capital y servirlos en *expendios* o *pulquerías,* a menudo propiedad de la misma compañía.

71

sobre algún diario abierto o contemplando distraídamente, en forzado perfil, las fachadas fugitivas de los edificios.

Del taller de los monumentos sepulcrales, de las cobrerías italianas y de La Giralda salían, alternados, los golpes de cincel contra el mármol y contra el granito; los martillazos acompasados en el cobre de cazos y peroles; y el eco del hacha de los carniceros que unas veces caía encima de los animales, y encima de la piedra del tajo, otras. Los vendedores ambulantes pregonaban a gritos sus mercancías, la mano en forma de bocina, plantados en mitad del arroyo y posando el mirar en todas direcciones. Los transeúntes describían moderadas curvas para no tropezar entre sí; y escapados por los abiertos balcones de la escuela, cerníanse fragmentos errabundos de voces infantiles, repasando el silabario con monótono sonsonete:

—B-a, ba; b-e, be; b-i, bi; b-o, bo...

Como tardasen en abrirle a Santa, involuntariamente se volvió a mirar el conjunto; pero cuando estalló en la Catedral el repique formidable de las doce, cuando el silbato de vapor de la tintorería francesa lanzó a los aires, en recta columna de humo blanco, un pitazo angustioso y agudísimo, y sus operarios y los de los demás talleres, recogiéndose las blusas azulosas y mugrientas, encendiendo el cigarrillo con sus manos percudidas[8], empezaron a salir a la calle y a obstruir la acera mientras se despedían con palabrotas, con encogimientos de espaldas los serios, y los viciosos, de bracero[9], enderezaban sus pasos a Los Reyes Magos; cuando los chicos de la escuela, espujándose y armando un zipizape de mil demonios, libros y pizarras por los suelos, los entintados dedos enjugando lágrimas momentáneas, volando las gorras y los picarescos semblantes enmascarados de traviesa alegría, entonces Santa llamó a la puerta con mayor fuerza aún.

—¡Qué prisa se trae usted, caramba!... ¿Doña Pepa, la encargada?... Sí está, pero está durmiendo.

—Bueno, la esperaré, no vaya usted a despertarla —repuso Santa muy aliviada de haber escapado a las curiosidades de la calle—, la esperaré aquí, en la escalera...

---

[8] *Percudidas*: ajadas.
[9] *De bracero*: tomados del brazo.

72

Y de veras se sentó en la segunda grada de una escalera de piedra, de media espiral, que arrancaba a pocos pasos de la puerta. La portera, humanizada ante la belleza de Santa, primero sonrió con simiesca sonrisa, y luego la sujetó a malicioso interrogatorio: ¿iba a quedarse con ella, en esa casa? ¿Dónde había estado antes?

—Usted no es de México...

—Sí soy, es decir, de la capital no, pero sí de muy cerca. Soy de Chimalistac... abajo de San Ángel[10] —añadió a guisa de explicación—, se puede ir en los trenes... ¿No conoce usted?...

La portera sólo conocía San Ángel por sus ferias anuales, a las que en ocasiones acompañaba a la «patrona», que se perecía por el juego del «monte»[11]. Y cautivada por la figura de Santa, con su exterior candoroso y simple, fue aproximándosele hasta recargar un codo en el barandal de la propia escalera; condolida casi de verla allí, dentro del antro que a ella le daba de comer; antro que en cortísimo tiempo devoraría aquella hermosura y aquella carne joven que ignoraba seguramente todos los horrores que le esperaban.

—¿Por qué va usted a echarse a esta vida?...

No le contestó Santa, porque en el mismo momento oyóse el estruendo de una vidriera abierta de repente y una voz femenil, muy española:

—¡Eufrasia! Pide dos anisados grandes con agua gaseosa en casa de Paco; dile que son para mí...

Alzóse de hombros la interlocutora de Santa, a modo de quien se resigna a padecer de incurable dolencia; introdujo a «la nueva» en el salón pequeño, y sin más rebozo ni más nada, salió a cumplir el mandado, no sin censurar la carencia de monedas con un portazo sonoro y seco.

---

[10] Chimalistac y San Ángel eran en la época de Gamboa dos pueblos aledaños situados al sur de la Ciudad de México. Hoy en día se hallan integrados en la Delegación Álvaro Obregón del Distrito Federal.

[11] *El monte:* juego de naipes en el que un jugador extrae del montón dos cartas por arriba y otras tantas por debajo, sobre las que el resto de participantes hacen sus apuestas. A continuación se van descubriendo las cartas del mazo y cuando aparece una de igual valor que las expuestas, gana el que haya apostado a ella.

Cual si el pedido de los dos anisados representase una campanilla de aviso, la casa entera despertó, de manera rara, muy poco a poco, confundidos los cantos con las órdenes a gritos; las risas con los chancleteos sospechosos; el abrir y cerrar de vidrieras con la caída de aguas en baldes invisibles; las carcajadas de hombres con una que otra insolencia, brutal, descarada, ronca, que salía de una garganta femenina y hendía los aires impúdicamente... Santa escuchaba azorada, y su mismo azoramiento fue parte a que no siguiese el primer impulso de escapar y volverse, si no a su casa —porque ya era imposible—, siquiera a otra parte donde no se dijesen aquellas cosas. Pero no se atrevió ni a moverse, temerosa de que la descubrieran o un crujido de su silla la delatara a esos hombres y mujeres que se adivinaban allá, dentro de las habitaciones del inmueble, en desnudeces y contactos extraños. De tal suerte que no se dio cuenta del regreso de Eufrasia, y la sobresaltó el que se le acercara diciéndole:

—¿Quiere usted pasar a ver a doña Pepa? Ya despertó.

Siempre confusa, siguió a la criada escaleras arriba; con ella cruzó dos pasillos oscuros y mal olientes, una sala con dos camastros, por la alfombra todavía —de las sirvientas quizá—, y en la atmósfera, acres olores a vino y a tabaco. En un rincón, un piano vertical sin cerrar lucía su teclado, que en la penumbra parecía una dentadura monstruosa. Luego atravesó Santa un corredor; escuchó muy próximo, aunque sin atinar con el rumbo preciso, chirriar de fritos en una sartén; bajó una escalera, y en el ángulo del reducidísimo patio, pasaron frente a una puerta de vidrios apagados.

—Señora —gritó Eufrasia, al par que llamaba en ellos con los nudillos—, aquí está «la nueva».

Del interior del cuarto contestó una voz gruesa:

—Entra, hija, entra, empujando nada más...

La propia Eufrasia empujó, cedió la puerta, y Santa, que a nadie descubría en las negruras de la estancia cerrada, traspuso el dintel.

—Acércate, chiquilla... ¡Cuidado!... Sí, es una mesa. Pero acércate más, por ahí, por la derecha... eso es, acércate hasta la cama...

Hasta la cama se acercó Santa, sin ver apenas, guiada por las palabras que oía y no avanzando sino con muchos miramientos y pausas. Chocábale oír, a la vez que las palabras de aquella mujer que aún no conocía, unos ronquidos tenaces de hombre corpulento, que no cesaron ni cuando con las rodillas topó contra el borde de la cama.

—¿Conque tú eres la del campo? —preguntó Pepa medio incorporándose sobre las almohadas que por almidonadas y limpias sonaron cual si estuviesen fabricadas de materia quebradiza—, ¿y cómo te llamas?... Aguarda, aguarda, no me digas... Si ya lo sé, nos lo contó Elvira...

—Me llamo Santa —replicó ésta con la misma mortificación con que poco antes lo había declarado al cochero.

—Eso, eso es, Santa —repitió Pepa, riendo—, ¡mira que tiene gracia!... ¡Santa!... Sólo tu nombre te dará dinero, ya lo creo; es mucho nombre ese...

Y al compás de su risa, sonaban ingratamente los resortes del lecho. Los ronquidos, de súbito, se interrumpieron.

Espontánea la risa de Pepa, no ofendió a Santa, antes sonrió en la sombra que la amparaba, habituada de tiempo atrás a que su nombre produjese —a lo menos en los primeros momentos— resultado semejante; o incredulidad o extrañeza.

—Pero, niña —exclamó Pepa, que había comenzado a palparla como al descuido—, ¡qué durezas te traes!... ¡Si pareces de piedra!... ¡Vaya una Santita!

Y sus manos expertas, sus manos de meretriz envejecidas en el oficio, posábanse y detenían con complacencias inteligentes en las mórbidas curvas de la recién llegada, quien se puso en cobro[12] de un salto, con la cara que le ardía y ganas de llorar o de arremeter contra la que se permitía examen tan liviano.

—¿Qué ocurre? —interrogó el galán acostado junto a Pepa.

—Que ha venido «la nueva». Duérmete.

—¡La nueva!... ¡La nueva!... Y se oyó distintamente que se desperezaba al volverse a la pared y que reía muy por lo bajo.

Pepa saltó de la cama, dirigiéndose a abrir las maderas de una ventana, con la seguridad del que pisa terreno conocido. La pieza se iluminó.

---

[12] *Ponerse en cobro:* adoptar una postura defensiva. Ponerse en guardia.

¡Ah! ¡La grotesca figura de Pepa, a pesar del largo camisón que le cubría los desperfectos del vicio y de los años! Sus carnes marchitas, exuberantes en los sitios que el hombre ama y estruja, creeríase que no eran suyas o que se hallaban a punto de abandonarla, por inválidas e inservibles ya para continuar librando la diaria y amarga batalla de las casas de prostitución. Conforme se inclinó a recoger una media; conforme levantó los desnudos brazos para encender un cigarro; conforme hundió en la jofaina la cara y el cuello, su enorme vientre de vieja bebedora, sus lacios senos abultados de campesina gallega oscilaban asquerosamente, con algo de bestial en sus oscilaciones. Sin el menor asomo de pudor, seguía en sus arreglos matutinos, locuaz con Santa, que, de vez en cuando, le respondía con monosílabos. Desde luego simpatizó con ella, como simpatizaban todos frente a la provocativa belleza de la muchacha, belleza que todavía resultaba más provocativa por una manifiesta y sincera dulzura que se desprendía de su espléndido y semivirginal cuerpo de diecinueve años.

—Apuesto a que te habrán dicho horrores de nosotras y de nuestras casas, ¿verdad?...

Santa se encogió de hombros y maldibujó en el aire, con los brazos extendidos, un gesto vago... ¿Qué sabía ella?..

—Vengo —agregó— porque ya no quepo en mi casa; porque me han echado mi madre y mis hermanos, porque no sé trabajar, y sobre todo... porque juré que pararía en esto y no lo creyeron. Me da lo mismo que estas casas y esta vida sean como se cuenta o que sean peores... mientras más pronto concluya una, será mejor... Por suerte, yo no quiero a nadie... —Y se puso a mirar los dibujos de la alfombra, algo dilatada la nariz, los ojos a punto de llorar.

Ocupada en pasarse una esponja por el cuello y las mejillas, Pepa asentía sin formular palabra, reconociendo para sus adentros de hembra vulgar y práctica, una víctima más en aquella muchacha quejosa e iracunda, a la que sin duda debía doler espantosamente algún reciente abandono. ¡La eterna y cruel historia de los sexos en su alternativo e inevitable acercamiento y alejamiento, que se aproximan con el beso, la caricia y la promesa, para separarse, a poco, con la ingratitud, el despecho y el llanto!... Pepa conocía esta historia, habíala leído; no siempre había sido así —y señalaba sus muertos encantos, los que escasamente sólo servíanle ya para encadenar a un toro humano, como el acostado en su propia cama, borracho perdido, que acababa su mísero vivir sin oficio ni beneficio, prófugo o licenciado de Dios sabría cuántos presidios, con los dineros que ganaba ella, Pepa, peso a peso y a costa de... una porción de cosas.

—¿Quieres beber un trago conmigo? —dijo, y sacó de su ropero una botella de aguardiente blanco—; toma, no seas tonta; esto es lo único que nos da fuerza para resistir a los desvelos... ¿No?... Bueno, ya te acostumbrarás.

Apuró su copa bien llena, de pie junto a Santa, que no perdía ripio, y continuó en su arranque de confidencias repentinas, principiadas tras el móvil de imponerse a la neófita y seguidas por interna necesidad de dar salida de tiempo en tiempo a lo visto y sufrido; de desahogarse un tantito; de dejar que esa especie de agua estancada y pútrida se esparciese con su charla y fuera a anegar otros corazones y otras mujeres, sin que se le ocultara que no le hacían maldito el caso.

—Tú misma, que ahora me ves y oyes espantada, tampoco has de apreciar esto. Te sientes sana, con pocos años, con una herida allá en tu alma, y no te conformas; quieres también que tu cuerpo la pague... pues menudo que es el desengaño, hija; el cuerpo se nos cansa y se nos enferma... huirán de ti y te pondrás como yo, hecha una lástima, mira...

E impúdicamente se levantó el camisón, con trágico ademán triste, y Santa miró, en efecto, unas pantorrillas nervudas, casi rectas; unos muslos deformes, ajados, y un vientre colgante, descolorido, con hondas arrugas que lo partían en toda su anchura, cual esas tierras exhaustas que han rendido cosechas y cosechas enriqueciendo ciegamente al propietario, y que al cabo pierden su secreta e irremplazable savia, para sólo conservar la huella del arado, a modo de marca infamante y perpetua.

—Fui muy guapa, no te creas, tanto o más que tú, y, sin embargo, me encuentro atroz, reducida a cuidar de una casa de éstas, y gracias; reducida a que me tolere y diz que[13] me

---

[13] *Diz que* o *dizque* (Méx. y América Central): expresión adverbial de duda, dice/dicen que.

quiera *eso*, que ya no es hombre ni es na, que es una ruina igual a mí... que hablo de lo que no me importa, más que una cotorra. No me hagas caso, ¡qué tontería!, ni les repitas a las otras que te he sermoneado... Me pongo mi bata, ¿ves?, los zapatos de calle en un instante, así; cojo el pañolón y me marcho contigo, vamos... ¡Ah, aguarda!... ¡Diego! ¡Diego!..., que me voy, hombre... ahí queda el «catalán»[14], sí, en el lavabo.

—Que te vas, ¿y por qué te vas? —balbuceó el hombrón, que cerró los ojos arrugándolos mucho, de encontrarse con los chorros de luz que se entraban por puerta y ventana.

—Porque hay que llevar al registro a esta criatura y que bañarla y alistarla para la noche. ¿No has visto lo mismo en cien ocasiones?

—Anda y que te maten, gorrina, a ti y a la *nueva* —recalcó, riendo por lo bajo una segunda vez—. Alcánzame el aguardiente, prenda...

En verdadero periodo sonambúlico encaminóse Santa en pos de Pepa. Salieron por diverso zaguán; costearon el jardincillo entrevisto por Santa cuando su arribo; se metieron en un coche que parecía apostado esperándolas; dio Pepa una orden, y ¡hala!, a correr varias calles, a torcer en la esquina de ésta, a detenerse en la mitad de aquélla, a esquivar un carro, a igualarse momentáneamente con un tranvía; y muchos vehículos, mucha gente, mucho sol, mucho ruido...

Pepa iba fumando, risueña, sin cuidarse de Santa, a la que acababa de comunicarle parte de sus amarguras de pecadora empedernida. De pronto, paró el carruaje a la orilla de otro jardín pequeño que separa a dos iglesias, frente a un parque grande, la Alameda[15] —si no engañaban a Santa sus recuerdos—, y Pepa, muy enseriada y autoritaria, la previno:

—Cuidado y me contradigas, ¿oyes? Yo responderé lo que haya de responderse, y tú deja que te hagan lo que quieran...

—¡Que me hagan lo que quieran!... ¿Quién?...

---

[14] *Catalán:* tipo de aguardiente.
[15] La Alameda es el parque central de la Ciudad de México. Se halla situado a lo largo de la extensa Avenida Juárez.

—¡Borrica! Si no es nada malo, son los médicos, que quizá se empeñen en reconocerte, ¿entiendes?

—Pero es que yo estoy buena y sana, se lo juro a usted.

—Aunque lo estés, tonta, esto lo manda la autoridad y hay que someterse; yo procuraré que no te examinen. ¡Abajo!, anda...

A partir de aquí, hasta la hora de la comida de la noche, Santa embrollaba los sucesos; su pobre memoria, cual si se la hubiesen magullado, conservaba precisos y netos detalles determinados, pero en cambio adulteraba otros, los culminantes más que los de escasa significación. Acostada en la cama que le dieron por suya —una cama matrimonial, de bronce con mullidos colchones y más dorados en columnas y barandales que la capilla de su pueblo; abriéndole la cabeza una jaqueca tremenda, que la obligó a permanecer dos horas sin despegar los ojos—, no recordaba lo que los médicos le habían hecho cuando el reconocimiento, que al fin efectuaron después de excepcional insistencia; recordaba mejor un retrato litográfico, dentro de barnizado marco de madera, de un señor muy extraño, con traje militar y pañuelo atado en la cabeza[16]; recordaba los anteojos de uno de los doctores, que sin cesar le resbalaban de las narices; recordaba la vulgar fisonomía de un enfermero que la miraba, la miraba como con ganas de comérsela... Del reconocimiento en sí, nada; que la hicieron acostarse en una especie de mesa forrada de hule algo mugrienta; que la hurgaron con un aparato de metal, y... nada más, sí nada más... También que el cuarto olía muy mal, a lo que se pone debajo de la cama de los muertos, a esto... ¿Cómo se llamaba?... Yoto, yolo... ¡Ah!, «yogroformo», una cosa pestilente y dulzona, que marea y coge la garganta.

Lo que sí recordaba a maravilla era que, al incorporarse y arreglarse el vestido, los doctores la tutearon y aun le dirigieron bromas pesadas, que provocaban grandes risas en Pepa y

---

[16] Santa es conducida al Hospital Morelos, antiguo San Juan de Dios, que desde 1868 se dedicó a la atención de las prostitutas en cumplimiento de la reglamentación de este oficio que se implantó en aquellos años. La litografía que contempla la protagonista es la del héroe de la Independencia mexicana José M.ª Morelos y Pavón (1765-1815), que da nombre al Hospital.

enojos en ella, que desconocía el derecho de esos caballeros para burlarse de una mujer...

Como al propio tiempo se le viniese a las mientes el otro calificativo, el que a contar de entonces correspondíale, cerró más sus ojos, llegó a taparse fuertemente con la mano el oído opuesto al que la almohada resguardaba, recogió las piernas flexionando las rodillas, y, sin embargo, el vocablo vino y le azotó las sienes y el cráneo entero por adentro, le aumentó la jaqueca.

—No era mujer, no; ¡era una...!

Por segunda vez en su trágica jornada, la ganó la tentación de marcharse, de huir, de retornar a su pueblo y a su rincón, con su familia, sus pájaros, sus flores... donde siempre había vivido, de donde nunca creyó salir, y arrojada por sus hermanos, menos... ¿Qué harían sin ella? ¿La habrían olvidado tan pronto?... La acongojó a un punto suponerse olvidada, que con brusco movimiento sentóse en el borde de la cama, caídas las manos sobre el vestido en el hueco que medio indicaban sus piernas entreabiertas; los pies sin tocar la alfombra, en maquinal e inconsciente balanceo, y la mirada fija, clavada allá en el pueblo, en el humilde y riente hogar decorado de campánulas, heliotropos y yedra, manchado por ella, al que no regresaría nunca más, nunca, nunca.

Tan miserable y abandonada se sintió, que escondió el rostro en la almohada, tibia de haber sustentado su cabeza, y se echó a llorar mucho, muchísimo, con hondos sollozos que le sacudían el encorvado y hermoso cuerpo; un raudal de lágrimas que acudían de una porción de fuentes, de su infancia campesina, de unas miajas de histerismo y del secreto duelo en que vivía por su desdichada pureza muerta.

La distensión nerviosa que el llanto trae consigo y el gasto de fuerzas realizado durante el día íntegro, la amodorraron, brindáronle un remedo de sueño muy parecido al de los niños cuando sufren; con sollozos postrimeros y suspiros intermitentes y rezagados, que de improviso brotan y en un segundo se desvanecen y evaporan, cual si al fin se reunieran con el dolor que a ellos los engendró y a nosotros acaba de abandonarnos. De ahí que no se enterara a las derechas de los ruidos inciertos que tales casas ofrecen por las tardes, ni de las visitas, más dudosas todavía, que las frecuentan: corredoras de alhajas de turbia procedencia; toreros que no son admitidos en las noches para que no se alarme la parroquia de paga, que en cada individuo de coleta teme encontrar a un asesino; jóvenes decentes que dan sus primeros pasos en la senda alegre y pecaminosa; maridos modelos y papás de crecidas proles, que no pueden prescindir del agrio sabor de una fruta que aprendieron a morder y a gustar cuando pequeños; enamorados de «esas mujeres», que anhelan hallarlas a solas y forjarse la ilusión de que únicamente ellos las poseen, aunque los hechos por hacer y las ojeras y palideces de sus dueñas, delaten los combates de la víspera, la venta de caricias y los desenfrenos de la lascivia.

De la calle subía un rumor confuso, lejano, gracias al jardín que separa la casa del arroyo y a que el cuarto de Santa era interior y alto, con su par de zurcidas cortinas de punto, colgadas de las ventanas y enfrentando un irregular panorama de techos y azoteas; una inmensidad fantástica de chimeneas, tinacos[17], tiestos de flores y ropas tendidas, de escaleras y puertas inesperadas, de torres de templos, astas de banderas y rótulos de monstruosos caracteres; de balcones remotos cuyos vidrios, a esa distancia, diríase que se hacían añicos, golpeados por los oblicuos rayos del sol descendiendo ya por entre los pinachos y crestas de las montañas, que, en último término, limitaban el horizonte.

Alguien que llamaba con imperio interrumpió la modorra de Santa.

—¿Quién es? —preguntó molesta, sin abandonar la cama y apoyando el busto en un codo.

Pero al reconocer las voces de Pepa y de la patrona, levantóse a abrir.

La patrona, Elvira, a quien no veía desde la feria de San Ángel, cuando melosamente la decidió a venir a habitar su casa, estaba con una bata suelta, siempre hombruna en la entonación y en los modales, con un grueso puro entre los labios y, en las orejas sendos diamantes del tamaño de ave-

---

[17] *Tinaco:* depósito de agua situado de ordinario en las azoteas de las casas.

llanas. Mucho más autoritaria aún que Pepa, se encaró con Santa:

—¿Conque no quisiste almorzar y te has pasado la tarde encerrada aquí?... Te disculpo por esta sola vez y con tal de que no se repita, ¿me comprendes? No estamos para hacer lo que nos dé la gana, ni tú te mandas ya; ¿para qué viniste?... Van a traerte una bata de seda y medias de seda también, y una camisa finísima, y unas zapatillas bordadas... ¿Se ha bañado ya? —inquirió volviéndose a Pepa—. ¡Magnífico! No importa, al vestirte esta noche para bajar a la sala, volverás a lavarte; mucha agua, hija, mucha agua...

Y siguió entre regañona y consejera, enumerándole a Santa la indispensable higiene a que se tiene que apelar con objeto de correr los menos riesgos en la profesión. Decíalo todo con extraordinario aplomo y conocimiento, sin consentir que la interrumpieran, prohibiéndole con el gesto o la mirada cuando la necesidad de tomar resuello le truncaba el discurso. Sin pena ni reparos, denominaba por su verdadero nombre las mayores enormidades; esto debía de ejecutarse de tal manera y aquello de tal otra; la debilidad de algunos hombres radica aquí, y allá la de otros; existen mil fingimientos que, aunque repugnen en un principio, debe no obstante explotárseles... Un catecismo completo; un manual perfeccionado y truhanesco de la prostituta moderna y de casa elegante. Sus recomendaciones, mandatos y consejos, casi no resultaban inmorales de puro desnudos; antes los envolvía en una llaneza y una naturalidad tales que, al escucharla, tomaríasela más bien por austera institutriz inglesa que aleccionara a una educanda torpe. Sólo, de cuando en cuando, un terno[18] disonante y enérgico —dicho asimismo con exceso de inconsciencia—, venía y destruía el hechizo. ¡Qué institutriz ni qué diantre! ¡Prostituta envejecida y hedionda de cuerpo y alma que podía únicamente nutrir esas teorías y sustentarlas e inducir a su práctica! En el curso de la peroración, sentóse junto a Santa, y al notarla aterrada, con habilidades de escamoteador apresuróse a mostrarle el reverso de la medalla; ¡qué corcho!,

---

[18] *Terno:* juramento.

no era tan fiero el león, sino al contrario, y el modo de vivir de ella, en definitiva, era más aceptable y cómodo que otros muchos.

—En el hospital paran las lipendis nada más; quiero decir, las atolondradas y tontas —rectificó, por la cara que puso Santa al oír aquel término flamenco—, pero la que no se mame el dedo y a tiempo conozca lo que lleva y vale, me río yo de hospitales y cárceles. Con unas hechuras como las que te gastas tú, se puede ir a cualquier parte, ¿sabes?, y tener coche y joyas y *guita,* digo, monises, que llamados así, bien que me entenderás, ¿no es cierto? ¿Los hombres?... ¡Los hombres!... Los hombres son un hatajo de marranos y de infelices, que por más que rabien y griten, no pueden pasársela sin sus indecencias...

Luego, al cabo de una pausa, continuó reflexiva:

—Mientras peores somos, más nos quieren, y mientras más los engañamos más nos siguen y se aferran a que hemos de quererlos como apetecen... ¿Sabes por qué nos prefieren a sus novias y esposas, por qué nos sacrifican? ¿No lo sabes?... Pues precisamente porque ellas son honradas (las que lo son) y nosotras no; por eso. Nosotras sabemos muy distinto, picamos, en ocasiones hasta envenenamos, y ellas no, ellas saben igual todos los días, y se someten, y los cansan...

Calló Elvira; Pepa recargó la espalda en el guardarropa, y Santa, con el corazón saltándole dentro del pecho, dobló la cabeza.

Lo que veía y lo que oía la desesperanzaba por completo, la asqueaba de antemano. Decididamente se marchaba.

—¡Pues yo siempre[19] me voy! —declaró muy grave y poniéndose en pie.

—Que te vas, ¿y adónde?...

—Allá, afuera —contestó con mayores energías, señalando al pedazo de cielo azul que por las ventanas se divisaba.

Aproximóse Pepa; Elvira, a su vez, se levantó y juntas miraron, como hipnotizadas, hacia donde Santa apuntaba, con resolución y firmeza, el pedazo de cielo que el crepúsculo em-

---

[19] *Siempre:* finalmente.

palidecía, por el que cruzaba una bandada de golondrinas esbozando en su vuelo, sobre aquel fondo azul, polígonos imposibles y quiméricos.

En el acto reaccionó Elvira, recuperó sus hábitos de cómitre[20] con faldas que no tolera ni asomos de rebelión. En jarras los brazos, iracunda la mirada y contraído el rostro, hecha una furia, volviéndose a Santa. Con ella no se jugaba ni la burlaba nadie tampoco.

—Guarda tu *diznidá* para otra, ¿estamos? Lo que es tú, te encuentras ya registrada y numerada, ni más ni menos que los coches de alquiler, pongo por caso... me perteneces a mí, tanto como a la policía o a la sanidad. ¡Figúrate si ahora vas a marcharte!... ¡Como no te marches a la cárcel!... A mí no me tientes la ropa, porque te costaría caro... aquí sólo yo mando y a obedecer todo el mundo... ¡Hase visto una pringosa con más humos!... Y esta noche, risueñita y amable con los que paguen; y nada de lloriqueos ni ridiculeces y desmayos, porque te harán volver a tu acuerdo el comisario y los gendarmes.

A medida que Elvira se exasperaba, Santa se deprimía, lo mismo que si sus energías de antes se le quebraran o torciesen. Fascinada por la iracundia de la patrona, fue retrocediendo hasta pegarse al muro, unos cuantos pasos en que Elvira la persiguió metiéndole las manos por la cara, echándole, entre sus insolencias, su aliento apestoso a tabaco y a comida reciente.

Pepa fumaba.

Los ojos desmesuradamente abiertos y la garganta seca, Santa cedió ante aquel alud de malas palabras que, a manera de látigos, se le enroscaban en el cuerpo; cedió ante aquella hidra que la acosaba, pronta a clavarle sus garras. Sintióse doblegada, vencida, a la incondicional merced de esa española cubierta de alhajas y sin ápice de educación, que eructaba «tales» y «cuales», que la amenazaba con el puño, con la mirada, con la actitud.

---

[20] *Cómitre:* originalmente, la persona que en el barco vigilaba y castigaba a remeros y forzados. Por extensión, persona que ejerce su autoridad con dureza.

—Está bien, señora —murmuró capitulando—, cálmese usted, que no he de irme. ¿Adónde quiere usted que me vaya?...

Pepa estimó oportuno intervenir y se llegó[21] a entrambas, acariciando a Santa en los brazos.

—No es el pelo de la dehesa lo que luces hija mía, es una cabellera, y hay que trasquilarte. Ea, penillas a la mar y seca esos ojazos.

Sin duda Elvira aguardaba la intervención, porque se humanizó en un instante, encendió el medio puro que le quedaba entre los dedos y asiendo a Santa por el talle, muy afectuosa, se la llevó al canapé y con delicadezas que no podían sospechársele, le enjugó su llanto.

—Tiene razón ésta (por Pepa) —declaró Elvira—, hay que desbravarte. ¡Mire usted que es llorar! Y luego ¿por qué? Si yo no te quiero mal, guasa[22], al contrario, y te cumpliré cuanto te ofrecí en tu pueblo, ¿te acuerdas?... ¿No te basta? Y ahora mismo, cuando bajes a comer, lo que no sea de tu agrado, se lo dices a Pepa y se te guisará aparte lo que más te guste... Cuidado, Pepa, que nadie le tome el pelo en la mesa, que se le dé vino del mío, a ver si le calmamos los nervios. ¡Tunanta! ¡Regalona! Alza la cara y bésame en señal de que hicimos las amistades... Quiero contemplarte en traje de campaña; ¡Pepa!, que suban la bata, el camisón y las zapatillas.

No hubo remedio; Santa sonrió y sujetóse a que casi la vistieran entre Pepa y dos o tres «pupilas», que subieron también atraídas por la algazara.

Una maniobra decente, vigilada y aplaudida por Elvira, que no apartaba la vista de su adquisición y que con mudos cabeceos afirmativos parecía aprobar las rápidas y fragmentarias desnudeces de Santa; un hombro, una ondulación del seno, un pedazo de muslo; todo mórbido color de rosa, apenas sombreado por finísima pelusa oscura. Cuando la bata se le deslizó y para recobrarla movióse violentamente, una de sus axilas puso al descubierto, por un segundo, una mancha de vello negro, negro...

---

[21] *Se llegó:* se acercó.
[22] *Guasa:* en sentido cariñoso, tonta, boba.

La comida reglamentaria de las ocho de la noche, por lo común silenciosa y tristona —quizá porque se acerca el momento de la diaria refriega—, tornósele fiesta. No se cruzaron reproches, ni las secretas y mortales envidias mostraron su faz, ni los celos irreconciliables asomaron en los ojos ya pintados; no salieron las frases obscenas, los mutuos apodos y las burlas al criado. A la bonachona mirada de Elvira, que se dignó acompañar a su ganado en obsequio de la nueva res, desarrollaron una alegría moderada y una exagerada compostura; se oyeron risas femeninas de veras, sin afectación ni ordinariez; bromas muy pasaderas y sosegado sonar de cubiertos. El comedor simulaba un refectorio recatadísimo de algún plantel educativo de buen tono, Elvira, enternecida, las regaló a todas con su vino, que sólo para Santa había salido a relucir.

Pepa, muy digna dentro de su papel de «encargada», bebió agua, como de ordinario; y la *Zancuda* —una pobre muchacha de aspecto tuberculoso— se olvidó de sopear[23] el dulce con la mano, según acostumbraba a ejecutarlo noche a noche.

De improviso, destemplada y estridente, la voz de Eufrasia, desde abajo, las trajo a la realidad.

—¡Doña Pepa! Aquí hay unos señores...

¡La horrible transición que presenció Santa! Cual impulsadas por un propio resorte, aquel grupo de ocho o diez mujeres se levantó de sus asientos derribando sillas; vertiendo en el mantel el agua de los vasos, después de enjuagarse la boca en pie y de prisa y de arrojar el buche contra el suelo; encendiendo cigarrillos que fumaban muy apuradas, a fin de no oler a comida. Todas se despeñaron por la empinada escalera, en tropel de gritos y empellones —una verdadera y desaforada carga contra el dinero—, todas se alisaban el cabello, se mordían los labios hasta ponerlos de un rojo subido, pegaban los codos a la cintura para que los senos resaltaran; todas, en su andar, marcaban el paso con las caderas, a semejanza de los toreros cuando desfilan formados en la plaza, y todas arrastraron adrede, por las gradas, los tacones de las zapatillas.

---

[23] *Sopear:* hacer sopa, desmenuzar.

Pepa bajó despacio.

—¡Tú también, baja!... —le mandó Elvira a Santa— y según sean los clientes, así pídeles cerveza o *sampán* (quería decir *champagne),* pero que gasten. Si entran contigo en el cuarto, nada de monerías, ¿eh?, ya hablamos de eso.

Santa no escuchó el final del bando; la primera parte, el tremendo: «Tú también, baja», la hizo temblar cual si la amenazase un positivo peligro..., aunque, indudablemente, tenía que bajar, que disputarse a los visitantes, que obligarlos a gastar.

Bajó rígida, más dispuesta a rechazar que a ofrecer, experimentando repugnancias físicas invencibles. De pie en el umbral del salón iluminado notó que los parroquianos, sin descubrirse, bromeaban de palabra y de obra con sus compañeras; vio que éstas no sólo consentían las frases groseras y los manoseos torpes y lascivos, sino que los provocaban, pedían su repetición para concluir de enardecer al macho, azuzadas por un afán innoble de lucro.

Un gran trueno celeste, anunciador del aguacero que se echaba encima de la ciudad, la estremeció; y volviendo la cara a la puerta de la calle, que le quedaba a un paso, se asió la falda y se adelantó a la salida, guiada por un deseo meramente animal e irreflexivo de correr y correr hasta donde el aliento le alcanzara, y hasta donde, en cambio, el daño que se le antojaba inminente no pudiera alcanzarla... Mas, a tiempo que se adelantaba, la lluvia desatóse iracunda, rabiosa, azotando paredes, vidrios y suelos con unas gotazas que al caer o chocar contra algo, sonaban metálicamente, salpicaban, como si con la fuerza del golpe se hicieran pedazos. Santa miró a la calle, por cuyo centro el agua imitaba una cortina de gasa interminable que se desarrollara de muy alto, inclinándose a un lado, y a la que la luz eléctrica de los focos que el viento mecía, entretejiera, mágicamente, hilos de plata que se desvanecían dentro de los charcos bullidores y sombríos del adoquinado.

De ese fondo fantástico, al resplandor de uno de los tantos relámpagos que surcaban el cielo, Santa distinguió, sin paraguas ni abrigo que los defendiese del chubasco, a un chiquillo que llevaba de la mano a un hombre, y que ambos doblaban rumbo a la casa. En un principio, dudó, ¿cómo habían de ir

allí?... pero la pareja continuó acercándose, el hombre colérico cada vez que ni su bastón ni el chiquillo lo libraban de los
baches; el granuja, mudo, aguantando con idéntica impasibi-
lidad la lluvia de las nubes que le empapaba las espaldas, que
la lluvia de denuestos e insolencias del ciego a quien servía.

Tuvo Santa que apartarse para que entraran los dos, al parecer, vagabundos, y más que de contestar a su saludo cuidó de
que no la humedeciesen si se le acercaban demasiado. En lugar del regaño que no dudó les endilgaría Pepa, soltóse el ciego de su lazarillo y sin más ayuda que el bastón, astroso y chorreando, muy de sombrero[24] en su mano libre, sonriente, y
mirando sin ver con sus horribles ojos blanquizcos, de estatua
de bronce sin pátina, se coló en la sala, y Pepa y las demás
mujeres lo recibieron contentísimas, tuteándolo.

—Hola, Hipo, ¿te mojaste? ¡Estás hecho una sopa!... Sacú-
dete afuera, hombre, que vas a ensuciar los muebles, y vuelve
a tocar.

¡A tocar!... Siempre con asombro, Santa vio que el ciego a
quien denominaban Hipo se encaminaba a tientas al patiecito, donde, en efecto, se sacudió el traje enjugándose después
las manos con su pañuelo. Luego lo vio ir derechamente al
piano, vio que lo abría y, por último, vio y oyó que lo tocaba. Entonces, menos porque se le olvidara de escapar que por
mirarlo de cerca y convencerse del prodigio de que un ciego
tocara y tocara tan bien, entró en la sala y apoyando un codo
sobre la tapa superior del piano, púsose a contemplar al músico.

¡Qué lindamente tocaba y qué horroroso era!... Picado de
viruela, la barba sin afeitar, lacio el bigote gris y poblado, la
frente ancha, grueso el cuello y la quijada fuerte. Su camisa,
puerca y sin zurcir en las orillas del cuello y de los puños; la
corbata torcida y ocultándosele tras el chaleco; las manos
huesosas, de uñas largas y amarillentas por el cigarro, pero expresivas y ágiles, ora saltando de las teclas blancas a las teclas
negras con tal rapidez que a Santa le parecía que se multipli-
caban, ora posándose en una sola nota, tan amorosamente,

---

[24] *De sombrero:* seguro, que conoce bien las cosas.

que la nota aislada adquiría vigor y sonaba por su cuenta, quizá más que las otras.

Con su instinto de ciego, el músico adivinó que alguien se hallaba a su lado, y a pesar del ruido que armaban los bailadores, medio volvió la cabeza hacia Santa, que no pudo resistir el que le echara encima sus horribles ojos blanquizcos, sus ojos huérfanos de vista.

—Poco vamos a hacer esta noche, si sigue lloviendo —dijo él, sin reparar en que con el plural empleado, equiparaba la profesión de esas mujeres a la suya propia—. ¿Quiénes son los que bailaban?...

—No los conozco —repuso Santa, procurando esquivar los ojos del músico, los que, no obstante no ver, diríase que miraban, a juzgar por la importancia que les comunicaba el ciego, moviendo las cejas inteligentemente.

—Usted dispense —agregó—, creí hablar con alguna de las de la casa.

—También yo soy de la casa —explicó Santa—, desde hoy que... ¡ay! —gritó interrumpiéndose, al sentirse abrazada por la cintura.

No era nada, no; que uno de aquellos caballeros, incitado por la deliciosa línea de la cadera de Santa, había llegado por detrás de la muchacha desapercibida, a cerciorarse de esa morbidez, y le había abrazado el talle con las dos manos, hincándole la barba en uno de sus hombros carnosos...

—¿Y por qué gritas, primorosa? Ni que te hubiera yo lastimado. Ven a tomar[25] con nosotros y a bailar esta danza conmigo.

—¡No quiero beber y no sé bailar! —contestó secamente Santa, después de desasirse del individuo bien vestido, entrado en años y respetado por los que con él estaban.

—¡Adiós! ¿Y si yo te pago porque me emborraches y porque me bailes, hasta desnuda si me da la gana?... ¿Crees que pido limosna o que a mí me manda una cualquiera?... pues te equivocas. ¡Traigo mucha plata, para comprarlas a todas ustedes...!

---

[25] *Tomar* (Amér.): beber.

El cariz de la reunión varió. El pianista interrumpió su danza intercalándole, por artístico pudor, un par de acordes finales que suavizaron a su oído lo brusco de la interrupción, y filosóficamente, con el puro tacto, encendió un cigarrillo. Santa, sin otras armas todavía con que defenderse, apeló a las lágrimas; mas sus compañeras, sobre todo una, la *Gaditana*, dejó de bailar y saltó a la palestra:

—¡Oye, tú!..., ¿qué te crees? ¿Que por los cuatro cuartos que traes hemos de soportarte, «so esto» y «so lo otro»...?

Pepa intervino, entre los labios el puro y en la muñeca colgando el portamonedas. Habló con los acompañantes del que había insultado a Santa —el que persistía en sus afirmaciones de que llevaba mucho dinero, y mostraba billetes y pesos duros—, y los acompañantes, mortificados, opusiéronse a reconocer la grosería de su amigo, a quien era fuerza disculpar por hallarse algo bebido y por ser persona de su posición, ¡friolera!, gobernador de un lejano y rico Estado de la República.

—¡Más *champagne!* —ordenó el bebido, como para rectificar su embriaguez—, ¡más *champagne* y más danzas, profesor!

Volvió a sonar el piano y las chicas a bailar con los familiares del gobernador aquel, tumbado en el sofá y sin despegar la vista de Santa, con la que Pepa sostenía coloquio animadísimo. El más prudente del grupo, previo ajuste con Pepa y en atención a que el agua no escampaba, hizo entrega de diversos billetes, mandó cerrar las puertas y publicó que la casa entera corría por cuenta de ellos.

La lluvia, afuera, continuaba entonando su romanza monorrítmica; su tamborileo contra los cristales del edificio; continuaba el sordo gotear de cornisas y barandales y el recio estrépito, sobre el empedrado, de las canales exteriores que vomitaban cataratas. En el sumidero del patiecillo —una losa con cinco agujeros en forma de cruz— hundíase el agua rumorosamente, a escape, como apresurada por esconderse allá, debajo, en lo oscuro, y no presenciar lo que en la casa acontecía.

En éstas, presentóse Elvira a saludar al gobernador; saludo de viejos conocidos, sin fórmulas ni tratamientos:

—¿Cuándo has llegado, hijo? Hace un siglo que no te venías por acá... ¿Ya viste a mi «nueva»? —añadió bajando el diapasón.

El gobernador, atacado de la necia susceptibilidad con que en ocasiones se manifiesta el alcohol, sin penetrarse de lo que Elvira le preguntaba, dio principio a un capítulo de quejas contra una de las muchachas, sí ésa, la de junto al piano...

—Se ha enfadado porque le hice una caricia, y ella y otra me han tratado peor que a un perro... Tú me conoces, Elvira, tú sabes que yo gasto el dinero sin regatear... pero lo que es ahora, me voy, ya lo creo que me voy... No, no, déjame ir, no me sujetes... —gruñó tambaleando sin acabar de ponerse en pie, a causa de que Elvira se lo impedía, aunque mucho menos que la borrachera.

—¿Ésa es la que te gusta, *perdío?* Es mi «nueva». Te juro que aún no se estrena en la casa y que vale un millón... ¿La quieres?

—Por supuesto que la quiero, o ésa o ninguna.

—¡Santa! —gritó Elvira, sin cesar en la conquista del cliente adinerado y con la certeza de que la joven no había de rebelársele—, ¡Santa!, ven a beber con el general y a tratármelo con cariño, que es un barbián[26].

Al par que el general y sus acompañantes reían del nombre de Santa, suponiéndolo fingido, Santa, impotente para sustraerse al influjo incontrastable que Elvira ejercía en su voluntad, desprendióse del piano y se aproximó al personaje.

—No, ahí no —prorrumpió Elvira—, siéntate en las piernas, mema, que te has sacado la lotería con gustarle... ¡Pepa!, pide más *sampán,* que el general me convida a mí.

Muy temblorosa, Santa realizó lo ordenado; el pianista metióle mano a un vals; se escucharon risas, tuteos, el estallido de un beso y los taponazos de las botellas que el criado descorchaba.

Indudablemente el general estaba beodo y propenso a enternecerse. Lleno de miramientos hacia Santa, solicitó primero su permiso y después le habló al oído. ¿Lo perdonaba?...

—Sólo quise asustarte, mi palabra; pero si te soy antipático te pago igual y quedas libre... Traigo mucha plata en la cartera y en el chaleco... para ti toda si duermes conmigo esta noche... ¿Qué dices?

---

[26] *Barbián:* atrevido, golfo.

—¡Que sí! —le murmuró Santa, intimidada por Elvira, que antes de retirarse detúvose a mirarla.

—Entonces, más de beber, ¡qué cañones! —rugió el gobernador—, y aquí tú nos mandas, tú eres la reina.

Y hasta el pianista anduvo beneficiado, con diez pesos que le cayeron como diez soles, por los que habría tocado una semana íntegra.

Corría el *champagne* y los ánimos entusiasmábanse fuera de medida; aquello degeneraba en orgía vulgar, con palabras y ademanes soeces, risas destempladas, propuestas bestiales. Las deserciones comenzaron, sin salvar las apariencias, descaradas.

—Nosotros nos vamos. ¡A acostarse, niños!

Y se oían en la escalera chillidos de mujer cosquillosa, tartamudeos de ebrio, traspiés y besos. El general apuraba copa tras copa, con Santa a su lado, y descansando de tiempo en tiempo, taciturno y grave, en la espalda de Santa, su cabeza encanecida.

—¿Qué quieres que te regale cuando te mueras? —le preguntó de súbito.

Alzóse Santa de hombros, sin saber qué responder a pregunta tan inesperada y fúnebre; en el fondo, sobrecogida ante la repentina evocación que impresionó a los que la oyeron, el pianista y Pepa, y al mismo general, no obstante que su cerebro se entenebrecía. Los cuatro callaron, cual si de veras la muerte esté acechándonos, al alcance del labio que la nombra.

—No le contestes, boba —insinuó Pepa—, está chispo y no sabe lo que se habla.

—¿Qué más da? —dijo Santa melancólicamente, y volviéndose al general, añadió—: Mándeme usted decir misas...

Con esfuerzo visible el general apuntó el encargo en su cartera, como asunto serio, y ordenó de beber.

—Yo sí que me muero ahora, pero de sed... ¡A ver, más copas!

Las copas que se sirvieron representaron el tiro de gracia para el gobernador; derramó la mitad del contenido de la suya y se quedó dormido.

Santa respiró, y aunque ligeramente trastornada, consideróse libre: ¿podría acostarse sola?...

Pepa, benévola, la sacó del error, y en confianza, metió al pianista en la charla:

—No, hija, el viejo dormirá contigo, ¿no le parece a usted, Hipo? Por fortuna, no ha de molestarte, ya no puede con su alma.

Despertáronle entre las dos, y ayudado del mozo, subió al cuarto de Santa que, conforme a la regla, cargaba el sombrero, el abrigo y el paraguas de su amante de una noche. En tanto, el pianista, cuyo lazarillo dormía acurrucado en el quicio de la puerta, se despedía de Pepa.

Como una maza cayó el gobernador en el mullido lecho, en el que trabajosamente, sacóse los zapatos, la *jaquette*[27], el chaleco y parte de la camisa, desabotonada de antemano.

—¿Tú creerás que estoy borracho, eh?... No, estoy atarantado[28] y en un instante se me pasa... la prueba es que oigo llover y que te ruego que te desnudes, pero toda, enterita, quedándote con las medias nada más... ah, y dime, en serio, ¿te llamas Santa?... ¡A que no!... ¿Por qué vives en esta casa?... cuéntamelo, cuéntame tu historia, mujer...

No tuvo necesidad Santa de oponerse a tanta exigencia, pues no bien las había formulado el general, cuando de nuevo se durmió, y en esta vez con macizo sueño alcohólico. De puntillas, para no despertarlo, Santa apagó su lámpara y principió a desvestirse en la sombra, regocijada con la idea de que esa primera noche nadie se adueñaría de ella. De pronto y a pesar de las tinieblas de la estancia, llevóse la mano al cuello y se subió el camisón, cual si temiese que la sorprendieran. Aguardó un momento, y la respiración acompasada del gobernador la tranquilizó; soltóse el camisón y, devotamente, se sacó un viejo escapulario que ya no podría llevar más, que tenía que ocultar, ¡pobre trapo desteñido y roto como su pureza, testigo íntimo de sus épocas de dicha, guardián de reliquias que no habían sabido protegerla, compañero de sus suspiros de doncella y de sus palpitaciones de enamorada!... Castamente, lo besó muchas veces, como besamos lo que no hemos de volver a ver, y lo ocultó en algún misterioso sitio de su alcoba de pecadora.

---

[27] *Jaquette:* en francés, chaqué.
[28] *Atarantado:* aturdido.

Por la calle, a lo lejos, sonaban bandurrias y guitarras; tras-nochadores alegres, sin duda, que, desafiando el mal tiempo, tocaban música triste cual la historia de ella. ¡Su historia!, ¡la que le había pedido el borracho aquel!...

Ya no llovía, pero continuaba, afuera, el sordo gotear de las cornisas y barandales. En el sumidero del patiecillo —una losa con cinco agujeros en forma de cruz— hundíase el agua rumorosamente, a escape, como apresurada por esconderse, allá debajo, en lo oscuro, y no presenciar lo que en la casa acontecía.

Capítulo II

¡Su historia!...

La historia vulgar de las muchachas pobres que nacen en el campo y en el campo se crían al aire libre, entre brisas y flores; ignorantes, castas y fuertes; al cuidado de la tierra, nuestra eterna madre cariñosa; con amistades aladas, de pájaros libres de verdad, y con ilusiones tan puras, dentro de sus duros pechos de zagalas, como las violetas que, escondidas, crecen a orillas del río que meció su cuna, blandamente, amorosamente y después se ha deslizado, a espaldas de la rústica casuca paterna, embravecido todos los otoños, revuelto, espumante; pensativo y azul todas las primaveras, preocupado de llevar en su seno los secretos de las fábricas que nutre, de los molinos que mueve, de los prados que fecundiza, y no poder revelarlos sino tener que seguir con ellos a donde él va y muere, lejos allá... ¡Dicen que al mar!

Santa quiso espantar sus recuerdos ahuyentándolos con las manos extendidas, como en sus buenos tiempos de chica honrada espantaba las trabajadoras inquilinas de la colmena o las voluptuosas y coquetas del palomar. Pero sus recuerdos no partían, al contrario, y evocados por el borracho ese que impúdicamente roncaba, amotináronse alrededor de Santa, le entraban y salían a modo de maravillosos obreros que anhelasen terminar la reconstrucción del templo de su infancia y del alcázar de su adolescencia —que yacían en desolada ruina—, no logrando otra cosa que anudársela en la garganta, humedecerle los ojos y lastimarle el corazón, más virginal aún que su cuerpo soberbio de prostituta joven.

Y así fue como, de improviso, el abyecto cuarto en tinieblas se inundó de la luz de sus recuerdos[29].

Escondida entre lo que en el pueblo se entiende por «callejones» —unas estrechas callejas sin empedrar, con espeso follaje de malvones[30], alelíes y enredaderas a entrambos lados; con altas tapias lisas de ladrillo y argamasa o de caducos adobes que se desmoronan—, una casita blanca, de reja de madera sin labrar, que cede al menor impulso y hace de puerta de entrada; su patio, con el firmamento por techo, y por adorno, hasta seis naranjos desgajándose al peso de sus frutos de oro o cubiertos de azahares que van y lo perfuman todo, desmayadamente; un pozo profundísimo, con misteriosas sonoridades de subterráneo de hadas, con una agua de cristal para la vista y de hielo para el gusto, un brocal antiguo, de piedra, con huecos aquí y allá en los que han ido a instalarse muchas margaritas que se obstinan en crecer y multiplicarse, y una polea que gime y se queja cada vez que su cántaro se asoma a las profundidades aquellas. De frente a la cocina, un colmenar repartido en cuatro cajones, y arriba, más acá de la chimenea enana, ancha y humeante, el domicilio oficial de las palomas, quienes, sin embargo, prefieren las ramas, los boscajes vecinos y la derruida torre de la capilla de San Antonio, que les queda cerca. Al fondo un marrano que engorda tumbado en el lodo y atado de una pata; gallinas con polluelos, escarbando el piso y de tiempo en tiempo mirando al cielo con un

---

[29] En las líneas que siguen, Federico Gamboa reconstruye con gran fidelidad la fisonomía de Chimalistac y de San Ángel a finales del siglo XIX. En dirección suroeste se localizaba el Pedregal de San Ángel, enorme extensión en aquel entonces cubierta de lava y escasa vegetación, y por donde discurrían algunos arroyos. Las alusiones del novelista a lugares concretos son muy numerosas y se refieren tanto a edificios y establecimientos ya desaparecidos (la farmacia del Carmen, la hacienda de Guadalupe o la hacienda de El Altillo) como a calles y templos que se conservan en la actualidad, como la Plaza de los Licenciados, la de San Jacinto, la del Carmen, o la capilla de San Antonio. La fisonomía de la zona cambió notablemente tras las obras llevadas a cabo durante el mandato del regente del Distrito Federal Fernando Casas Alemán (1946-1952), que destruyó edificios antiguos y puentes coloniales que salvaban el también sepultado Río de la Magdalena.

[30] *Malvón:* planta de la familia de las geraniáceas, de flores rojas, rosadas o blancas.

solo ojo, la cabecita muy inclinada; y a la espesa sombra de los naranjos, el *Coyote,* un mastín berrendo[31] en amarillo y café, que duerme tranquilo. En el corredor, a mano izquierda de la entrada, diversos asientos campestres; un clarín, un cenzontle[32] y un jilguero que en sus jaulas se desgañitan en armonías y arpegios desde que Dios amanece; empotradas en el muro, unas astas de toro sirviendo de perchas a las cabezadas[33], freno y montura del único caballo que posee la finca y que sale a pastear con las vacas y los terneros de don Samuel, el de la tienda, y amarrados a la primera y a la última de las columnas, respectivamente los dos gallos de pelea, el uno giro[34] y azabache el otro, retándose con cantos y aleteos, afilando los picos contra el suelo y en él derramando, de torpe espolazo, su ración de agua, contenida en mohosa lata de sardinas.

Adentro, las habitaciones, muy pocas, sólo cuatro. Primero la sala, que es a la vez comedor, a juzgar por la cuadrada mesa del centro y por el tinajero que cuelga de uno de los encalados testeros de la estancia, colmados de platos, fuentes, pozuelos y vasos de vidrio y loza ordinarios. Arrimadas a las paredes, sillas de tule; en un ángulo, una rinconera de caoba, algo comida de polilla, que, juntamente con un caracol[35], una alcancía de barro en forma de manzana y un par de floreros con ramos de trapo, ostenta el tesoro de la familia, un Santo Niño en escultura no de lo peor, sentado en asiento que no alcanza a divisarse, en actitud de bendecir con su diestra levantada, vestido de raso con lentejuelas y flecos, y prisionero dentro de amplio nicho de cristales unidos con plomo. En el piso, esteras de diversos tamaños y al lado de la ventana, pendiente de grueso clavo, divísase la guitarra encordada y limpia.

---

[31] *Berrendo:* manchado de dos colores.
[32] *Clarín, cenzontle:* aves canoras de México, de tamaño similar al tordo común, que habitualmente se tienen en jaulas para disfrutar de su canto.
[33] *Cabezada:* correaje que se ciñe a la cabeza de la caballería.
[34] *Giro:* gallo de plumas amarillas en alas y golilla, y negras en el cuerpo.
[35] *Caracol:* probablemente se esté refiriendo a una concha de caracol o incluso de caracola marina utilizada como elemento ornamental.

Luego, el dormitorio de la madre y de la hija, que duermen en la misma cama, sin resortes ni cabeceras, pero aseadísima y espaciosa, defendida, en alto, por una litografía de la Virgen de la Soledad fijada en el muro con cuatro tachuelas, y por un cromo de la Virgen de Guadalupe, con marco que fue dorado; también figura una palma amarillenta que se renueva a cada domingo de Ramos y que por cristiana virtud sirve para impedir la caída de los rayos sobre la humilde heredad. Durante el día, la cama es propiedad de un gato que se pasa las horas en ella, hecho un ovillo.

Después, el cuarto de los dos hermanos hombres —los que proporcionan el dinero, Esteban y Fabián—, con dos catres de tijera, un arcón para guardar semillas, dos baúles grandes y forrados con piel de res mal curtida, una percha ocupada siempre, y en las paredes, con cierto esmero pegadas, una infinidad de pequeñas estampas de celebridades; bailarinas, circueras[36], bellezas de profesión, toda la galería de retratos con que obsequia a sus compradores la fábrica de cigarrillos de La Mascota. En un rincón, la escopeta, de cuyo doble cañón penden el polvorín y una bolsa con los perdigones gruesos que tanto pueden utilizarse para cazar en el monte cuanto para defender la casita y hacer la ronda del pueblo en las noches señaladas al grupo a que los muchachos pertenecen.

A lo último, la cocina, de brasero en el interior y anafre[37] cerca de la puerta, entre los dos metates[38] en que la hija o la madre, indistintamente, muelen el maíz.

Por todas partes aire puro, fragancias de las rosas que asoman por encima de las tapias, rumor de árboles y del agua que se despeña en las dos presas. En el día, zumbar de insectos, al sol; en la noche, luciérnagas que el amor enciende y que se persiguen y apagan cuando se encuentran. Detrás de la casita, una magueyera[39] inmensa, de un verde monótono y

---

[36] *Cirquero:* persona que trabaja en el circo, especialmente en ejercicios ecuestres.

[37] *Anafre:* «hornillo portátil de hierro, barro, piedra, o ladrillo y yeso» *(DRAE)*.

[38] *Metate:* en México, piedra para moler el maíz.

[39] *Magueyera:* planta o plantación de maguey, nombre genérico que se da a las agaves, plantas que producen fibra o jugo para bebidas espirituosas como el tequila, el mezcal o el pulque.

sin matices; a los dos lados, huertas y jardines; al frente, la propiedad del padre Guerra, el párroco de ellos; a unos cuantos pasos, la capilla, pequeñita, pobrísima, pero con santos que escuchan a los labradores y les alivian sus cuitas y les otorgan mercedes. Más allá, el cementerio, abierto y silencioso, sin mármoles ni inscripciones, pero brindando un cómodo asilo para el eterno sueño con sus heliotropos y claveles que, al echarse encima de los sepulcros, tapan codiciosamente los nombres de los desaparecidos y las fechas de su desaparecimiento. En las fronteras de la plazoleta, sombreada por añosos fresnos, la ribera del río; el puente, de un solo tronco de árbol labrado a hacha; los lavaderos, tres losas en bruto; y a los pies de las dos pozas de la presa grande, el camino de pedruscos enormes, inconmovibles, bañados por las espumas de las ondas, que conduce al Pedregal.

En ese cuadro, Santa, de niña, y de joven más tarde; dueña de la blanca casita; hija mimada de la anciana Agustina, a cuyo calor duerme noche a noche; ídolo de sus hermanos Esteban y Fabián, que la celan y vigilan; gala del pueblo; ambición de mozos y envidia de mozas; sana, feliz, pura... ¡Cuánta inocencia en su espíritu, cuánta belleza en su cuerpo núbil y cuántas ansias secretas conforme se las descubre!... ¿Por qué se le endurecerán las carnes, sin perder su suavidad sedeña?... ¿Por qué se habrán ensanchado sus caderas?... ¿Por qué sus senos, mucho más marcados que cuando niña, ¡oh!, pero mucho más —y no hace tanto tiempo que lo era—, lucen ahora dos botones de rosa y tiemblan y le duelen al curioso palpar de sus propios dedos?... ¿Por qué el padre, en el confesionario, no la deja contarle estas minucias y le aconseja no mirarlas?

«—¿Acaso te fijas en cómo crecen las flores? ¿Acaso las palpas para cerciorarte de que hoy están más lozanas que ayer y mañana más que hoy?... Pues haz como ellas, crece y hermoséate sin advertirlo, perfuma sin saberlo, y a fin de no perder tu hermosura y tu pureza de virgen, reza y ven a confiarme lo que te ocurra; adora a tu madre, cuida de tus hermanos y vive, respira fuerte, ríe a tus solas, ahorra lágrimas y enamórate del Ángel de tu guarda, único varón que no te dará un desengaño.»

Y en los albores de su juventud, Santa vivió en una deliciosa prolongación de la infancia, sin cuidados ni penas —salvo el fallecimiento de una gallina, cuando con las heladas del invierno una mata de claveles rojos que por sí misma atendía y regaba, amaneció marchita una mañana, roto el tallo, desperdigados los pétalos, simulando extrañas gotas de sangre, lenta hemorragia que hubiese acabado con la planta. Fuera de estas cuitas y otras por el estilo, una existencia sin nubes, un desarrollo suave, un embellecimiento progresivo, adorando a su madre, cuidando de sus hermanos, respirando fuerte y riendo no tan a solas, no, que presumo, de envidia más de una vez, le hicieron coro su clarín, su cenzontle y su jilguero, los naranjos de su patio, las ondas del río, los ramajes de los árboles y, ¡vaya!, hasta la campana de la capilla, que si Santa reía, reía ella, sí, los domingos, al llamar a la poética misa de las seis y media... la misa que bajaban a oír con idéntica devoción que los moradores del pueblecito, las familias ricas, de temporada en San Ángel[40], el presidente de su Ayuntamiento, su receptor de rentas y el propietario de la farmacia del Carmen, el que encendía en las noches, por quién sabe qué artes, unas botellas muy grandes que despedían, vivísimamente, luces moradas, rojas, amarillas...

¡Qué lindo despertar el de los días de trabajo, antes que el sol, que es sol madrugador! De súbito, el mutismo impotente de la noche, que arrulla a su modo, interrúmpese con el canto de un gallo al que van contestando otros y otros, remotos, en rumbos que no pueden precisarse, Santa medio abre los ojos que sólo alcanzan a descubrir a su madre, que le queda junto a quien se acerca, medrosa, en demanda de más arrimo. Entre sueños siente que la acarician, que se aumenta el vaho de las sábanas:

«—¡Duérmete, hija —le dicen en voz baja—, duerme, que todavía está oscuro!...»

El sueño completo tarda en volver a ella, pero no ve ni oye a las derechas, todo es confuso, vago, impalpable, excepto un

---

[40] San Ángel era el lugar predilecto de descanso para las clases acomodadas de la capital, que construyeron en la zona numerosos caserones, haciendas y ranchos, algunos de los cuales menciona Gamboa en las líneas que siguen.

gran bienestar físico que la embarga, la embarga e inmoviliza. Percibe que encima, en el techo, las palomas arrastran la cola abanicada, y curruquean; que en el patio gruñe el cerdo y que en la pieza inmediata, Esteban y Fabián han abandonado la cama y echan agua en el barreño, tosen, raspan cerillos para calentar el desayuno y encender su cigarro... El sueño vence a Santa un poquito más, pierde la noción del tiempo que transcurre de rumor a rumor; lo último que distingue con esfuerzo es la entrada de sus hermanos, de puntillas para no despertarla a ella, que les sonríe en su semisueño, por su delicadeza. Van a despedirse, a recibir la diaria bendición que ha de defenderlos y darles fuerza para continuar su ruda lucha de desheredados, de obreros en una fábrica de tejidos, la de Contreras[41], a bastante más de una legua de su casa. Y se inclinan, se prosternan casi, para que Agustina no se incorpore ni desabrigue, y así prosternados, descubiertos, en acatamiento de inveterada costumbre, murmuran reverentes:

«—¡La mano, madre!...»

La madre, a tientas, los persigna, los atrae al regazo en que se formaron, contra él los estrecha confundiendo las dos cabezas que ama por igual, y los hombrones aquellos besan quedamente la vieja mano que dibuja en el aire la señal de la Cruz; se marchan de puntillas otra vez; el *Coyote*, en el patio, les ladra de júbilo; cierran ellos la reja exterior, y en el silencio que cobija al pueblo dormido, sus pasos, sonoros al salir, apáganse muy poco a poco, con ritmo de péndulo distante. La madre suspira, alza la voz como para que mejor la oiga Quien lo puede todo:

«—¡Cuídamelos, Dios mío, cuídamelos, que son mis hijos!...»

Por las hendiduras de puertas y ventanas entra una raya de luz pálida, de aurora; los ruidos aumentan; del arcaico convento del Carmen arranca el toque del alba y se esparce por los caminos, las quintas, las sementeras y los huertos, levánta-

---

[41] La Magdalena Contreras es actualmente una Delegación del Distrito Federal situada al oeste de San Ángel. En toda esa zona se construyeron a partir de mediados del siglo XIX grandes fábricas textiles, como La Abeja, La Magdalena, Santa Teresa o El Águila.

se Agustina, y Santa, reconquistada totalmente por el sueño, bien arrebujada por su madre, duerme una hora más y sueña que es buena la vida y que la dicha existe.

Como le sobran contento y tranquilidad y salud, se levanta cantando, muy de mañana, y limpia las jaulas de sus pájaros; en persona saca del pozo un cántaro del agua fresquísima, y con ella y un jabón se lava la cara, el cuello, los brazos y las manos; agua y jabón la acarician, resbálanle lentamente, acaban de alegrarla. Y su sangre joven corretea por sus venas, le tiñe las mejillas, se le acumula en los labios color granada, cual si quisiera, golosamente, darle los buenos días besándoselos mucho. Ya está enjugada y bien dispuesta; ya dio de almorzar a gallinas y palomas, que la rodean y siguen con mansedumbre de vasallos voluntarios; ya el cerdo ha hundido la trompa, gruñendo de satisfacción, en el montículo de maíz que ella le llevó en el delantal; ya el *Coyote* la saludó con cabriolas y locos ladridos; ya el chico de don Samuel, el de la tienda, llegó en pos del penco de Esteban y Fabián, para que *pastee* con los terneros y vacas de su amo, mohínas ellas, recién ordeñadas, los recentales hambreados[42], inquietos, mugiendo iracundos; vacas y recentales en despaciosa procesión, asomando los testuces por encima de las bardas de flores, trepando a las magueyeras, hasta colándose de rondón en el siempre abierto y apacible cementerio, cuyas tumbas cuajadas de yerbas ofrécenles sabroso desayuno.

—¡Santa!... ¡Échame pa'cá el retinto[43], que me voy! —ha gritado el chico desde afuera, sin mirar hacia la casa ni hacia el rebaño, que continúa pausadamente su marcha holgazana, afanadísimo por desanudar con uñas y dientes los cordones de su honda.

Con afectuosas palmaditas en el anca, arrea la muchacha el retinto, en pelo y sin freno, lo recomienda al rapaz:

—¡Cuidado, Cosme!, no lo asolees[44] ni lo galopes... ¿Quieres leche?

---

[42] *Recentales hambreados:* terneros de leche hambrientos.
[43] *Retinto:* de color castaño oscuro.
[44] *Asolear:* hacer contraer al animal, por exceso de fatiga, el mal del *asoleo*, consistente en sofocación y palpitaciones.

—Dámela y verás si quiero... ¿No tienes miel de tus abejas?... porque con pan, aunque esté duro, sabe a gloria —dice Cosme, mientras le pone al caballo una jáquima[45] de su invención, con una cuerda corta que se desprende de la cintura.

Santa regresa a la vivienda y vuelve a la reja con un vaso de leche en una mano y en la otra un pan untado de miel y chorreando hilos transparentes que nunca llegan a caer al suelo. Apura Cosme la leche, de un sorbo, y limpiándose la boca con la lengua, tírase, casi con igual fuerza, sobre el pan enmielado y sobre el lomo del cuaco[46], a quien arrima los desnudos talones. El retinto, a pesar de sus calendarios, responde con un bote y arranca a correr; el chico, en tanto, muerde el pan, y en prodigioso equilibrio, vuelve medio cuerpo:

—No te enojes, Santita, no te enojes; sólo lo corro porque ya las vacas se me adelantaron, pero en alcanzándolas...

Nada más se oye, han doblado el recodo; el caballo a galope tendido, y Cosme muy inclinado, como los jinetes de los circos cuando giran en la pista.

Aún no son las siete y, sin embargo, el sol, de bruces en la cresta de la sierra, curiosea por las casas, dora las copas de los árboles y alarga las sombras de cuanto alcanza con sus rayos, por modo exagerado; hay rosal que simula una planta inclasificada, anterior al Arca, perro ordinario que semeja rezagado iguanodonte[47] y tronco de árbol que aparenta leguas y leguas de largo. Con las irisaciones que emanan del río, con el aroma que las flores despiden y la fragancia que respira la naturaleza toda —sin contar gorjeo de aves, rumor de ramas y murmurio de ondas—, hay algo impalpable que flota y asciende cual oración sin palabras, que la tierra, la eterna herida, pensara y elevara a cada despertar; honda acción de gracias mudas por haber escapado, una noche más, al cataclismo con que vive amenazada y que traidoramente ha de venir a mutilarla y a aniquilarle su sagrada fecundidad infinita de madre amantísima... Santa, impresionada, levanta los ojos al cielo,

---

[45] *Jáquima:* cabezada de cordel (véase nota 33).
[46] *Cuaco* (Méx.): entre campesinos, caballo.
[47] *Iguanodonte:* reptil del orden de los saurios. Tenía hasta doce metros de largo y una extensa cola.

dilata la nariz y quédase extasiada, incorporada sin percatarse de ello a la honda acción de gracias mudas, a la plegaria sin palabra de la Tierra.

Durante el día, la ruda labor doméstica, ora en la casa, ayudando a la anciana Agustina, ora junto al río, lavando, yendo a compras a la tienda de don Samuel, en la que «había de todo». A la tarde, reúnese en la plazoleta a mozas de sus años y con ellas juega y retoza, dueñas del local, sin masculinos a esa hora que se burlen de sus juegos; pues no pueden pasar por tales los muchachos que salen de la doctrina del padre Guerra, ni el propio padre Guerra que al separarse de sus alumnos y sorprenderlas a ellas, por lo común las riñe:

—¡Ya se me están ustedes largando de aquí y metiéndoseme en sus casas, marimachos!

Y batiendo palmas deshacía el grupo, ni más ni menos que si ahuyentara gallinas.

Otras veces, y previo permiso de Agustina, Santa íbase sola hasta las entradas del Pedregal, sitio maravilloso y único en la República.

Inexplorado todavía en más de lo que se supone su mitad, volcánico todo, inmenso, salpicado de grupos de arbustos, de monolitos colosales, de piedras en declive, tan lisas que ni las cabras se detienen en ellas, posee arroyos clarísimos, de ignorados orígenes, que serpean y se ocultan y reaparecen a distancia, o sin ruido se despeñan en oquedades y abras que la yerba disimula criminalmente; cavernas y grutas profundas, negras, llenas de zarzas, de misterio, de plantas de hojas, disformes, heráldicas casi, por su forma; simas muy hondas, hondísimas, en cuyas paredes laterales se adhieren y retuercen cactus fantásticos, y de cuyos fatídicos interiores, cuando a ellos se arroja una piedra que jamás toca el fondo verdegueante y florido, tienden el vuelo pájaros siniestros, corpulentos, que se remontan por los aires, muy alto, en amplias espirales lentas. Descúbrense hondonadas —a las que puede arribarse a costa de ligeros rasguños—, que el agricultor ha transformado en sementeras y que lucen milpas[48] de maíz, cebadales,

---

[48] *Milpa* (Méx.): plantación de maíz.

hasta algún trigal diminuto, de coquetas espigas corvas, balanceándose con elegante dejadez. Aquí y allá, magueyes; espiando a los barrancos y precipicios, pirúes[49] frondosos atraen con su peligrosa sombra, la que —se dice— brinda a quien la goza, desde la jaqueca hasta la locura. Formando islotes, álzanse en promontorio hormigueros trabajadores, con un ir y venir de pequeños bichos bien perceptibles; y en los resquicios de la toba[50] volcánica, las biznagas[51], redondas, sanguinolentas, defendiendo con sus espinas el sabroso fruto. Por dondequiera matorrales que desgarran la ropa; amenazas de que una víbora nos asalte o una tarántula se nos prenda; y lo que es más lejos, algo peor; los gatos monteses y los tigres y la muerte... Por dondequiera, leyendas erráticas, historias de aparecidos y de almas en pena que salen a recorrer esos dominios, en cuanto la luz se mete[52]. Por dondequiera, lugares encantadores, nombres populares: el *Nido de gavilanes,* la *Fuente de los amores, La calavera, El venado...* también un camino, es decir, una vereda que ensanchan las llantas de las escasas y atrevidas carretas que por tales andurriales se aventuran con objeto de ganar San Ángel en menos tiempo que por el camino real. Hacia Tizapán[53], una hacienda perdida en la soledad, y por los alrededores de la finca, partidas de vacas, hatos de carneros y de ovejas sin persona que cuide de ellos, paciendo tranquilos dentro de esa paz primitiva; caballos sueltos; yeguas escoltadas por sus juguetones potrillos que corcoveando se alejan a escape, para a poco tornar y morderlas y pegarse

---

[49] *Pirú* o *pirul:* árbol alto y frondoso que prospera en tierras frías y zonas altas. Es el más común en el valle de México.

[50] *Toba:* piedra caliza, muy porosa y ligera.

[51] *Biznaga:* planta de la familia de las cactáceas, de tallo corto y sin hojas, que crece sin cultivo en terrenos áridos.

[52] Una de las leyendas más conocidas que circulaban en San Ángel se localizaba en la Casa Blanca, cercana al antiguo convento del Carmen, y contaba la historia de don Lope, cuya alma acudía a penar todas las noches de luna llena a la ventana donde jurara amor eterno a doña Guiomar, muerta por su causa. También en esta zona se localizó una de las numerosas variantes de la leyenda de «la llorona», mujer que vagaba en las noches llorando de forma desesperada por la muerte de sus hijos.

[53] *Tizapán:* localidad situada al oeste de San Ángel, aledaña al Pedregal.

con brusquedad a la ubre semioculta; y perros de pastor, bra-
víos, que se abalanzan enfurecidos al que se aproxima a las
bestias. En puntos determinados un panorama hermosamen-
te poético; al poniente, las cúpulas de azulejos del vetusto
convento del Carmen, y al oriente, destacándose del resto de
la serranía, el Ajusco[54] azul, de un azul blando de bahía profunda y en calma. Y en cuanto la vista abarca, un aspecto de
mar petrificada, con ondulaciones, y flotando por sobre el co-
losal desierto de toba, la leyenda clásica y popular que asegura que en la región hanse perpetrado homicidios, impunes todavía, la que narra cómo, cuando nuestra Independencia, allí
se ocultaban insurgentes; la que garantiza que allí se han sepultado o convertídose en polvo, yanquis y franceses[55]; la
que, enseriándose, declara que aquello es el producto de una
ciclópea erupción y que se prolonga hasta el lejano puerto de
Acapulco... ¡Qué sé yo cuánto más!... un mundo de consejas
y de verdades, un mundo de sucedidos y de sueños que, al
cabo de los tantos años, se han entremezclado y no es posible fallar a punto fijo dónde la verdad acaba y dónde la mentira empieza.

En la presa grande descalzábase Santa, las tardes en que
Agustina hábíale consentido el paseo; y con sus zapatos en la
mano, sintiendo en los pies trigueños el cosquilleo del agua
que sin pudores se los lamía mientras ella cruzaba el río por
encima de las piedrazas enclavadas en su cauce con ese fin,
llegaba a la opuesta banda con el aliento cortado por el remotísimo peligro corrido de pisar en falso y sacarse, a lo sumo,
un chapuzón sin consecuencias. En las lindes del Pedregal deteníase acobardada de considerar su anchura y desolación;
era muy lindo, ya lo creo que lo era, pero ¡qué solo, Dios
mío! Y uno de esos atardeceres en que Santa, sin advertirlo,
entraba en casta y meditativa comunión con la naturaleza, in-
vadióla repentina melancolía, ansia de llorar para desahogar

<hr>

[54] *Ajusco:* volcán del Distrito Federal (3.929 m), situado en el sector meri-
dional de la sierra homónima.
[55] En casonas y haciendas de la zona del Pedregal y San Ángel montaron
sus cuarteles en 1847 las tropas invasoras estadounidenses y en 1863 las tropas
francesas de intervención.

106

el pecho que se le oprimía. Rompió en llanto y al juntársele Cosme, de vuelta con sus animales, ni él ni ella atinaron con la causa de semejante tristeza.

—¿No será porque hayas hecho algo malo en tu casa y tengas miedo de que tu mamá te pegue? —inquirió Cosme apeándose del retinto y yendo a situarse al lado de Santa, que lloraba recargada de espaldas en un árbol—. Porque a mí sí me sucede, me entristezco desde antes de que me zurren y me acometen ganas de coger pa'llá, ¿ves?, hasta allá; con eso no vuelven a azotarme...

No era eso, no; a Santa la querían y la mimaban todos los de su casa.

—Mi tristeza es una tristeza que me sale de mi cuerpo, del pecho...

—¡Ah!... ¿te sale de tu cuerpo?... Pues quién sabe qué será... ¿No será *virgüela?*

Varios días la tristeza persistió, complicada de cansancio y de predisposición al llanto. Sin embargo, su madre y sus hermanos no eran sorprendidos, antes redoblaron cariño y mimos. Hasta que cierta madrugada, al despertarse Santa con la despedida de Fabián y Esteban, el enigma se aclaró...

—¡Madre! —dijo a Agustina en cuanto quedaron solas—, yo debo estar muy grave, vea usted cómo me he desangrado anoche...

—¡Chist! —repuso la anciana, besándola en la frente—, esas cosas no se cuentan, sino que se callan y ocultan... ¡Es que Dios te bendice y te hace mujer!

Mujer y guapísima, más guapa conforme acababa de desarrollarse más.

Principió entonces para su madre y sus hermanos un periodo de cuidado excesivo por la reina de la casa; principiaron los viajes a México, la capital, para que ella la conociese y ellos la obsequiaran con el producto de risibles y muy caladas economías; principiaron los paseos dominicales a San Ángel, a oír la banda militar que toca en el soportal del Cabildo, a ver la llegada de los tranvías metropolitanos repletos de personas decentes y deseosas de divertirse. Allá se iban, carretera arriba; el *Coyote* a la descubierta, luego Fabián y Esteban, muy majos, el sombrero ancho y galoneado, ajustado pantalón y chaqueta negra, roja y flotante la corbata, albeando la camisa, como un espejo, en la cintura el ceñidor de seda, los zapatos nuevos, de amarillenta gamuza. Luego, Agustina y Santa; Agustina a la antigua usanza, la de su época: enagua de castor[56], botinas de raso turco[57], holgado el saco[58]; pañuelo fino, de yerbas[59], abrigándole el cuello, prendido al pecho, y las puntas en triángulo, cayéndole en la espalda; abierto el rebozo de «bolita»[60] y oliente a membrillo, que es el perfume del cofre; en las orejas, gruesas arracadas[61] de filigrana, y en los dedos de la mano que carga el paraguas de algodón, tumbagas[62] de oro desgastado y opaco. Santa, sin otros atavíos que sus quince años, un vestido de muselina, de corpiño y algo corto para que luzcan los piececitos bien calzados, el rebozo terciado, trenzadas y libres las aterciopeladas crenchas[63] negras, y en éstas, un clavel prendido.

Allá van, por la amplia calzada que conduce a San Ángel, mirando a su derecha el bardal que por ahí limita la hacienda de Guadalupe, y a su izquierda, las fachadas de algunas quintas lujosas, de personas ricas, desde la Casa de Sanz hasta la antiquísima y aristocrática Casa de Cumplido[64]. Si aún es temprano, tiran a la plazuela de los Licenciados y en la de San Jacinto deteniéndose al volver, bajo el follaje de los truenos o de los fresnos, mezclados a las familias acomodadas que veranean en el pueblo a la moda; Esteban y Fabián aparte, apoya-

---

[56] *Castor:* tela de lana de suavidad parecida a la del pelo de este animal.

[57] *Raso turco:* tela lisa por el haz y con líneas y estrías por el envés.

[58] *Saco* (Amér.): chaqueta.

[59] *Pañuelo de yerbas:* «pañuelo grande de tela basta y con dibujos estampados» (Seco *et al., Diccionario..., op. cit.).*

[60] *Rebozo de «bolita»:* el rebozo es un pañolón usado por las mujeres mexicanas, amalgama entre la mantilla española y el tocado indígena. Los de «bolita» recibían este nombre porque el hilo con que se fabricaban venía de Inglaterra envuelto en pequeñas bolas.

[61] *Arracadas:* aretes con adornos.

[62] *Tumbagas:* anillos, sortijas.

[63] *Crenchas:* partes en que se divide el cabello peinado a raya.

[64] Probablemente el narrador se refiera a la casa de Patricio Sanz (1845-1890), rico hacendado propietario de numerosos edificios en la ciudad, y a la de Ignacio Cumplido (1811-1887), destacado impresor y Regidor de Paseos de la capital.

dos en un tronco. Agustina y Santa sentadas en un banco de hierro, el *Coyote* enroscado a sus pies, hombres y mujeres silenciosos, inmóviles, con ese encogimiento que se adueña de los humildes cuando se hallan con los pudientes en un mismo lugar. Si es tarde ya, redúcense a no pasar de la plazuela del Carmen; se refugian en el portal del Ayuntamiento, escuchan una pieza de música, compran golosinas que no osan comer en presencia de tanto extraño, y después de que el ferrocarril del Valle —a las siete en punto, relleno de pasajeros que gritan, se llaman y ríen, sus carruajes iluminados como si en su interior fuera a celebrarse una fiesta— parte rumbo a México con estruendo de edificio de vidrio que se viniese abajo, sembrando, en el camino que comienza a obscurecerse, ecos de canciones, de lloriqueos de niños, de risas de mujer, y miles de chispas ebrias que en el espacio rondan y de improviso se abaten sobre los pajonales que bordean la vía, la familia de Santa emprende el regreso.

Es la hora melancólica...

El campo crece y se ensancha desmesuradamente en el mar de sombra que lo inunda; los contornos de las cosas que nos rodean agrándanse a nuestra vista, y en nuestra alma penetra mucho de la ambiente quietud —también las penas se aquietan y aminoran—, en tanto que las nostalgias más recónditas, lo inconfesado que no ha de realizarse nunca, se yergue realizable y hacedero, allí, muy cerca, en esa propia sombra, confundiéndose con todo lo que huye y con todo lo que en ella zozobra. Un *Ángelus* de campanas pobres —las pocas que le restan al secularizado monasterio del Carmen— ciérnese tan desmayadamente en la altura que en nada perturba el devoto recogimiento de las cosas y la mística meditación de los espíritus...

Es la hora melancólica...

Prófugos de la realidad, Fabián y Esteban sueñan en alta voz un mismo sueño; conquistar la fábrica que, adormeciéndolos a modo de gigantesco vampiro, les chupa la libertad y la salud. En este instante, la solución del problema antójaseles sencillísima:

«—Verás —se dicen, y dibujan grandes líneas en la atmósfera—, verás ahorrando tanto más cuanto, pues al cabo de un año, tendríamos...»

No se desaniman frente a lo exiguo de sus ahorros, una miseria si se comparan a la montaña de sacos de pesos que la fábrica ha de valer. Necesitarían toda una vida, las dos vidas suyas, la vida del villorrio entero en incesante trabajo y en incesante economía, para amasar una suma mediante con que intentar la compra del monstruo insaciable y cruel, devorador de obreros, desde pequeños por él atraídos y utilizados y a quienes desecha, cuando no muertos, estropeados o ancianos, sin volver a recordarlos, como desecha los detritus industriales y las aguas sucias de sus calderas. No se desaniman Fabián y Esteban, resígnanse a continuar en su esclavitud mansa de bestias humanas que practican la honradez, y a fin de huir de las malas tentaciones, aproxímanse a Agustina y Santa. Por inveterada costumbre, Agustina va rezando maquinalmente su rosario trunco, evocado por el *Ángelus,* que ya expiró entre estrellas y nubes. El *Coyote,* gacha la cola y colgante la lengua, trota y desconfía, gruñe y se detiene de tiempo en tiempo olfateando las sombras. Santa suspira, anhela, espera... ¿qué?, lo que las muchachas anhelan y esperan a los quince años; amantes de espada de oro y capa de rayos de luna; besos que no sean pecado; caricias castas; pasiones infinitas; hadas y magos...

Es la hora melancólica...

Nadie en Chimalistac se preocupó mayormente con el cambio de destacamento de San Ángel. Súpose que en lugar de los «rurales»[65] habían enviado a los de la Gendarmería Municipal de a caballo, y los villanos se alzaron de hombros; echarían de menos, a todo rigor, las «chaparreras» y chaquetas de cuero de aquéllos —indumentaria más al alcance de su comprensibilidad que los arreos a la europea de éstos. Por lo demás, y si el viento soplaba de arriba, siguieron escuchando una corneta que sonaba igual a la de los idos; las lavanderas

---

[65] *Los «rurales»:* cuerpo de guardia montada caracterizado por su indumentaria *charra:* chaqueta corta y recta, pantalón cerrado de doble abotonadura y con calzones de piel o *chaparreras* colocadas encima, y amplio sombrero de ala ancha.

del río siguieron mirando dos veces a la semana el baño de los encanijados bridones[66] en la presa chica; y en la tienda de don Samuel, en la pulquería de don Próspero, siguieron fiando con escasas probabilidades de reintegro, copas de tequila y «tecomates»[67] de pulque a los valientes veladores de la seguridad comunal.

Sólo Santa —con dos primaveras más a cuestas—, a poco de la llegada de los gendarmes, opinaba de diversa manera. No eran como los «rurales», ¡qué habían de ser!, eran muy distintos, el alférez particularmente. Era en efecto el tal, apuesto mozo; ancho de espaldas y levantado de pecho; dulce en el mirar y fácil en el reír, con lo que el castaño bozo se le encaramaba a los morenos carrillos, y la dentadura, blanca, apretada y pareja, relucíale cual si de esmalte estuviese hecha; fuerte y joven; alto a pie y airoso cuando cabalgaba en su irascible moro; siempre de uniforme y el uniforme siempre limpísimo, el kepí ligeramente hacia atrás, dándole aires de espadachín y mujeriego.

Conociéronse cierta tarde, a la entrada del Pedregal, de donde el alférez salía escoltado de unos dragones, y adonde dirigíase Santa en busca de Cosme, después de haber cruzado el río descalza, por sobre los pedruscos que sirven de puente. Convencida de que no la sorprenderían, sentóse en el vivo suelo a enjugarse y calzarse los desnudos pies; y como la pícara arena sofocase las pisadas de los militares, cuando Santa advirtió que la miraban, habíanla mirado ya demasiadamente. Y que el espectáculo valía la pena, demostráronlo a las claras lo turulatos que se pusieron los dragones y lo arrobado que se quedó el alférez.

—¡Permita Dios que mi corazón se vuelva de arena, para que usted lo pise! —declaró rayando[68] su moro.

A partir de entonces comenzó el asedio, insistente de la parte del alférez, débil en resistencias por la de Santa, que no supo defenderse con las mismas energías que empleara al re-

---

[66] *Bridón:* «el que va montado a la brida» *(DRAE).*
[67] *Tecomate* (Méx.): vaso o vasija hecho de barro o con la piel de ciertos frutos.
[68] *Rayar:* parar el caballo de golpe.

chazar a Valentín, el compañero de fábrica de Fabián y Esteban, que por ella se perecía, el trovador tímido que sólo acertaba a suspirar delante de la amada. El alférez, en cambio, caminó de prisa; sobrábanle ardides para tropezar con la chica y no le faltaban mañas para charlarle, en broma por supuesto, sonriendo bajo el bozo, sacudiéndose las botas con el látigo o acariciando el pescuezo de su caballo, si lo que decía era de trascendencia. Santa, que a los principios mostrábase hosca y muda o arrancaba a esconderse en su vivienda, con objeto de no dar oídas al galanteador, fue ablandándose poco a poco; ya reconocía a distancia los andares del moro; ya se detenía frente al espejo más de lo que había acostumbrado detenerse; ya se sentaba a la vera del Arenal —la ancha calle que a San Ángel lleva—, por el que tarde a tarde y sin escolta descendía el gallardo municipal. Como de rigor, ni su madre ni sus hermanos advirtieron mudanza tanta; y la muchacha, mariposa del campo, no pudo substraerse a la flama[69] que le fingía el vicioso y descuidado mancebo, quien, a su vez, ardía en deseos de morder aquella fruta tan en sazón que no perseguía por amor, sino porque creía tenerla al alcance de su ociosa juventud, de su dentadura de buen mozo que hoy vive aquí y mañana allí con su poquito de autoridad, gracias a los galones y a la espada, sin importarle cosa mayor derrumbar un cercado o trocar en lágrimas de desesperanza los apasionados besos con que le dieron la bienvenida... ¿Qué remedio? Él no creó el mundo ni las penas, es un ignorante, un irresponsable, un macho común y corriente que se proporciona un placer de amores donde le cuesta menos y le sabe más; es uno de tantos que no se angustian por averiguar quiénes fueron sus padres ni quiénes son sus hijos; un engendrador inconsciente que no sabe reparar los desfloramientos de las doncellas campesinas que se le entregan, ni los descosidos que en ocasiones le afean su uniforme de guardia trashumante.

De ahí que cuando Santa, en sus pláticas diarias y dizque casuales con él, le espetó muy seria que se dirigiese a Agustina, Marcelino Beltrán, alférez, se echara a reír con su franca y

---

[69] *Flama:* pasión vehemente.

112

desvergonzada risa de veintidós años, le acariciara la barba a su novia, y de un latigazo rompiera el tallo de unas flores que en nada se metían:

—¿Y para qué he de decirle algo a tu madre si a ti te lo he dicho todo?...

Todo, en verdad, habíaselo dicho a Santa; las palabras inocentes y cándidas con las que es de ley que comiencen los amores, y las quemantes que vienen luego y apenas se murmuran, enlazadas las manos, muy cerca los rostros, los ojos en los ojos, secos los labios, el ánimo desfallecido y cobarde.

De común acuerdo tácito, conforme Santa columbraba a Marcelino bajando el Arenal, ella internábase por los «callejones» de la aldea, y sin delatarse ante los conocidos que la saludaban, escogía el camino más largo pero menos frecuentado, y no paraba hasta la frontera del Pedregal. Reuníasele el alférez, y juntos ya, volviendo la cara a cada minuto para no ser sorprendidos, hundíanse Pedregal adentro. Claro, ni quien los fiscalizara en las soledades esas —que no eran fiscales los pájaros que volaban al aproximárseles la pareja, ni las ramas de los arbustos, ni los crispados brazos de los árboles que se secreteaban Dios sabe qué asuntos, en su mágico idioma druídico de roce de hojas y murmurar de copas. Por instinto de propia defensa, Santa no consentía acercamientos, se colocaba a sabia distancia que el taimado alférez respetó en las primeras entrevistas, cuando juraba por las ánimas benditas que no lo guiaba torcida intención ni dañado apetito, cuando solamente repetía muy quedo la monótona, la vieja y dulce canción:

—Te quiero mucho, mi Santa, te quiero mucho mucho... como nunca he querido y como nunca volveré a querer...

No le contestaba Santa, ¿con qué había de contestarle si la sangre se le iba hondo, el corazón pugnaba por salírsele y la voz, amotinada en la garganta, caso de brotar, habríale brotado metamorfoseada en sollozos de dicha? Lo que hacía era cerrar los ojos, para atajar el vértigo, y respirar de prisa, de prisa, para no sofocarse. ¡Si le hubiera contestado, hubiese sido para rogarle que continuara diciéndole eso que decía, la mentira secular que todas las mujeres y todos los hombres creen y prometen, la milenaria quimera de que la fidelidad y el amor sean eternos!

Fue el Pedregal un cómplice discreto y lenón[70], con sus escondrijos y recodos inmejorables para un trance cualquiera, por apurado que fuese, a diferencia de la tapia de Posadas[71] o de los sotos de la hacienda de Guadalupe o de los contornos de Portales[72], donde el tranvía de Churubusco[73], la malicia de un caminante, cualquier pequeñez impensada podía descubrirlos. Y en el Pedregal acaeció el lento abandono de Santa, que dejó que le apretaran una mano; luego, que le ciñeran la cintura; luego, que Marcelino se le acostara en el regazo, «con objeto», afirmaba el tuno, «de contemplarla a sus anchas»; y por último, dejando que le besara las manos —¡las manos nada más!—; después el cuello, con un besar suave y diabólico, rozando la piel; después la boca, en los mismísimos labios entreabiertos y húmedos de la doncella, que se estremeció de voluptuosidad y trató de escapar, temblorosa, implorante.

—Suéltame, Marcelino, suéltame, por Dios Santo... ¡que me muero!...

Sin responderle y sin cesar de besarla, Marcelino desfloró a Santa en una encantadora hondonada que los escondía. Y Santa, que lo adoraba, ahogó sus gritos —los que arranca a una virgen el dejar de serlo. Con el llanto que le resbalaba en silencio, con los suspiros que la vecindad del espasmo le procuraba, todavía besó a su inmolador en amante pago de lo que la había hecho sufrir, y en idolátrico renunciamiento femenino, se le dio toda, sin reservas, en soberano holocausto primitivo; vibró con él, con él se sumergió en ignorado océano de incomparable deleite, inmenso, único, que bien valía su sangre y su llanto y sus futuras desgracias, que sólo era de compararse a una muerte ideal y extraordinaria.

La catástrofe consumada, contempláronse mudos, jadeantes, sudorosos; Marcelino, confuso, se puso en pie; Santa, a

---

[70] *Lenón:* alcahuete.
[71] *Posadas:* probablemente se refiera a la pequeña fábrica textil que construyó en la zona Melchor Díaz de Posadas.
[72] *Portales:* colonia (barrio) actual del Distrito Federal, enclavada en la Delegación Benito Juárez y situada al norte de San Ángel.
[73] *Churubusco:* localidad situada al este de San Ángel, hoy integrada en la Delegación de Coyoacán del Distrito Federal.

medio sentar en el alfombrado suelo, segaba puñados de yerba que enseguida desmenuzaba entre sus dedos trémulos. La tarde, apaciblemente, descendía. En el silencio majestuoso del despiadado desierto volcánico oíanse de tiempo en tiempo y allá, lejísimos, vaya usted a saber dónde, una plañidera esquila de ganado, el afligido balar de alguna oveja extraviada y el incoloro canto de un niño —Cosme quizá, que regresaría contento con sus vacas, montando en el caballo de Fabián y Esteban.

—¿Nos iremos, te parece? —propuso Marcelino, para poner término a la embarazosa situación.

—¿Y en qué lugar quieres que yo me presente así...? —replicó Santa, muy conmovida, haciendo alusión a su virginidad asesinada.

Marcelino no entendía de esas exquisiteces ni de esos melindres, por lo que replicó airado:

—Supongo que a tu casa, ¿o pretendes que te lleve conmigo al cuartel?...

—Llévame a donde sea, allá tú, lo que es a mi casa ya no vuelvo.

—¡Santa, no disparates, vuelve a tu casa, y mañana con más calma y más tiempo, pensaremos lo que convenga, ven!

Y por un brazo la levantó, la asió del talle y enderezó sus pasos a la salida del Pedregal, intentando consolarla, tranquilizarla especialmente: lo que les había acontecido no carecía de remedio.

—Ni a tu sombra le digas una palabra, que nadie se entere, y yo te ofrezco que en cuanto pueda, muy pronto, me casaré contigo, a lo pobre, porque pobre soy, pero eso sí, para hacerte feliz, ¿oyes? Lo que se llama feliz... ¿No me respondes, se te acabó ya el cariño?...

—¿Que se me ha acabado el cariño?... Mira, te quiero tanto, que si mil virginidades poseyera y las apetecieras tú, las mil te las daría, a tu antojo, una por una, para que el encanto te durara más, o de un golpe todas, para que la dicha que en mi cuerpo alcanzaras no la igualaran los cuerpos de las demás mujeres que de ti han de enamorarse... ¡Pero no me desampares, Marcelino, por nuestra Señora del Carmen, no me desampares!... Si conocieras a mi madre y a mis hermanos... capaces son de matarte en descubriendo esto... Dime que no me abandonarás, dime que me quieres todavía, como antes de...

—¡No, te juro que no! —exclamaba Marcelino, contrariado ante el sesgo de los sucesos—, no seas nerviosa, mujer, no se creería al verte sino que ya te echaron de tu casa y el pueblo entero te señala con el dedo... Si ninguno lo sabe, cobardona, a ver, busca testigos que nos acusen... Y luego, tampoco te creas que lo que te ha sucedido es una desgracia tan grande, quiero decir, no es irreparable por lo pronto ni hay para qué publicarla. Anda, mi Santa —agregó acariciándola contra su propio pecho—, regresa tranquila a tu casa, que nada sospechen, y mañana volveremos a vernos, los dos solos, como hoy, y te apuesto a que te ríes de tus miedos.

Por los dos tremendos arcos de la presa grande, despeñábase mucha más agua y de todas partes, salían tinieblas, era casi de noche. Tres o cuatro «tlachiqueros»[74] de vuelta del trabajo, encorvados bajo el peso de la hinchada odre, los codearon sin reconocerlos.

—Buenas noches dé Dios —murmuraron sin disminuir su precipitado andar.

—Buenas noches —contestóles Marcelino fingiendo la voz, mientras Santa se ocultaba a espaldas de su amante.

Ya no podían vadear el río por encima de los pedruscos inmóviles, porque las fábricas que durante el día han aprovechado su corriente y apresádola, a esas horas danle rienda suelta y él crece, recupera su imponente volumen. Debían, pues, caminar por la otra ribera, de vereda angostísima, y ganar el peligroso puente, el tronco de árbol labrado a hacha, sin barandal ni amparo, que reclama agilidad, firmeza y hábito en quien se arriesga a cruzarlo. Diríase del río, según lo negro que se divisaba, que más era de tinta que de agua, y que el ruido que producía era un suspiro interminable y tétrico. Los perros de ranchos y heredades ladraban invisibles.

—¡No, tú primero! —indicó Marcelino retrocediendo al topar con el extremo del puente—, enséñame tú, que tienes

---

[74] *Tlachiquero* (Méx.): persona que extrae el jugo del maguey.

costumbre de pasarlo... Esto no es puente, es una atrocidad... lo menos habrá seis varas de ancho.

—Dame la mano —repuso Santa—, no veas para el agua y déjate conducir.

A la mitad del inseguro tronco, Santa se detuvo y, con una decisión que hacía más solemne el abismo abierto a sus pies, la oscuridad de la noche y el ronco gemir del agua que corría a gran prisa, impedida de volver la cara so pena de perder el equilibrio, dijo:

—¡Marcelino, júrame otra vez, pero júramelo por tu alma, que suceda lo que suceda, no has de abandonarme, si no, me tiro!...

E hizo ademán de soltarlo.

—Por mi alma te lo juro, Santa, no seas loca, que nos caemos —respondió el alférez transido de terror. Apenas tuvieron tiempo de despedirse al pisar la orilla, la feroz campesina había distinguido unos bultos a lo lejos.

—¡Escóndete y vete, que ahí vienen mis hermanos!

Y con Fabián y Esteban —pues ellos eran— entró Santa en su casa y urdió embustes; qué sé yo qué historia de extravío en el Pedregal, de congojas que la amilanaron, de gritos estériles pidiendo socorro...

—¿Con quién hablabas? —inquirió sombríamente Fabián.

—Hablaría yo sola, ¿con quién había de hablar en el puente? ¿No viste que en cuanto los divisé me eché a correr?

Se cuenta que aquella noche no durmió dentro de la blanca casita ninguno de sus habitantes. Fabián encendió más de un cigarrillo y Esteban, a las altas horas, dirigióse primero al rincón en que reposaba la escopeta, y después al patio; sin hablarse entre sí, por mucho que se sabían desvelados y desvelados por una preocupación común. Agustina, de cuando en cuando, como si barruntase que por malas artes le marchitaban el lirio de su vejez, con pretextos de subir el embozo o de componer las almohadas, palpaba suavemente a su hija. Y Santa, oprimiéndose el corazón, que le latía cual si en unos segundos le hubiese crecido hasta no caberle en el enamorado seno, se estuvo muy quieta, apretadas las piernas, por temor de que su madre, con el solo tacto, le descubriera la infamante e incurable herida...

Faltó Marcelino a la cita del día siguiente, y en una semana no dio señales de vivir. Santa adoptó una extrema resolución: en persona buscarlo y darle en rostro con su abandono, pues aunque la antigua armonía de la familia se hallaba a punto de romperse, no era tanto el nublado[75] a impedir, por ejemplo, el que la muchacha se encaminase a San Ángel, donde a la sazón celebraban la anual y afamada Fiesta de las Flores[76].

Sin parar mientes en la animación de la plazuela, en la que amén de un circo[77] de toros que unos carpinteros levantaban por orden y cuenta del H. Ayuntamiento, figuraban, diseminadas, tiendas de campaña con ruletas y otros juegos igualmente recomendables; puestos de frutas y de frutos; pulquerías a la intemperie y fonduchos al abrigo; el conjunto, con esa fisonomía característica de las ferias rurales. Santa hizo rumbo al convento del Carmen, traspuso su cerrado y espacioso atrio y antes de penetrar en el templo miró hacia el cuartel invasor, que ha sentado sus reales en el nacionalizado claustro. No estaba Marcelino. Un dragón, vestido de dril, hacía centinela junto al carcomido poyo de ladrillos, y al través de los apolillados barrotes de las anchas y recias ventanas que dan luz a lo que ahora es prevención y fue antes tránsito abovedado y semigótico, mirábanse hasta diez carabinas militarmente reclinadas en un armero afianzado en la pared.

De pie en la puerta de la iglesia, Santa vacilaba, supuesto que no iba a orar, ¿para qué meterse en el sagrado recinto? Y disimulando su rubor, llegóse al centinela.

—Usted dispense, ¿podría yo hablarle al señor oficial Beltrán?

—¡Cabo cuarto! —gritó el dragón por respuesta, al par que guiñaba sus ojos a la chica.

---

[75] *Nublado:* «suceso que produce riesgo inminente de adversidad o daño, o especie que causa turbación en el ánimo» *(DRAE).*

[76] La Fiesta de las Flores se celebra anualmente en San Ángel desde 1857. En la época porfiriana se fundió con las fiestas patronales en honor a Nuestra Señora del Carmen, que tienen como fecha central el 16 de julio.

[77] *Circo:* conjunto de asientos colocados en un cierto orden para los espectadores de una función.

Aún más ruborizada tuvo Santa que repetirle su demanda al cabo, un hombrecito bonachón que se hacía el sueco para prolongar la charla y que se diputó[78] por apoderado jurídico del alférez, su mejor confidente y su tío abuelo.

—Dígame a mí sus quebrantos, mi alma, y verá que yo no soy mala paga.

De pronto, surgió Marcelino mirando iracundo a Santa y a su interlocutor, que en el acto se retiró, cuadrado, marcando el «paso atrás, marchen» de la ordenanza.

—¿Tú en el cuartel, Santa?... ¿Qué quieres?

—¿Y me lo preguntas?, quiero...

—Bueno, bueno —le interrumpió Marcelino—, no hablemos aquí. Escoge sitio, el que te cuadre, y yo te sigo.

Como saeta atravesó Santa la enfiestada plazuela, bajó la rampa del paradero de los tranvías, pasando por la enramada de una casa de juego con música y curiosos en sus afueras, y cogió a su izquierda, a campo traviesa, en dirección a Tlacopac[79]. Mas, en lugar de las recriminaciones que de memoria habíase aprendido; en lugar de las disculpas que Marcelino hubiera debido presentarle, acaeció lo que acaece siempre que una mujer se ha entregado por amor y un tunante la ha seducido por vicio; las recriminaciones nacen enclenques, se enredan con las lágrimas, tropiezan con los besos, y el seductor triunfa, vuelve a jurar, a prometer; las dos juventudes se atraen con secreta fuerza incontrastable, y la mujer se entrega de nuevo experimentando un goce mayor, más duradero e intenso, precisamente porque ahora viene amasado con el remordimiento.

En consecuencia, no quedaron en nada —que es quedar en nada la mutua oferta de continuar queriéndose...

Muy azorada volvía Santa a su casa, cuando al pasar una segunda vez por la enramada del garito de la rampa de la estación, detúvola una señora mayor, alhajada y gruesa, que se desprendió de un grupo de caballeros.

---

[78] *Diputarse:* señalarse, identificarse como.
[79] *Tlacopac:* localidad situada al noroeste de San Ángel, hoy en día colonia de este nombre encuadrada en la Delegación Álvaro Obregón.

—¿Adónde vas tan volando, chiquilla? Déjate mirar... ¡Qué guapa eres!

Contra su voluntad detúvose Santa y se dejó mirar, saboreando todavía las heces del fruto prohibido acabado de gustar. Confusamente escuchó que la alababan, que en broma averiguaban si había regañado con el novio, y en serio, por modo profético, ofrecíanle una ganancia de veinte pesos diarios en oficio descansado y regalón, para el evento de que ese mismo novio la plantara.

—Preguntas por Elvira la *Gachupina*[80], plaza tal, número tantos, en México, ¿se te olvidará?... Prometo trocarte en una princesita.

Siguió Santa hasta su vivienda, en la que recaló agitada y sonriente, a fin de despistar las suspicacias crecientes de Agustina y las de Fabián y Esteban que disfrutaban de vacaciones a causa de la feria: la fábrica holgaba tres días.

Con la conclusión de la tal feria coincidió el principio y desarrollo de las desventuras de Santa. Decididamente Marcelino la huía, y al cabo de un mes de amores, sin duda sintióse ahíto, pues antes se recataba de[81] la muchacha que procurar su encuentro. Y un buen día, de mañanita, por el Arenal desfiló Marcelino a la cabeza de su destacamento, camino de México, por lo pronto, y de otro pueblo más tarde; sin aviso previo a Santa, que ignoraba lo del cambio de guarnición; sin toques de clarín ni tropel de los caballos que silenciosamente hundían sus cascos en la arena floja de la ancha senda. Si no es por los chillidos de un granuja de Chimalistac que anunció la partida y alborotó a sus compinches, Santa ni lo sospecha siquiera. Corrió al igual de la gente menuda, en pos del anunciante.

—¡Vengan a ver a los soldados de San Ángel!... ¡Ya se van!

De balde la carrera, que lo único que les fue dable contemplar redújose a la polvareda que el piquete levantaba en su marcha y que lo defendía a guisa de impenetrable escudo, de las aldeanescas curiosidades. Un momento, cuando el pelo-

---

[80] *Gachupín*: nombre dado a los españoles en México, generalmente en sentido despectivo.

[81] *Se recataba de:* rehuía a.

tón trepaba por el empinado puente de El Altillo, que luce unos guijarros como puños, la nube de polvo deshízose en lo alto y algo pudo determinarse de la espalda de los dragones de retaguardia con la carabina terciada, las ancas de los trotones y una cola que otra en colérico rabear contra las moscas. Al convencerse Santa del cobarde y eterno abandono, pegóse a una tapia, que, con ser de piedra fabricada, parecíale menos dura que las entrañas del fugitivo, y llevándose el delantal a los ojos ¡cómo lloró, Virgen Santísima, cómo lloró!, por su corazón y su cuerpo bárbaramente destrozados, por el ingrato que se le escapaba y por el inocente que dentro de su ser le avisaba ya su advenimiento futuro...

Aquí se le embrollaban a Santa sus recuerdos, por lo que la involuntaria evocación resultaba trunca. Destacábase, sin embargo, con admirable y doliente precisión, el aborto repentino y homicida a los cuatro meses más o menos de la clandestina y pecaminosa preñez, a punto que Santa, un pie sobre el brocal del pozo, tiraba de la cuerda del cántaro, que lleno de agua, desparramándose, ascendía a ciegas. Fue un rayo. Un copioso sudar; un dolor horrible en las caderas, cerca de las ingles, y en la cintura, atrás, un dolor de tal manera lacerante que Santa soltó la cuerda, lanzó un grito y se abatió en el suelo. Luego, la hemorragia, casi tan abundosa y sonora cual la del cántaro, roto al chocar contra las húmedas paredes del pozo. Agustina, inclinada junto a ella, aclarando el secreto, titubeante entre golpearla y maldecirla o curarla y perdonarla... El *Coyote*, lamiendo la sangre que se enterraba, y uno de los gallos de lidia, cantando inmotivadamente... ¿Qué sucedió en seguida?... Rostros sombríos, callar de catástrofe, fiebre intensa, la maledicencia del lugarejo husmeando y desfigurando lo sucedido. Pasados veinte días desde que el médico dio de alta a la enferma, un tribunal doméstico e implacable presidido por Agustina, más vieja y encorvada después del siniestro, muy hundidos los ojos y muy temblón el pulso; con Fabián y Esteban de acusadores, avergonzados y hoscos, decididos, a semejanza de paladines de leyenda, a reivindicar su honra maltrecha, su honra rústica, pero intacta, con la que dichosos vivían; y Santa, ojerosa y pálida, sentada entre sus jueces, a la mitad del patio, a la sombra de sus naranjos colmados de fruto. Muy arriba, el cielo, divinamente límpido, impenetrable, sereno; y de muy abajo, débil, el rumor del río condenado a perpetuo viaje, que intenta asirse a las peñas, a los ribazos, a los árboles para descansar un minuto, y de no lograrlo, siembra en su curso espumas que desbarátanse suspirando lágrimas que se prenden a las hojas y flores agarradas a la orilla.

En la imposibilidad de prolongar el engaño, Santa háblales narrado su idilio trágico, mas que no le exigiesen pronunciar el nombre de su amante, nunca, averiguáranlo ellos si podían.

—Así me maten, no he de decirlo, ¡no, no y no!

Ante su obstinación y ante el furor de sus hermanos, que a duras penas contenían la ira, ¡quién sabe qué cosas tristísimas murmuró la anciana, en hierática actitud, sobre las rodillas las manos, rígidos los brazos, el busto enhiesto, la cabeza hacia atrás, con lo que su guedeja de inmaculadas canas, suelta y en desorden encima de sus pobres hombros flacos, simulaban un resplandor de imagen imprecisa dentro de alguna nave a media luz! Ello fue que entornó sus ojos y que Santa escuchó frases que al mismo corazón iban a anidársele... ¡quién sabe qué cosas tristísimas de infancia, de cuna blanca, de sacrificios y desvelos; de «si tu padre resucitara, lo habrías apuñaleado»; de recuerdos de su primera comunión y reminiscencias de sus primeros pasos; de lamentaciones amargas y candorosas frente a lo inevitable, lamentaciones de criatura que resultaban sarcasmo al pasar por los labios de mujer que había vivido tanto!... No la maldecía, porque impura y todo, continuaba idolatrándola y continuaría encomendándola a la infinita misericordia de Dios... Pero sí la repudiaba, porque cuando una virgen se aparta de lo honesto y consiente que le desgarren su vestidura de inocencia; cuando una mala hija mancilla las canas de su madre, de una madre que ya se asoma a las negruras del sepulcro; cuando una doncella enloda a los hermanos que por sostenerla trabajan, entonces, la que ha cesado de ser virgen, la mala hija y la doncella olvidadiza, apesta cuanto la rodea y hay que rechazarla, que suponerla muerta y que rezar por ella.

Y con supremo esfuerzo —pues los fingidos alientos se concluían—, Agustina se puso en pie, agrandada, engrandecida, sacra.

Y conforme Agustina se enderezaba, Santa fue humillándose, humillándose hasta caer arrodillada a sus plantas y hundir en ellas su bellísima frente pecadora.

Y Esteban y Fabián, también de pie, en toda la hermosura de sus cuerpazos de adultos sanos y fuertes, por obra de interno deslumbramiento, se descubrieron.

—¡Vete, Santa!... —ordenó la madre mancillada en sus canas—, ¡vete!... que no puedo más...

De veras no podía más, y a modo de añosa encina que un rayo descuaja, desplomóse en brazos de Fabián y Esteban, que en su auxilio vinieron.

Mientras, Santa, sin resistir al último mandato materno, se despedía de seres y cosas con hondo mirar angustioso, y se encaminaba tambaleante de desgracia y de llanto, a la salida de la casita.

En la reja se detuvo aún, con la esperanza de que la llamaran. Volvió el rostro y sólo contempló a su madre entre los brazos de sus hermanos, la diestra levantada como cuando la mandara irse, en solemne grupo patriarcal de los justicieros tiempos bíblicos.

Un brusco movimiento del vecino de lecho de Santa, que en sueños se desperezaba, hizo que la muchacha tornase a la realidad e interrumpiera su largo peregrinar al través de su vida. Por un instante, pensó en mudar de sitio y acostarse, para lo que de noche faltaba, en el canapé o en la alfombra, pero una reflexión la contuvo; ya que no había tenido valor de arrojarse al río de su pueblo, que le brindaba muerte, olvido, la purificación quizá, y sí había tenido la desvergüenza de tirarse a éste en que ahora se ahogaba, tan nauseabundo y sucio, ¡debería acabar de ahogarse y de perecer en el revuelto limo de su fondo!

Capítulo III

—¡Bravo, Hipo, muy bien tocado! ¿Cómo dices que se llama?...

—*Bienvenida* —contestó el ciego sin abandonar el piano.

—¡Pues, *Bienvenida* otra vez, anda! —gritaron en coro los visitantes del prostíbulo, siguiendo el baileteo con las mozas.

La tal *Bienvenida* era, en efecto, una danza apasionada y bellísima, a pesar de su médula canallesca. En su primera parte, sobre todo, parecía gemir una pena honda que no dejaba adivinar totalmente los acordes y contratiempos de los bajos; luego, en la segunda —que es la bailable—, la pena vergonzante desvanecíase, moría en la transición armónica y sólo quedaban las notas de fuego que provocan los acercamientos; el ritmo lúbrico y característico que excita y enardece. Hasta cuatro veces obligaron a Hipólito a repetir su composición, en medio de aplausos explosivos y gritones.

—Esa danza es para mí, ¿verdad, Hipo? —aseguró Santa al músico, cuando se llegó al piano en busca del sombrero de aquél.

—Sí, Santita, ésta y otras dos que le tocaré luego, en cuanto los visitantes nos dejen; para usted son las tres —declaró Hipólito grave.

Santa realizó prodigios con el sombrero del músico en su poder, hizo una colecta excepcional, de casi media docena de duros. Y sonándolos, contentísima, con sus manos los introdujo en los bolsillos de la americana del compositor, que continuaba de frente al piano, liando un cigarrillo con su admirable destreza táctil, de ciego. Junto al oído, le murmuró:

—No piense usted que le pago con dinero, Hipo, pero es muy justo que éstos lo aflojen. Yo le agradezco a usted mucho que se haya acordado de mí... Creáme, se lo agradezco mucho.

Sonrió el ciego, moviendo apresuradamente las cejas, sin responder; y como mientras preludiaba sobre el teclado un *schottish*[82] se colocó entre los labios el cigarrillo encendido, no está averiguado si la lágrima que se enjugó con el dorso de una mano, habíala engendrado el agradecimiento de Santa o el humo del de Monzón[83], que trataba de penetrar en sus horribles ojos blanquizcos.

Por rara y mutua atracción, Santa e Hipólito simpatizaron desde que se conocieron, por supuesto una simpatía inconfesada y tímida, dado que en el medio en que ambos actuaban, es prohibido tomar a lo serio cualquier sentimiento ligeramente ideal, ¡que no!, o se ama de verdad o se ama de fingido, resultando en ocasiones —las más— que ni esas pobres mujeres ni los hombres que con ellas viven en intimidad siempre relativa, podrían asegurar cuándo de veras aman y cuándo de veras fingen. Hipólito y Santa simpatizaron, pero una vez el fenómeno producido y descubierto, entrambos ocultáronlo por recíproco acuerdo egoísta, ya que en lugar de ganar nada con que se enteraran las compañeras, él perdería la casa —¡y era una de las principales en el ramo!— y ella los mimos y consideraciones que le prodigaban la «dueña» y la «encargada», no bien advirtieron que a Santa, por ser aún carne fresca, joven y dura, disputábansela día a día los viejos parroquianos y los nuevos que iban aprendiendo la existencia de tesoro semejante. Porque Santa triunfaba; había triunfado ya con sólo consentir que la desnudasen y bañasen con *champagne* en un gabinete reservado de la Maison Dorée[84], cierta

---

[82] *Schottish:* danza por parejas que se caracterizaba por la lentitud de los movimientos de los bailarines. Tuvo un gran éxito en Europa y Estados Unidos a mediados del siglo XIX.

[83] En la novela de Gamboa *Suprema ley* se hace alusión a los «cigarros puros de la fábrica de Monzón», hoy desaparecida *(Novelas de Federico Gamboa,* México, FCE, 1965, pág. 231).

[84] La Maison Dorée se encontraba en la calle Plateros, hoy avenida Francisco I. Madero.

noche que los miembros mejorcitos del Sport Club[85] celebraron con cena orgiástica el hallazgo de esta Friné[86] de trigueño y contemporáneo cuño.

A contar de[87] la edificante cena, trocóse Santa de encogida y cerril en cortesana a la moda, a la que todos los masculinos que disponían del importe de la tarifa, anhelaban probar. Más que sensual apetito, parecía una ansia de estrujar, destruir y enfermar esa carne sabrosa y picante que no se rehusaba ni defendía; carne de extravío y de infamia, cuya dueña, y juzgando piadosamente, pararía en el infierno; carne mansa y obediente, a la que con impunidad podía hacerle cada cual lo que mejor le cuadrase. Y aunque entre tantísimo caballero había padres de familia, esposos, gente muy adinerada y muy alta, unos católicos, otros librepensadores, filántropos, funcionarios, autoridades, como la muchacha tenía que perderse a nadie se le ocurrió intentar siquiera su rescate —ique en este Valle de lágrimas fuerza es que todos los mortales carguemos nuestra cruz y que aquel a quien en suerte le tocó una pesada y cruel, pues que perezca! Aquello fue un furioso galopar de personas decentes, respetables, alegres y serias, tras la muchacha recién caída; pero galopar agresivo, idéntico al de los garañones de las dehesas que, encendidos en bestial lascivia, nada los contiene ni nada respetan. Puede decirse que la entera ciudad concupiscente pasó por la alcoba de Santa, sin darle tiempo casi de cambiar de postura. ¡Caída!, ¡caída la codiciaban!, ¡caída soñábanla!, ¡caída brindábales la vedada poma[88], supremamente deliciosa!...

Santa, en sus adentros, y hembra al fin, sentíase halagada con esa adoración que trazas llevaba de no concluir nunca; y en vez de enfermar, sonreía —sonreía en su perenne desnudez impúdica, coronada la cabeza de negras crenchas con sus

<hr>

[85] *El Sport Club:* con este nombre, inexistente en la época, probablemente Gamboa esté aludiendo al Jockey Club, fundado en 1881, que tenía su sede en el céntrico Palacio de los Azulejos.

[86] *Friné:* cortesana griega (siglo IV a.C.) amante de Praxíteles, al que sirvió de modelo para sus estatuas. Existen numerosas leyendas que hablan de su belleza.

[87] *A contar de:* a partir de.

[88] *Poma:* manzana.

sonrosados brazos mórbidos— de aquel incesante desfile de hombres que se le acercaban trémulos y le aplastaban los labios con sus besos; que la ensordecían con juramentos susurrados y de instantánea duración, para luego despedirse arrepentidos de sus propios extremos, dejándole unas cuantas monedas sobre los muebles y en ella una mezcla de desdén y de ira hacia todos que no sólo le exigían las bellezas de su cuerpo sano y macizo, sino que los amara, que los amara.

—¡Ámame! —imploraban entre billetes de banco y rabiosas caricias—, ¡ámame un instante a lo menos!

¡Amarlos!... ¿Y cómo había de amarlos, si el primer tunante con quien tropezó dejóla sin el menor deseo de que la aventura se repitiese? ¿Acaso los hombres merecen ser amados?...

Mientras hallaba respuesta que satisficiese su duda, persistía el desfile de masculinos, la lluvia de monedas y caricias; persistía su buena salud resistiendo a maravilla esa existencia de perros. Santa embelleció más aún; excesos y desvelos, cual diabólicos artífices empeñados en desatinada junta, en vez de arruinar o desmejorar sus facciones, hermoseábanlas a ojos vistas, que hasta las palideces por el no dormir y las hondas ojeras por el tanto pecar, íbanle de perlas a la campesina. Lo que sí perdía, y a grandísima prisa por desgracia, era el sentido moral en todas sus encantadoras manifestaciones; ni rastros quedaban de él, y por lo pronto que se connaturalizó con su nuevo y degradante estado, es de presumir que en la sangre llevara gérmenes de muy vieja lascivia de algún tatarabuelo que en ella resucitaba con vicios y todo. Rápida fue su aclimatación, con lo que a las claras se prueba que la chica no era nacida para lo honrado y derecho, a menos que alguien la hubiese encaminado por ahí, acompañándola y levantándola, caso que flaqueara. En los instantes —cada día más raros— en que oleadas de remordimiento la asaltaban y entristecían, entraba en fugaces coloquios consigo misma; pero por mucho que volvía el rostro dispuesta a pedir auxilio, a modo de persona que se ahoga, sólo contemplaba a entrambas orillas de su vivir gente que se encogía de hombros o que se esforzaba porque de una vez se ahogara y con ello desapareciese la tentación lindísima de su cuerpo. Entonces, los remordimientos desvanecíanse, se esfumaban los incompletos recuerdos de su catecismo, de su niñez y de su madre, y víctima de sus propios instintos, se abandonaba con indolencias y fatalismos de odalisca a lo que diputaba por su mala suerte. ¿Que dónde finalizaría con semejante vida?... ¡Pues en el hospital y en el cementerio, puerto inevitable y postrero en el que por igual fondeamos justos y pecadores! Mas de aquí al término, recetábase un puñado de lustros en el que disfrutaría de salud y de belleza; la belleza y la salud que se conocía de coro[89] con tanto lucirlas y bañarlas y venderlas. Esto por lo que a la materia mira, que en lo que al espíritu atañe, si es cierto que se declaraba delincuente en grado sumo, secretamente contaba con que le sería concedido, puesta ya en las últimas, tiempo bastante para desagraviar a Él a quien minuto a minuto agraviaba y cuyo nombre ni a solas pronunciaba por supersticioso temor.

—No debemos mencionarlo nosotras, ¿verdad Hipo? —le preguntó al pianista, a la sazón que una de las mujeres de la casa, hecha un mar de lágrimas por inmensa desgracia que la afligía, invocábalo sin cesar.

—Pues oiga usted, Santita, eso es difícil de resolver... Ahí tiene usted a la Magdalena...

—¿Qué Magdalena?...

Ni Hipo lució íntegra su erudición, porque unos parroquianos ebrios interrumpieron la consulta, ni aunque la luciera convence a Santa, que se aferró a no mentar el divino nombre para no profanarlo con sus labios impuros.

En cambio, y con aquel instinto femenino que raramente se equivoca en adivinar a quién agrada y a quién no, Santa fue intimando con Hipólito, cobrándole un afecto extraño, más que simpatía y mucho menos que amor. Hasta sufría junto a él, junto a su precipitado movimiento de cejas, junto a sus horribles ojos blanquizcos de estatua de bronce sin pátina, que no obstante no ver, diríase que miraran, que la miraban a ella sobre todo, cuando él se los clavaba con espantosa inmovilidad, como si confiase en que por tal manera se operaría el im-

---

[89] *De coro:* de memoria.

posible prodigio de recuperar la vista, o como si pretendiese grabar en sus monstruosos globos sin iris las facciones de esa mujer que presentía bella y joven. Santa sufría y, sin embargo, se le acercaba procurando desviar el rostro para no encontrarse con la mortecina luz de aquellos ojos que casi la miraban con algo de súplica desesperada por no poder mirarla. Y lo que es conversar, gustosísima conversaba con él y aun sometía a su experiencia de veterano en libertinaje, algunos problemas que por novicia en la prostitución resultábanle complejos e insolubles.

Así dio principio la buena y mutua amistad, acudiendo Santa a quien más sabía, e Hipo enseñando al ignorante su crecido caudal de conocimientos turbios. Los pocos ratos que a Santa dejaban libre sus quehaceres, consagrábalos al comercio[90] del músico; y a media voz, cuando él no manoteaba en el piano, en voz fuerte cuando ejecutaba sus habilidades, salían las preguntas y las respuestas, los sabios consejos y las reconvenciones tímidas; unas y otros fragmentarios, dislocados pues a Santa la reclamaban sin cesar, a Hipólito le exigían que tocase horas enteras y los importunos se acercaban a interrumpir la confidencia y a trocarla en cháchara sin sustancia ni miga. En cuanto vuelven a hallarse solos, reanudan el hilo roto y, lentamente, van simpatizando; Santa experimenta conmiseración y pena hacia su mentor —que no parece que padezca lo que padecer debía—, y el mentor siente estremecimientos fugitivos cuando su nueva amiga se le aproxima demasiado o apoya sobre sus espaldas los torneados brazos que han servido para conducir el mugriento sombrero del pianista y arrancar dádivas monetarias a la clientela de la casa. En ésta se suena que el tal Hipo es un granuja de marca mayor, un sátiro impenitente, y las muchachas lo embroman, intentan correrlo:

—¡Ah, pillo!, ¿conque te has prendado de Santa?...

—¡Y de ustedes también, a todas me las comería de un bocado, aaah!... —Y abre la bocaza, repite por millonésima ocasión una mímica fantásticamente espantosa que le es familiar y que el mujerío acoge con carcajadas, gritos y conjuros.

---

[90] *Comercio:* trato.

Una noche en que la demanda había sido floja y que las chicas se tumbaban en los canapés, *sacaban* «solitarios» de naipes o dormitaban en los rincones, aguardando la hora de disponer a su antojo de sus personas, Pepa, como cualquiera matrona de buen vivir, púsose a tejer una bufanda de estambres[91] para su Diego, e Hipólito y Santa, junto al piano siempre, hablaron por la primera vez de cosas serias, de sus existencias respectivas nada menos. Ya Santa despepitó su historia, enterita, y ahora se ha encaprichado porque Hipólito le cuente la suya. El músico se resiste.

—No, si no es que no quiera, es que se va usted a entristecer, y yo de paso...

—Bueno —replica Santa, fingiendo enojos—, nada me cuenta usted, pero mañana no me pida ni que le hable...

—¡Eso nunca, Santita, por lo que usted ame más!... Escuche usted, sí, bien cerca, para que no nos oigan...

Luego de reconcentrarse un momento y de chupar nerviosamente su cigarrillo, comenzó:

—Figúrese usted, Santita, yo no conozco luz ni padres...

E hizo una larga pausa, los párpados cerrados; el cigarrillo, de chuparlo tan aprisa, le chamuscó el bigote.

—¿A sus padres de usted tampoco? ¿Y por qué? —inquirió Santa azorada.

—A mi padre porque me sospecho que jamás se preocupó de mí, y a mi madre porque con esta ceguera condenada no la veía, y aunque la hubiera visto, se me habría olvidado... Nos separamos cuando yo era un niño y ella estuvo forzada, por sabe Dios qué, a abandonarme en la Escuela de Ciegos...

—¿Dice usted que lo abandonó su mamá siendo usted ciego y muy chiquito?...

—¡Ah!, ¡pero yo la perdoné, al hacer mi primera... y única comunión!

Un nuevo silencio interrumpió la charla a media voz; Santa llegó hasta la vidriera del balcón y estrujó las cortinas, Hipólito volvió a cerrar sus ojos blanquizcos, apretándolos más sin advertirlo.

---

[91] *Estambre:* hilo o hebra de lana.

—¡Hipo!, por tu madre, toca algo, que *naiden*[92] se ha muerto —prorrumpió la *Gaditana*, malhumorada porque los «solitarios» que tiraba de la baraja salíanle adversos. Hipólito preludió un vals.

—¿Cuántos años tenía usted cuando se separaron? ¿No se acuerda usted? —le preguntó Santa, por encima del hombro.

—Seis o siete a lo más, todavía lloraba mucho, por cualquier cosa...

La primera parte del vals brotó de las manos del ciego, acompasada y voluptuosa.

—¿Y dónde fue la separación, Hipo?

—Verá usted. Como además de ser chico era ya ciego, no me apartaba de mi madre ni para jugar ni para comer... Sentábame en su regazo, y la comida me la ponía en la boca anunciándome antes lo que iba a comer... Yo, claro, muy torpe, por chiquillo y por ciego, derramaba la sopa, el agua... a veces, mordía el aire equivocando las direcciones, y ella, supongo yo que lloraba, pero tan quedo que no me lo parecía, y le preguntaba qué eran unas gotas tibias que sentía resbalar por mis cachetes... tardaba en responderme, y las gotas dale que dale, mojándome la cara, hasta que a mí me invadía una tristeza tan grande, Santita, que dejaba de comer y en mi media lengua, ¡lo recuerdo perfectamente!, la interrogaba en forma, anhelando conocer algo más que su voz y sus lágrimas... «¡Dime, mamacita —le decía—, dime cómo eres tú y cómo soy yo!»

Santa, con los ojos muy brillantes, se sonó con estrépito sin chistar palabra.

La segunda parte del vals, mucho más alegre y ligera que la anterior, se escapaba de los amarillentos dedos de Hipólito, que la perseguía por entre las teclas enlutadas y blancas del piano.

—Un día —continuó el músico— mi madre me besó muchísimo, mucho más que de ordinario, y mudándome de limpio cargó conmigo... Sollozaba tanto que me asustó y me abracé a su cuello, en su hombro escondí mi cabeza y pegando mis labios a su oído le pregunté adónde me llevaba...

---

[92] *Naiden:* vulgarismo de *nadie*.

»—Voy a llevarte a un colegio, para que aprendas varias cosas y para...» No pudo seguir, me abrazó más de lo que yo la abrazaba a ella, y su llanto, que ya no trató de disimular, me empapaba el rostro... Y si viera usted, Santita, sentí lo mismo que si por dentro se me rompiera algo, una sensación desconocida, de dolor y de miedo...

»—¿Y no viviré junto a ti? —averigüé aterrado.

»—No —suspiró—, pero iré a visitarte dos veces a la semana y te llevaré juguetes y dinero para que compres dulces...

»—Entonces, ya no me quieres —le repuse—, y ya no podré andar ni comer, porque careceré de tus manos y las mías no me sirven... —Y también yo me eché a llorar, y a falta de ojos con que mirarla, olía yo a mi madre, la respiraba como un perrito, para despedirme... Me rogó que me callara...

»—Cállate, por Dios, criatura, que te oye la gente... —¡Y ella, se lo juro a usted, ella lloraba más que yo!... Anda y anda, al fin nos detuvimos en la Escuela de Ciegos... A besos me enjugó mis ojos sin vista y apoyándose, calculo que en la pared, murmuró—: ¡Aquí si supieras por qué te traigo... si supieras... me absolverías!...

Santa temblaba. Una de sus compañeras mandó traer un ponche de ron, bien cargado y bien caliente. La tercera parte del vals, lenta, desfallecida, melancólica, se esparció por los ámbitos de la sala del prostíbulo.

—¿Y después? —interrogó Santa, contemplando tontamente por la abierta tapa superior del piano cómo los martinetes golpeaban las cuerdas metálicas.

—Nada, que en el colegio aprendí a leer, pero no crea que en libros, yo aprendí a leer con los dedos... sí, con los dedos pasándolos sobre unas letras de relieve. Aprendí a tocar piano y aprendí a sufrir, porque antes, ni con mi ceguera sufría; la vecindad de mi madre, su voz, sus caricias me representaban el universo. Si es cierto que yo no veía, ella veía por mí, ¿qué mejor?... A su modo me explicaba las cosas, los animales, las personas; me hablaba de colores, me describía las flores, el campo, ¡hasta las nubes!... ¡Qué digo las nubes, hasta el mismísimo sol!... Por ella sé que es azul el cielo y verde el campo; y aunque ignoro lo que es azul y lo que es verde, acá en mi cabeza me he fabricado mi paleta y cuanto yo considero se me figura que lo considero más bello de lo que es en realidad... como que al imaginármelo revivo a mi madre, que fue para mí, y seguirá siéndolo, más linda, pero mucho más linda que el cielo azul y que el campo verde y que el mundo entero. Y repare usted en que mi madre me visitó apenas; durante las primeras cuatro o cinco semanas de mi cautiverio, ahí estaba, tempranito, todos los jueves y domingos, cargada de golosinas, de lágrimas y de cariño que por igual me repartía. Contábale yo, cuando de llorar nos cansábamos, mis progresos en la lectura, en la música y en la pasamanería; escuchábame ella apretándome contra su seno, del que con sacrificio inmenso me desprendía la campana que ponía término a la visita... De repente, faltó un domingo y un jueves y otro domingo, ¡con qué ansia la esperé, Santita!, sentado en un rincón del patio, el más solitario, para que ni el eco de lo que charlaban y reían mis compañeros con sus familias, aumentase mi pena... Era yo inocente a un grado, que me propuse guardar en mi pañuelo aquel mi llanto, con objeto de que a ella, al tocarlo y sentirle mojado, no le quedara duda de lo que la idolatraba; pero, ¡calcule usted!, el llanto que guardaba se evaporó —todos los llantos se evaporan—, pregúntele usted a uno que sepa de esto... Yo, lo que creo, es que nuestros dolores también se evaporan.

... La *coda*[93] del vals se extendió rítmica y quedamente en el teclado; la moza del ponche apuraba éste a pequeños sorbos, y Pepa, la «encargada», recontaba sobre su falda un fajo de billetes de banco. Santa dibujaba con un dedo figuras extrañas en el polvo finísimo que cubría la tapa superior del piano.

—Luego —insistió Hipólito—, hasta que no ajusté[94] catorce años, una vida incolora, o negra, como dicen ustedes los que ven; muy educados mis cuatro sentidos, el tacto principalmente; muy encallecido el corazón, acostumbrándose a latir y no por querer —¿querer a quién, si nadie me quería a mí?...—. En la memoria, mi madre; en la mano, un bastón que a fuerza de guiarme y defenderme, llegué a considerar mi

---

[93] *Coda:* adición final de una pieza de música o repetición última de una pieza bailable.
[94] *Ajustar:* cumplir.

amigo único; hacia atrás, todo negro; hacia adelante todo negro; inválido, miserable, pobre, sin ilusiones, sin esperanzas, sin cariño; condenado a perpetua cárcel, ya en la escuela, ya en un asilo, o a morirme de hambre si pretendía valerme a mí mismo... a menos que una alma caritativa no me sacara del colegio y me llevara consigo, para utilizar mis conocimientos de pasamanero o de músico. Y así sucedió; un señor Primitivo Aldábez, dueño de una tapicería de barrio, dolido de mi ceguera y asombrado de mi maestría en obra de pasamanos, llenó los requisitos de ley y me sacó del colegio, previo consentimiento mío que sin titubear otorgué, ansioso de variar de rumbo...

—¡Gracias a Dios! —exclamó Santa, cual si se librase de un gran peso.

—No muchas, Santita, no muchas, porque al poco tiempo...

Y a la par que el vals, de retorno a su primera parte, moría y era sepultado en las teclas por las manos de Hipólito, acentuando los compases finales, dejóse caer en la casa una nube de visitantes; con lo que el pianista reservó para mejor ocasión lo que de su autobiografía faltaba, y Santa, aunque en curiosidad ardía, tuvo que ir a agasajar a los recién venidos. La sala despertó.

De la noche esta databa la amistad de Hipólito y de Santa, la dedicatoria de las tres danzas: *Bienvenida, Te esperaba,* y *Si te miraran...* con las que se acrecentó la reputación del pianista y la simpatía de Santa; el palique diario; las consultas de ella y los consejos de él. Por lo que cuando se presentó en escena el primer enamorado serio de Santa, aquel señor Rubio de apellido y de cabello, que las demás mujeres del establecimiento habrían apetecido para sí, nadie se interiorizó de la ocurrencia antes que Hipólito.

—Hipo —le dijo Santa—, Rubio me ofrece ponerme casa si yo me «comprometo» con él, ¿qué me aconseja usted?

¡Caramba, con el temblor nervioso que a duras penas pudo dominar el filarmónico al oír el secreto!

—Pues, Santita, ahí sí que no caben consejos... ¿Usted lo quiere?

—Es un caballero muy fino, Hipo, a usted le consta cómo me trata delante de la gente. ¡Si viera usted cómo me trata a solas!

134

—Y yo qué diantre tengo que ver, si soy ciego y casi me alegro de serlo, es decir, que me alegro... ¿Usted lo quiere Santita?

—¡Querer!, ¡querer!... ¡Hay muchos modos de querer... aunque mueva usted la cabeza, muchos, muchísimos!

—Bueno, entonces márchese usted con él, que al fin y al cabo con alguien había de ser, es lo infalible.

—¿El qué es lo infalible?...

—Eso, el apartamiento del burdel. Sólo que el burdel es como el aguardiente y como la cárcel y como el hospital; el trabajo está en probarlos, que después de probado, ni quien nos borre la afición que les cobramos, la atracción que en sus devotos ejercen... Usted regresará a esta casa, Santita, o a otra peor... Ojalá y no, no se incomode usted, que le deseo lo contrario, pero en ocasiones, no sabe uno... ¿Por qué no aguarda usted unos meses más? Lejos de perder, quizá gane, y si el señor Rubio desespera y vuelve las espaldas, probará que únicamente, sentía un capricho por usted. ¡El que de veras ama, nunca se cansa de aguardar! Además, hoy por hoy, ¿qué necesita usted? Salud le sobra, le sobran marchantes[95], buenos modos de Elvira y de Pepa, aprovéchese usted, hágase pagar a peso de oro, y siga la rueda.

Lo que siguió, por lo pronto, fue la cátedra del pervertido de Hipo, que, compenetrado con el falso criterio dominante en el mundo en que actuaba, predicaba las peores atrocidades con una inverecundia[96] mayúscula. Y siendo cual era una entidad moral superior a la de Santa, la sugestionó a un punto que el tal Rubio, no obstante el sinnúmero de circunstancias que en su favor militaban, hubo de avenirse con lo que la chica quiso concederle; preferencias manifiestas en público; dos noches íntegras en cada semana, desde temprano, con teatro y cena; el remedo de una mancebía tan frecuente entre esas mujeres, cuando están de moda, y los hombres todos cuando ya no lo están, Hipólito, a guisa de oculto consueta, dirigía la comedia; y por oculto, no pudo destruir, también, las redes que mañosamente venía tendiendo a Santa el afa-

---

[95] *Marchante:* cliente, parroquiano.
[96] *Inverecundia:* desvergüenza.

mado y valiente *Jarameño*, matador de toros de cartel, contratado en la propia Península y que domingo a domingo causaba las delicias de los aficionados mexicanos en la plaza de Bucareli[97]. Por su largueza en el gastar y por su gracejo en el decir, fue admitido en la casa de Elvira, que no abrigaba mucha devoción que se diga hacia la gente de coleta.

—Pegan y no pagan —solía predecir a sus educandas, que se bebían los vientos por ellos a causa de defectos tales—, y lo que es peor, ahuyentan señoritos.

Con el *Jaraameño* los sucesos pasaron de manera diversa. En primer lugar, lo llevaron a la casa los señoritos de más viso; en segundo, él trató los pesos duros a modo de granos de anís y a las muchachas todas a modo de pesos duros; gastó al igual de sus encopetados amigos, propinó[98] sirvientes, gratificó al pianista, y cuando se adueñó de la guitarra, entonces sí que la victoria se consumó y que las mozas, españolas en su mayoría, batieron palmas y lo premiaron con besos, más encaminados a acariciar la tierruca perdida que a enamorar a aquel paisano de afeitado rostro macareno. El *Jarameño* fijóse desde luego en Santa, porque no sólo valía la pena sino porque era la solicitada de los niños finos; un relámpago de deseo, que hizo hervir su sangre árabe de vencedor de hembras.

—¿Diga usté, salecita del mundo —le preguntó con exagerado cecear andaluz—, usté no tiene cortejo?...

Y mientras respondíale, la sujetó por una muñeca con garra de hombre fuerte, pero sin lastimarla, al contrario, acariciándola con esa misma fuerza que se mostraba apenas y prometía un apoyo hercúleo, primitivo, bestial. La miró fijamente, con fijeza de hipnotizador, hasta que Santa, subyugada por esa voluntad, lo miró también, turbadísima, a pesar de la risa fingida a que apeló para responderle:

—¿Y a usted qué le importa, hombre, que yo tenga lo que tenga? ¿Qué es eso de cortejo?...

Soltóla el *Jarameño* sin enojos ni ira, así como quien suelta delicado trasto ajeno que de lejos nos gusta y de cerca nos de-

---

[97] La plaza de toros de Bucareli, situada en lo que hoy son las calles de Barcelona, Bucareli y Abraham González, fue demolida en 1899.

[98] *Propinar:* dar propina.

sagrada; cogió de nuevo la guitarra, y entre cañas[99] y palmas, «se arrancó por lo hondo» con el melancólico repertorio flamenco:

Dos cosas hay en el mundo
que la vida costar pueden...

Herida Santa en su vanidad por el mal disimulado desvío del torero, que no volvió a parar mientes en ella; impulsada por repentina antipatía, esmeróse en prodigar a los señoritos que se la disputaban, halagos y mimos; se sentó encima de éste, bebió en la copa de aquél, consintió en que la descalzara el de más allá, rompió una botella aún sin descorchar, y haciendo mil visajes, le pegó dos chupadas al puro de otro. La «juerga» subía de punto. Exigióse que Hipólito tocara para ellos solos en el saloncito privado que ocupaban, y se nombró una comisión de dos miembros, bastante chispos por cierto, que fueron y obligaron a Elvira a dejar su encierro impenetrable de señora y dueña de harem, y apurar en su buen amor y compañía de un vaso de lo que le diese la gana. Alguien propuso, en medio del desorden progresivo, un paseo para el día siguiente, en carruajes de alquiler y en unión de las muchachas.

—Elvira no se opondrá, se lo garantizo a ustedes, y llevaremos al *Jarameño*, ¿quieres oír el Grito[100] con nosotros?

—¿Qué grito, *gachó*?, ¿vamos a gritar mañana más de lo que estamos gritando ahora?...

Con hipos, risotadas e ignorancias se le explicó el logogrifo[101]; no se hablaba de un grito cualquiera, hablábase de uno especial y único con que el pueblo conmemoraba su independencia.

---

[99] *Caña:* vaso largo y estrecho que se usa para beber vino o cerveza.
[100] Se alude aquí al «Grito de la Independencia», lanzado por Miguel Hidalgo en la ciudad de Dolores la noche del 15 de septiembre de 1810. Desde 1896 cuelga del balcón principal del Palacio Nacional la llamada «Campana de la Libertad», que Hidalgo hizo sonar para concentrar a sus seguidores. A las once de la noche de cada 15 de septiembre el presidente de la República toca la campana dando así inicio a las fiestas de la Independencia.
[101] *Logogrifo:* enigma que consiste en adivinar una palabra a partir de otra.

—Es el grito con que les echamos a ustedes, los gachupines —terció el pianista, agresivo.

—¿Y cuándo nos han echado a nosotros de ninguna parte? —replicó orgulloso el *Jarameño*.

—¿Cómo cuándo?... Cuando los echamos de México hace años —sentenció el sabihondo de los calaveras.

—¿Sí?... pues yo no oigo esos gritos, ¡qué corcho!, contármelo vosotros después...

—*Jarameño*, ¡qué te pones tonto!, ¿vas a reñir por vejeces, bárbaro? Son cosas que pasan y sanseacabó. Ya todos somos uno, y ustedes aquí, más, ¿quién te ha maltratado?, ¿no ganas aplausos y dinero?, ¿no miras miles y miles de compatriotas tuyos que ni a tiros se marcharían, de lo contentos que se hallan?...

—¡No, lo que es de ser cierto, sí que lo es... ea!, dispensar y contar conmigo mañana. ¡A ver, patrona, manzanilla, que un español convida a beber por España!

Se apaciguaron los ánimos, se gritó y se pateó. Hipo, con objeto de imprimir carácter al general avenimiento preludió la marcha torera de *La Giralda*, la que, sin embargo, no obtuvo mayoría de sufragios y hubo que apelar a la clásica de *Cádiz*, coreada hasta por Elvira y sus pupilas.

> *¡Viva España!*
> *Que vivan los valientes...*

El *Jarameño* cubrió la boca de la caña con la palma de la mano, golpeóse el pecho con ella, trocando el líquido en millones de burbujas de oro, y se la alargó a Santa:

—¡Beba usté por mi tierra, gloria morena, que yo voy a beber por usté y por la suya!

El proyectado paseo acabó de tomar forma, pagándose previamente a Elvira la ausencia de las chicas que lo aceptaron; fijóse el número de simones[102] destinados a alojar, cada uno, dos parejas; los más beodos determinaron pernoctar desde esa misma noche, y el *Jarameño*, muy del brazo de un marido

---

[102] *Simón:* coche de servicio público con punto fijo de parada.

que no estimaba cuerdo reintegrarse al tálamo cuando ya la luz era salida, se despidió de la concurrencia. ¿Qué instinto guió a Santa a acompañarlo hasta la puerta de la calle?... El «diestro», sin desasirse del casado precavido, pidióle un beso que no le negaron.

—¿Qué noche dormirás conmigo, Santa? —le preguntó al oído, serio.

—¿Contigo?... ¡Nunca! —repuso Santa así que lo reflexionó.

—¿Tanto me aborreces?

—Ni tanto ni nada, pero te tengo miedo.

El ciego Hipólito, que salía detrás y escuchó la declaración de Santa, no pudo reprimirse:

—La felicito a usted por su conquista, Santita —sentenció en sarcástico tono, a la par que con la contera[103] de su bastón despertaba a su lazarillo, acurrucado en el sitio de costumbre—, no vale hombre ninguno lo que el último de estos individuos de trenza...

Muy a mal tomó Santa el desahogo del músico, cual si éste tuviese derechos adquiridos y la hubiera sorprendido en flagrante delito de infidelidad. ¿Por qué echarle en cara lo de la conquista del *Jarameño*, cuyas propuestas había rechazado y que de veras le inspiraba miedo, miedo extraño y meramente físico, de organismo débil e indefenso que se presiente amenazado de lastimamientos corporales?... De otra parte, ¿dónde estaban los derechos de Hipólito?... ¡Lo que es ella no habíale otorgado ninguno, y ahora menos! Ya que era esclava de todo el mundo, ya que no se pertenecía, defendería su corazón —en el dudoso caso que algo le quedara de él— y que se conformaran con su cuerpo magnífico, resistente, desnudo de ropas y desnudo de afectos; que en él saciara el público su lascivia inmensa, feroz, inacabable; que unos se lo bendijeran y besaran, y otros se lo magullaran y maldijeran... pero que le dejasen el corazón, las lágrimas, los recuerdos, lo que llevaba escondido por dentro y que le rebullía cuando como esa no-

---

[103] *Contera:* pieza comúnmente de metal situada en el extremo opuesto al puño del bastón.

che excedíase en beber... Y en cuanto a Hipólito y el *Jarame-ño,* a éstos ni su cuerpo que se alquilaba, y así le ofrecieran pagarle doble o triple, no, a ningún precio: a Hipólito, porque de pura lástima podía quererlo, y al *Jarameño,* porque de miedo queríalo ya. Y oprimiéndose el pecho con entrambas manos, para no regar por el suelo con el inseguro andar de la borrachera sus lágrimas escondidas, sus escondidos recuerdos y su escondido corazón, volvió a subir las escaleras, torpemente, y torpemente bebió más, dejándose conducir a su perfumado cubículo de bacante, por uno de aquellos señoritos que olía a vino, le estrujaba el seno y le tartamudeaba galanterías obscenas.

Tristón y metido en nubes amaneció aquel 15 de septiembre, por lo que Santa y su parroquiano despertaron —cerca del mediodía— calculando que el anunciado paseo nocturno no se llevaría a cabo, a causa de la lluvia amenazante. Y frente a la tremenda perspectiva de pasar juntos tantas horas, sin una miaja de estimación o de amor que las hiciese caminar de prisa, no escondieron su fastidio, antes mostráronlo a las claras; él, desperezándose y revolviéndose bajo las sábanas tibias, ajadas y malolientes, y Santa, registrando un cajón de su cómoda, segura de no descubrir nada, supuesto que nada buscaba. Hablábanse poco, sólo lo indispensable para zaherirse con pullas o embozadas injurias, como si después de una noche de compradas caricias hubiesen recordado de súbito que, exceptuando la lujuria apaciguada de él, no existía entre ellos más que el eterno odio que, en el fondo, separa a los sexos. Una mutua repugnancia subía a sus ojos, salía con sus palabras; los dos paladeaban el nauseabundo dejo del alcohol y del placer venal que nos deprimen y abochornan en cuanto sus efectos se desvanecen. Y si a Santa —cuyo camisón resbalándose aquí y allí, puso al descubierto fragmentos de su cuerpo trigueño— no le importaba que su enamorado de unos momentos la contemplase o no, ni mucho menos trataba de excitarlo, la verdad es que el prójimo tampoco miraba siquiera, y ahíto de esa carne que todo el mundo saboreaba, volvióse del lado de la ventana y al través de sus visillos miró hacia las nubes.

—Si me obsequias con un café —exclamó al fin—, te convido a almorzar en el Tívoli[104].

Santa reprobó la idea, tenía que bañarse, que ir a la casa de la modista.

—Ve tú con algún amigo, y a la noche nos reuniremos. ¡Anda, que se te quite la pereza, levántate!

En un periquete se alistó el cliente, que no supo sentirse libre a tan poca costa, y de despedida besó y abrazó a Santa, que pasivamente se prestó a ello.

Luego, a solas ya, abrió la ventana, echóse un chal en las espaldas y se sentó en el canapé cruzando las piernas y balanceando la que le quedaba con un pie en alto.

¡Siempre igual!... Siempre estos despertares helados, desconsoladores, espantosos, en los que a una protestaban su cuerpo cansado y algo que sin ser su cuerpo lo parecía, porque en los interiores de éste se le quejaba... Siempre estos desencantos y este asco de continuar la misma vida fatigante e insípida, a las veces cruel, obligándole a compartir el placer genésico con quien menos lo apetecía... Siempre estas ráfagas de arrepentimiento al despertar únicamente, y después, en el curso del día, una lenta connaturalización con esa propia vida, un convencimiento de que ya jamás podía aspirar a otra..., hasta cierta desgana de intentarlo, una conformidad fisiológica de concluir en ella... ¡Vaya, tonterías y sólo tonterías...! Con algún tiempo más, sería como sus compañeras, lo que hacíale falta para endulzarla era un *querido*, pero un querido que quisiera...

Y en rápida revista mental consideró la legión de hombres que le habían jurado amores, ¿por qué el *Jarameño* triunfaba si acababa de conocerlo; por qué Rubio, «el caballero decente» que le prometía casa, también la atraía; por qué Hipólito, que jamás le dijo sílaba que a achaques del querer se refiriera, interponíase entre ella y los pretendientes, y la miraba, la mira-

[104] *El Tívoli:* se dio este nombre en Ciudad de México a distintos centros de reunión y diversión que se pusieron de moda a finales del xix. El más importante, y probablemente el que sirve de modelo a Gamboa, era el Tívoli del Elíseo, situado en la actual Insurgentes Centro, que contaba con numerosas dependencias y un extenso terreno de árboles y jardines.

ba sin verla, con sus horribles ojos blanquizcos, de estatua de bronce sin pátina?...

Puntuales cual acreedores y en compañía del *Jarameño,* a la hora fijada presentáronse en el antro los organizadores del paseo, y a la par suya estacionáronse al borde de la acera, por su cuenta y orden, cuatro simones de bandera amarilla, de los que el público ha bautizado de «calandrias»[105].

¡La gresca que se armó en la vivienda! Ahora todas pedían ser de la alegre partida, y se bromeó, se ajustaron onerosos contratos, se aumentó la caravana y se hizo venir otra calandria que resultó desvencijada, mugrienta, gemidora, y con un par de sardinas[106] que ni para el redondel[107] servían —según autorizado dictamen del *Jarameño.*

Partieron los carruajes en línea recta y uno tras otro, cuando la iluminación de la ciudad comenzaba, a tiempo que los enormes focos municipales que se mecen en las esquinas y a la mitad de las calles —mezclados a las innúmeras luces incandescentes que cubrían caprichosamente las fachadas del comercio rico, y a los humildes farolillos de vidrio o papel con que adornaban las suyas los mercaderes pobres y los particulares ídem— prestaban a la metrópoli mágico aspecto de apoteosis teatral. Desde que desembocaron en la ancha avenida Juárez[108], divisaron las calles de San Francisco y Plateros rebosantes de luz, sin transitar de vehículos, insuficientes para encauzar entre sus dos aceras aquel encrespado y movedizo mar de gente que se encaminaba a la plaza de Armas[109]. Por sobre las cabezas, veíanse, aquí y allí, chiquillos del pueblo encaramados en las espaldas del papá; guitarras que parecían

---

[105] *De calandrias:* término que se aplicaba al coche de ínfima clase.

[106] *Sardina* (Méx.): caballejo flaco.

[107] *Redondel:* recinto cerrado y circular destinado a la lidia de toros.

[108] La Avenida Juárez, situada en el centro de la Ciudad de México, corre a lo largo de la Alameda. En el transcurso de este capítulo, el narrador menciona el nombre de varias calles que se localizan entre este parque y la Plaza del Zócalo. Algunas conservan en la actualidad el nombre que tenían en el siglo XIX (Independencia, Callejón de López), mientras que otras lo han cambiado, como la calles de San Francisco y Plateros, hoy Avenida Francisco I. Madero.

[109] *Plaza de Armas:* hoy Plaza de la Constitución, conocida popularmente como El Zócalo.

caminar sin dueño, caídas de lo alto, y flotar a la ventura encima de esas ondas revueltas, policromas, incesantes. Avanzaban los coches paso a paso, y al llegar a la esquina del Puente de San Francisco, la impenetrabilidad de la masa y la prohibición de los gendarmes de a caballo de seguir adelante, los forzó a detenerse y consultarse respecto de la ruta que habrían de adoptar. Santa —del pueblo al fin— opinó por una caminata a pie, confundidos con la turba que casi rebosaba de las aceras y del arroyo; pero sus compañeras, españolas, atemorizadas frente al monstruo —cuyos coloquios, silbidos, exclamaciones, gritos y risas eran la perfecta imagen de un huracán—, se opusieron decididamente, mejor renunciaban al paseo. Los hombres tampoco aprobaron la idea, pues no les halagaba ir desde luego a la Plaza, y empaquetados dentro de los incómodos simones aguantar el concierto de todas las bandas militares de la guarnición reunidas, y toca que toca de las nueve a las once. Mejor cenar, aprisita, y después de la cena, al Grito.

—¡Café de París[110], tú! —ordenaron al cochero de la calandria que encabezaba el séquito.

Las calles de la Independencia, a las que salieron luego de atravesado el callejón de López, también alimentaban su océano, con agravamientos de tranvías y carruajes, que a modo de pequeños barcos sin timón, circulaban trabajosamente, ora con pausas o detenciones que eran saludadas con la algazara de sus tripulantes, ora con repentinas embestidas que hendían las olas y abrían un surco borrado al minuto por el flujo y reflujo de la multitud que los silbaba amenazadora, agresiva, con manifiestas ganas de armar bronca.

—¡Fuera coches!... ¡Abajo los *rotos*[111]!

Sólo los tranvías —atestados de pasajeros, de linternas de colores y de ruido metálico— cruzaban ese mediterráneo, con imponente majestad de acorazados, implacable y dere-

---

[110] El Café de París era el centro de la bohemia literaria a finales del xix y comienzos del xx. Se hallaba situado en la calle del Coliseo, hoy Avenida 16 de Septiembre.
[111] *Roto:* rico de apariencias.

143

chamente; el cuerno del mayoral[112] sembrando alarma con su ronco berrear entrecortado, y el cascabeleo de las mulas suministrando gratis una nota alegre y juguetona. Por la atmósfera, matrimoniados y neutralizándose, acres olores de muchedumbre, resinosos aromas de fogata y una brisa tibia, que purificaba el aire, agitaba banderas, colgaduras y faroles y apresurada barría las nubes, allá arriba, poniendo al descubierto un cielo estrellado, voluntario contribuyente con todos sus astros a la patriótica iluminación de la vieja ciudad americana.

Al fin dieron con sus cuerpos en un gabinete alto del Café de París, donde por tradición de calaveras profesionales mandaron preparar una cena de mariscos, que las mozas, por ser quienes eran, creyéronse obligadas a gustar aunque no fuesen partidarias de cangrejos, camarones y demás bichos tan incómodos para desmenuzarlos y tan ingratos para sus paladares poco educados de hembras ordinarias y en el fondo zafias. El *Jarameño* pidió costillas y una ensalada.

—A mí me trae usté unas chuletitas —dijo al camarero, y volviéndose a sus amigos, agregó:

—No, no reírse, es que cuando como de eso —y señalaba una hermosísima langosta cuyas antenas se salían de la fuente—, me parece que me lo trago vivo y que me aprieta las tripas con sus tenazas... ¡Qué animal más feo, mecachis! —concluyó después de considerarla por segunda vez.

El murmullo de la calle iba creciendo conforme la gente iba llenando la amplia plaza de Armas. Ahora los carruajes pasaban más a menudo por bajo los abiertos balcones del restaurante, a los que de tiempo en tiempo se asomaban los comensales a columbrar la plaza, que ardía como una hoguera.

De improviso, se oyó estallar una bomba, siguió un «¡aah!» formidable, lanzado por la turbamulta, y el concierto-monstruo principió. En la mesa servían el asado y destapaban el Pommery[113], con lo que se animaron hasta hablar de patria, sin estar muy seguro nadie del verdadero significado de esta abstracción. Resultaba irrespetuosa la charla dentro de aquel

---

[112] *Mayoral:* conductor de un carruaje de tracción animal.
[113] *Pommery:* conocida marca de *champagne* francés.

144

gabinete vulgar de comedero a la moda; vulgar a causa de su alfombra manchada y de su innoble canapé de cretona, ancho y con cojines; a causa de su espejo, en el que se advertía repugnante mezcolanza de fechas, iniciales y nombres mal grabados con diamantes y dejados ahí para perpetua y triste memoria de entusiasmos alcohólicos y aventuras galantes inconfesables a las derechas; vulgar a causa de sus luces eléctricas, que salían de una antigua lámpara de gas; a causa de su campanilla oscilante, el botón simulando una pera; y vulgar a causa de la hipócrita discreción de los camareros, que no entraban sin anunciarse antes ni partían sin cerrar tras sí la puerta.

No se ponían de acuerdo, traían y llevaban definiciones aprendidas desde el colegio, nociones falsas, escuchadas o leídas en alguna parte olvidada. Hubo sus brindis románticos, a la hora de las cremas: ¡todo por la patria! Los hubo también escépticos, de espíritus fuertes que visten frac, ¿la patria?... ¡Peuh!, ¡nuestro portal de Mercaderes[114] o el ferrocarril aéreo de Nueva York[115], lo mismo es!

—¿O no, *Jarameño*, tú que opinas?... ¿Es tu patria España o el mundo entero?...

Las mujeres, muy graves, se aburrían. De la vecina plaza de Armas desprendíanse, y por los balcones se entraban, intermitentemente, erráticas armonías incompletas del concierto y un formidable rumor del respirar del auditorio.

—Siempre España, ¡mire usted qué cosa! Pero sin islas ni ultramares... y tampoco España entera, que ni conozco. Mi patria es —continuó el *Jarameño* contando con los dedos— mi Andalucía; mi cortijo, la tumba de mis viejos, que de Dios hayan; y la ventana con claveles y geranios que guarda unos ojazos y un corazoncito que yo me sé... ¡Eso sí es mi patria!

---

[114] El Portal de Mercaderes, hoy Portales de la Plaza de la Constitución, se sitúa en un costado del Zócalo, frente al Palacio Nacional. Debe su nombre a los numerosos establecimientos comerciales instalados en su día bajo sus arcadas.

[115] El ferrocarril metropolitano de Nueva York entró en servicio en 1868. Las líneas por las que circulaban los trenes de vapor se instalaban sobre estructuras alzadas del suelo, de ahí el nombre de ferrocarril *aéreo* o *elevado*. El término *(elevated)* se opondría más tarde al *underground*, que designaría a los trenes, ya de tracción eléctrica, que circulaban bajo tierra.

Con aplausos y más Pommery helado se acogió la pintoresca y primitiva definición del *Jarameño,* que a hurtadillas y simulando interés grandísimo en que la ceniza de su cigarro cayera en los asientos de café que ennegrecían el fondo de su taza, con mayor interés atisbaba en el pensativo rostro de Santa los efectos de su arranque. Y los ojos de entrambos se encontraron y, como siempre, los de él quedaron dueños del campo y los de ella huyeron, examinaron el mantel, que ya conocían, suplicaron sin duda a las largas pestañas que los defendiesen, porque las pestañas descendieron y Santa, resbalando en el asiento, cerró sus ojos cobardes y apoyó la cabeza en el respaldo de la silla:

—¿Quién me regala un «chorrito», que sola yo estoy sin fumar?

Previa consulta de relojes se pidió la cuenta, que fue cubierta con alardes exagerados de desprendimiento, con mucho meter y sacar de carteras abultadas de billetes, y mucho afán de ser cada cual el único pagador. El *Jarameño* ofreció decididamente su brazo a Santa.

—Usté se viene conmigo, serranita, y luego de eso de los gritos se marcha usté con quien le dé la gana y yo lo propio, ¿se acepta?...

Los tumbos del simón acabaron por aproximarlos y mantenerlos en continuo y confianzudo contacto del que no les era fácil escapar, pues a poco se repetía y empeoraba. Optaron por conservar la primera postura, no dándose por entendidos de que se tocaban, palpando ella las durezas de los músculos de acero de él y él las morbideces de la muchacha. El fuego de los cigarrillos, que a intervalos brillaba dentro de la oscura calandria, parecía el de otros tantos insectos luminosos que no atinaran a salir por las portezuelas y giraran desesperados y al cabo se precipitaran hacia abajo.

Los aurigas aprovecharon para penetrar el oleaje que henchía la plaza, la llegada del Gremio de Cargadores y el desfile del Cuerpo de Bomberos en correcta formación, de cuatro en fondo, con banderas, estandartes y antorchas que imitaban cabelleras de furias, según lo que sacudían las ígneas testas y el reguero de chispas que en los aires se retorcían y por los aires morían y volaban. Pulgada a pulgada realizábase el avance de los carruajes, hasta una cierta profundidad que fue materialmente imposible trasponer. Mas desde ahí, desde el forzoso anclaje, abarcaron el gran cuadro: En el centro, el jardín colgado de faroles, con su quiosco central echando más luz eléctrica que fanal[116] al que se le hubiesen roto los cristales exteriores; luego, en la calleja de árboles que a Palacio conduce, más farolillos a manera de guirnaldas. Palacio severo, irregular, enorme, disfrazando la fealdad de su fachada con los cortinajes de sus balcones y el sinnúmero de bombas de cristal en los barandales de éstos, que defienden de los embates de la brisa a una cantidad igual de mecheros de gas hidrógeno. Asomadas a los mismos balcones, cabezas de hombres, descubiertas y entremezcladas a cabecitas femeninas con sombreros de paja que se acercan y separan, en las alternativas de los diálogos que no alcanzan a escucharse, cual si los pájaros disecados quisieran volar y las plumas perderse y las flores de trapo ir y alfombrar el empedrado que patea la plebe. Son los balcones del célebre Salón de Embajadores, radiante, hecho una ascua, arrojando por los vanos los raudales de luz que le sobra; y las cabezas que en ellos asoman son las de los privilegiados que disfrutan cómodamente de la fiesta, por invitación especial de los miembros del gobierno.

¡Sólo el balcón del medio, el histórico, el de barandal de bronce, aunque también abierto, está en tinieblas; encima de él, el reloj palatino, de muestra transparente, marca las diez y tres cuartos, y encima del reloj, muy alta, el asta de bandera con el pabellón nacional asido a ella ondeando soberbio en la noche constelada!... Abajo, en un claro, hileras de sillas ocupadas por señoras y caballeros, el templete para la gigantesca orquesta militar. A la izquierda, con sus instrumentos en el suelo, tendidas las bandas de tambores y cornetas.

—¡Córcholis! —declaró el *Jarameño*, con medio cuerpo fuera del coche—, esto está superior.

A espaldas del carruaje, los portales de Mercaderes truncos y asimétricos por el Centro Mercantil[117], terminado casi, y

---

[116] *Fanal:* luz que sirve para el balizamiento de las costas o como insignia de mando en la popa de los buques.

[117] El Centro Mercantil, obra del ingeniero y arquitecto Daniel Garza, fue concluido en 1898. Fue la primera construcción en México con decoración Art Nouveau. Se localiza en la actual Avenida 16 de Septiembre, y el edificio lo ocupa en la actualidad un establecimiento hotelero.

que en los pisos concluidos ya, ha derrochado las lamparillas incandescentes. A la diestra la vetusta casa de ayuntamiento, la «Diputación»[118], también encortinada y alumbradísima, sin lograr borrarse las arrugas y el sombrío aspecto que le prestan los años; maciza, ingrata, anacrónica. A su frente —limitando al norte la extensa plaza—, la Metropolitana[119], monumental, eterna, imponente; erguidas sus torres, grises sus muros, valiente cúpula, formidable en su conjunto de coloso de piedra, inconmovible al que no arredran ni el tiempo ni los odios, luce igualmente faroles y colgaduras, todo arcaico a la antigua todo, los faroles de aceite, las colgaduras desteñidas, venerables, olientes a incienso, ¡con quién sabe cuántos lustros a cuestas! A su lado, el sagrario en su perpetuo y desgraciado papel de pegote churrigueresco[120].

Por dondequiera, vendimias[121], lumbradas[122], chirriar de fritos, desmayado olor de frutas, ecos de canciones, fragmentos de discursos, arpegios de guitarra, lloro de criaturas, vagar de carcajadas, siniestro aleteo de juramentos y venablos; el hedor de la muchedumbre, más pronunciado; principio de riñas y final de reconciliaciones; ni un solo hueco, una amenazante quietud; el rebaño humano apiñado, magullándose, pateando en un mismo sitio, ansioso de que llegue el instante en que vitorea su independencia...

De pronto, un estremecimiento encrespa todavía más aquella mole intranquila. Luego, un silencio que por lo universal asusta y emociona, uno de esos silencios precursores de

---

[118] Este edificio se localiza en el lado sur del Zócalo. Fue construido en 1527 y ha sufrido numerosos arreglos y remodelaciones hasta la fecha.

[119] La Catedral Metropolitana domina el Zócalo de la capital mexicana. Iniciada en 1573, tardó doscientos cincuenta años en terminarse y cuenta con diversas influencias arquitectónicas.

[120] La larga escena que describe las fiestas de la Independencia está basada en las experiencias personales de Gamboa como invitado al Palacio Nacional el 15 de septiembre de 1898. El escritor apunta lo siguiente en su diario: «El espectáculo que contemplé es tan grandioso e imborrable, me hace sentir por modo tal, y con tal cantidad de impresiones hondas obséquiame, que juro aprovecharlo en la novela que hoy tengo en el yunque, o en *Santa*, que, si Dios no lo remedia, será la próxima» (II, pág. 45).

[121] *Vendimia*: tienda, puesto popular.

[122] *Lumbrada*: «lumbre grande con llamas» *(DRAE)*.

algo extraordinario. Diríase que hasta lo inanimado se reconcentra y recoge. Compenetradas las cien mil almas que inundan la Plaza, parecen no formar sino una sola. ¡Todos callan, todo calla!..., lo mismo las bandas unidas que los privilegiados de los balcones y que los miembros del rebaño. Todos miran al reloj de Palacio, suspendida la respiración, clavados los ojos en la diáfana muestra de la impasible maquinaria, latiendo presurosos todos los corazones en todos los pechos...

Y pausadamente, el reloj de Palacio y el de la Catedral rompen juntos ese silencio; primero con cuatro campanadas lentas —los cuatro cuartos de la hora—, después con once, que nacen con idéntica lentitud mecánica. No bien han nacido, cuando, todo a un tiempo, se enciende el balcón histórico, el de barandal de bronce, y dentro de un óvalo de rayos eléctricos, surge el Presidente de la República, símbolo en medio a tanta claridad, sin otras divisas que la banda tricolor que le cruza el pecho y lo convierte en el ungido de un pueblo. Con noble gesto coge la cuerda pendiente de la esquila parroquial que atesora Palacio, la hace sonar una vez, dos veces, y ella suena maravillosamente, como ha de haber sonado, allá en Dolores, cuando despertó a los que nos dieron vida en cambio de su muerte.

Cae de la Catedral tupida lluvia de oro, sus campanas repican a vuelo. Atruenan los aires millares de cohetes, las bandas ejecutan nuestro himno, el canto nacional; en la lejana Ciudadela[123], disparan los cañones la salva de honor; los astros en el cielo, miran a la tierra y parpadean, cual si fuesen a verter lágrimas siderales, conmovidos ante el espectáculo de un pueblo delirante de amor a su terruño, que una noche en cada año cree en sí, recuerda que es soberano y es fuerte.

Hay madres que han levantado a sus hijos por encima de la multitud y en alto sostienen, como una ofrenda, como una restitución de sangre que nada más a la Patria pertenece.

---

[123] *La Ciudadela:* fortín construido a principios del siglo XIX para guardar las existencias de pólvora. Con el tiempo se convirtió en depósito de armas, taller y fábrica de artillería.

Y de todos los labios y de todas las almas brota un grito estentóreo, solemne, que es promesa y es amenaza, que es rugido, que es halago, que es arrullo, que es epinicio[124]:

—¡Viva México!

El mar se desborda, anega calles y avenidas, tras de las bandas que van tocando diana; se forman grupos apretados; cualquiera abraza a su vecino —a reserva de reñir y matarse a poco, en cuanto el alcohol entenebrezca las conciencias y ahogue ese rapto de confraternidad—; en una botella beben muchas bocas; en las esquinas se baila al compás de organillos que carecen de compás; en los umbrales de las puertas se cena en familia, y con un pie apoyado en las molduras de madera del frente de alguna tienda cerrada, un tenor callejero, rodeado de sus «valedores»[125], rasguea en su guitarra...

Los carruajes principian a moverse en pos de la gente. En el que conduce a Santa, a *Jarameño* y a la otra pareja, nadie chista, ni fuma, ni ríe... reflexionan.

Santa, muy por lo bajo, llora; probablemente su sensibilidad de mujer ha vibrado demasiado.

—¿Por qué llora usté, gitana? —le pregunta el *Jarameño*, agachándose.

Santa, que no puede hablar, señala todo aquello: la plaza, lo que en la plaza ha sucedido, lo que vaga aún en la atmósfera y en los espíritus...

Enseguida, rodea con sus brazos el fornido cuello del torero, acerca su cabeza y, entre sollozos, murmura:

—Usted nos dijo que era su patria una ventana con geranios y claveles, ¿verdad?... Pues usted es más feliz que yo, que hallándome en la mía, ni siquiera mía debo llamarla... Mi patria, hoy por hoy, es la casa de Elvira, mañana será otra, ¿quién lo sabe?... Y yo... seré siempre una...

Y la palabra horrenda, el estigma, la deletreó en la ventanilla de la calandria, hacia afuera, como si escupiese algo que le hiciera daño.

---

[124] *Epinicio:* canto de victoria.
[125] *Valedor:* amigo, camarada, compañero. Término propio de gente del hampa.

Capítulo IV

Quite usted a los camareros, muy habituados al tumulto de la casa, y sólo un valiente de profesión habríase atrevido a cruzar por entre las mesillas rodeadas de parroquianos o por entre los grupos de éstos, cuando, faltos de asiento, apuran sus bebistrajos frente al mostrador y en los huecos disponibles de las tres piezas que componen el restaurante y cantina del Tívoli Central, por mil títulos afamado establecimiento nocturno y pecador. Sobre que no nada más en él se cena y se bebe, no señor, también se baila y se riñe, y hasta se mata... De día, mírasele desierto, con un cliente que otro empeñado en comer lo que le sirven de mala gana en los gabinetes aún con tufo de alcoholes vertidos, de humo de tabaco que no ha tenido tiempo de desprenderse de techos y paredes, y de un sutilísimo vagar de perfume desmayado y delator de que por ahí pasó una mujer o han pasado varias, ¿cuántas?... ¿con quién?... El perfume aquel percíbese apenas; el foco de luz incandescente que pende del techo y leve oscila a causa de las miríadas de moscas que en su cordón y en su bombilla tienen domicilio sin cesar invadido y abandonado; los muros, con su papel rasguñado a trechos, sucio y marchito; la mesa, manchada, y las sillas mancas[126] e inseguras, todo calla, naturalmente, todo oculta lo acaecido la víspera, lo que acaecerá esa noche, todo parece dormir pesado sueño orgiástico... Las puertas corredizas de los gabinetes diríase que bostezan; que

---

[126] *Manco:* falto de alguna parte necesaria.

bosteza el destartalado salón de baile y la cantina espaciosísima; que bosteza el jardín de flores mustias y deshojadas, de camellones[127] y arriates[128] pisoteados, cual si por encima de sus matas enlodadas y difuntas hubiese pasado en destructor tropel algún ganado salvaje, que también hubiese apurado el agua de la fuentecilla del centro, cuyo chorro escurridizo y débil más simula lágrimas incontenibles de honda pena desahuciada, y en cuyo líquido sobrante, de color sospechoso, zozobran botellas vacías, colillas de cigarros y puros, en ocasiones, un mechón de cabello, un retrato despedazado, una peineta que allí arrojaron anónimas manos de alguien que padecía de celos y demandaba olvido con ese rapto de despecho iracundo y estéril.

Y el día discurre pesadamente; pesadamente discurre la tarde, y al anochecer, entre dos luces, van las sombras penetrando en el jardín a modo de malhechores que de lo alto de los muros se deslizaran para, primero, apiñarse en los rincones y no ser vistas, y luego, reforzadas por las que sin cesar siguen deslizándose y deslizándose, adelantar todas, recostarse en los camellones y arriates, refugiarse en las copas de los escasos y enclenques árboles del patio, bañarse en la sucia agua de la fuente e invadir el local, victoriosas, amenazantes, hasta que, de súbito, un relámpago las destroza, las desaloja de sus posiciones y las hacina en los ángulos, unas sobre otras, en enorme masa incorpórea y negra. Es el alumbrado eléctrico del establecimiento el autor de la derrota; un potente foco de arco a la mitad del patio, encima de la fuente, como suspendido en los aires; es el sinnúmero de focos incandescentes, de la cantina, y de los gabinetes, cuyos luminosos rayos intranquilos salen al jardín desde ventanas y puertas, en decidida persecución del enemigo. El edificio se despereza por dentro.

Con el arribo de camareros —que en oscurísima covacha depositan sombreros y requieren delantales—; con el arribo del cocinero y ayudantes —que en cocinas y pasadizos se su-

---

[127] *Camellón:* espacio de tierra, de forma cuadrilátera, trabajado a mano para hortalizas, flores o plantas pequeñas.
[128] *Arriate:* espacio situado junto a las paredes de jardines y patios donde se colocan plantas de adorno.

mergen sin saludar a nadie—, la casa se reanima. Ya el cantinero (un piamontés rubio y blasfemo, gran fabricador de ponches de «catalán») se ha encasquetado su fez[129] rojo, se ha enfundado en almidonada chaqueta y de espaldas al mostrador frente al espejazo y a las baterías de botellas multicolores, recuenta en el registrador automático las fichas que los camareros truecan por dinero. Y éstos, agrupados, realizan el *intercambio,* hacen cálculos con los dedos o con las monedas en la palma de la mano, mientras el de Piamonte apila fichas y vomita *per Bacos* y *porcas miserias* a centenares. Del destartalado salón de baile salen nubes de polvo, carraspeos de escoba y eco sonoro de los bostezos del barrendero que es, además, conserje con habitación en el piso alto, donde figuran los gabinetes reservados para personas de grandísimo viso. Las cocinas exudan incitantes olores y fugaces llamaradas de cuando en cuando, que remedan incendio; y a las puertas exteriores, de par en par abiertas, se les fijaron ya sus rejillas giratorias. Por ahí la calle abalanza sus ruidos: mucho rodar de tranvías y coches, mucho pataleo de caballos, mucho charlar y mucho reír, mucho griterío y mucho voceo de diarios:

—¡*El Tiempo* de mañana!... ¡*El Mundo*[130] de hoy!...

Y la inmensa ciudad lasciva se regocija e ilumina porque una noche más es dueña suya.

En el Tívoli Central dan principio las actividades; sus empleados apercíbense para el rudo batallar que a él los encadena; sus departamentos puéblanse lentamente de consumidores silenciosos y pacíficos a las primeras horas, camorristas y agresivos conforme la noche envejece y por vieja consiente los mayores desmanes. Todavía hasta las doce el movimiento es acompasado, se cena en calma y se bebe despacio. A lo sumo si asoma una mujer cinco minutos, fugada de su cárcel, y va y consuela con apasionado ósculo y secreteo nervioso al amante gratuito que la esperaba en una mesita apartada, pro-

---

[129] *Fez:* gorro cilíndrico de fieltro rojo.
[130] El diario *El Tiempo* se publicó en Ciudad de México de 1883 a 1912. *El Mundo* era un semanario de arte y letras que apareció con tal nombre hasta 1900, en que pasó a llamarse *El Mundo Ilustrado* hasta su definitiva desaparición en 1914.

longando una económica «cerveza chica». Diálogo punzante, entrecortado de caricias enfermizas; ella, a medio sentar en una pierna de él y él aprisionándole la cintura sin corsé, rabiosamente; ella y él mirándose en los ojos, muy próximos los rostros entristecidos, las juventudes de ambos en mudo duelo por las voluptuosidades ya gustadas y por las que no podrán gustar aquella noche en que la muchacha tiene que alquilarse al «otro», cualquiera, el que paga... Y se exigen fidelidades, se pronuncian juramentos; la mujer recuesta la cabeza en la espalda del hombre, cerrando los ojos, y el hombre la besa en el misterioso y variable lugar en que lo hizo por la primera vez, cuando la encadenó; la besa en la nuca o en las pestañas o en la oreja.

—¿De veras no vendrás a bailar?, ¿no bailarás con Fulana ni con Zutana?...

—¡Te lo juro, te juro que no! Pero tú júrame que... —y al oído le murmura quién sabe qué depravaciones íntimas, que ni ellos mismos, ¡tan depravados ya!, se atreven a confesar por lo alto.

Vuela el tiempo, los cinco minutos expiran y hay que separarse, que poner término a la escena. Bruscamente, la mujer se levanta, huye por no delinquir, quedándose ahí, pegada a ese cuerpo más poderoso que imán, al que desde la puerta contempla hambrienta de gozarlo y resignada con no poder hacerlo... Luego, se escapa, se tira a la calle, y las rejillas giratorias que quedan meciéndose por la embestida, como que titubearan entre seguir a la fugitiva o ir y reconfortar al abandonado. Si el individuo posee aún miajas de sentido moral, guarda trágica actitud: hacia atrás el sombrero, en la mesa los codos y los dedos crispados en el cabello, mirando sin ver el delgado hilo de la cerveza derramada cuando huyó su querida, que serpentea despacio por sobre el mármol... Si nada sano conserva, ve también el delgado hilo de cerveza, mas lo ve sin protestas, yendo a humedecer un billete de a cinco pesos, rugoso y oliente a perfume, que se destaca de las blancuras del mármol y que la mujer dejó dizque olvidado.

El camarero, un filósofo, se aproxima a enjugar con su servilleta la cerveza vertida y toma órdenes:

—¿Traigo otra «chica»?

154

Momentos antes de la una aparecen los músicos, y en compacta hilera se detienen junto al mostrador sin descuidar sus instrumentos respectivos, sus abrigos y paraguas; algunos, plantan encima del mismísimo armatoste las cajas que encierran un violín, una corneta-pistón, y que por negras e irregulares en su forma, despiertan, al pronto, idea de ataúdes para fetos contrahechos. El cantinero, que de memoria sabe lo que ha de servirles, bufa y sonríe preparándoles su mixto[131], los insulta en broma, y ellos limítanse a saludarlo con el apodo que le inventaran por mor de su pésimo genio y de su nacionalidad, y que la clientela ha hecho suyo:

—¿Cómo te va, *ravioles*?

Los teatros han terminado sus espectáculos y arrojado de su seno a los espectadores, con mucho de incivil en el procedimiento. Unos cuantos instantes de espera y, enseguida, a apagar los globos de las salas, a descorrer los telones que eructan polvo, sombras y hedores extraños de humedad y de materias indeterminables; a cerrar los pórticos, para que los perezosos, los que retardan la marcha, entiendan que aquello se concluyó. ¿Pagaron y los divirtieron?... , pues ¡afuera!, ni los unos ni los otros se deben un céntimo. Sale la gente con cierta prisa, antes de que apaguen y cierren; los coches se arremolinan cabe las aceras; piafan los animales; gritan los automedontes[132], silban los «golfos»[133]. Los gendarmes de a pie, mohínos, más ordenan con las manos y los bastones que con la voz, que en el tumulto naufraga, y aquí sujetan un freno, allá reconvienen a un auriga o reclaman el auxilio de sus colegas de a caballo —apostados por dobles parejas en cada esquina—, quienes atajan al rebelde, o deshacen la aglomeración. Carruajes y pedestres, después de calmado el momentáneo y jocundo alboroto, distribúyense por las calles, camino de cafés y domicilios. Con el rumor, resucitan los barrios adormecidos, a poco, la masa se desagrega, cada quisque a donde tiene que ir, y el silencio nocturno recupera su impe-

---

[131] *Mixto:* tequila producido con la mezcla de azúcar de agave y otras plantas como el maíz o la caña.
[132] *Automedonte:* conductor de carruaje.
[133] *Golfo:* gozne.

rio, las fachadas de los coliseos, que semejan ascuas y brasas por sus multiplicados focos eléctricos, yacen en las tinieblas.

Entonces el Tívoli Central se prepara; los camareros frotan los mármoles de las mesas vacías, que a modo de lápidas de un cementerio fatídico de almas enfermas y cuerpos pecadores parecen aguardar a que en su superficie graben fugaces epitafios de fugaces amores envenenados las gotas de vino, las espumas del champaña, las cenizas de los cigarros y las lágrimas vergonzantes de los consumidores que a poco han de ocuparlas y de enterrar en ellas monedas e ilusiones, desencantos prematuros e invisibles heridas. El cocinero se suelta el mandil, afírmase el gorro y empuña las sartenes; enciéndense las luces de reserva; el rubio piamontés revisa servidores y botellas; ábrese al público la taquilla de boletos: «¡Señoras solas, gratis; caballeros, un peso!», y los músicos, tras sus atriles, templan y afinan sus desacordes instrumentos. Del testero de la sala cuelgan un anuncio: «¡Danzón!»[134], y al filo de la una y media —el local ya demasiado concurrido—, el danzón estalla con estrépito de tropical tempestad, los timbales y el pistón haciendo retemblar los vidrios de las ventanas, pugnando por romperlos e ir a enardecer a los traseúntes pacíficos que se detienen y tuercen el rostro, dilatan la nariz y sonríen, conquistados por lo que prometen esas armonías errabundas y lúbricas.

Los gendarmes de vigilancia dentro del salón míranse entre sí, agrio el gesto, y como no pueden prender aquellas notas irreverentes, se atusan los bigotes.

Santa, en pleno periodo de dominio y boga, en pleno periodo triunfal de su carne dura, de su carne joven, de su carne al alcance de cuantos anhelaran probarla, llegaba de las últimas a estos bailes, escoltada por brillante cauda de gomosos[135], lo más conspicuo del Sport Club. No bailaba; sentábase a una mesa rodeada de su corte, disfrutando desde ahí del espectáculo completo. Su mesa favorita —que gracias a señoriles propinas mantenían desocupada los camareros contra

---

[134] *Danzón:* danza y música de origen cubano, que gozó de gran popularidad a finales del XIX.

[135] *Gomoso:* petimetre, lechuguino.

toda demanda y contra todo derecho— hallábase casi al pie de las gradas que a la sala del baile conducen, con la entrada de la calle a su frente y a su diestra la *emborrachaduría*[136] y las puertas del jardín. Pegada a la pared sentábase Santa, ya con distinciones, modales y palabras de mujer «lanzada» que sabe lo que se pesca. Ni trazas de lugareña le restaban, que su colorete era de buen tono, irreprochable el pergeño, de dieciocho quilates el oro de sus alhajas, de magníficas aguas sus brillantes, y egipcianos los cigarrillos que fumaba. Sabía componer un menú y pedir Mumm[137] extraseco, regañar con los mozos y reñir en cualquier parte.

Acostumbróse, o por decir mejor, la acostumbraron sus parroquianos, a levantarse tardísimo, a bañarse de esponja, a que la peinara peinadora de oficio —una francesa vieja que a par entendía de extirpar callos y curar de manos y uñas— y a que en la casa la consideraran de Elvira abajo. Mandábanle siempre coche; cerrado al mediodía, cuando la citaban a beber el aperitivo en alguna cantina de prosapia y que ello no obstante, admiten mujeres en sus discretos interiores. A la tarde, coche abierto, una victoria[138] de bandera azul en cuyo respaldar de tafilete, indolentemente reclinada, íbase al bosque de Chapultepec[139] a respirar aire puro, sin más tiranía que pasar por las puertas del club y sonreír desde el fondo de su victoria al trote, al racimo de socios en sus redes cautivos, los que, con sabio estoicismo, juntos se disputaban sus muecas y guiños, y por riguroso orden sucesivo, a noche por barba, con ella se desvelaban en erótica lid. Lo curioso radicaba en que el grupo entero se unía al individuo de turno con Santa, que cenaban en buen amor y compañía, y luego todos al Tívoli Central o a recorrer prostíbulos, Santa, a guisa de trofeo que a todos por igual perteneciese. A las tres de la madrugada, hora clásica convenida para que estos calaveras profesionales

---

[136] *Emborrachaduría:* «lugar de vicio a que concurre la gente a emborracharse solamente» (Santamaría, *Diccionario..., op. cit.*).

[137] *Mumm:* apreciada marca de *champagne* francés.

[138] *Victoria:* «coche de dos asientos, abierto y con capota» *(DRAE).*

[139] El Bosque de Chapultepec, de unas 450 hectáreas de extensión, se encuentra situado al oeste de la ciudad. Ya desde época prehispánica se tenía como lugar de expansión de las clases acomodadas de la capital.

piensen en descansar, despedíanse, dando cada cual un beso a Santa y una palmada a su poseedor:

—Vaya, divertirse y hasta mañana, que me toca a mí —declaraba el próximo dueño de la bella, sin protesta de anteriores ni futuros ocupantes.

Y el grupo de amigos se marchaba tan tranquilo, o decidía ir a dejar a la pareja a los mismísimos umbrales del burdel, ya apagado y mudo; y la despedida, en las sombras del barrio galante, adquiría proporciones de misterioso desfile nupcial antiguo, antiquísimo, anterior a la época en que no se tolera que carne que uno muerde y saborea, otro la haya catado o a catarla se preste.

De ahí, pues, el diario aparecimiento de Santa con su escolta de paladines ricos, de notorios apellidos y ropas londinenses. Ya se sabía, al llegar ella, principiaba el destapar champaña, y el llamar a perdidas jóvenes y agraciadas, de establecimientos inferiores, que se acercaban al distinguido corro con melindres éstas, con encogimientos las otras, con desfachatez las de más allá, provocando iras reconcentradas y tartamudas en sus amantes gratuitos, quienes, a duras penas, permitíanles acudir al llamado. Principiaba una zambra[140] híbrida dentro de la descarada zambra general, debido a que los patricios viejos y muchachas que a Santa escoltaban, según el humor, enseriábanse o se equiparaban al grueso de concurrentes, cometiendo sus mismos desaguisados e inconveniencias. Lo normal, sin embargo, era mantenerse en un justo medio y calmar los arrebatos de Santa y los de los peleadores de la partida. Romper copas y platos, ¡muy bueno!, pero romperse las narices con cualquier quídam, detestable.

Por sus liberalidades, tenía de su lado a *Ravioles,* en primer lugar, a los camareros, y hasta algunos guardianes del orden, que preferían al cumplimiento de la consigna los pesos duros de aquellos de «levita», tan insolentes y borrachos, a su juicio, como los demás, los otros, los del salón y de los gabinetes particulares.

Estos del salón y de los gabinetes particulares, con malísimos ojos veían a la falange de aristócratas y con ojos bueni-

---

[140] *Zambra:* bulla, alboroto.

simos a Santa; de donde resultaba una continua corriente de antipatía mutua, indirectas en voz clara, risas fingidas y de reto:

—*¡Ravioles!,* mándame un puro de frac que no se apague —gritaba un zascandil, mirando hacia la mesa de lujo.

—*¡Ravioles!,* que me sirvan una pierna de pava limpia y gorda, no de *ésas*... que apestan a esencia —gritaba una mozuela sin dejar de contemplar a Santa y lastimada porque algún gomoso de los del cotarro, que había sido su cliente, ahora ni con la cabeza la saludaba.

Otras veces, Santa censuraba a tal o cual compañera de profesión, arrancando una salva de carcajadas despreciativas entre sus copropietarios. Y en dos o tres oportunidades, estalló la bomba alcohólica —que veneno de alcohol engendraba escarceos semejantes—, con su derribo de mesas y sus sillas enarboladas por lo alto y sus copas volantes estrellándose contra las paredes y manchando suelos y vestidos; con sus aullidos y sus insultos desentonados, tan soeces, que, se diría, también se estrellan contra las mejillas y la dignidad del a quien van disparados. Entonces, y mientras los camareros precipitábanse a separar gladiadores; mientras *Ravioles* repartía puñadas de verdad, y los gendarmes apaciguaban el motín y los músicos a distancia prudente presenciaban la pelea, Santa perdía las buenas formas adquiridas postiza y recientemente; reaparecía la lugareña bravía y fuerte, siendo obra de romanos el aquietarla. Fuera de sí, agredía a gendarmes, desconocía partidarios, no escuchaba súplicas ni amedrentábanla peligros o amenazas. Desasíase de los que la rodeaban, con los codos, con las rodillas, con sus duros senos de aldeana; y su bellísimo cuerpo trigueño y mórbido adquiría rigideces de acero, griegas curvas atléticas, sonrosada coloración de sangre guerrera y primitiva. Excepcionalmente reñía con las mujeres, ¿por qué, si las mujeres no le habían hecho nada?... Buscaba a los hombres, al Hombre para dañarlo, para herirlo, para marcarlo e infamarlo con sus uñas pulidas y tersas de cortesana, saciando en el que más cerca le quedase al alcance de su cuerpo prostituido, el alevoso golpe que le asestara aquel que le quedaba lejos, en sus borrosos recuerdos de virgen violada. Era su furia cual secreto sedimento de dolor vengativo que arrolla ciegamente, que des-

159

garra cruelmente, que destruye implacablemente por desquitar añejos rencores medio muertos que de improviso resucitan y de improviso recaen en su letargia. Tanto era así, que a poco, al venir la tregua, al realizarse la reconciliación de troyanos y tirios, Santa abogaba porque a nadie llevasen preso, acariciaba descalabrados y acababa llorando, mitad de histeria y mitad de pena, sobre el hombro del varón a que pertenecía esa noche por precio fijo y voluntad propia.

Bailaba por rareza, pues no entendía jota del vals que sus adeptos denominaban «boston», y en cuanto a danzas y danzones, que deben ser bailados con contoneos lascivos y rítmicos —una mezcla excitante de «danza del vientre» oriental y de habanera anticuada—, tampoco andaba muy adelantada, sus compañeras de domicilio iniciábanla apenas en el secreto:

«—Te pegas mucho a tu hombre, así, ¿ves?... En la primera parte hay que dar muchas vueltas, mira, como las damos nosotras, casi sin salir de un mismo lugar... y en la segunda hay que aflojar las caderas, como si se te quebrara la cintura, como si, a punto de desmayarte de deleite, huyeras de la cercana persecución de tu pareja que se te va encima, resbala tú para atrás y para adelante y para los lados... ¡Toca bien Hipo!, que estamos enseñando a tu querer...»

De tarde en tarde, entusiasmábase con la orquesta del Tívoli; y ora en brazos de uno de sus acompañantes echaba a perder un vals que los filarmónicos le dedicaban, ora en brazos de un extraño, gustaba de los encantos del danzón y reía de sus ignorancias, de sus torpezas de aprendiza, de que le formaran rueda y se parasen a reír con ella, a desearla y aplaudirla:

—¡Bravo, negra[141]!, ¡bravo! ¡Que te toquen diana![142].

Chocaba a Santa, por sospechar gato encerrado en la estratagema —las noches en que su permanencia y jolgorio en el Tívoli prolongábase hasta el amanecer—, el que a eso de las

---

[141] *Negra* (Amér.): tratamiento de afecto y cariño.
[142] Santamaría explica la expresión popular «a mí no me toquen diana, porque soy tambor mayor», como «fanfarronería que se usa entre la gente de pelo en pecho, como baladronada, dando a entender que no lo espanta nadie ni teme a nadie, por tanto» *(op. cit.*, pág. 456).

160

cuatro se presentara el ciego Hipólito en la cantina y so pretexto de comprar cigarrillos o de recetarse un trago que intacto permanecía sobre el mostrador, estuviérase las horas muertas charla que charla con *Ravioles* o con los profesores de la orquesta, sin dar oídos a los ruegos de Jenaro, su lazarillo, que se moría de sueño por la inacción y por el trasnoche. Hasta lo interrogó en cierta ocasión, muy agitada con el baile y con las copas bebidas:

—Hipo, ¿viene usted por mirarme?, ¡la verdad! Me daría tantísimo placer el que alguien me cuidara así...

Y el ciego, socarronamente, pero apretándole un brazo arriba del codo, le repuso:

—¿Cómo he de venir por mirarla a usted, si soy ciego?... Yo vengo porque me encanta la parranda y la bulla y la borrachera, soy un gran vicioso, ¿o no Jenaro? —agregó interrogando con la contera de su bastón al sonámbulo lazarillo.

Mas al alejarse Santa, remolcada por pollos y gallos, no está averiguado si en soliloquio o en parlamento con Jenaro masculló:

—No vengo por verte, sino por sentirte, por oírte, por adorarte. ¡Maldita sea mi...!

También el *Jarameño* asomaba muy corrida la noche; también llevaba su cauda de banderilleros, peones, picadores y mozos de espada, que le llamaban «maestro», que sin pestañear lo atendían y en todo demostrábanle singular estimación y respeto.

Entraban vestidos de corto; el calañés[143] ladeado y al aire la coleta; afeitado el rostro; sin corbata el diminuto cuello albo de la camisa en cuya pechera aovada de bordados, titilaban los brillantes grandes como garbanzos, los corales como comienzo de hemorragia, las perlas como colmillos de áspides escondidos que les devoraran el pecho traicioneramente. Entraban repartiendo saludos y golpeando el piso con los bastones; los dientes al descubierto por el rictus de la sonrisa, ensortijados los dedos de las manos, el botín de charol lustroso, el pantalón ceñido, en el chaleco bajo, la gruesa cadena de

---

[143] *Calañés:* sombrero de ala vuelta hacia arriba y copa baja, más estrecha por la parte superior, usado por labriegos y aldeanos.

oro, oscilante y rompiendo en las facetas[144] glaucas[145] de sus pasadores de esmeraldas, la luz cruda de los focos incandescentes de la casa; la chaqueta, negra, de pelo; los ojos más negros aún, expresivos y apasionados de árabes ociosos que se perecen por la hembra, por el caballo, por las armas y por las fieras.

En paseo de triunfo convertíase la entrada, llamados y saludados de mesas, y admirados de hombres, mujeres y músicos y camareros. *Ravioles* mismo con ellos se humanizaba y los gendarmes pegábanse a la pared por no estorbarles el paso. Ellos, ufanos y orgullosos, habituados al victorioso desfile de la plaza, crecíanse ante las auras de simpatía, recorrían la cantina, el salón de baile e iban y ocupaban la mesa redonda del rincón, pedían manzanilla y tabacos, servíanse sus «cañas», e inauguraban una charla ruidosa, seguros de rematar siendo blanco de miradas, centro de la reunión, ornato y gala de la fiesta. Así remataban, en efecto, circundados de muchedumbre de personas, de las mozas del partido, muy principalmente. ¡Qué difícil hacerlos bailar! Desdeñaban los contoneos de la danza, desdeñaban admiradores y adoradoras; y conforme vaciaban «cañas» del vino de su país, parecía que el tal, de la cabeza sólo la memoria les invadiera sin perturbársela, antes sacando a orear en sus arábigos ojos los melancólicos recuerdos, las ternezas de la tierruca, los amaneceres de los cármenes de Andalucía y los anocheceres junto a la reja de las Cármenes andaluzas. El menos desafinado de la cuadrilla rompía el canto y los demás rompían a *jalearlo* con los bastones sobre el piso, con las «cañas» sobre el mármol de la mesa, con palmas, olés y palabras cortadas, de estímulo:

—¡Anda..., *güeno*..., dale ya!..., ¡*arza* y toma!

Todos cantaban, alternados, en una especie de junta sentimental y poética; quién hablando de la madre, quién de la novia, quién de cárceles, casi todos de muerte y cementerios; identificándose con su canto, por él desdeñosos de amigos y enamoradas; a los comienzos, con el pueril deseo de cosechar

---

[144] *Faceta:* cara o lado de un poliedro. Se aplica especialmente a piedras talladas.
[145] *Glauco:* de color verde claro.

aplausos, ligeramente teatrales; después, posesionados de nostalgias, cerrando los ojos al brotar de sus gargantas los versos intensos, para mejor verse por dentro de lo que por dentro les bullía y ahogaba. El *Jarameño* no perdía su gravedad de «matador de cartel»; concretábase a beber y a dictar fallos que los otros acataban:

—Eso está en el orden, ¡ajo! ¡Por ti, tú! Eso es cantarse una malagueña...

Sabedora Santa de que el *Jarameño* concurría al Tívoli por ella y nada más que por ella, vedaba formalmente a su encopetada escolta el que se acercaran al diestro.

—Ustedes, si lo apetecen, vayan a oírlos, yo me quedo en mi mesa. Me carga tanto *cante* flamenco...

Por supuesto que mentía al declarar que le cargaban los cantos de los toreros; ¿mal respondería, si le cargasen, a los requiebros de los gomosos? ¿Habría de estarse con la copa de champaña en suspenso? ¿Habría de entristecerse y aun de suspirar según suspiraba y se entristecía?... El *Jarameño* volvíase de tiempo en tiempo a Santa, quien, cobarde siempre, hurtaba el suyo de aquel mirar y se encogía de hombros, cual indicio de que no la conquistaban.

Hipólito, cuando por excepción había aguantado el chubasco de canciones, partía de improviso, sin despedirse de *Ravioles,* que tampoco apreciaba mucho que se diga el repertorio del *Jarameño* y socios; entre los dos pelaban vivos a los diestros:

—Yo soy de tierra de óperas, Hipo, y esos quejidos me desagradan...

—Pues a mí me revientan, *Ravioles,* los quejidos y los quejumbrosos, los quejumbrosos sobre todo... Me largo, porque si no...

E iracundo, blandiendo el cayado, agarrábase de un hombro de Jenaro, soñoliento y sin descruzar los brazos, que a falta de abrigo, servíanle, cruzados, de agujereado escudo contra el friísimo cierzo de la madrugada.

—¿Nos vio Santita, Jenaro? —preguntábale Hipólito en la calle desierta.

—Ya lo creo que nos vio, desde que entramos.

—Mejor quisiera que no nos hubiera visto. ¿Qué dirá de mí?...

163

Daba Jenaro la callada por respuesta, pues no alcanzábale por qué le preocuparía a Hipólito la opinión de una mujer del calibre de Santa.

—¿Eres mudo? —insistía el ciego, colérico—. Te pregunto que qué dirá de mí Santita.

—Aclárelo usted mañana, ¡yo qué sé! —concluía Jenaro arriesgando un pescozón que infaliblemente le propinaban por contestaciones semejantes.

Y muy en silencio entrambos, tan en silencio como las calles desoladas, seguían su camino hasta la de San Felipe Neri en que habitaban, frente al teatro; populosa casa de vecindad de ancho zaguán arcaico, por sus años hundiéndose en la acera[146], de enanos entresuelos y balcones volados de recios barandales en su tercer piso.

En cuanto Hipólito se eclipsaba, tornábase Santa más libre y benévola respecto de los *cantaores,* con quienes por final fusionábanse los de la mesa aristocrática, prolongándose la parranda a puerta cerrada, después de clausurado el establecimiento en atención al alba que se introducía a sorprenderlos por el jardín, y a las curiosidades de madrugadores que en las afueras se paraban a considerarlos. A la carrera disolvía la reunión; avergonzados los unos de los otros, de sí mismos algunos. Sólo las mujerzuelas y los toreros se marchaban tan campantes, connaturalizados con lo que signifique desórdenes y excesos. Despedíanse al borde del empedrado; las mozas amodorradas, escapándoseles el mantón de los hombros, la cabeza reclinada en la espalda del cortejo; los toreros, confianzudos con los señoritos, alargando las familiaridades y tuteos que las copas bebidas en compañía consigo traen, o terminando discusiones técnicas aparte del grupo, recargados en el muro los dos o tres contendores[147] enardecidos, ceceando eses y zetas, a punto de morderse las caras afeitadas. Los se-

---

[146] La Ciudad de México fue construida sobre las ruinas de Tenochtitlan, fundada en un islote del lago de Tezcoco. Las grandes cantidades de agua depositadas en el subsuelo de la capital fueron motivo de frecuentes inundaciones y del hundimiento parcial de algunos edificios, como este donde vive Hipólito en la calle de San Felipe Neri, hoy República de El Salvador, donde también se encontraba la casa donde nació Gamboa en 1864.

[147] *Contendor:* contendiente.

ñoritos se desprendían corridos[148], en positiva rota[149] de hueste vencida.

Santa, en más de una madrugada de éstas, creyó haber visto, pero haberlo visto en sueños, que Hipólito, como si hubiese estado en espera de la salida de ella, sin duda, y lo abochornara que lo pillaran en maniobra tan inexplicable e inusitada, huía precipitadamente, azuzando a Jenaro, que, cruzado de brazos, tiritaba de frío y trotaba, trotaba tirando de su amo, cuya silueta casi grotesca destacábase con perfiles de grabado al agua fuerte, de las tonalidades opacamente grises que el polvo de luz de la alborada derramaba en el plomizo blanco del pavimento. ¡Pues no había de huir!... Intentaba poner en cobro su cuerpo cubierto de pobrísimo pergeño, intentaba que con otros lo confundieran, sin sospechar que ello era imposible, que demasiado que se le reconocía por su lazarillo y por su inseguro andar de ciego; echando el busto hacia atrás, apoyando el bastón muy adelante, y los pies muy desconfiados aun en medio de lo precipitado de su retirada. De verlo, experimentaba Santa honda conmiseración interna no desprovista de sus relieves de agradecimiento y delicia; y si, lo que a menudo acaecía en los tumultuosos adioses, a la sazón le repetía el *Jarameño* su continua pregunta:

—¿Cuándo, Santa?...

—¡Nunca, nunca! —respondíale ella con la mayor resolución y entereza.

Sucedió que una de esas noches de borrasca en el Tívoli, apenas instalada Santa con su destacamento de gentiles-hombres en la mesa conquistada a pródigas propinas; una noche en que el ídolo sentíase contenta de veras, casi dichosa, y sus idólatras la festejaban con más rendimiento quizá que de ordinario, todos disputándose sus besos a nadie escatimados por sus labios rojos, tentadores y frescos, que se dejaban aplastar de los labios masculinos que se les ayuntaban secos, ardientes, contraídos de lúbrico deseo; todos de ella hambrientos, lo mismo el de turno que el de la víspera y el del día siguiente...; una noche excepcional, en que Santa considerá-

---

[148] *Corrido:* avergonzado.
[149] *Rota:* fuga.

base reina de la entera ciudad corrompida; florescencia magnífica de la metrópoli secular y bella, con lagos para sus arrullos y volcanes para sus iras, pero pecadora, pecadora, cien veces pecadora; manchada por los pecados de amor de razas idas y civilizaciones muertas que nos legaron el recuerdo preciso de sus incógnitos refinamientos de primitivos; manchada por los pecados de amor de conquistadores brutales, que indistintamente amaban y mataban; manchada por los pecados de amor de varias invasiones de guerreros rubios y remotos, forzadores de algunas de sus trincheras y elegidos de algunas de sus damas; manchada por los pecados complicados y enfermizos del amor moderno... noche en que Santa sentíase emperatriz de la ciudad históricamente imperial, supuesto que todos sus pobladores hombres, los padres, los esposos y los hijos, la buscaban y perseguían, la adoraban, proclamábanse felices si ella les consentía arribar, en su cuerpo de cortesana, al anhelado puerto, al delicioso sitio único en que radica la suprema ventura terrenal y efímera... prodújose inesperado incidente.

—¿Qué fecha es hoy? —inquirió—. ¡Jamás me había sentido tan contenta!

Y en el propio momento vio penetrar en la cantina, de negro vestidos, a Esteban y Fabián, sus dos hermanos, que no había vuelto a ver después de agraviarlos.

Al punto descubrieron a Santa, incensada por un puñado de príncipes sin trono que formaban regia corte de corbatas blancas y casacas de etiqueta. A pesar de la diferencia de trajes, los obreros no se atemorizaron. Decididos, adelantáronse a la mesa sin apartar su vista de Santa, que, pálida y como fascinada, saltándole de las órbitas sus negros ojazos de gacela, rechazó todos los contactos, se aisló dentro del grupo y con el pecho palpitante, entreabierta la boca, arrinconada contra la pared, aguardó...

—Santa —pronunció secamente Esteban—, venimos a hablar contigo.

No se levantó una sola protesta de la parte de los caballeros; la que se levantó fue Santa, humildísima, tropezando aquí y allí con los codos en ángulos y los pies extendidos de la media docena de amantes que la circuían. A mitad de la cantina se detuvo, titubeante, mirando a la calle y mirando al jardín.

—Aquí no —les dijo a sus hermanos, dando con el pie en el piso de la cantina—, mejor aquí, donde no nos oigan.

Y al jardín saliéronse los tres; adelante Santa, alhajada y cubierta de raso; atrás Fabián y Esteban, enlutados.

Los tres se juntan en el jardín bien iluminado por su foco de arco y por los haces de luz caídos de puertas y ventanas encima de su césped marchito. De cuando en cuando, lo cruzan por una esquina rápidos camareros, conduciendo platos de manjares calientes que humean y dejan en el aire aromas de comida. Allá, lejos, dos bultos hablan, y el eco de lo hablado se esparce y flota ininteligible. Asido a un árbol, un borracho probablemente, muy agachado, a punto de perder su equilibrio, mira a la tierra con terquedad y fijeza alarmantes. De los gabinetes y de la cantina —hasta del salón de baile— parten carcajadas, taponazos, armonías. Y de la fuentecilla del centro cuyo chorro escurridizo y débil simula lágrimas incontenibles de honda pena desahuciada, el sonido que brota acongoja con sus balbuceos.

Esteban, el mayorazgo, es el que habla; Fabián asiente y Santa ve a entrambos.

—No temas que nos detengamos mucho y te hagamos perder tus ganancias... Hemos venido desde el pueblo, porque lo creíamos nuestro deber..., llegamos en el viaje de las ocho cuarenta y hemos tenido el valor de andar buscándote en todas esas casas puercas, como la que vives... ¡indecente! ¡Ah!, dispensa, ya no nos importa lo que seas y no volveré a insultarte; allá te las hayas, solita tú... Bueno, pues nos perdimos y nos cansamos y nos han sacado el dinero tus... digo, las pobres mujeres esas, para cerveza y para anisados y para demonios... En unas partes no te conocían, hasta que en otra nos dieron las señas y llegamos a donde vives y en donde, ¡mal haya el alma!, se rieron de nosotros de lo lindo. Si no es por un ciego que se levantó de un piano y nos preguntó si de veras éramos tus hermanos, los que trabajamos en una fábrica de Contreras... ¿cómo diantre sabe ese fenómeno todo eso? ¿Se lo has contado tú?... ¿Por qué no contestas? (medio humanizado ante la actitud de Santa, que ni la cara alza)... Bue-

167

no, pues ése nos sacó de la sala y en el patiecito, hasta que no le prometimos éste y yo, bajo palabra de honor, ¿verdá, tú? (por Fabián, que aprueba con la cabeza) que no veníamos con ánimo de hacerte nada, nada de malo, se entiende, hasta entonces no nos explicó esto de *Tíguli*... ¿qué cosa es tuyo ese señor, eh?...

Persistió Santa en su mutismo, porque no se le calmaba el corazón ni la garganta andaba muy lista. Presentía algo extraordinario y grave en lo que sus hermanos iban a participarle y no osaba ni variar de postura; prefería estarse así, quietecita y humillada, a ver si lo de la notificación, en que ella procuraba ni pensar a las derechas, apiadábase de ella y por medio milagroso y compasivo se convertía en otro suceso que le doliera, sí, que la lastimara, mas no tanto como la lastimaba y dolía de sólo pensar en él, aquel de que antemano sabía ser verdad, verdad inexorable, desgarradora.

—Bueno, Santa —continuó Esteban a poco, de súbito conmovido y espetando la noticia tremenda sin atenuaciones ni circunloquios—, ¡madre ha muerto!... anteanoche, muy tarde, y hoy la sepultamos, allá, en nuestro cementerio, junto a don Bibiano y el hijito de Ángela, entrando, a la izquierda, abajo de la enredadera de malvones y muy cerca de la esquina en que sembró don Próspero la mata de saucito, ¿te acuerdas?...

No le fue dable a Esteban continuar el fúnebre relato, ni a Fabián y Santa el escucharlo. Inconscientemente, buscáronse sus manos y se replegaron a la pared, en la que Santa recargó su espalda semidesnuda por el escote del rico vestido, y Fabián y Esteban sus hombros robustos de trabajadores. Los tres lloraban; los dos hombres, llanto sereno, sin pañuelo, de escasas lágrimas gruesas que resbalaban despacio y despacio se internan por entre los pelos de las barbas recias, y Santa, llanto de mujer que sufre; muchos sollozos que la sacudían y muchas lágrimas, muchísimas, que por haber empapado su pañuelo de encajes, enjugaba con el forro acolchado de su espléndida «salida de teatro»[150] de raso de seda. Uno de sus

---

[150] *Salida de teatro:* abrigo ligero que usan las mujeres para cubrir el vestido.

168

adoradores de frac asomó por la puerta de la cantina con ánimo de averiguar el paradero de Santa, y al advertir a distancia el cuadro, sigilosamente retornó a su puesto. El ebrio asido al árbol ya no miraba a la tierra; presa de alcohólicas bascas, con asqueroso rumor arrojaba inmundos líquidos. La orquesta del salón repetía sus danzones; sus gritos y risotadas, los inquilinos de los gabinetes, y la fuentecilla del centro del jardín insistía en aventar a enana altura su chorro débil y escurridizo.

Serenóse Esteban el primero y reparó que Santa les tenía cogidas las manos, desprendió la de él, obligando a Fabián, con el movimiento, a que hiciese lo propio. Santa comprendió y retiró las suyas, con que se cubrió luego el rostro sin parar en su lloro. Aunque apesadumbrado Esteban con la evocación de su orfandad reciente, reflexionó en lo que Santa era, que bien lo publicaban el lujo y la riqueza de su atavío; recordó las postrimerías tristes de su vieja Agustina, muerta inconforme porque su hija no estaba a su lado en su agonía poco quejumbrosa de aldeana, y no le cerraría, piadosamente, sus ojos rugosos y cegatones desde que en vano buscaban a la extraviada, como piadosamente se los cerraron él y Fabián su hermano. Revolvieron tales recuerdos en Esteban sus mal ocultas iracundias, y volviéndose a Santa, percatado de que ya algunos ociosos husmeaban un suceso anormal y de lejos procuraban determinarlo, díjole de prisa, fruncidas las cejas, la entonación ronca:

—Madre no te maldijo, ¡pobrecita! Antes te llamó, ¿comprendes? Te llamó y nos previno que te dijéramos, si volvíamos a verte, que te perdonaba todo, ¿oyes?... ¡Todo!... Y que su bendición de moribunda, le pedía a Dios que te alcanzara y protegiera igual que a nosotros, que de rodillas la recibimos... Ya cumplimos y ya nos vamos... ¡Si madre, por ser madre tuya también, no te maldijo, nosotros sí!... ¡No nos busques ni nunca, ¿entiendes?, nunca te ocupes de nosotros, hazte el cargo de que también hemos muerto... y Dios que te ayude, infeliz! ¡Fabián, vámonos!

Y los dos hermanos implacables salieron del establecimiento infame, por la puertecita de su jardín, rectos, vengadores, solemnes; sin detenerse a mirar a Santa, falta de palabras o con qué defenderse, y que quiso salir tras ellos, implorarles que no la maldijeran, que le tuvieran —no cariño, no, si no lo merecía—, que le tuvieran lástima...

Sin importarle lo que pensasen o dijesen sus amigos adinerados, salió a la calle. No divisó a sus hermanos; la ciudad vorágine, se los había tragado...; y conforme unos minutos antes Santa sentíase reina, emperatriz y dichosa, ahora sentíase lo que en realidad era: un pedazo de barro humano; de barro pestilente y miserable que ensucia, rueda, lo pisotean y se deshace; mas ¡Dios mío!, ¿por qué los barros impuros como ella tenían un corazón y una conciencia?... Tan miserable se sintió, que agarrada a la reja de una ventana púsose, instintivamente, a contemplar estrellas, estrellas del cielo, única región de la que podía venirle alivio.

El cual de muy abajo le vino, de Hipólito, que en cuanto acabó de tocar en el burdel, colóse en el Tívoli y de no hallarla con los señores, de saber por boca de *Ravioles* el aparecimiento de los dos enlutados y el desaparecimiento de Santa, qué sé yo qué enormidades se dio a imaginar. Ello es que se disparó a caminar calles, las adyacentes al Tívoli y a los prostíbulos, pues caso que a Santa no le hubiese ocurrido una gran desgracia, en ellas la encontraría:

—¿Estás seguro, *Ravioles,* de que acaba de irse?...

—Te digo que sí, hombre, hará un cuarto de hora que le abrió Epigmenio la puerta del jardín.

—Pues anda, Jenarito, hijo, vuélvete ojos, que yo sólo puedo volverme maldiciones.

Cuando columbraron a Santa, cuando Jenaro la reconoció a lo lejos y le comunicó a Hipólito su descubrimiento, Hipólito lo detuvo:

—Déjame resollar, bárbaro, que me has traído a galope...

Rióse Jenaro del pudor de su amo, ordenador de carrera, a quien observó trémulo y jadeante.

—Santita —murmuró Hipólito al aproximársele—, ¿qué le sucede a usted?

—Ay, Hipo, qué gusto que venga usted —dijo ella echándosele al cuello sin reservas ni melindres, de nuevo ahogada por los sollozos que la sacudían y por las lágrimas que a raudales le manaban.

—Pero ¿qué le aflige a usted, Santita, qué le ha pasado? —replicó Hipólito, sin siquiera estrechar la cintura y el busto que le abandonaban.

Y al interiorizarse de la muerte de Agustina; al saber que Santa no quería ver a nadie ni con nadie dormir, a riesgo de que no la solicitasen más y se muriera de hambre, redobló sus atenciones castas y delicadamente le aconsejó una salida:

—Tiene usted razón que le sobra, Santita... perder uno a su madre, ¡caracoles!... Lo que importa entonces es no tornar a la casa. Duerma usted en un hotel, encerrada en el cuarto que le den, y mañana, usted dirá... Esta noche sólo debe usted dormir con sus pesares, ¡Jenaro!, búscate un coche.

Más delicadamente todavía, mientras duró la instantánea ausencia del granuja, no supo dominarse y besó las enclavijadas manos de Santa, que halló al alcance de su boca. ¡Oh!, uno o dos besos nada más, respetuosísimos, apenas rozando el cutis sedeño de la ramera sin ventura. Luego la empaquetó en el simón, le recomendó hotel y liquidó al cochero con propina y todo.

—Le pago, Santita, porque usted no ha de llevar suelto y porque no vale la pena, ni más pobre ni más rico...

Y como enclavado en la acera permaneció un rato, meneando sus cejas desaforadamente, los labios a compás. Jenaro, interesado a la fuerza en los extraños sucesos, llegó a dudar si el ciego rezaría...

Únicamente Dios para saber lo que pasaría por el espíritu de Santa en aquella noche de duelo solitario, que eterna se le hizo dentro de un cuarto del Hotel Numancia, en cuya cama se estuvo, más amodorrada que dormida, hasta sonadas las once. Al repique de la campanilla eléctrica, acudió el sirviente solícito y se plantó a media habitación sin quitarse la gorra de iniciales de níquel.

—¿Le subo a usted un café? ¿Con veneciana o con mollete?[151] —preguntó a la huéspeda.

—Como te dé la gana, me es lo mismo. Súbeme papel y pluma y que me llamen a un mensajero. Abre el balcón antes de irte..., no tanto..., así...

---

[151] *Veneciana, mollete:* especies de panecillos.

—De El Cosmopolita[152] se lo traje, porque es superior —anunció el sirviente a su regreso cargado de azafate[153], cafeteras, azúcar y un pan francés rebanado a lo largo y untado de mantequilla—, figúrese usted que todos los toreros que en él se reúnen se lo aseguran al dueño... La mantequilla es de Toluca[154] y el mollete me lo doraron al horno... ¿Arrimo una mesita o se lo sirvo en el buró?... Ya en el despacho llamaron al mensajero y pedí una pluma... ¿Fría o caliente para lavarse? —terminó después de alistar, muy práctico, el ponderado desayuno y de posesionarse de la jarra posada en el fondo de la palangana vacía.

Santa no justipreció la charlatana índole del sirviente, aprobaba de antemano sus propuestas. Concluyó de empeorarle el humor —de suyo desapacible en este despertar, que a modo de «buenos días» le dio en la memoria con la dramática escena de la víspera— el notar que contra sus deseos y más enérgicas voliciones de pensar sola y exclusivamente en su desgracia, en lo irreparable de la pérdida, en las virtudes de su madre, fuérase el pensamiento hacia todos lados, rumbo a todas las cosas, aun las más triviales y ajenas a las que ella pretendía encadenarlo. ¿No acababa de largársele, oyendo las tonterías del sirviente hablador, camino de *Jarameño*?... Y por oponerse Santa a los caprichos de su pensamiento, por empeñarse en sacarlo de ese camino en que se atascaba, mantúvose más minutos de los que quisiera pensando en el hombre ese...

Cuando de nuevo se apoderaron de ella sus melancolías, escribió cuatro palabras a su compañera la *Gaditana*:

«...tengo encima una aflicción grandísima. A la tarde nos veremos, avísaselo a Pepa o a la misma Elvira y mándame con el mensajero el vestido más oscuro que encuentres en mi armario y un mantón negro de cualquiera de ustedes...».

Cerró su carta y formó un lío con las ropas y el abrigo que portaba la noche anterior, quedándose entre sábanas. Vuelta a

---

[152] *El Cosmopolita:* café situado en la calle del Coliseo, actual Avenida 16 de Septiembre.
[153] *Azafate:* bandeja.
[154] *Toluca:* municipio situado en el valle de ese nombre en la región occidental del Estado de México.

sus soledades mentales, sin esfuerzo domeñó ahora su pensamiento, el que, domeñado, claro, enderezó los pasos a su pueblo, Chimalistac; a la blanca casita de su infancia; a su madre, sus hermanos, sus pájaros, sus flores; a sus comuniones anuales y matutinas en la capilla del villorrio, toda desconchada por fuera y dentro, carcomida su torre caduca, formándole al techo la hilera de nidos de golondrinas hasta su mitad empotrados y semejantes a botijos musgosos, un alero convexo; enderezó los pasos a los alrededores de su vivienda, a quintas y huertos de parientes y amigos. Miraba el conjunto por manera fantástica: unas cosas cerrando los ojos, otras, abriéndolos; mirábalo casi cual existencia de prójimo y no suya; sí, sí, bellísimo todo, pero qué distante, Señor, qué distante... mucho más allá de lo bueno y de lo malo, de sus purezas de doncella recatada y de sus liviandades de prostituta en boga, lejos, lejos, lejos... Lejanía tamaña ocasionábale interno júbilo; no regresaría a su pueblo ni a los demás, porque el regreso era imposible (¿acaso regresamos a los países del sueño?), pero no por maldad suya que oculto poder omnipotente castigara prohibiéndoselo... ¿Si se prosternara ante ese mismo poder oculto?...

—No, no, qué desvergüenza —masculló en las almohadas, escondiendo la cara en el embozo de las sábanas, cierta de que el oculto poder la atisbaba.

Fue una lucha corta, de gente vulgar que no ahonda teologías sino que se deja conducir por su instinto. Y su instinto sugeríale a Santa el encaminarse a un templo, encender un cirio por el alma de la finada, orar por su descanso eterno; cuanto recordaba que es de rigor ejecutar por los muertos. ¿Que estaba ella en pecado mortal?... demasiadamente que lo sabía, mas la muerta era su madre y de rezarle tenía. ¿Había de rezarle en el...? ¡Qué horror, San Antonio de mi alma, qué horror!... ¿Le rezaría ahí, en un hotel, en la calle, en un coche?... ¡Qué impropio y qué disparatado! Por otra parte, habíanla ganado tales ansias de cambiar de vida... sí, de cambiar de vida, ¿por qué no?... ¿O sólo de *eso* se podía vivir?... ¿Cómo de muy diversos modos vivía tanta mujer, hasta con criaturas de nutrir y abandonadas igualmente de sus seductores?... Pues a imitarlas y a pegarse al trabajo, que fuerzas y salud poseía de sobra. ¿De qué trabajaría?... ¿De planchadora? ¿De lavandera? ¿De criada?... No, de criada no, por ningún salario. De lo que se presentara, en cualquier oficio... Y prosiguió bordando el plan de toda una existencia de arrepentimiento y enmienda, con la que se regeneraría poquito a poco, mucho más despacio que cuando se envileciera, pero lográndolo al cabo por remate a sus empeños. Cierto que la senda —aun antes de recorrerla— la amilanaba de puro espinosa y alfombrada de abrojos; cierto que entre proyecto y proyecto cruzaba la imagen de sus amigos preferidos, con los que no pecaba a disgusto; la de Rubio, que reiteraba su oferta de mancebía apartada; la de este mocito que la trataba como a prometida; la de aquel viejo que le exigía indecencias complejas que a ella la divertían; hasta la imagen de Hipólito cruzó la senda mística de salud infalible —que únicamente en el lastimado cerebro de Santa adquiría contornos reales—, la cruzó en un segundo, sin que la misma Santa entendiera por qué la cruzaba, dado que el ciego salía sobrando por idéntica manera en el próximo vivir que en el vivir actual, y dado que quien llenaba rato ha la senda en proyecto era el *Jarameño*... ¡Qué pesadez de hombre, con su persecución perenne!... ¿Conque sí, eh?... ¡Pues a desterrar intrusos, y de ser preciso, a darse de cabezadas contra las piedras del templo!

Como madurase su plan con los ojos cerrados, vuelta a la pared y asaz ensimismada, no oyó que el sirviente del hotel depositó en una silla los trapos oscuros y el mantón de negro burato[155], remitidos por la *Gaditana*. Se le antojó obra de ensalmo hallárselos tan cerca y por invisibles manos llegados, y resolvió su inmediata concurrencia a una iglesia. Iría, ya se ve que iría; y febrilmente, hinchados sus ojos con el mucho llorar y con el poco dormir, bañóse el rostro con el agua tibia de la jofaina, se vistió a las volandas, y extrayéndose de una de las medias un fajo de billetes, pagó su cuenta.

Las cuatro de la tarde serían; las calles del Refugio y del Coliseo Viejo[156] veíanse henchidas de copia de transeúntes y mu-

---

[155] *Burato:* tela antigua de lana o tela que servía para manteos.
[156] *Calles del Refugio y del Coliseo Viejo:* hoy forman ambas la Avenida 16 de Septiembre.

chedumbre de vehículos, empapadas del riego que sobre su piso de macadam[157] desparramaban los carros regadores del Ayuntamiento, y los criados de tiendas y almacenes, empapadas de sol, un sol poniente que se hundía tras las azoteas de la Casa de Maternidad, allá en la calle de Revillagigedo, que rompe la línea recta de las de la Independencia y Tarasquillo, hacia las que Santa miraba.

Maquinalmente entróse Santa en la confitería de junto al hotel, servida por señoritas muy limpias y guapas, afables, con grandes delantales claros:

—¿Qué apetece la señora?...

¿Que qué apetecía? Ser igual a ellas o como se las imaginaba que serían: honradas, trabajando un montón de horas, viviendo en familia, queriendo a su novio... Compró caramelos, por comprar algo, ruborizada, y provista de cartucho de dulces, no bien desfiló un alud de tranvías, cogió el callejón del Espíritu Santo, continuó por el de Santa Clara y doblando a la izquierda no paró hasta la reja del templo de ese nombre[158].

En el atrio, un mendigo estropeado le alargó la mano y Santa le dio un peso duro, subióse luego el mantón y se adelantó a la puerta, emocionada con los conjuros que el maravilloso mendigo le endilgaba:

—¡Alabado sea el Divinísimo Sacramento!... ¡La Santísima Virgen de Guadalupe le dé a usted más, niña!...

Pisaba los umbrales a tiempo que estalló dentro del templo un gran repique de campanillas y que el órgano entonaba un himno formidable, imponente, con algo de extrahumano en sus sobrias melodías sacras... Sobrecogida, Santa se detuvo y por darse a sí misma un pretexto, segunda vez fue al mendigo que ya levantaba el campo, y que al advertir a Santa, apresuró sus andares calculando que, regularmente, vendría a reclamarle el peso, por equivocación regalado.

---

[157] *Macadam:* pavimento de piedra machacada.
[158] El Callejón del Espíritu Santo y el de Santa Clara son hoy la Avenida Isabel la Católica y la calle Tacuba. En el núm. 29 de esta última calle se hallaba el Templo de Santa Clara.

—Oiga usted, oiga usted —tuvo que repetirle Santa—, también le regalo a usted éste, son caramelos. —Y le tendió el paquete.

Recatadamente, gacha la cabeza y entornados los párpados, realizando un supremo esfuerzo, penetró en el templo y conquistó un rincón, entre un confesonario y la tarima alfombrada de un altar lateral. Por su gusto habría penetrado de rodillas. Arrodillóse en su medio escondrijo, aturdida de la emoción y del repique de las campanillas que en unas ruedas de madera giraban impulsadas por los acólitos; anonadada, sobre todo, por el órgano que vertía y multiplicaba en la bóveda de la nave acentos de otros mundos, graves, temblorosos, sostenidos, casi celestiales, que a ella le producían bien y mal a un propio tiempo; bien, cuando los traducía como esperanzas de perdón; mal, cuando los interpretaba como certidumbre de fatal castigo; y en la una y en la otra vez, patentizándole con lo majestuoso y severo de sus notas ¡cuán vil y desgraciada era, qué pequeña, qué débil, qué sola, qué mísera!

Acometiéronla entonces mayores ansias de orar, por eso, por desgraciada y vil; «que —pensaba ella— el rezo se ha inventado para nosotros, los viles y los desgraciados, los que no supimos resistir y habemos más grande necesidad de cura...». Con el objeto de alcanzar el Cristo del altar mayor, abrió sus ojos, a la par que escuchaba con deleite cómo el órgano, ahora, le reiteraba las promesas de un perdón excelso.

¡Señor Dios, y lo que vio!

Vio a un sacerdote, de espaldas al ara cuajada de cirios y de dorados, levantada la cortinilla de damasco del tabernáculo de cristales y ónices, empuñando una custodia de rayos tan vivos y deslumbrantes cual si estuviesen forjados del sol que al través de los vidrios de la cúpula tamizaba áureo polen en las canas del padre, en los bordados de su capa pluvial y en los pliegues del humeral, el paño blanco de oro recamado, que posaba encima de sus hombros angulosos de viejo y con cuyas extremidades habíase envuelto sus entrambas manos impuras de hombre, para sostener la custodia que atesoraba el Sacramento, y manifestaría en una conversión de su cuerpo, pausada y noble, a la adoración de los fieles prosternados.

Santa, en éxtasis, pidió mentalmente la muerte, olvidada de su vida y de sus manchas. Morir ahí, en aquel instante, frente por frente del Dios de las bondades infinitas y de los misericordiosos perdones.

Y retrotraída, de improviso, a sus prácticas de campesina católica, humilló la cerviz y se abatió en la tierra que besó, y besó, fervorosamente, con sus labios frescos y carnosos de hembra mancillada.

Advirtió apenas que el órgano enmudecía y las campanas callaban; que algunos fieles partían del templo, según se colegía de un rumor sordo de pasos. Escuchó enseguida que movían bancas y arrastraban sillas. Enderezóse y apoyando los codos en el reborde de la puerta del confesionario, muy esperanzada se puso a orar con su madre en la casita blanca de su pueblo. De consiguiente, no se fijó en la entrada de un batallón de chiquillas ni en una media docena de damas principalísimas —presidentas, secretarias y tesoreras de no sé qué cofradías—, que la miraban, la señalaban con el dedo y asistidas de un capellán de sotana y bonete, discutían con calor. No reparó en eso, no, ni tampoco era fácil que supiese que alguna de ellas guardaba en su conciencia faltas tan leves como un adulterio consentido por la aristocracia a que pertenecía.

Pero ellas sí la habían reconocido... ¿Quién la mandó atraer con sus hechizos de carne dura y sabrosa a padres, esposos e hijos? ¿Quién la mandó exhibirse en teatros y paseos, donde señoras y señoritas, cuyo alentar ignoraba Santa en su olímpico desdén de triunfadora que no admite rivales, habíanse aprendido de memoria sus facciones y su nombre?

La discusión concluyó por una arbitrariedad: llamando al sacristán y ordenándole algo muy imperiosa y austeramente, en alto los índices enguantados, las tocas y sombreros con las plumas temblorosas, el capellán con las manos en las sienes y las chiquillas inquietas mirando ora a sus protectoras ora a la mujer arrodillada, contra la que se disparó el sacristán:

—Se va usted a salir de aquí al momento —dijo brutalmente a Santa, que lo vio sin comprender lo que le decía, perturbada en su oración y en su ensueño místico.

—¿Que me vaya yo?... ¿Y por qué he de irme? Usted no es el dueño de esta iglesia y en la iglesia cabemos todos, más los que somos malos.

—No me obligue usted a echarla a la fuerza —declaró el sacristán, persona ordinaria que se sabía protegido.

—Déjeme usted un rato más, por favor —rogó Santa—, estoy rezando por mi madre que ha muerto y por que a mí me perdone Dios...

—¡Qué madre ni qué abuela! ¿Se va usted o llamo a un gendarme para que la saque?...

La amenaza del gendarme amedrentó a Santa. ¿La policía?... No, no. La policía era su dueño, su amo, su terror; a ella pertenecía, como todas las de su oficio, como todo lo que se alquila y como todo lo que delinque...

—Ya me voy —suspiró—, tiene usted razón, nosotras no deberíamos venir a estos lugares..., ya me voy...

Y sin santiguarse, sin subirse el mantón que se le había bajado de la cabeza, seguida del sacristán que con fingidos enojos la contemplaba, Santa salió del templo y se arrimó a una de las columnas del atrio.

—No, aquí tampoco —decretó el celoso sacristán—, ¡a la calle, a la calle!

A la calle se dirigió Santa, obediente y muda. Y en la calle la examinaban con extrañeza las personas ayunas de lo acaecido.

Sólo ella sabía por qué la expulsaban, sólo ella; era huérfana y era ramera, pesaba sobre ella una doble orfandad sin remedio.

Capítulo V

La casa de Elvira, lo mismo que las demás del gremio, de espaldas a la ley, se permite diversas libertades y transgresiones que resultan siempre en perjuicio inmediato o mediato de los clientes. De ahí que expendan bebidas alcohólicas a exagerados precios y que la inspección médica que cada semana han de sufrir sus inquilinas, en el hospital municipal de Morelos, la sufran cómoda y tranquilamente en el prostíbulo, de facultativos particulares que a las veces y por lo amplio de la paga «tienen ojos que no ven» lo que ver debieran. De ahí que... una porción de cosas.

Santa, por predilecta del ama —gracias a las ganancias pingües que le producía—, y porque en los primeros días de huérfana y de expulsada del templo se confinó en su habitación, dejó de sufrir una de las visitas del doctor de confianza y éste no apuntó en la libreta que Santa hallábase «sana». Al cabo de unos ocho días, Santa reapareció en la sala, ligeramente hosca y agresiva de palabra, con momentáneas ausencias de pensamiento, pero como resuelta a apurar de una buena vez los agridulces dejos de su carrera triste, según se entregaba a hombres y a copas.

—¡Santita, despacio! —decíale Hipólito—, que si tropieza usted y cae, va a dolerle mucho la caída.

—¡Si me caigo!... ¡Si me caigo!... ¿Y qué más caída me quiere usted, Hipo?

—No se enfade usted, Santita. Siga usted, pues, y que viva la Pepa.

Siguió la cosa; en *crescendo,* que sobrábanle arrestos a la muchacha y las ocasiones no escaseaban, ¡qué iban a escasear!

179

Creeríase que de improviso y por íntimas causas determinantes, lo poquísimo que de bueno conservaba y que se traducía en determinadas repugnancias por esto y por aquello, en ciertas predilecciones y unas cuantas delicadezas que sobrenadaban de su naufragio de cuerpo y de su agonía de alma, se fuera muriendo a gran prisa, y Santa, con más prisa todavía, lo enterrara bien hondo, en profundas huesas[159] insaciables, huesas de desesperanza y desencanto, para evitar la putrefacción de tanto cadáver de ilusiones, purezas e ideales. ¿Qué había de hacer sino enterrarlos, ya que eran muertos y no podía llevarlos a cuestas, ni siquiera esconderlos dentro de su cuerpo lleno de vida y proporcionar placer sentenciado? Lo que le explicaba a Hipólito, dueño ya por entero de sus confidencias:

—Si parece que me empujan y me obligan a hacer todo lo que hago, como si yo fuese una piedra y alguien más fuerte que yo me hubiera lanzado con el pie desde lo alto de una barranca, ¡ni quien me detenga!, aquí reboto, allá me parto, y sólo Dios sabe cómo llegaré al fondo del precipicio, si es que llego... ¿Y quiere usted que le diga por qué me comparo a una piedra?... Porque yo muchas veces, cuando criatura, las lanzaba así, en el Pedregal, y me causaba pena no poder detenerlas, verlas tan chiquitas golpeándose contra peñas grandes, de puntas de lanza y filo de cuchillo, que las volteaban, les quitaban pedazos, sin que ellas lograran detenerse, ni las raíces de los árboles, sus hojas o sus ramas las defendieran, no; continuaban cayendo, cayendo, más pequeñas y destrozadas mientras más caían, hasta que invisibles —y eso que me asomaba por descubrirlas, agarrándome a algo sólido— nomás dejaban oír un sonido muy amortiguado, el de los golpes que se darían allá abajo... Luego, también me comparo a una piedra, porque de piedra nos quisiera el público, sin sentimientos ni nada, y de piedra se necesita ser para el oficio y para aguantar insultos y desprecios... ¡Ya vio usted lo que me sucedió en la iglesia!

—Usted disimule, Santita, pero eso de la iglesia ya le dije a usted que había sido una injusticia... ¡Qué barbaridad!..., y si

---

[159] *Huesa:* fosa.

no fuera porque de veras el oficio de usted está muy mal mirado yo le aconsejaría que se quejara, ¡caray!, pues no así como así lo puede echar a uno un sacristán... pero ni un obispo, ya se ve que no —declaraba Hipólito, no muy seguro de lo que aseveraba—. Mas de lo de la iglesia no se infiere ni es menester que usted haya de suicidarse como está usted suicidándose... porque, Santita, convénzase usted, la vida será todo lo fea y amarga que se quiera, pero ni conocemos otra ni retoña la condenada... Calcule usted cómo será, que yo, que soy ciego, la defiendo... Refrene usted sus bríos —agregó muy turbado y encaminándose al piano con objeto de ocultar su turbación—, ¿quién respondería de que no esté usted llamada a labrar todavía la dicha de un hombre que necesite de usted para ser dichoso?...

Santa se puso seria, porque al propio tiempo que entendió la discreta alusión del pobre músico, ¡ay!, entendió así mismo que ni asomos de amor nutría por él, ni pizca. Moralmente, nutría estimación amasada con su poquito de piedad sin interés carnal y su bastante de gratitud; físicamente, casi repugnancia, con más miedo a sus ojos sin iris, de estatua de bronce sin pátina.

En cambio, Rubio, el de la propuesta de apartado amancebamiento, érale simpático al extremo, pues operábase en Santa —aunque no se diese cuenta de ello— el naturalísimo deslumbramiento que ejerce en ánimo de plebeyo origen el calcularse igual al antiguo señor respetado y quimérico que a la larga, desgastado por los años y por los vicios, baja en sus pósteros[160] al nivel del antiguo vasallo; y como no resta de este vasallaje y de aquel señorío más que el deseo eterno y santo, generador de mundos, él es el encargado de arrojar al uno en brazos del otro, obligándolos a olvidarse de vejeces y distancias, bajo la condición dulcísima de un total acercamiento de juventudes. Rubio, por callados sinsabores conyugales sin menoscabo de honra: cuestión de genio de la esposa, sola dueña del fortunón que gastaba el matrimonio —así hablaron los del Sport Club al ser inteligentemente interrogados por Santa—, Rubio persistía en la propuesta, insistente, enca-

---

[160] *Pósteros:* descendientes.

prichado, padeciendo, por otra parte, de enfermedad de carne y de costumbre, conocida de todos los masculinos: no apreciaba a Santa, no la amaba siquiera, habíase acostumbrado a ella.

Santa no lo desahuciaba, ¡qué disparate!, pedíale largas, unos meses de mutua prueba; cual si de su lado cupiese alguna satisfactoria, llevando la existencia que llevaba.

Por lo que al *Jarameño* respecta —¡ay!, ahí le dolía—, el problema continuaba insoluto, negándosele Santa y enardecido él. Ya no suplicaba ni preguntaba *cuándo,* había variado de táctica; ahora trataba de hallarse junto a Santa lo más posible, y acicateado por anhelos casi animales, por apetitos insaciados, diose a frecuentar el burdel a todas horas, a cortejar a las guapas de la casa, con quienes hasta dormía sin tocarlas, para ver de despertar en Santa un conato de despecho.

¡Con qué punzante interés presenciaba Hipólito, a distancia, esta lucha de amor! Con cuánta anticipación previó, a pesar de su ceguera de ojos, que no sólo Santa se entregaría al torero sino que habría de adorarlo tanto, tanto, que con la mitad, con la centésima parte de la idolatría que adivinaba latente en la muchacha, él hubiérase reputado millonario de dicha. Porque ya sí que no cabíale duda, quería a Santa con sus cuatro sentidos, con su entero corazón y con su entero cuerpo desgraciado. Y sufría horrorosamente, pues aunque no se conociera, sabíase feo, repugnante, sin atractivos; los harapos humanos, malamente llamados mujeres, con los que había desfogado su vicioso temperamento de fauno en continuo celo, no podían menos de confesárselo en los momentos supremos del espasmo, asustadas de él:

«—¡Qué feo eres, Hipo, qué feo!...»

E Hipólito se acostumbró al dictado, formóse con él una especie de coraza por la que resbalaban sin herirlo las carcajadas y denuestos con que por lo general acogían sus cínicas declaraciones amatorias las hembras de algunos puntos que el ciego perseguía y que las más de las veces, andando el tiempo, venían a ser suyas —¡son las mujeres tan caprichosas! Pero Santa antojábasele diferente, de pasta distinta, no obstante su género de vivir; reputábala inasible y domiciliada en regiones quiméricas de bienaventuranza y ensueño. Para mayor sarcasmo, presenciaba que pertenecía de bonísimo grado al mundo entero; que por un puñado de monedas, ricos y pobres adueñábanse de ella; sabía que sus brazos —entre los que él se moría de deleite exquisito sin exigirles otra cosa sino que lo apretaran y apretaran hasta expirar en ellos después de gustar esa lenta agonía incomparable— abríanse para el primer venido y lo apretaban y acariciaban, ¡casi en su presencia! A los principios de la pasión en que hoy se consumía, no aquilató el malestar que de él apoderábase en cuanto Santa partía de la sala acompañada de un alquilador cualquiera, que, probablemente, ni apreciaría el tesoro que se le entregaba. Sí, chocábale quedarse desagradado y pensativo junto a su piano, mientras arriba, en el cuarto, se realizaba íntegro el programa brutal y nauseabundo de los acoplamientos sin cariño, que él conocía de coro por haberlos practicado y oídolos relatar con menudencias y detalles, tantísimas veces... El tal programa Hipólito lo deletreaba en su mente, a su pesar seguíalo paso a paso y fase a fase, padeciendo lo indecible cuando conforme a sus cálculos de veterano en la materia, el final se aproximaría...

«—¡Ahora se desnuda ella!...», seguía pensando. Y de sólo pensarlo, se estremecía en su banquillo, cual si agua helada le escurriese por la médula, y sus horribles ojos blanquizcos, sus ojos sin iris y sin esperanza de poder admirar jamás esa desnudez magnífica, y sobre la que galopaban desbocados todos los apetitos, enfurecidas y dementes todas las concupiscencias, sus ojos de estatua se encerraban muy apretados, ¡como si la soberana desnudez de Santa tuviera el privilegio prodigioso de deslumbrar y herir hasta los ojos de los ciegos...!

No tocaba entonces —aquello no era tocar—, con movimientos titánicos hacía que las notas aullaran y maldijeran, improvisando arpegios enlazados que resultaban danza de un extraño sabor, que quizá subirían al cuarto excomulgado a arrullar a la pareja en los desfallecimientos mudos de la carne satisfecha. Y al bajar Santa, al escucharla reír y charlar con compañeras y visitas, ¡con él mismo!, sin dar la mínima importancia a lo hecho —que de repetirlo transmutábase en insubstancial e insignificante—, acometían a Hipólito serias tentaciones de estrangularla, de causarle grave daño, así a él le pegaran cinco tiros o lo partiera un rayo.

183

Por fortuna, pasábale pronto el arrechucho, y vuelto a sus casillas, reñíase, se prometía no reincidir, disimular a cualquier costa un amor que, ya en frío, no vacilaba en bautizar de locura. Mas sus arrepentimientos desvanecíanse en breve, a diferencia de la espina, que se le clavaba más adentro cada día. Vez hubo en que consideraran su conflicto sentimental desde opuesto punto de vista, ¡qué demonios!, en definitiva Santa no era manjar de dioses ni monja clarisa. ¿Por qué no había de probar fortuna presentándose al igual de los favorecidos, con sus dineros contantes y sonantes, a comprar una mercancía que se hallaba en venta y a la disposición del mejor postor? No digo yo el precio de una tarifa, el de mil tarifas le daría —que Hipólito, a fuer de buen pobretón, no carecía de ahorros—, con tal de curarse de aquel desasosiego que lo traía a maltraer y sin trazas de disminuírsele. ¿No era la mayor de las ridiculeces a sus años, con su fealdad y su pobreza, con su mundo y experiencia sobre todo, prendarse de una mujer de éstas y exponerse a perder la casa, la clientela, acarreándose por añadidura merecidísima silba de «dueñas», «encargadas» y «pupilas»?... No daba paso a formular su propuesta; no hallaba palabras adecuadas; su discurso resultábale, de antemano, o demasiado casto o demasiado libre; y eso que se preciaba de conocedor en el ramo —fácil de suyo—, de conquistar fortalezas que, al igual de Santa, pidiendo están que las conquisten. Una tarde, hasta llegó a guardarse veinte pesos para ofrecerlos a la chica y alcanzar con paga tan fuera de lo común, lo que indudablemente valía menos para los otros, los que no espantaban por su fealdad; él daría más, a modo de compensación, con objeto de que las repugnancias que despertara se atenuasen con el desprendimiento. Hízose guiar de Jenaro, asombrado de la excursión a hora inusitada:

—¿De veras vamos a la casa de doña Elvira?...

—¿Qué te asombra? Tengo que arreglar un negocio importantísimo.

Mas al encontrarse frente a la puerta; al preguntar Jenaro si llamaba, Hipólito titubeó, reflexionando, y de oír ruido de pasos en el interior, viró a toda vela, a rastras obligó a su lazarillo a caminar para atrás unas cuantas varas.

184

—No, no, ahora no conviene; llévame a sentar a la banca de afuera, para que supongan los que nos vean que estamos aguardando los trenes... aprisa, ¡bruto!, que si abren, nos pescan... Mira si hay gente en los balcones... ¿No?... Mejor, hombre, mejor...

Sentados ya, de espaldas a la casa y medio encubiertos por los troncos y ramas del jardín, respiró Hipólito desahogadamente, encendió un cigarro, y por la millonésima vez, de poco tiempo acá, sujetó a Jenaro a un interrogatorio que formulaba a diario, pensando las respuestas del granuja, llenas de donaire y no exentas de colorido picaresco.

—Jenarillo, hijo, vas a explicarme cómo es Santita, ¿eh?...

—¿Otra vez, don Hipólito? —exclamó Jenaro, que a la sazón, con uno de sus pies descalzos dibujaba en la arena letras y signos—. Pues Santita es preciosa, don Hipólito —principió el tuno sin prestar gran atención, por lo pronto, al retrato hablado—. Imagínese usté una mujer como dos dedos o cuatro... no, como dos dedos más grande que usté y maciza... ¿cómo le diría yo a usted?..., maciza como una *estatua* de esas del Zócalo[161], que no lastimara al apretarla uno...

—¿La has apretado tú acaso, sinvergüenza?

—¡Adiós! ¡Apretarla, apretarla, claro que no!, pero pa'las veces que esperándolo yo a usté en el patio y saliendo ella con otro señor, me ha apachurrado contra la pared, aldrede, sabiendo que soy yo y riéndose de mi sofocación... Ya usté sabe que conmigo es muy retebuena, siempre me guarda un taco de comida, y los sábados me afloja mi pesetilla...; dice que es pa'que me bañe, porque siempre ando muy sucio, ¡usté verá!..., que me merque unas ropitas y andaré más limpio que un jabón de la Puebla... Y en el Tívoli, ¿qué tal? ¿No me manda dar pasteles o de esas rebanadas de pan con carne, que les dicen...?

—¿A mí qué me importa todo lo que me charlas como una cotorra? Te digo que me cuentes cómo es, pero bien contado, empezando por su pelo y acabando por sus pies... anda, Jena-

---

[161] A finales del XIX el Zócalo se hallaba adornado con macetones, bancos de hierro, estatuas y árboles, que desaparecieron en 1952, cuando la plaza cobró su fisonomía actual.

rillo, anda, íbamos en que es muy maciza y muy alta, sigue...
Considera que tú la ves noche a noche y que yo no he podido verla nunca..., píntamela de palabra, facción por facción,
hablándome despacio, hasta que yo comprenda y me la figure, como si le hablaras a una criatura... ¡qué digo criatura, si
casi todas las criaturas ven!... como hay que hablarle a un ciego. ¿Cuántas cosas no me has enseñado a conocer?... Pues así
hombre, así... no me salgas con que esto lo tiene de este color
y aquello de este otro, porque yo no entiendo de colores... o
mira, píntala a tu modo, nada le hace, y yo la entenderé al
mío... anda... ¿conque el pelo?...

—Pues el pelo... —comenzó Jenaro, serio, ya, buscando
imágenes en su paupérrimo léxico callejero que despertaran
en su amo una comprensividad especial—, su pelo es del color de lo que usté que no ve nada ha de ver con sus ojos, quiero decir, negro, negrísimo, del color que yo veo si me aprieto
los míos... sí... sí... así es (insistiendo después de apretarse sus
ojos con los dedos). Cuando lo tray suelto los días de baño,
que me parece a mí que son todos los de la semana lo menos
le da más abajo de la cintura... seguro, como una cuarta más
abajo, y es tanto, don Hipólito, que le cubre los dos pulmones, se le viene pa'delante y tiene que estar echándoselo
pa'trás con sus dos manos... pero el maldito no se deja, le tapa
las orejas, se le amontona en los hombros, le hace cosquillas
en el pescuezo... el aire se lo vuela hasta los ojos y los labios,
o se lo enmaraña, y ella se amohína, sacude la cabeza... entonces ¡válgame Dios, patrón!, le cay a modo de manto, de esos
que las «rotas»[162] ricas llevan al tiatro, esos de puritita seda que
con la luz eléctrica relumbran como si fueran charcos de tintas y que ellas recogen con los guantes, al apiarse de sus coches, pa'que ni el aire de la calle se los maltrate...

—¿Así es su pelo?... —prorrumpió Hipólito, meditabundo—. ¿Y su cara, cómo es su cara? A que no sabes decírmela...

—¿Que no sé? ¡No digo! Vea usted, patrón, su cara... pues
su cara es muy linda cuando está seria; se parece, al pronto, a
la de las vírgenes y santas de las iglesias... espérese usted, don

---

[162] *Rota*: véase nota 111.

Hipólito, espérese usted, que usted no sabe cómo son... cuando está seria... ¡qué jijo[163], no le hallo el modo!... cuando está seria... pues cuando está seria, ¡caracho!, calcúlese usted que en lugar de pellejo se le hicieron de duraznos[164], pero de duraznos melocotones, los que tienen en su cáscara que huele a bueno, una pelusita finita, finita, que de tentarla nomás se le hace a uno agua la boca por comérselos... ¿A que ora sí me entendió usted?... Ora, cuando se ríe, se le hacen hoyos en los cachetes y en la barba, como del vuelo[165] de una lenteja cruda; y de los ojos, yo creo que le sale luz igualita a la del sol... bueno, no tanto ni tan fuerte, ¡qué tonto soy!, parecida a la del sol, eso sí, muy parecida, porque lo alegra todo y todo lo anima, hasta a mí que soy chico y destrozado[166] y que nunca entro en la sala... me llega la luz a mi rincón y en mi rincón me alegra, y hasta los chiflones[167] que se cuelan por el zaguán, el sereno[168] que de las nubes baja al patio y que me hace temblar de frío noche a noche, me hacen los mandados[169] si ella mira pa'donde estoy, los venzo con el puro pedacito de su mirada que me toca a mí y que guardo harto rato, cerrando mis ojos pa'que se me vaya hondo... me acurruco entonces, clavo la cabeza en mis rodillas y me duermo muy a gusto, hasta que usted, cuando acaba en el piano, va a despertarme con su bastón...

—¿Así son sus ojos?... —de nuevo preguntó Hipólito, más meditabundo todavía—, si son así, mirando con indiferencia, ¿qué serán cuando miren con cariño, Jenaro?...

—¡Újule[170], patrón, sépalo Dios! ¡Santita tiene ojos de venada, negros también y como almendras, pero, si los viera usted!...

—Volvería a cegar —declaró Hipólito, profético.

---

[163] *¡Qué jijo!*: interjección popular equivalente a «¡qué hijo de...!».
[164] *Durazno* (Amér.): fruto de las varias especies de árboles melocotoneros.
[165] *Vuelo*: tamaño, extensión.
[166] *Destrozado*: deteriorado, estropeado.
[167] *Chiflón* (Amér.): corriente de aire.
[168] *Sereno*: humedad nocturna.
[169] *Hacer los mandados*: en México, expresión injuriosa con que se da a entender desprecio por algo.
[170] *¡Újule!*: interjección con que se expresa admiración o extrañeza.

—¿Tanto la quiere usted, patrón? —inquirió Jenaro, atreviéndose por la primera vez a deslindar situaciones, por más que con sus malicias de granuja abandonado, con sus picardías de niño que no ha tenido infancia, de azotacalles[171], sin padres ni pudores, ha tiempo que la pasión del ciego érale conocidísima.

Dobló Hipólito su cabeza, sobre el pecho, y por toda respuesta a la concreta pregunta de su lazarillo, encogióse de hombros por no poder medir la intensidad de su amor, cual se encogería de hombros el marinero a quien pidiesen el número de todas las olas o el astrónomo a quien pidiesen el de todas las estrellas. Y abrió sus brazos, desmesuradamente.

En éstas, el silbato de vapor de la tintorería francesa lanzó a los aires, en recta columna de humo blanco, su pitazo angustioso y agudísimo; y los operarios de éste y de los demás talleres de la calle trabajadora durante el día, recogiéndose las blusas azulosas y mugrientas, encendiendo el cigarrillo con sus manos percudidas, empezaron a salir y a obstruir la acera mientras se despedían con palabrotas, los serios, y los viciosos, de bracero, enderezaban sus pasos ya no a Los Reyes Magos, cerrados hacía una hora, sino a las vinaterías y cantinas baratas, a los figones; los serios, a sus distantes hogares humildes; serios y viciosos, lentos, fatigados, fatigados del día, de la semana y del mes, fatigados de los años y fatigados de su vida.

Ni a Jenaro ni a Hipólito, en su ociosidad y pena, les importaba nada el desfile de obreros cansados ni el éxodo de la tarde, más cansada aún, que desmayada y cárdena se debatía por tramontar los cerros y colinas en el Poniente del Valle. ¡No se habían fijado cuando a las cinco en punto la escuela municipal abrió sus presas e inundó la calle de chiquillos!...

—Háblame de su cuerpo, Jenaro —murmuró Hipólito sin alzar su rostro, al cabo del prolongado silencio de ambos—, ¿cómo es?...

Aproximóse Jenaro a Hipólito, porque algunas parejas de obreros y criadas quizás —en la penumbra distinguía el muchacho cestas y pantalones de tela azul— iban sentándose en

---

[171] *Azotacalles:* persona ociosa que anda callejeando.

el mismo banco, muy juntos, proponiendo el hombre cosas interesantes, según de sus ademanes se colegía, y la mujer reacia diciendo «no», «no», por sola contestación verbal, en tanto que aquietaba las curiosas manos del galán con reconvenciones monosilábicas y fingidos alejamientos. Bajó la voz Jenaro, a reserva de elevarla a cada dos o tres minutos, en que las «corridas»[172] de tranvías repletos e iluminados, de la plaza de Armas salidos, pasaban rozando casi los bordes de la acera del jardín.

—Su cuerpo sí que no lo conozco pa'decirle a su mercé cómo es... Cuando se viste de catrina[173] y que se va por ai, al tiatro o a cenar con los «rotos» esos del Clu, la veo más alta ¡palabra!, como si creciera un jeme[174] de los míos... ¡tiente usté! (acercándole su mano abierta), la cintura se le achica y el seno se le levanta... ¡ah! las caderas le engordan y se le ven llenotas, pero nada más; el abrigo y el vestido la cobijan mucho... Cuando hay que verla es cuando no sale y se queda con ese ampón[175] que le dicen bata... entonces se señala toditita... sentada, se le ven los pies chicos, chicos... también como los míos (tentándoselos para rectificar)... y las piernas, que cruza y campanea, son muy bonitas, patrón, delgadas al comenzar, no crea usté, y luego, yendo pa'arriba, gordas, haciéndole una onda onde todos tenemos la carne, atrás... siempre lleva medias negras muy estiradas y que le relucen, sin una arruga... Hasta ai le he visto. Ora, ¿quiere usté que le siga diciendo lo que se le señala más y lo que más le estrujan sus marchantes cuando la jalonean y se la sientan en las piernas, allá en la sala?... ¿No se enoja usté?...

Hipólito, a punto de declarar que sí le enojaría, y mucho, el que Jenaro continuase detallando a Santa con esa mezcla de candor de niño y pillería de granuja, a causa del morboso afán que el excesivo querer consigo trae de sufrir de cualquier

---

[172] *Corrida:* carrera.
[173] *Catrín:* en México y Centroamérica, lechuguino, elegante.
[174] *Jeme:* unidad de medida equivalente a la distancia existente desde la extremidad del dedo pulgar a la del dedo índice separados el uno del otro todo lo posible.
[175] *Ampón:* amplio, ahuecado.

modo por la persona amada, sufrir de palabra, de obra y de pensamiento, aunque ella no lo sepa nunca o nosotros sepamos que no ha de valorarlo al saberlo, Hipólito dijo que no, sólo con su índice, pero lo autorizó a ello levantando la cara, fijando sus horribles ojos blanquizcos, sus ojos sin iris, en la despierta fisonomía del lazarillo.

—¡Pues es su se-no, patrón! —deletreó Jenaro, bajando su voz todavía más, cual si solamente en tan apagado tono deban mencionarse las partes ocultas de nuestros cuerpos—, es su seno que le abulta lo mismo que si tuviera un par de palomas echadas y tratando con sus piquitos de agujerar el género del vestido de su dueña, pa'salir volando... allí están, en su pecho, y nunca se le vuelan, se le quedan en él, asustadas, según veo yo que tiemblan cada vez que las manos de los hombres como que las lastimaran de tanto hacerles cariños...

—¡Ya! —rugió Hipólito enderezándose—, ya no me digas más, porque te pego... ¡Ya veo a Santita, ya la vi, y bendigo a Dios porque soy ciego y no he de verla como la miras tú!

A partir de esa noche, no volvió el músico a pedirle a Jenaro amplificaciones o retoques en el retrato de Santa; en cambio, tampoco volvió a reír cual solía, faunescamente, al escuchar cuando tocaba sus danzas en casa de Elvira, cómo los parroquianos, excitados, palpaban los encantos de las mujerzuelas. Ahora permanecía inmóvil, pegado a su piano y pensando en sus amores maldecidos. Hubo vez en que casi le grita a Santa «¡cuidado!», pues la adivinó en inminente riesgo de caer en los brazos del *Jarameño,* que día a día captábase las voluntades de la moza. Asimismo intentó, por remediar un mal máximo con uno bastante menor y supuesto que el corazón de Santa no vibraba del lado de Rubio, fomentar la simpatía por éste inspirada:

—Santita —decíale las ocasiones, rarísimas ya, en que érale dable charlar con ella en el relativo apartamiento que antaño le hiciera dichoso y cobrar esperanzas locas—, Santita ¿en qué ha parado su proyecto de «comprometerse» con aquel señor Rubio? ¿Se acuerda usted? Se me figura a mí que él no quita el dedo del renglón[176], ¿o sí?... Piénselo usted, Santita,

---

[176] *No quitar el dedo del renglón* (Méx.): insistir tenazmente.

piense usted en que es un caballero y en que si le afirma que la quiere, por algo ha de afirmárselo... —Y se azoraba de que Santa, con sus naturales perspicacias, no reparara en el dolor inmenso que a él representábale encomiar a un rival de segundo término, de preferencia al torero triunfante, y, por ello, el más odiado. Los otros, Rubio inclusive y por el momento al menos, no le inspiraban celos extraordinarios, a pesar de la continuada posesión que disfrutaban de ella. Eran distintos; provocábanle un malestar meramente físico, mientras los calculaba adueñados de su dama; escozor en la epidermis; amargores en la boca y arrebatos en el humor, pero el *Jarameño* le provocaba fenómenos mucho más intensos e interiores, hasta crispaturas en el mismísimo corazón, que le entrecortaban el respiro y le inventaban a la mente ideas criminales, de crímenes imprecisos o incomprensibles.

Vaya, la propia *Gaditana*, apasionada igualmente de Santa por efecto no de una perversión, sino de una perversidad sexual, luengos años cultivada, poníanlo en menos atrenzos[177] que el «diestro»: primero, porque Santa abominaba de la práctica maldita y era remotísimo que al fin en ella diera; y segundo, porque aun en ella dando, a Hipólito no le producía la tal celos propiamente dichos, producíale más bien indulgencia y risa, con su poquito de seguridad de que Santa, entonces, aborrecería a los hombres y sería fácilmente curable, como se cura a los rapaces que comen tierra u otras porquerías sólo amenazándolos con un dedo.

Esta pasión de la *Gaditana* hacia Santa, no era un misterio para ninguna de las de la casa, y si Hipólito se hallaba interiorizado[178] debíase a que las muchachas y Pepa y Elvira reputábanlo por «de la familia», y a que Santa le despepitó la ocurrencia desde que ella apuntó:

—¡Hipo!, ya no aguanto a la *Gaditana*. Figúrese usted que está empeñada en que yo la quiera más que a cualquier hombre, ¿se habrá vuelto loca?... Toda la mañana se la pasó en mi cuarto sin dejarme levantar, arrodillada junto a mi cama y be-

---

[177] *Atrenzo:* conflicto, apuro, dificultad.
[178] *Interiorizado:* informado con detalle.

sándome todo mi cuerpo con unos besos rabiosos como jamás he sentido, ¡y usted calculará si me han besado!... Hasta lloró, contándome que se tenía por desgraciadísima, que sufría por un montón de cosas, que ya no creía en los hombres ni podía quererlos, porque son unos tales y unos cuales, que todo le daba asco, y que si yo la rechazaba haría una barbaridad gorda... Supuse yo que se habría emborrachado anoche y por eso se manifestaba tan rara... ya ve usted lo mal que amanece uno al día siguiente de una borrachera. Y se lo dije, le dije: «Anda y acuéstate, mujer, para que se te pase la cruda[179] y te vengan otros pensamientos, no seas tonta...» Pero me juró que no había bebido ni gota, y volvió a las andadas de que sufría mucho y de que la perseguía la desgracia, sin dejar de besarme, diciéndome flores entre los suspiros y las quejas: «Qué bonita eres, hija, pero qué bonita, ¡rediez!...» Hasta que me fastidió y se lo dije claro: «Pues mira, *Gaditana*, me alegro por la noticia y márchate a tu cuarto, que me voy a levantar...» ¡Nunca se lo hubiese dicho, Hipo, si viera usted cómo se puso!... Se arrastraba en la alfombra, se mesó el cabello, pataleó como si le diera un ataque, y por último me rogó que le permitiera quedarse allí... «¡Te prometo —me decía sollozando— que no te molestaré más, que ni te hablaré, si te molesta que te hable, con tal de que me consientas permanecer aquí mientras te lavas y te vistes!... si quieres, te ayudaré a vestirte, como si fuera yo tu camarera, y si no quieres, no te ocuparé ni una silla... mira, aquí me siento, levántate...» Y arrastrándose siempre, fue y se arrinconó entre el canapé y el guardarropa de luna... ¿Lo cree usted, Hipo? ¿Verdad que parece cuento?... Después...

Después, unos clientes interrumpieron la narración exigiendo buena acogida de la muchacha y buena música del pianista, quien no apencó[180] con que le incompletaran aquélla y en cuanto tornó a hallarse a solas con Santa pidió la continuación para conocer el caso a fondo, no obstante que perfectamente sabía el significado de los arranques de la *Gadita-*

---

[179] *Cruda* (Méx.): resaca.
[180] *Apencar:* aceptar algo que repugna.

na. Era el vicio antiguo, el vicio ancestral y teratológico[181] que de preferencia crece en el prostíbulo, cual en sementera propicia en la que sólo flores tales saben germinar y aun adquirir exuberante lozanía enfermiza de loto del Nilo[182]; era el vicio contra la naturaleza; el vicio anatematizado e incurable, precisamente porque es vicio, el que ardía en las venas de la *Gaditana* impeliéndola con voluptuosa fuerza a Santa, que lo ignoraba todavía, que quizás no lo practicaría nunca, contentándose, si acaso, con probarlo, escupir y enjuagarse, según escupimos y nos enjuagamos cuando por curiosidad inexplicable y poderosa probamos un manjar que nos repugna.

—¿Después?... nada, que la *Gaditana* se acostó en mi lugar y se tapó con mis sábanas a pesar de hallarse vestida; y que, conforme yo arrojaba al suelo mis ropas, para mudarme de limpio, ella se agachaba a recogerlas y las besó, Hipo, las besó como si fueran las de un amante o como si fueran reliquias... ¿Qué será eso, Hipo, usted lo sabe? ¿Lo sabrá Pepa?... ¡Yo no sé qué pensar!... ¿Le pego por sucia o le aviso a Elvira para que la cure? ¡A ver, decida usted!

—Santita —exclamó Hipólito sonriendo y tocando con su mano izquierda algunas notas del piano—, ¿es posible que no sepa usted qué busca la *Gaditana*? ¿Ninguna de las muchachas, ni Pepa ni Elvira, le han hablado a usted de eso?... Yo creía que usted lo sabía ya y que se prestaba, estoy seguro de que las muchachas creen otro tanto, ¿sabe usted desde cuándo? Desde que la *Gaditana* se convirtió en su profesora de danzones y a nadie toleraba que la enseñara a usted a bailar... ¿no le llamó a usted la atención entonces? ¿No sospechó usted algo?

—¡Pero qué es lo que había de sospechar, hombre de Dios, si ahora mismo no sé de lo que se trata!... No se ría usted, Hipo, que usted sí sabe que ésta es la hora en que no acostumbro a decir mentiras... ¿qué es?

---

[181] *Teratológico:* relativo a las anomalías o monstruosidades del organismo animal o vegetal.

[182] *Loto del Nilo:* planta acuática de la familia de las ninfáceas que abunda a orillas de este río. Desempeñó un papel muy importante en la mitología egipcia.

—¡Pues eso, Santita, es amor, aunque no lo parezca! ¡Sí, amor es, no se aturulle usted ni se figure que es a mí ahora a quien le falta un tornillo!... ¡Es amor contrahecho, deforme, indecente, todo lo que usted quiera, pero amor al fin! ¡La *Gaditana* se ha prendado de usted!... No todos los amores ni todas las criaturas nacen lo mismo... véame usted a mí, despacio, si es que no lo ha hecho antes, y verá que de puro feo espanto, y ¡caramba, Santita!, mi palabra de honor que yo no tengo la culpa y que si llegan a tomar a tiempo mi parecer, habría salido un primor, o siquiera feo común y corriente, pero con ojos que vieran sin esta *ojtal... ojtal... ojtalmía* purulenta, que, me lo aseguró un médico, es la responsable de que yo ande a oscuras. Vea usted a los nenes que nacen con veinte mil dedos o con las patas torcidas o con las cabezas rellenas de agua, ¿atroces, eh?... Lo propio acontece con los amores: unos nacen sanotes y derechos, para con el juez y con el cura; otros medio tuertos, acarrean llantos, desdichas y engaños... el de usted con el militar, Santita, sin ir muy lejos... y otros son los monstruos, como este de la *Gaditana*, por ejemplo.

—¿Amor, Hipo, se llama amor?...

—Sí, Santita, así le dicen los inteligentes... pregúnteselo usted a ese borrachín que nos visita y que hace versos; amor de nombre, y de apelativo... el de una señora que se tiró al mar hace muchos años, como cinco mil...[183].

—¿Es decir, que a mí me ama una mujer?... ¡Puah! ¡Hipo, me da basca, y donde insista la tal *Gaditana* le daré a probar mis manos y le quitaré la hambre que tiene, con una tunda, de probar a lo que sabe mi cuerpo!... Que me quieran los hombres, norabuena, pero...

—¡No, los hombres no, Santita —la interrumpió Hipólito, abandonando súbitamente el tono zumbón de la plática—, los hombres no!... Con que la quiera a usted un hombre, uno nada más, pero hondo, hasta los huesos, hasta después de la muerte, un hombre que no le eche a usted en cara lo que es usted, y por usted viva; un hombre que la adore y que la abrace y la defienda y la sostenga; que se enorgullezca de que us-

---

[183] Alusión a Safo, poetisa griega nacida en Lesbos, cuya lírica está inspirada en el amor que sentía por las jóvenes que la rodeaban.

ted le paga con un poquito de cariño, un poquito, una miseria, su idolatría tan grande; que la ponga por encima de las estrellas y se la incruste en el alma, le vele el sueño, le adivine el pensamiento, y así le diesen más años que a Matusalén, pocos se le hicieran para seguir queriéndola, ¡ay, Santita!, entonces sí que conocería usted la gloria en vida y no volvería a saber para qué sirven las lágrimas ni lo que son las penas, las tristezas, las vergüenzas y los arrepentimientos...

—Hipo —dijo Santa enseriada también—, ya hay un hombre que me ofrece cosa parecida.

—¡Ése —le observó Hipólito— no lo cumplirá, no y no! Es demasiado dichoso, lo mima la suerte, y de lo que usted ha menester es de un desgraciado, de uno que solamente conozca el reverso de la medalla, ¿me entiende usted?, y que al ser aceptado por usted, se considere favorecido y no favorecedor... Ya que usted reconoce que por desgracia suya está muy abajo, no intente usted asirse de la primera mano que le tiendan de arriba y que puede cansarse o soltarla a usted a lo mejor... Usted inclínese, busque por entre sus pies, y con lo que tropiece, confórmese..., levántelo usted, Santita... levántelo y váyase a cualquier parte, cerca o lejos, es igual..., lo indispensable es que la quieran a usted mucho por fuera y por dentro, y no que uno se la lleve por capricho, otro por vanidad, otro porque usted le gusta como hembra de placer, y nadie por usted entera, limpia o con manchas, como es usted...

—¿Y dónde he de hallar a ese hombre, Hipo? —demandó Santa impresionada a su pesar y sabiendo previamente lo que le contestarían.

—¿Dónde, Santita?... —repitió Hipólito sofocado, poniendo sus dos manos en el teclado, mas sin hacer sonar una sola nota—, pues vea usted, se lo voy a decir aunque se ría, que no se reirá, no, ¿por qué había de reírse?..., y se lo voy a decir porque sé que usted quiere ya a otro, a *ese* de que hablábamos, y con él se irá..., ¡lo veo, lo veo con estos ojos que no ven nada!..., se lo voy a decir, porque es preciso que usted lo sepa y porque ya me ahorco con mi secreto... ¡Santita!, arrímese usted, que no nos oigan... ¡Santita, ese hombre soy yo!... yo que valgo menos que un gusano, que como gusano horrorizo y que como gusano he de ir siguiéndola y siguiéndola por dondequiera y con quienquiera que usted vaya... Yo, Santita, sólo yo, el único que encontrará usted siempre dispuesto a...

—¡Jinojo![184]. ¡Hipo, toca el piano y déjate de marear a Santa! —gritó la *Gaditana,* furiosa de lo que el coloquio se prolongaba.

Y el músico tocó excepcionalmente inspirado; y Santa, sin chistar, sentóse en el más oscuro rincón de la sala estiradas sus piernas, la cabeza en el respaldo de la silla, colgantes los brazos, la mirada en el techo y su mente pensando, pensando, pensando...

Con dos parroquianos cualesquiera que por la puerta asomaron, despabiláronse las chicas, calló Hipólito y se incorporó Santa. Los parroquianos eran de cerveza, y bien servida, sin exagerar la espuma en los vasos ni escamotear las botellas antes de concienzuda ordeña; dos individuos que iban a lo que iban y que defendían sus dineros:

—¡Toman las cervezas con buenos modos o ni cerveza damos! —pregonaron a la mitad de la estancia.

Pepa inició el asalto a la bandeja, se armó de vaso haciendo guiños a sus pupilas. Todas, menos Santa, bebieron; los dos ciudadanos eligieron dos mujeres y, luego de liquidar la Pilsner[185] subieron a los dormitorios.

Hipólito llevaba rato de haberse vuelto de cara a la reunión, girando en su asiento de bejuco[186]. Y su fealdad, su rostro comido de viruela, con sus horribles ojos blanquizcos de estatua de bronce sin pátina —que resistían impávidos y muy abiertos la luz de los quinqués de la araña del centro—, destacábase del fondo negro del piano, cual se destacan de las pinturas de los biombos y de los esmaltes de las lacas los rostros espantosos de los bonzos[187] japoneses. Púsose Santa a contemplar su fealdad, detenidamente.

De improviso, Eufrasia, la criada, que raras ocasiones aventurábase hasta el salón, entró colérica, dirigiéndose a Pepa:

---

[184] *¡Jinojo!:* interjección que expresa extrañeza o enfado.
[185] *Pilsner:* marca de cerveza alemana.
[186] *Bejuco:* nombre genérico de ciertas plantas tropicales de tallos largos, flexibles y delgados, que se utilizan para construir cestos y objetos varios.
[187] *Bonzo:* sacerdote del culto de Buda.

—Doña Pepa, ahí están los agentes y dicen que vienen de orden superior; ya me canso de repetirles que no son éstas las horas de presentarse, que las muchachas están ocupadas, que vuelvan mañana... ¡No se separan de la puerta!

—¡Déjalos que entren, borrica! —le indicó Pepa con el aplomo de quien sabe sus negocios en perfecto arreglo y sabe, además, que dádivas quebrantan peñas, sobre todo peñas así, deleznables y fáciles.

Son los Agentes de Sanidad el último peldaño de la pringosa escala administrativa. Estriban sus atribuciones en vigilar que las sacerdotisas de la prostitución reglamentada municipalmente, cumplan con una porción de capítulos, dizque encaminados a salvaguardar la salud de los masculinos de la comuna. Y como a la vez disfrutan de cierto carácter de policías, es de admirar, en lo general, el sinnúmero de arbitrariedades que ejecutan, los abusos y hasta las infamias que suelen cometer a sabiendas, arreando a la prevención con señoritas honestas, pero desvalidas y mal trajeadas que resultan inocentes del horrendo cargo de prostitutas y a quienes se despide con un «usted dispense», que vale oro. En cambio, cuando las profesionales les untan la mano —que al fin y a la postre esta vida es transitoria, inestables los bienes terrenos y hay que acaparar éstos para conllevar aquélla—, pasan inadvertidas las infracciones mayores; salvo el caso en que un alarde de incorruptibilidad les prometa, a la larga, beneficios más pingües. De todos modos, es su aparecimiento causa de inquietudes serias; por lo cual, a la par que Pepa de bonísimo talento se adelantó a recibirlos, Santa palidecía, de recordar que su libreta no estaba al corriente. Fue veloz a consultar con Hipólito que, no obstante haber acabado de compararse a un gusano —y de creerlo para su fuero interno—, de sólo oír el anuncio de esos sujetos, torció el gesto y se puso en pie, dignamente, junto a su piano, en cuya tapa superior apoyó un codo, de espaldas a la entrada por donde escuchábanse las voces de los tales y de Pepa.

—¿Vendrán por mí, Hipo? Hace dos semanas que no paso registro...

—¿Por usted, Santita?... —exclamó Hipólito en el colmo de la estupefacción—, ¿por usted?... ¡No sea usted ocurrente!

197

Primero cargarían con la casa entera, hasta con los muebles y conmigo, que con usted. Será algún chisme o alguna urgencia de que los gratifique Pepa... ya sabe usted lo que abusan de su oficio.

Y se echó a reír moviendo la cabeza negativamente y haciendo «que no», «que no», en el aire, con su mano libre, cual si con ella ahuyentase los temores de Santa. No le cabía en el juicio que los abrigara; de ahí su risa frente a la aprensión de Santa, mimada, relacionada y perseguida por todo el México que significa y que supone.

Las demás mujeres, sus libretas en orden, tendían distraídamente la oreja al dilatado parlamentar de Pepa, que comenzaba a incomodarse; desde la sala veíase que accionaba mucho, que ofrecía algo. Oyéronse fragmentos del asunto:

—Pero, Saucedo, qué pesadez... esto lo arreglo yo mañana... guárdese este papelucho, ¡demonio!, no es cohecho, es regalo... Si no puede ser, le digo a usted que no... Es que se le olvidó a ella, y a nosotras también... ¿no?... pues va usted a arrepentirse...

—¡Eufrasia! —gritó luego—, ¡ve a traer un coche y dile a Elvira que baje!... ¡Santa, ponte el mantón!

Aquello fue un derrumbamiento, Hipólito empalideció más aún que la misma interesada; las compañeras de Santa se arremolinaron en la puerta para cerciorarse de que fuese verdad que se llevaban a la joya de la casa; a la *Gaditana* hubo que sujetarla, porque en furia convertida, vomitaba sapos y culebras contra los impasibles «agentes», que no desamparaban el zaguán. Jenaro, atónito, refugióse debajo de la escalera y de allí arriesgaba la mitad de su inteligente cara picaresca.

—¡Canallas! —masculló Hipólito, sintiendo a Santa a su lado—, prométales usted más dinero, Santita, ¿qué ha de hacer usted?

Todo en balde. Los agentes, muy crecidos dentro del odioso ejercicio de sus funciones, no cejaban un ápice; ni por cien pesos habrían abandonado su presa, por orgullosa codiciable, y a su entera merced en lo futuro, después de este susto mayúsculo.

—Fíjense ustedes —les explicaba Hipólito aparte y con solemne entonación—, esta mujer disfruta de unas amistades tan empingorotadas que hasta los empleos de ustedes peligran... háganse los tontos y en su salud lo hallarán, yo sé lo que les vendo. Y meneaba sus cejas, cerraba sus párpados para ganárselos, como si mirara.

Impuesta Elvira de la novedad, no le dio importancia, auguró un pronto y favorable arreglo:

—Id a la comisaría, Pepa, y nada temáis, son humoradas de este Saucedo...

Mozas y filarmónico contagiáronse de la confianza del ama. Indudablemente había error y Santa y Pepa regresarían en breve y la casa toda reiría de su alarma.

Por exceso de precaución, Hipólito mandó a Jenaro a la comisaría:

—¡A ver cómo te las compones para espiar, y si notas síntomas graves, volando a avisarme!...

Con Elvira a la cabeza, el funcionamiento regular del negocio siguió su marcha. Volvieron a sonar el piano y las risas de las chicas; volvieron a oírse los taponazos de las botellas descorchadas y las exigencias de los clientes; volvieron los intermitentes eclipses de las educandas que eran escogidas por los apresurados, y el continuo caer de monedas y billetes en la holgada limosnera de cuero que ahora pendía de las muñecas de Elvira, quien por su afán de lucro, prefería descender de su pedestal de señora y dueña, antes que perder un peso si la interina regencia del establecimiento daba en manos inexpertas o descuidadas. Únicamente el sombrero de Hipólito no volvió a circular ni a producir dinero a su propietario; solamente Santa no volvía, a pesar de lo mucho que la deseaban dos o tres prójimos arrellanados en los sillones y costeando cervezas a las otras, para matar el tedio de la espera. Elvira engañaba a estos últimos, por separado:

—Santa tardará, se halla en su cuarto con un señorón, no te creas... ¿Por qué no vas con la Mengana?, ¿no te gusta?...

Sí, sí, todas eran bonitas, jóvenes, preciosas, pero todos querían a Santa; todos optaban, en su deseo insaciado, por esperar mansamente, sentados en la sala grande, en la sala pequeña; gastando sus caudales respectivos; saludándose y aun conversando entre sí los que de antemano se conocían; los que mutuamente se ignoraban; trabando relaciones efímeras, cuestión de hablar con alguien, de beber acompañados; amistades que duran lo que tarda uno en vaciar una copa, minutos, al cabo de los cuales, para siempre desaparecen el líquido y el interlocutor. Las muchachas explotaban la espera; hacían gala de sus atractivos escogiendo con admirable instinto a los más fogosos, que al fin decidíanse por el cambio y se marchaban resignados con la que les quedaba a tiro, empujados por Elvira y por sus propios apetitos bestiales, empujados por el piano que no cesaba en sus armonías obscenas, empujados por la casa entera que respiraba inmunda lujuria fácil.

«—¡Bah!, nos sale lo mismo, Santa será otra vez.»

Persistieron los menos, uno o dos que ya se tenían ofrecido estar con Santa y nada más que con Santa:

«—¡Elvira, unas cervezas y a estas niñas lo que apetezcan!»...

Santa, como todo anhelo, como todo lo que se desea y como todo lo que se espera, Santa nunca volvía.

De veras principiaba a alarmar a Hipólito y a Elvira la tardanza inexplicable. ¿Qué haría Santa?, ¿habríanse «atrevido» en la inspección a detenerla? E Hipólito no quiso seguir tocando, so pretexto de cansancio; después, tocaría después, en cuanto fumase su cigarrillo. Y Elvira echaba viajes, de la sala a la puerta de la calle y de la puerta de la calle a la sala. Hasta que avistó a Jenaro, a escape, con su sombrero de palma entre las manos para correr más ligero.

—Le gané al coche, ¡caracho! —dijo jadeante—. Ahí viene ya doña Pepa, sola; la niña Santa, presa, se la llevan al hospital... —Y se enjugó el sudor del rostro con la manga de su camisa que, por rota, colgábale a manera de deshilachada estola.

En un instante, Elvira inventó una historia para despedir a los obstinados que aguardaban a Santa y salvar con el crédito de la pupila, el de la casa. Santa habíase salido a cenar sin aviso:

—Con esos del Clu que no la dejan ni a sol ni a sombra, es mucho cuento... Conque, volver mañana, tempranito.

Hipólito requirió su sombrero y su cipión[188], y sin atender razones, salió en medio del pánico que la noticia tenía producido:

---

[188] *Cipión:* bastón.

—¡Condúceme a la comisaría, Jenaro, vivo!

En la puerta lo detuvieron Pepa y el *Jarameño* que venían juntos por acaso. Llegaba el *Jarameño* a su visita diaria, a punto que Pepa se apeaba del carruaje; saludáronse en la acera, y en el trayecto, costeando el jardinillo, narróle Pepa el suceso, al que el «diestro» no le encontró, de pronto, la trascendencia; ¿de qué se alarmaban?... Mas no bien Pepa se lo detalló con sombríos colores, cargando la mano, era la cárcel, el hospital, el encierro y el sufrimiento, cuando el torero comprendió, y como quien se desnuda de un disfraz que ya carece de objeto, puso de manifiesto su amor hacia Santa:

—Yo no entiendo de estos infundios de justicia ni me agrada meterme con la autoridaz, ¡me caso con la Biblia!, pero como haya alguien que me lleve donde Santa esté, la saco porque la saco, ¡recorcho!, no digo yo...

Elvira y Pepa, sin recordar lo que en la casa se sonaba respecto de la pasión del músico —pasión reputada de inofensiva y pasajera, de embeleso de viejo prostituido—, lo designaron con un simultáneo gesto expresivo.

—Aquí está Hipo, *Jarameño,* que sabe hasta dónde penan las ánimas... ¡Hipo, anda, lleva al *Jarameño!*...

¡Ah, el movimiento repulsivo de Hipólito, la crispatura de todo su ser, por dentro, al oír la inhumana orden! ¿Él, él había de llevar al rival detestado, execrado, aborrecido? ¿Él había de servir de instrumento para que el torero se adueñara de Santa?... ¡de Santa!... Y materialmente retrocedió, unos pasos, cual si perdiese el equilibrio; rechazó con las manos tendidas peligros invisibles para los que veían, pero que él, ciego, veía y ahuyentaba con ese ademán de conjuro. Los otros aguardaban ansiosos.

Fue una lucha brevísima, de segundos, que a él le resultaron interminables, como siglos. Y su misma pasión que con sólo nutrirla, aun a trueco de sufrimientos inconfesados, le difundía por venas y arterias un remedo de dicha, lo decidió, haciéndole pedazos un mundo de entrañas que no se sospechaban tan sensibles, y que ahora, en los instantes solemnes de su idolátrico renunciamiento, se le quejaban, cada cual en sus dominios: en la boca, hiel; en las piernas temblores; en los riñones, dolor de verdad, y en el corazón, lo que es en el corazón, una tormenta desencadenada: latíale enloquecido, con punzadas que le obligaban a llevarse las manos al sitio adolorido, disimulado, fingiendo que buscaba algo en el pequeño bolsillo alto de su chaleco...

En un supremo arranque amoroso, prefiriendo padecer él todo antes que ella padeciese nada, murmuró tétricamente:

—Vamos, lo llevaré yo en el coche; que Jenaro se suba al pescante para que me encamine después...

Ni él ni el *Jarameño* hablaron palabra dentro del vehículo que los conducía lado a lado. Se codeaban a causa de los tumbos y se alejaban a causa de la voluntad, pues quizás el torero presentía en su acompañante intenciones sobre Santa y por eso manifestábasele antipático y hostil; quizás le había descubierto su pasión, en nada, en ese no sé qué magnético que nos fuerza a adivinar en un teatro, en un baile, en un café, en un paseo, que un individuo, uno entre mil, ama y desea ardientísimamente a la mujer que nosotros amamos y que nosotros solos poseemos. Y se establece una momentánea corriente de odio homicida; rétanse las miradas, empalidecen las fisonomías; un minuto más y aquello estallaría, mataría, aniquilaría... Es el odio por el amor, el odio incurable y eterno, ¡es el odio antiguo!

Como Hipólito era ciego, y como aunque no lo hubiera sido no habrían podido verse dentro del simón, en el que apenas les salpicaban de luz lunar los grandes focos voltaicos suspendidos a la mitad de las calles largas y apostados en todas las esquinas —luz que caía por los huecos de las portezuelas lo mismo que en los empedrados cae de repente el agua grasienta que del interior de alguna accesoria arrojan anónimos brazos desnudos, y que luego de salpicar limitado radio se apaga y enmudece—, como no era posible que se miraran, sus cuerpos se huían, por sí mismos, experimentando mutua repugnancia física.

No estaba el inspector; aquella noche tocábale la guardia al secretario de la inspección, un sujeto pasablemente altanero y soñoliento, de edad inapreciable, barba sin afeitar, bufanda de estambres al cuello, y adherida a la frente, para librarse de los reflejos de las ampolletas[189] eléctricas, una de esas viseras

---

[189] *Ampolleta* (Amér.): bombilla.

de cartón que se sujetan con alambre y que usan los relojeros, los grabadores y los enfermos de la vista. Leía un impreso.

—¡Cabayeros, mu güenas! —exclamó el *Jarameño* al entrar en el despacho y pegarse a la reja de madera que aísla del público a los empleados y divide la habitación en dos porciones.

—¡Primero quítese el sombrero, amigo, que está usted en la oficina! —le espetó en desabrido tono un escribiente que se acercó a la misma reja a averiguar qué le ocurría a ese personaje de trenza.

—Pues, verá uzté —comenzó el *Jarameño* descubriéndose de mal talante y remontándose la coleta con el ademán peculiar a todos los toreros cuando se retiran el calañés—, sucede que unos agentes de... del orden serán, digo yo, se han traído aquí a una muchacha más sana que un albaricoque maduro... y esto es lo que a mí me parece que no está en el orden, porque...

—¡Hombre, el *Jarameño*! —exclamó el secretario reconociéndole con júbilo, por ser gran aficionado a las corridas de toros. E interrumpió su lectura, se levantó del pupitre y se aproximó a la reja.

El *Jarameño*, por pronta providencia y según uso y costumbre en los toreros que, al oírse llamar, vuélvense sonrientes al rumbo de donde parte la voz, hasta cuando se hallan seguros, por haber marrado su suerte, de cosechar un denuesto o un pucherazo del encrespado público de los tendidos de la plaza, el *Jarameño* se volvió sonriendo hacia esa cara semiencubierta por las sombras de la visera.

—Pase usted, hombre, pase usted adelante —siguió diciendo el secretario que en persona abrió la reja—, y dígame qué le sucede... no le había conocido, creí que se trataba de un «maleta»[190] de tantos, escandalosos y perdidos, que noche a noche nos llueven... ¡Qué casualidad, eh!... ¡Yo con ganas de conocerlo a usted de cerca, y usted presentándoseme!... pase, pase, hablaremos aquí, en la otra pieza, sin que nos estorben los que vengan... Raro es que esté esto tan solo... ¡Cedillo, déle vuelta a la luz!

---

[190] *Maleta:* torero mediocre.

Y luego que Cedillo iluminó la estancia contigua, el secretario metió en ella al *Jarameño,* muy inflado desde que palpó que lo conocían y lo alababan.

La habitación, mezquina; polvosa y sin alfombra; con una papelera en los medios, un almanaque exfoliador[191] en una de las paredes enjalbegadas, y, en otra, un mapa de las demarcaciones en que la ciudad se encuentra seccionada por la policía. Encima de un sofá austriaco, un Cura Hidalgo[192], de litografía, dentro de marco lamentable; en un rincón, una especie de armario suspendido, con el registro telefónico en su interior, cuyas brillanteces metálicas, diminutas ruedas dentadas, alambres y rótulos microscópicos: «Inspección general», «Bomberos», «Gobierno del Distrito», dan al aparato apariencias de reloj en compostura, sus timbres niquelados, destacándose, y la bocina enhiesta simulando un gancho de percha que por olvido no se ha clavado en su lugar. Sobre la papelera, un revólver de reglamento, enorme, Colt, calibre 45 y cachas[193] de nácar; y apoyándose en los muros, cuatro armarios cerrados, negros, fúnebres. Olor a desinfectantes; olor a agrio, a vecindad de gente miserable y sucia. Rumor de voces destempladas y distantes; de pisadas firmes, en el patio; relincho incompleto de algún caballo que olfatea, y junto a una mampara entornada, ronquidos fuertes, rítmicos, de hombre cansado.

—Vaya, *Jarameño,* palabra que me alegro de conocerlo... siéntese... ¡le voy a ofrecer un tequilita, pero legítimo, de la viuda de Martínez![194]... ¡Para las desveladas, *Jarameño,* para las desveladas... de día, por nada le pruebo a usted el licor! —explicaba el secretario sacando de debajo de la papelera unas copas empañadas, una botella y un salero—. Esto se toma con sal, para que no se trepe... sí, sí, la sal primero, en la lengua, eso es... ¡a su salud!

---

[191] *Exfoliador:* cuaderno que tiene las hojas ligeramente pegadas para poder desprenderlas fácilmente.

[192] *Cura Hidalgo:* véase nota 100.

[193] *Cacha:* funda.

[194] La viuda de Martínez era en tiempos de Gamboa la dueña de la fábrica de tequila *La Martiñena,* posteriormente adquirida por D. Roberto Ruiz.

Y entrambos bebieron el aguardiente de Jalisco[195].

El *Jarameño*, urgido y en el fondo amedrentado de hallarse en dominios de la policía, soltó su pretensión. Iba por Santa, respondía por ella, pagaría lo que fuese, la presentaría cuando se lo exigieran, pero que no durmiera allí...

—Hágame usted la gracia, usted que puede y que es persona decente... ¡La chiquilla está delicada y le juro a usted que me la matan!

—¿Conque Santa, eh? —repuso el secretario con los ojos encandilados—, la conozco, la conozco y le alabo el gusto, *Jarameño,* que ¿está usted metido con ella?... ¡Con franqueza!

El Jarameño alzóse de hombros. ¿Metido?.. no, no precisamente... sino que... Y se quedó atascado, sin concluir.

—¡Mi querido matador, llegó usted tarde! Santa ya duerme en el hospital Morelos.

El «diestro» se levantó, blasfemando entre dientes. Marchábase a sacarla de ese hospital enseguida; ¡lo que es Santa no pasaba la noche en hospital ninguno, ni en ese hospital *Moleros* ni en el de la santísima peineta!

Detallándole con benevolente superioridad lo intrincado del engranaje administrativo, lo calmó el secretario; desde luego, en el hospital no le abrirían por ninguna de estas nueve cosas, y menos le tolerarían, no ya sacar a Santa, ni mirarla siquiera, era una temeridad intentarlo.

—¡Jarameño!, parece mentira... al tocar segunda vez, me lo pepena[196] a usted un gendarme, o dos, o veinte, y me lo zampan en chirona... ¡No sea usted pólvora, hombre!... En cambio, y si usted me promete no divulgarlo, yo le doy una receta para que mañana saque usted a Santa, así esté más enferma que qué...

Lo interrumpió un ruido complejo, de gente que penetraba en la oficina y gente que penetraba en el patio.

En la oficina escuchábanse sollozos de mujer y llanto de niño, forcejeo de gendarmes, insolencias de hombres del pue-

---

[195] En el estado de Jalisco, situado al oeste del país, se encuentra la localidad de Tequila, donde en el siglo XVIII se dio comienzo a la fabricación del aguardiente de agave que en adelante recibiría el nombre de esta población.
[196] *Pepenar* (Méx.): recoger, agarrar.

blo, ceceos de los escribientes. En el patio, jadear de camilleros depositando una camilla en el suelo, pisadas de un caballo y el relincho incompleto del de antes, imperiosas órdenes, lamentos de quien mucho sufre, chasquidos de fósforos, apresurados andares.

—Señor secretario —dijo Cedillo entreabriendo la vidriera—, una niña con lesiones, hay bastantes consignados y un herido.

—Voy, Cedillo, voy, despierta al practicante... ni hablar lo dejan a uno (quejándose con el *Jarameño* después del mutis con Cedillo). Pues sí, va usted mañana y ofrece retirar a Santa de la prostitución, porque la hace su querida, fíjese bien, *Jarameño,* ¡su-que-ri-daa!... le afloja usted la plata a un mediquillo que se comprometa a curarla, caso que esté enferma ¡naturalmente!, y carga usted con su prenda a donde le pegue su real gana... ¿Qué tal el remedio?...

Aumentaba el tumulto de la oficina, aunque menos que el del patio, Cedillo truncó de nuevo la conferencia, sin ceremonias:

—¡Se muere el herido, señor! No quiere declarar... la mujer quiere que se confiese... ¿Lo interroga usted?...

—¡Vamos a interrogarlo, ahí voy! —Y volviéndose al *Jarameño,* estupefacto por la receta, por lo que oía de heridos y confesión, por saberse dentro de una cárcel, ¡mecachis!, el secretario continuó—: ¡Otro tequila, *Jarameño!,* que esto no daña por más que uno se propase, es una borrachera benigna, sin «cruda» al despertar...

—¿Qué «cruda»? —inquirió el «diestro», ya en pie y saboreando el ahumado dejo[197] del tequila.

—¡Adiós, inocente!... el malestar que proporciona cualquier borrachera y que usted ha de haber padecido a millones... ¡Ah!, antes de separarnos, dígame si es cierto que son españoles los toros que va usted a matar en su beneficio y el precio que fijarán a las localidades de sombra.

—¡Pa uzté, gratis, gachó, yo le orsequio la suya! Los anima-

---

[197] *Ahumado dejo:* embriagante sabor.

litos son de Veragua[198], pero paecen dotores de Salamanca, por er sentío, er poder y las mañas... ¿Por dónde me las guillo[199], camará, que uzté está de prisa y yo también?

Abrió el secretario la puerta que daba al patio, con tan mala suerte que se toparon con la camilla en que el herido agonizaba y el *Jarameño* hubo de costearla, para escapar. Quieras que no, por más que perseguido de sus supersticiones de gitano tratase de apartar la vista, sobróle tiempo para presenciar el lúgubre cuadro; un bulto cobijado de sombras, en la camilla, con el estertor de los agonizantes; el practicante a un lado, inútiles y casi grotescos ante la muerte sus médicos servicios, bajándose los remangados puños de la camisa manchados aquí y allí de sangre humana; de hinojos y adherida a la camilla, sin desamparar de su brazo izquierdo a una criatura que dormía y cuya carita mugrienta y pálida oscilaba conforme la mujer agachábase o se enderezaba, desolada de contemplar que su hombre se moría, y que, cual si no supiese más palabras, repetía únicamente: «¡Longinos!... ¡por María Santísima!... ¡Longinos!...» Del todo agachado, vio el *Jarameño* a un sacerdote descubierto, de negra capa flotante que mostraba al herido un Crucifijo, y que rezaba piano, muy piano, en secreto, plegarias que se desvanecían por sobre las inclinadas cabezas de empleados y gendarmes...

—¿Quién te pegó, hombre? —preguntó el secretario colocando sus manos encima de los bordes de la camilla, muy cerca su cara de la del moribundo—, ¡dímelo, anda, un esfuercito!... ¿Quién fue?... ¿Peleaban o te pegaron a la mala?...

Del fondo de la camilla brotó una voz espantosa, imponente, lamentable, que formuló con trabajos una súplica última:

—¡Agua!...

Y sin duda debió morir, porque el *Jarameño*, que había ido escurriéndose de puntillas, sin encasquetarse su calañés, oyó que la mujer daba un grito, que alguien decía: «¡estiró la pata!», y que el secretario, desprendiéndose del grupo, le recordaba su oferta:

---

[198] La ganadería del duque de Veragua era una de las más conocidas y cotizadas en el México de la época.
[199] *Guillárselas:* irse.

—¡*Jarameño!*, que sea contrabarrera, de las que quedan cerca de los jueces de lidia...

Tan impresionado salía, que entendió a duras penas lo que le contaba el «cabo de puerta» al franquearle el zaguán:

—El ciego que venía con usted se marchó en cuanto supo que la mujer esa ya no estaba aquí. Le dejó a usted el coche.

Punto por punto realizóse al siguiente día, en el hospital, lo predicho por el secretario de la comisaría; excepción hecha de que no fue posible, sino hasta el atardecer, el libertar a Santa. El *Jarameño,* mirándola de lleno, declaró bajo su firma que era su «querida» y que la retiraba de la prostitución. De aquí la tardanza, llenando diversas exigencias oficinescas: el hospital, la sanidad, el gobierno del distrito, ¡quién sabe cuánto más!, que el torero satisfizo yendo y viniendo carruaje arriba y carruaje abajo. Y cuando se la dieron, cuando el simón arrancó con ellos, de tal modo estaban ansiosos el uno del otro, que, sin hablarse, sin esperar soledades ni apartamientos, por recíproca necesidad contrariada que estallaba al fin imperiosa, soberana, se buscaron sus labios, aproximáronse sus cuerpos y se dieron un beso mudo, prolongado, de abismo, que los forzó a cerrar los ojos y a dilatar la nariz, para no ahogarse, y a rechazarse luego, con los brazos rígidos, para no enloquecer de deleite.

—¿Lo ves, mi Santa, lo ves cómo eres mía? ¡Sosténme ahora que *nunca...* guasa! —suspiró enronquecido el *Jarameño.*

Santa se le acurrucó en el cuello y lo ciñó con sus brazos, voluptuosamente:

—Tú sí que eres mío, ¡tonto!... todo, todo, ¿no ves cómo te abrazo?, ¡más que tú!

Y olvidados de cuanto les circundaba; de lo que acababa de acontecerles y de lo que les podría acontecer; cogidos de las manos charlaban de sí mismos, de lo que harían, un plan vasto de ventura inacabable. Santa no debía un centavo en casa de Elvira, era libre; recogería su ropa, ¡eso sí!, y sus alhajas, ¡ya lo creo!, despediríase de sus compañeras, las que se quedaban de esclavas presas, con las que había arrastrado la propia cadena... ¡Pobrecillas!, ahora le despertaban lástima profundísima, pero ¿qué se iba a hacer?... suponiendo que a las de Elvira esa noche las libraran amantes repentinos, de quiméricos rumbos llegados, quedaban otras y otras; las de las casas vecinas, las de las casas lejanas, las de casa particular y sola, la legión formidable, pululante, que no ha de extinguirse... la brigada que resiste embates, persecuciones, atropellos, crueldades y afrentas sin flaquear, apretando sus filas compactas, sin detenerse a levantar heridos ni a sepultar muertos. ¡Allá va la ronda victoriosa, a paso de carga, sin más escudos que sus pechos, sin más armas, porque son el Amor y el Deseo, la Tentación y la Carne!

A causa de las despedidas, del arreglo de baúles y del incesante convidar del *Jarameño*, que no cabía en sí de gozo, no se percataron del correr de las horas; y a la de reglamento, presentóse Hipólito. No una, todas las mozas apresuráronse a comunicarle la sensacional noticia.

—Hipo, el *Jarameño* se saca a Santa, esta misma noche se largan juntitos...

—¡Pobre de ella y dichoso de él! —replicóles sentenciosamente el ciego, que desde los sucesos de la víspera tenía previsto tal desenlace, ya que desde mucho antes tenía advertida la mutua pasión que en vano trataban de combatir y ocultar la chica y el torero.

Él, Hipólito, desde la víspera habíase despedido de Santa, no porque temiese perderla, ¡qué desvarío!, Santa había de volver a la casa de Elvira o a una peor, habíase despedido del corazón de Santa, ¡que ese sí que el torero le arrebataba quién sabe por cuánto tiempo!...

Allá en su cuarto, había llorado todo lo que humanamente es posible llorar, testigo, Jenaro, que a pesar de su sueño de piedra y de su perrería, le dijo más de una vez:

«—Amo, ya no llore usted así, que se le va a acabar lo que le queda de ojos..., duérmase usted..., descanse...»

¡Pero lo que es llorar allí, en el burdel, ni por pienso! Y se encaminó a su piano, lo registró[200] armónicamente, y las dos cosas que con el ama anheló, las dos cosas se efectuaban: los clientes abundaron y Santa no apareció en la sala.

---

[200] *Registrar:* procede en este caso de *registración:* sacar todo el partido posible a la interpretación de una obra.

Logró ambas cosas porque ambas estaban enlazadas, era la una directa consecuencia de la otra. ¿Cómo desterrar visitantes de paga dándoles el espectáculo de la partida de la hembra más solicitada de la casa? Al contrario, escoltados por Elvira salieron el *Jarameño* y Santa por la puerta privada, con sólo lo indispensable de ella en una maleta que cargaba Eufrasia. El resto se mandaría por la mañana.

Ya en la plazuela, mientras Elvira decíales adiós, sonó el piano, y estremecióse Santa. Era tan feliz que hasta entonces se acordó del ciego y de lo que el ciego la adoraba.

—¡Elvira! Despídame usted de Hipo esta noche misma, ¿quiere usted?

—Sí, mujer, vete tranquila, que bastante que hipará el desgraciado al saber que te has ido...

El *Jarameño* por delante llegó él primero al carruaje y abrió la portezuela.

—¡Anda, gloria, que es mu tarde! —gritóle radiante, hambriento de ella, su afeitada cara macarena iluminada por un farol del coche.

Reuniósele Santa, mas antes de entrar en el vehículo volvióse a mirar al burdel, que semejaba una casa que ardiera.

Cerradas las vidrieras de la sala, abajo, y las de algunas alcobas, arriba, todos sus cristales apagados presentaban resplandores de incendio y se diría que por momentos las llamas asomarían sus purificadoras lenguas de endriago[201] y lamerían el edificio entero, tenazmente, glotonamente, hasta envolverlo en imperial manto fantástico de fuego y chispas; hasta alcanzar con sus crines de hidra la altura de sus techos y, retorcidas, dementes, voraces e infinitas, multiplicarse a fuerza de instantáneos contactos, cabalgando de un golpe veinte machos en una sola hembra —como es fama sucede con algunas flores orientales—, pues veinte llamas temblorosas habrían de fundirse en una sola llama, que soportaría la ígnea embestida, brillando más, retorciéndose más, devastando más... Santa veía ese incendio justiciero que arrasaba el burdel, a punto de producirse, alucinada e inmóvil sobre la acera.

---

[201] *Endriago:* monstruo fabuloso mitad fiera y mitad humano.

—¿Qué ves tanto, mi Santa? —le preguntó el *Jarameño,* ya instalado en un asiento del carruaje e inclinándose hacia afuera.

—¡El fuego!, mira, ¡parece que arde la casa!...

Sí que ardía, pero ardía como de costumbre, en bestial concupiscencia y nauseabundo tráfico. Las llamas de lascivia, que hasta sus recintos empujaban a los hombres en su continua brama de seres pervertidos, habrían podido salir y ocultar el edificio para hacer efectiva la visión de Santa...

Pero no, al través de los apagados cristales, cruzaban de tiempo en tiempo sombras imprecisas. Abajo, en la sala de los que bailaban al compás del piano, y arriba, en las alcobas, de las bacantes que se desnudaban y de los sátiros degenerados que las perseguían.

—Ven, Santa —insistió el torero rendidamente—, que yo sí que ardo de impaciencia por quererte... ¡ven!... ¡ven!...

Recuperado el sentido de lo real, Santa miró de nuevo a la casa con melancólico cariño ahora; que así miramos todos —por homicida, ingrato e infame que sea— el puerto que se abandona y que sin embargo nos dio abrigo cuando a él nos arrojaron, en forzosa arribada, las implacables tempestades del mar o las despiadadas tempestades de la vida...

—¡Ven, Santa! —imploró el torero tendiendo sus brazos—, ¡ven conmigo!

Y Santa fue a él.

Segunda parte

Capítulo primero

—Pues lo que yo les aseguro a ustedes es que están bebiendo infusión de párpados.

—¡Hombre, Ripoll, no sea usted cochino! —gritáronle a coro sus compañeros de mesa, que enfriaban el té de sus tazas con las cucharillas respectivas.

—¡Se gasta usted unas bromas!... —añadió indignado don Mateo, el de la casa de préstamos.

—¿Bromas?... —insistió Ripoll, entre serio y zumbón—, ahora verá usted sus bromas. —Y se levantó del asiento, con servilleta y todo, metióse en su cuarto a oscuras, y los demás oyeron cómo frotaba un cerillo, dos veces, y cómo revolvía papeles.

Triunfante regresó a la mesa, armado de un libro a la rústica que depositó encima del mantel, defendiéndolo con la mano extendida:

—Ahora lo oirán ustedes, nobles hijos de Pelayo, ahora oirán lo que dice un francés traducido en mi Barcelona, o lo que es lo mismo, fuera de España... claro está, *¡voto va Deu!* —al notar las protestas—. ¡De España!... El francés se llama Goncourt, ¡enterarse!, y afirma que esto que yo voy a leer, él lo leyó en un libro sobre el Japón... como quien dice, aquí a la vuelta.

Apuró su taza, lió y encendió un cigarro, y hojeó el libro hasta tropezar con la página que buscaba. La patrona hizo ademán de retirarse, pero no lo llevó a cabo porque Ripoll, con la mano, diole a entender que podía quedarse:

—No se ofenderá su pudor, doña Nicasia, escuche usted también... ya estamos en el macho[1], ¡no interrumpirme!...

Y luego de pegar una larga chupada al cigarrillo y pasear una mirada olímpica por las cabezas de su auditorio, comenzó a leer:

—¡Leyenda del té! «Dharma, un asceta en olor de santidad en la China y el Japón, prohibióse el sueño, considerándolo acto placentero y por todo extremo terrenal. Una noche, sin embargo, se durmió y no despertó hasta el amanecer siguiente. Indignado contra sí mismo por esa debilidad, cortóse los párpados y los arrojó lejos de sí como pedazos de carne flaca y vil que le impedían alcanzar la sobrehumana perfección a que aspiraba. Y esos párpados ensangrentados, echaron raíces en el sitio en que cayeron, en el vivo suelo, y un arbusto nació dando hojas, que desde entonces cosechan los habitantes, y con las que hacen una infusión perfumada que destierra el sueño...»[2].

Nadie, lo que se llama nadie aplaudió la lectura o demostró siquiera el menor interés. La voz de Ripoll perdióse en el más absoluto indiferentismo y la poética leyenda en el más perfecto vacío, tanto que el cura carlista don Práxedes Luro, que llevaba fabricadas unas veinte bolillas de migajón de pan con las que se distraía en la mesa lanzándolas contra un vaso vacío, le soltó sin mirarlo:

—Amigo Ripoll, ¡esto ha sido una plancha[3] superior!

Entonces sí que aplaudieron los otros, la patrona inclusive, que principiaba a recoger servilletas y a reñir a la sirvienta. Desfilaron los huéspedes por junto a Ripoll, quien los recibió a bocanadas de humo conforme ellos le daban una palmada en la espalda, riendo de su falta de éxito y repitiendo la frase del cura, con aditamentos varios de su caletre...[4].

---

[1] *Estar en el macho:* estar metido en una empresa o cometido.
[2] El libro mencionado es el *Diario íntimo* de Jules y Edmond de Goncourt, y la leyenda transcrita figura en la anotación que este último realiza, correspondiente al lunes 18 de abril de 1892 (Barcelona, Altafulla, 1987, págs. 324-325).
[3] *Plancha:* desatino.
[4] *Caletre:* talento, discernimiento.

«—¡Plancha, ingeniero, plancha!...» «¡Adiós, párpados!...» «¡Tío pesado!...»

Ripoll, medio amoscado, encogíase de hombros y los bombardeaba con improperios, en son de guasa:

—¡Ignorantes! ¡Salvajes! Nunca sabréis nada más que atesorar ochavos... la culpa me la tengo yo, ¡pollinos!... no lo digo por usted, cura, lo digo por estos compatriotas suyos, ¡mamarrachos!...

Reían los aludidos más fuerte, camino de sus habitaciones, y el cura apercibíase en el huequecillo menos tuerto[5] del sofá del gabinete a descabezar un sueño, en espera de la partida de mus que noche a noche emprendía con Mateo Izquierdo, el socio de la casa de préstamos de la calle de las Verdes[6]; con Anselmo Abascal, el dependiente de La Covadonga, gran camisería de la calle del Espíritu Santo; y con Feliciano Sordo, quien, aunque declaraba ser minero arruinado de San Luis Potosí[7], donde había dejado energías, juventud y caudales —según él—, pagaba puntualísimamente su pupilaje[8], no le faltaba jamás media docena de duros, usaba reloj de oro y era el único que bebía en la mesa Carta Blanca[9], de Monterrey. Susurraban las malas lenguas que la media docena de duros, el reloj de oro y la cerveza en las comidas de Sordo, se debían a las generosidades de doña Nicasia; que ella y él se entendían, y que dormían a pierna suelta, cual matrimonio legítimo y autorizado. Lo que es en público, salvaban las apariencias, uno y otra; hablábale ella igual que a los demás, sin que registrara tuteo o preferencia en la repartición de manjares. Él sí la tuteaba, francamente, como tuteaba al resto de los inquilinos, excepción hecha del cura y del *Jarameño*. La sola pequeñez que al parecer los condenaba, consistía en la ubicación de

---

[5] *Tuerto:* torcido.
[6] *La calle de las Verdes:* hoy República del Uruguay.
[7] *San Luis Potosí:* es uno de los estados centrales de México. En su territorio se explotan yacimientos de plata, cobre, plomo y mercurio, entre otros. Su capital es la ciudad del mismo nombre.
[8] *Pupilaje:* renta que paga el alojado en una casa de huéspedes.
[9] *Carta Blanca, de Monterrey:* marca de cerveza que se elabora en esta ciudad del norte de México desde 1893. Fue la primera cerveza mexicana que se exportó a Estados Unidos.

sus habitaciones; vivían pared de por medio y la puerta de comunicación ofrecía bien débiles defensas; del lado de doña Nicasia, un sofá, de cretona, y del lado de Sordo, una mesa pequeña que desempeñaba oficios de pupitre, gracias a una sobrecama floreada que hacía de carpeta[10], y a un tintero con la tinta petrificada y las plumas tomadas de orín[11], que hacía de pelícano[12], pues don Feliciano llevaba siglos de no cartearse con sus problemáticos corresponsales de Potosí.

Escuchando a doña Nicasia, cuando se ponía a devanar el ovillo de su vivir, antes inspiraba respetos y simpatías: decíase —quizá para no romper con la tradición peninsular en la clase de patronas de principios— viuda de militar muerto en la manigua[13] de Cuba, en el 81, por bala de negro insurrecto; muy lentamente soltaba sus apellidos, era Azpeitia de Flores, de los Azpeitia de Calatayud, y su marido, de los Flores de Segovia; aseguraba tener parientes linajudos, ¡hasta en la «grandeza»!, por parte de madre, que se oponían al casorio con Flores, teniente de *Cazadores de Vigueras* por aquel entonces, pero ella que sí y que sí, enamorada como una loca, a todo dijo adiós, y a América se vino, a esa América sin entrañas que tantas y tan dolorosas sorpresas guarda a los españoles decentes que se dignan sentar en ella sus reales. Y Cuba sabíasela de coro, especialmente La Habana, de la que contaba a sus oyentes, mezclándolo todo, maravillas y horrores; cómo recién llegado el matrimonio corrían áureos de peluconas[14], cómo después el comercio fue empobreciendo, y la ciudad, la gran ciudad comerciante y alegre fue entristeciéndose, y la Isla entera, prodigiosamente rica y prodigiosamente indolente, fue consumiéndose, consumiéndose hasta no ser ni la sombra de sí

---

[10] *Carpeta:* cubierta de mesa.

[11] *Orín:* óxido rojizo.

[12] *Pelícano:* con este nombre también se conoce la planta *aguileña,* de tipo ornamental. Gamboa podría así estar haciendo alusión al carácter de adorno inservible del tintero.

[13] *Manigua:* insurrección. Desde 1868 se produjeron en Cuba distintos levantamientos y conflictos armados que finalizaron con la independencia en 1898.

[14] *Pelucona:* onza de oro, en particular la acuñada con el busto de uno de los reyes de la Casa de Borbón hasta Carlos IV inclusive.

misma a causa de los endiantrados «laborantes»[15], los tales insurrectos sin rey ni ley, ingratos, ingratísimos, que así la habían puesto y dejado, sin tabacales ni azúcares, sin «ingenios»[16] ni bohíos[17], sin frutos ni flores, sin pobladores y sin oro; sus puertos, melancólicos, sus ciudades, silenciosas; sus campos tropicales, eriazos[18], incendiados, desnudos, bebiendo por igual, como sedientos insaciables, la sangre de los negros maldecidos y la muy noble sangre de los peninsulares que iban a ella por darle esplendor y lustre:

—Como nosotros, como mi infortunado Santiago, que no era un cualquiera, sino de los ¡Flores de Segovia!...

Cundía la indignación entre las filas de iberos domiciliados en los compartimientos de alquiler de doña Nicasia. Del cura carlista abajo, encendíanse todos en ira santa y vomitaban denuestos nada pulcros por cierto, peninsularmente libres, con impudicia de diccionario, y amenazantes, tendían los brazos cerrando los puños, a los cuatro vientos, desde el manso fondo de la salita en que la tertulia efectuábase. Era el despecho amargo de los desafortunados; la perpetua maldición contra el antiguo continente hispano; el mal incurable de que adolecen los españoles que no enriquecen al poco tiempo de habitar países que todavía consideran mostrencos bienes. ¡Ah!, estas Américas que ya sólo los toleran sin diferenciarlos de los demás extraños; que ya se permiten exigirles trabajo —no siempre enteramente limpio—, ¡para darles en paga su sustento!... Y los defectos de México (ya de suyo tamaños e innúmeros) salían agrandados con la bilis, con las iras, con las codicias; sus muchos vicios eran aborígenes, resabios de salvajes, mañas propias de los indios antepasados y de los indios herederos; sus raras cualidades eran meras importaciones que a ellos se debían, a ellos únicamente, y la república esta, por más que le cobraban el monto de tal deuda, hacíase la sueca

---

[15] *Laborantes:* en las guerras de independencia cubanas, conspirador.

[16] *Ingenio:* «conjunto de aparatos para moler la caña y obtener el azúcar» (DRAE).

[17] *Bohío* (Amér.): cabaña de madera, ramas o cañas, sin más respiradero que la puerta.

[18] *Eriazo:* sin cultivar.

y no les pagaba ni los recompensaba nunca. Aquí los ánimos se agriaban; consagrábanse suspiros y saudades a la península distante, a los varios pueblos, partidos y provincias en donde había nacido cada cual; los cantonalismos apuntaban irreconciliables e irrazonados; surgían los viejos odios. Estella era lo mejor, en el sentir del cura carlista que allí había nacido, ¡recorcho! ¡Navarra, nada menos que la provincia de Navarra con su audiencia en Pamplona! Izquierdo, el prendero agiotista[19], abogaba por su rincón gallego, Mondoñedo. Por Cabuérniga, en Santander, Anselmo Abascal, dependiente de La Covadonga. Y Sordo ponía a Játiva, su Játiva de Valencia, en los mismísimos cuernos de la luna.

Doña Nicasia, por su condición de patrona y por aragonesa y vecina de Zaragoza la invencible, no se dignaba terciar en la pelea; su persona y su Calatayud hallábanse a salvo, por encima de las diferencias de campanario, que, a las veces, arremolinábanse y pegaban en parte sensible. Curioso resultaba el recio reñir por una misma tierra, madre de todos los que combatían. Tirábanse a la cara con villorrios, aldeas, villas, ciudades y provincias; los ríos, los bosques, las montañas y las producciones trasmutábanse en otras tantas armas arrojadizas, en otros tantos escudos, y los que momentos antes maldecían juntos de la pobre América, distanciados ahora, despedazaban el reino, plagábanlo de pecado y manchas, revolvíanse airados contra la patria que amaban.

«—Lo que es vosotros —vociferaban los oriundos de aquí y los oriundos de allí— no habéis hecho más que males»...

«—Pues me parece a mí que vosotros, con lo que producís»...

Y así que se daban en rostro con lo inimaginable, que las manos habían revoloteado por los aires y posádose con estrépito de aves heridas que se abaten, sobre respaldos de sillas, tapetes de mesa y muslos de contrincantes, la calma renacía. Encendíanse cuatro o cinco cigarros temblorosos en la flama de un solo fósforo; regresaban los tuteos, resucitaba el espíritu de unión indispensable para ser fuerte en extranjera tierra, y que no hay español que no lo lleve latente y a disposición

---

[19] *Prendero agiotista:* persona que especula con muebles, alhajas o prendas usadas.

de otro español. Renacía la calma, y allá, a dos mil leguas, España, continuaba siendo España; seguían corriendo sus ríos; en su lugar las cordilleras; el león en el escudo, firmes sus torres heráldicas, y toda ella arropada en su manto de flores de lis, de flores de grandeza y de flores de gloria, viva a los tantos años, a los tantos siglos, cual la luz de los astros de primera magnitud que, después de extinguidos, brilla todavía.

Sólo dos huéspedes no intervenían en las tremendas y diarias disputas. Ripoll, el ingeniero catalán que se conceptuaba una entidad intelectual y moral muy superior a las de sus paisanos, e Isidoro Gallegos, cómico sin contrata y huésped sin dineros con que cubrir el módico importe de su pupilaje. Ello no obstante, su gracejo y experiencia hacíanlo más simpático de lo que era naturalmente, y su mala lengua, ¡vaya que la tenía mala!, hacíale temible y peligroso. Las cuatro del barquero le soltaba al lucero del alba, y, por ciertas alusiones, doña Nicasia sospechábalo interiorizado de su enredo con Sordo. De ahí que no le exigiese el pupilaje demasiadamente y que neutralizara el cohecho simulando enojos cada ocasión en que al cómico se le iba la sin hueso, vale decir, muchas ocasiones al día y muchas ocasiones a la noche, que Isidoro sabíase al dedillo la vida y milagros del género humano y cuando ignoraba lo concerniente a determinado individuo o individua, en un periquete inventábaselo para no incompletar su crítica ni amenguar su legítima fama de bien informado. Y estas disputas consuetudinarias acerca de los méritos privativos de provincias y ciudades sacábanlo de quicio, huía de ellas por no ofender a los tercos, encerrábase en su cuarto o adelantaba su hora de marcharse a la calle. Teníaselo manifestado: todo eso no era más que perdedero de tiempo y hacerse mala sangre:

—Todos somos peores, sí señor, lo mismo los que vencen que los que hemos perdido con este viaje de los demontres a América, que ni nos llama ni maldita la falta que le hacíamos... por vosotros lo digo, pues conmigo varía el asunto... yo vine por el arte, por el gran arte que vosotros no conocéis ni de nombre... Ni en Madrid ni en Barcelona, ni en ninguna parte se conformaban con que yo les hiciese sombra; porque se la hacía, ya lo creo que se la hacía, ¿quién se me atreve a mí en el «género chico»? Y aquí, en México, ¿quién es capaz de ponérseme delante ni en el grande?... ¡a ver, decirlo!... Por lo cual no me soportan y traman cábalas y me urden meneos y me tienen sin una peseta, ¿verdad, doña Nicasia, que nos tienen sin una peseta?, desmiéntame usted, ¡a que no!... ¡Pero vosotros...!, vosotros os tenéis la culpa por gandules, ¿queríais América?, ¿ambicionabais fortuna?... pues ¡hala! a los campos, ahí, en la tierra que ha manester de fatigas y sudores, de hombres que la violen y la fecunden: preñadla de trabajo y ella os parirá cosechas y cosechas que carezcan de fin, las últimas mejores que las primeras; y tras las cosechas, los pesos duros, y tras los duros las onzas y tras las onzas los caudales, la fortuna soñada... ¡No más mostrador! —esto es título de una pieza de Larra, pero también es verdad—, ¡no más mostrador!, y en un par de lustros regresaréis a vuestros lugares convertidos en «indianos», sabiendo comer carne y esgrimir el tenedor, ¡destripaterrones!, sabiendo leer y firmar, con chistera en vez de boina o de pañuelo, botines de becerro (cantando) «unos zapatos bajos de charol» en vez de alpargatas... y en vuestras aldeas edificaréis templo aunque no escuela; y mandaréis acá a vuestros sobrinos, y os reventaréis de una indigestión de chorizos, ¡ignorantes, gordos, porcunos, felices... mientras que yo...!

—Usted, antes y mientras y después, ¡so desvergonzado!, puede irse a hacer... ¡gárgaras! —decíanle indignadísimos los aludidos, y el cura carlista, para anonadarlo, declaraba mordaz:

—Dejarlo, dejarlo que se desahogue, pobre, ¡es un histrión!

—¡Histrión, sí, a muchísima honra, cuidado conmigo, padre cura!... ¿Queréis otra receta? (vuelto a los demás), ¿queréis enriquecer por encantamiento y no trabajar ni un minuto sino raparos la más regalona de las vidas?..., ¿queréis «seguir la senda por donde han ido»[20] —éste es un verso de... de... no me recuerdo de quién ni os importa tampoco, ¡es un verso su-

---

[20] La primera estrofa del poema «Vida retirada» de Fray Luis de León dice en realidad «¡Qué descansada vida / la del que huye del mundanal rüido / y sigue la escondida / senda por donde han ido / los pocos sabios que en el mundo han sido!»

perior!—, por donde han ido tantos Sánchez y tantos Pérez y tantos López... ¿Sí?... pues casaos con rica, y si es feúcha mejor que mejor; es una industria[21] socorrida... Yo no la intento porque no me da la gana, porque yo amo la libertad y a mi patrona. ¡Diga usted que no, doña Nicasia! Yo soy un hombre libre; yo soy partidario de todas estas repúblicas, de las bombas de dinamita y de la olla podrida[22]; yo soy socialista, anarquista, artista...

—¡Sablista! querrá usted decir, eso sí que es usté —le soltaban a una el empeñero y el dependiente de La Covadonga, a quienes, en efecto, adeudaba unos reales, prestados hacía meses sin probabilidades de reintegro.

O bien Ripoll, desde su cuarto, imponía silencio a gritos, pidiendo un poco de sosiego para estudiar, o doña Nicasia amenazaba a Gallegos maternalmente, blandiendo los brazos, hueca la voz y las palabras descorteses.

Isidoro entonces se escabullía, aún ayudaba a instalar la mesa del mus, y descolgando de la percha general del pasillo su cuaternaria pañosa[23] zurcida a trechos, encaminábase al teatro, donde por compañerismo nada pagaba, y luego al café, y luego a las fondas nocturnas, ocioso y noctámbulo empedernido. Con su eclipsamiento entraba la casa en una quietud relativa, pues había que contar con las diferencias de los *museros*, los altercados que cualquier juego de naipes consigo trae, y entre jugadores latinos mucho más. Prolongábase la velada hasta la medianoche si los azares de las cartas tenían exageradamente prendido a alguno de los adalides, si no, a eso de las diez y media u once, levantábase la sesión, previo ajuste de cuentas y previa retirada de doña Nicasia que les guardaba plácida compañía sentada a la mesa de centro, con quinqué y pantalla, leyendo descosidos folletines de Pérez Escrich o de Fernández y González[24]. Sordo daba la alarma sacando su re-

---

[21] *Industria:* maña, destreza, artificio.
[22] *Olla podrida:* guiso que además de los ingredientes ordinarios como tocino y legumbres, contiene también jamón, aves, embutidos y demás.
[23] *Pañosa:* capa de paño.
[24] Los escritores españoles Enrique Pérez Escrich (1829-1897) y Manuel Fernández y González (1821-1888) fueron autores de varias novelas por entregas de gran éxito.

lojazo de oro al que convergían las miradas de los contertulios, más atraídos por el valer de la prenda que por la mágica
marcha de sus manecillas: iban a ser las once, se liquidaba, y
a camita todo el mundo.

La Guipuzcoana, Gran Casa de Huéspedes Española —según rezaban el rótulo pintarrajeado de sus balcones y el letre-
ro del primer descanso de su escalera—, como fragata de alto
porte apagaba sus luces, cerraba sus escotillas y se arrebujaba
en el silencio sin detener su andar, tripulada por aventureros,
a los que no amedrentaba la lejanía de la costa, ni lo molesto
de los tumbos, ni lo hambriento y traicionero de las olas que
por igual mecen las ambiciones y los desfallecimientos, a los
fuertes que a los débiles, las osadías y las desesperanzas...
Nada significa que la embarcación sea frágil, ¡más lo es la
vida!, y, sin embargo, con esta vida frágil se llega a muchas
partes, consúmanse muchas conquistas y se realizan muchos
anhelos, aunque peregrinos, conquistadores y poetas paren
en el sepulcro, definitivamente, «hacia el cual —anunciaba el
Eclesiastés—, vamos todos corriendo»...

Desde afuera, sólo una luz veíase brillar, cual de timonel
que velara por la nave dormida. Y la apariencia no resultaba
mentira completa: la luz era la del cuarto de Ripoll, que velaba, no por la nave *Guipuzcoana*, sino por la suya propia, por el
submarino que había inventado y venido a proponer en venta
al gobierno de México. Rodeado de planos y compases, frente
por frente de un diminuto y perfecto modelo de su descubrimiento: una preciosidad de aluminio, con barandales, torres,
tubos lanzatorpedos, escalas, tragaluces y su par de mástiles
para cuando navegase al descubierto, quitables para cuando se
sumergiese en las profundidades oceánicas, el ingeniero catalán
pasábase las horas con papeles y números, calculando resistencias, velocidades, ventajas y defectos; armado de pinzas y herra-
mientas varias; quitando una planchita aquí, reforzando un tornillo allá, cambiando la posición de la chimenea, mudando la
escala de babor a estribor y de estribor a babor; con alma y corazón esperanzados en su invento, cuyas calderas no le satisfa-
cían, cuya hélice, en revoluciones torpes, lo atormentaba.

Los inquilinos de La Guipuzcoana, doña Nicasia a la cabeza, respetaban supersticiosamente al ingeniero inventor, y a

fuer de analfabetos para quienes guarismos, libros y palabras de alguna alteza adquieren alarmantes proporciones de maravilla, cobráronle miedo, ¡qué concho! Ripoll había leído mucho, soltábales vocablos en idiomas que ellos desconocían, abría libros de folio con mayor aplomo que el cura carlista su misal o su breviario, como un hechizado ejecutaba operaciones de aritmética, sí, a la memoria evacuaba las consultas de doña Nicasia a propósito de su gasto en el mercado o las de intereses y refrendos que Izquierdo, el empeñero, proponíale. Gradualmente, convirtiéndose fue Ripoll en el orgullo de la casa y destronando, en materias laicas, la autoridad adquirida por Práxedes Luro con la simple exhibición de su sotana. Ripoll era el sabio y era español, ¡por supuesto que era español!, y eso necesitaban, eso, «gachupines» así, que con sus saberes vinieran a civilizar a estos americanos y a proclamar la supremacía universal y absoluta de la Península. Como por lo pronto el hombre anduviese escaso de fondos, doña Nicasia se le adelantó, después de una junta total de pupilos y del «visto bueno» de Sordo:

—Don Juan, lo que es por mí no se apure usted ni vaya a abandonar eso del sumarino... Cuando en estos reinos se lo compren, y se lo paguen sobre todo, usted me paga a mí y en paz..., pero mientras, nada, que usted pide por esa boca y yo sirvo con la mejor voluntad, ¿estamos?...

Ya lo creo que estaba y que estaría hasta no realizar la transacción profetizada; sobre que el problema de su sustento corría parejas, por lo insoluble, con el de la venta codiciada. Se acostumbró a vivir a crédito, lo mismo que iba acostumbrándose a que en el ministerio de Guerra y Marina nunca lo recibieran. El triunfo consistía en tener paciencia, mucha paciencia, como doña Nicasia, que jamás le recordaba el incesante crecer del adeudo. Todos en La Guipuzcoana terminaron por interesarse en el invento, cuyo mecanismo, precisamente porque no lo entenderían en los siglos de los siglos, antojábaseles cosa del otro mundo que por remate habría de dar a cada uno honra y provecho. El cura don Práxedes, en las raras misas que le caían en tanto lo nombraban párroco de alguna aldea rural y cercana a la metrópoli —promesa de personajes prominentes de la colonia—, antes del *Ite...* encomendaba la des-

tructora maravilla. Y un domingo, por unanimidad se bauti-
zó el trebejo[25], de más valía que el *Peral*[26], con castañas y si-
dra compradas a escote. Pusiéronle *Aragonés*, en obsequio a la
patrona y por indicaciones de Sordo. Los cuarenta años sona-
dos hacía cinco de doña Nicasia, esbozaron una jota; don
Práxedes bendijo el traste y Gallegos cantó él solo el dúo de
La Verbena[27]:

—«Hoy las ciencias adelantan que es una barbaridad...»

Los huéspedes de La Guipuzcoana concibieron por el invento y por el inventor respetos de catecúmenos[28]. En la casa
hablaban bajo; lo que Ripoll opinaba, por evangelio diputá-
banlo; y cuando en las noches, muy tarde ya, recogíanse los
paseadores, al contemplar el iluminado balcón del ingeniero
sonreían a solas, ufanos de habitar, tabique de por medio, con
el genio que velaba infundiendo su espíritu en el *Aragonés*,
monstruo que a todos casi pertenecía, que todos amaban ciegamente desde luego, tal y como se hallaba: imperfecto, pe-
queñín, inconcluso; a reserva de amarlo todavía más, después, pronto, cuando se recetara el gran chapuzón en el Golfo de México y nadando mejor que la mejor ballena, se
entregara a agujerar barcos de madera y a lanzar por los aires
los más formidables acorazados del mundo, ¡olé ya!...

El reinado de Ripoll, tan cariñosamente inaugurado, duró
bastante menos de lo que él necesitaba que durase. Con el
arribo del *Jarameño*, que se entró una mañanita con carta de
recomendación, pesos y billetes a porrillo, copia de baúles y
valijas, y un mozo de espadas, Bruno, más *flamenco* en decires,
andares y hechuras que si en la propia Flandes lo hubiesen pa-
rido («¡soy andalú de Aracena[29], carcule usté!...», declaróle a la
criada), se relegó a Ripoll a la indiferencia y el *Aragonés* al ol-

---

[25] *Trebejo:* utensilio.
[26] El Peral: alusión al submarino inventado a finales del XIX por el militar
de marina y científico español Isaac Peral (1851-1895).
[27] *La Verbena de la Paloma:* popular zarzuela en un acto, estrenada en Madrid en 1894. El fragmento que se transcribe a continuación forma parte de
una de sus canciones más conocidas.
[28] *Catecúmeno:* persona que recibe instrucción religiosa para ser admitida al
bautismo.
[29] *Aracena:* localidad española perteneciente a la provincia de Huelva.

vido. Atávicamente, étnicamente volviéronse en masa al torero; impulsados por secreta fuerza irresistible se desvivieron por mimarlo y agasajarlo, cual si con él hubiera entrado en La Guipuzcoana milagrosa bendición, años y años codiciada. Poco tuvo que poner el *Jarameño* de su parte para ganarse unas voluntades que espontáneas y regocijadas a él se adherían. En lo que sí tuvo que andar con largueza fue en el capítulo de *parneses,* pues con perdón de doña Nicasia, su Guipuzcoana iba que volaba al abismo y a la bancarrota. El *Jarameño,* de buenas narices, olfateó apuros y les aplicó radical remedio: pagaría pupilaje doble siempre que se le cuidara como a mil, y por pronta providencia, anticipó un bimestre:

—Las cuentas claras, patrona, y el chocolate espeso. Corra usted el temporal con este dinerillo y aluego... pues lo correrá usted con otro.

Doña Nicasia gimoteó; Sordo estrechó enfáticamente la diestra del diestro; Gallegos lo aplaudió, hombreándose[30] con él. «¡Bravo, compañero, así he sido yo toda mi vida!», el empeñero le sopesó los dijes[31] de la cadena, y el resto de huéspedes radicóse en Babia. Ripoll almorzó en la calle y a regañadientes incorporóse a sus coinquilinos, cuando a su regreso nadie aún abandonaba los manteles y con muchedumbre de anises y manzanillas digerían platos extraordinarios dentro del comedor.

El *Jarameño* se entronizó; era el cuerno de la abundancia, fuente inagotable de gracejo y la alegría de la casa. Don Práxedes confesó francamente «que era mucho hombre»; el empeñero, «que lo adornaban magníficas prendas»; Gallegos nombróse a sí mismo perito catador de sus cigarros y puros; doña Nicasia sólo «hijo» lo llamaba, y todos a una adoptaron para tratarlo el honroso título que le prodigaban Bruno y los banderilleros y picadores de su cuadrilla, sus visitantes perennes: *maestro* denominábanlo y *maestro* denomináronlo la patrona y los huéspedes. Este noble dictado y la coincidencia de que por esos días notificáronle a Ripoll en el ministerio que su submarino no ofrecía las condiciones apetecibles y no se lo

---

[30] *Hombrearse:* situarse hombro con hombro.
[31] *Dijes:* joyas, alhajas.

227

aceptaban a precio ninguno, ni regalado, sumieron al ingeniero en negra melancolía que hubo de disimular en lo profundo para no incurrir en la pena de suspensión de víveres, que,
regularmente, le infligiría doña Nicasia al percatarse, si se per-
cataba, de que con la resolución ministerial ella perdía su dinero y la esperanza de juntarse con él ni en el Día del Juicio.
Debe consignarse, sin embargo, que honradísimos eran los
propósitos de Ripoll: vendería su submarino a particulares, a
sus paisanos ricos, a los chinos, y en vendiéndolo, a saldar
con su patrona y demás gente ordinaria, porque debía sus picos, unos picos como los de los Pirineos. Con la desazón y las
fatigas, tornósele agrio el genio y amarilla la piel. Mal encara-
do, sentábase a la mesa sin cortejar al *Jarameño,* y, a manera de
desesperado, convirtióse en blasfemo y de pésimas pulgas;
irascible, gruñón, agresivo, soltando palabrotas que a los otros
les resultaban jeroglíficos y charadas amenazantes. Apenas si
Gallegos lograba que hilvanara dos palabras.

—¿Por qué ya no nos cuenta las cosas tan interesantes que solía? —preguntóle el cómico en cierta ocasión.

—Porque yo sí que me volví anarquista de verdad, no
como usted, que lo es de mentirijillas, y cualquier día cambio
mi invento; en lugar de que vuelen buques de guerra, ¡voy a
hacer que vuelen ciudades y naciones íntegras! ¡Sí, sí, no reírse!... ¡íntegras!, con pobladores y con demonios... ¡un jaleo,
pero qué jaleo!..., ¡que concluya allá, por las nubes!

—Pues no quiere usted na, gachó —terció el *Jarameño* be-
névolo—, ¿qué daño le ha hecho a usted tantísimo inocente?

Alzóse de hombros Ripoll y soltó uno de sus incompresi-
bles terminajos que de sus lecturas y su comercio con erudi-
tos legítimos, le restaban:

—Un daño y muy grande —respondióle al torero—. Usted
todavía cree en los inocentes, a pesar de que la degollina del
tal don Herodes acabó con la especie; yo creo en otras cosas;
yo creo, por ejemplo, en que ustedes y yo y todo el mundo
somos hijos del ¡antropopiteco!...

Si no les aclara tan pronto que el antropopiteco (no hubo
nadie, ni el cura, que pudiera pronunciar el vocablo a las derechas) era un monstruo primitivo que, según sabios de nota,
fue nuestro antepasado, como si dijéramos el tatarabuelo de

los humanos, el ingeniero la pasa mal. Los huéspedes cercaron a Ripoll, exigiéndole la traducción al romance de tamaño disparate. Y este monstruo primitivo remató la caída de Ripoll: doña Nicasia le indicó que necesitaba fondos; Sordo le retiró la mirada y el cura el saludo; los demás reíanse de él en sus barbas y la criada le dejaba sin asear el cuarto dos y tres días. Isidoro Gallegos, al contrario, intimó con él y lo visitaba a menudo, tratando de inculcarle su estoicismo para conllevar flaquezas de prójimos y gorduras de la suerte.

Inopinadamente, el *Jarameño* diose a protegerlo, atraído y deslumbrado por aquel su guirigay pseudocientífico, por su fisonomía barbada y viril, casi hermosa, y por su decidida fortuna pésima. Apaciguó el chubasco, pagó a doña Nicasia un mes de su pupilaje y, monarca absoluto, contra la afirmación de don Práxedes de que el catalán olía a hereje que apestaba, levantósele el entredicho, se le devolvieron unas miajas de su reputación de antaño.

—¡Es un tío que sabe! —proclamó el *Jarameño* a guisa de bando de amnistía—, y que ha de haber tirado puñados de años trasteando universidades y gramáticas. Yo lo defiendo porque me nace defenderlo, ¡ea!, y una tarde he de brindarle un toro...

No llegó hasta allí la gratitud del defendido, que, deponiendo enconos y antipatías, a cada paso se la manifestaba a su benefactor. Pero, que concurriera a los toros ¿él?... ¿él, que ni en Barcelona ni en Madrid había concurrido nunca?

—No, *Jarameño,* no, usted me perdone que no lo complazca, me enfermo en la plaza, sufro; no, de veras no me brinde usted nada, que ya demasiado me ha brindado aquí. Odio los toros y a los toreros, permítame que continúe queriéndole mucho como hombre y como amigo...

Aquella noche a nadie extrañó en La Guipuzcoana que el *Jarameño* no asistiese a la comida, pues rara noche comía en la casa; malgrado[32] las proezas culinarias de doña Nicasia y la cara de pascuas con que lo recibían sus compañeros de pupilaje. Sí chocó, aun a los museros enfrascados en el naipe, que

---

[32] *Malgrado:* a pesar de.

a eso de las diez se apareciera en la salita el mozo de espadas Bruno.

—Er maestro dice que le oiga uzté un momento, patrona.

—¿Viene enfermo? —interrogó doña Nicasia, ansiosamente.

—¡Quiá! —repuso Bruno, sonriente—, más zano que un cabestro; viene acompañado...

Deshízose el mus; Gallegos retardó su salida y doña Nicasia, sin aguardar a que se le enfriasen los ojos, siguió a Bruno por el corredor hasta el mismísimo cuarto del espada, en el que penetraba a cualquier hora. Los jugadores se agolparon en la mampara de la sala, en mano sus respectivos juegos. En la habitación de Ripoll, aunque iluminada, imperaba silencioso recogimiento. Sin duda el diestro, a la par que doña Nicasia empujaba la vidriera dejándola entreabierta, encendió la lámpara de petróleo, porque la estancia, alumbrada de pronto, permitió que las curiosidades en acecho medio se satisficieran:

—¡Caracoles! —murmuró Gallegos, plantado a la mitad del pasillo—, ¡qué hembra se ha recetado el «maestro»!...

—¡Patrona! —decía en el propio instante a doña Nicasia el *Jarameño* cortando por lo sano—, aquí tiene usted a esta dueña de mi alma que se dizna vivir conmigo para que yo sin ella no me muera... Y aquí nos va a mandar a todos, a usted, a mí, a los huéspedes y al globo terráqueo..., conque, ¡se concluyó!... Si alguien se enfada, a la calle con él, y si se enfadan todos, a todos soleta[33], que yo pago por nosotros y por lo que usted pierda y por la madre que me parió... Esta señora se llama Santa, doña Nicasia, ¿se hace usted cargo? ¡Santa!... ¡Ven tú, gloria!, ven a que te conozca la patrona...

Tan cierto es que las mujeres, por su poderosa facultad de fingir, no pierden jamás, ni jamás olvidan los gestos, palabras o actitudes que las favorecen, que Santa recuperó instintivamente sus aires de los buenos tiempos, sus cautivantes aires de sincero candor campesino, y de no más acercarse a la luz del quinqué, de no más saludar y reír a doña Nicasia, se la

---

[33] *Soleta:* suela, en sentido figurado «a la calle».

ganó de un golpe; y si ésta desde luego no dio la bienvenida que su entusiasmo le dictaba (a pesar de adivinar en lontananza, si encubría el lío, crecidos beneficios que gran falta le hacían), reconoció por causa, el deseo de no disgustar a Sordo ni incurrir en las iracundias eclesiásticas de don Práxedes. Retornó el saludo y escurrióse sin soltar prenda.

Discreto y rápido se efectuó el conciliábulo, encerrados en la habitación de la propietaria, ésta, Sordo y don Práxedes. Que pronto se pusieron de acuerdo los miembros del conciliábulo, comprobado quedó con que pronto también reaparecieron en familiar grupo.

—¿No le parece a usted, padre cura, que es lo debido cuando se trata de personas decentes?, ¿no le parece a usted? —insistía Sordo, que llevaba la batuta en el asunto.

Y ante los mudos asentimientos de don Práxedes y de doña Nicasia, satisfecha ella, y su paternidad, por efecto de la costumbre, aprobando con el brazo cual si repartiese bendiciones entre los feligreses de los curatos que había servido y de los que —el ilustrísimo arzobispo mediante— prometíase servir en lo futuro, a la sala regresaron entrambos varones mientras doña Nicasia pugnaba porque el *Jarameño* abriese su puerta:

—Soy yo, *Jarameño*, soy yo. ¡Abra usted! —gritábale—, que pueden ustedes quedarse, como usted quería...

No le respondieron del cuarto oscuro y cerrado. Por la cerradura, a la que doña Nicasia pegó los ojos, nada alcanzaba a verse. Apenas si pudo escuchar rumor de besos compartidos, de recíprocas caricias, el imponente y triunfal himno de la Carne.

El *Jarameño* y Santa, al fin, otorgábanse el don regio de sus mutuos cuerpos, de sus mutuas juventudes y de sus mutuas bellezas. Oficiaban en el silencio y en la sombra, rompiendo el silencio con el eco difuso de los labios que encuentran otros labios o que recorren toda una piel sedeña y dulce que se adora hace tiempo; desgarrando la sombra con la luz de sus encendidos deseos contrariados tantos días, cuando el vivir y el amar son tan cortos... Y del amor que se desperdiciaba por los resquicios, se llenó, transfigurándose La Guipuzcoana entera, como si invisibles manos compasivas la incensaran pausadamente, totalmente, y desterraran vulgaridades, envidias, codicias, cuanto de ordinario formaba su oxígeno respirable. No eran Santa y el *Jarameño* una meretriz y un torero aguijoneados de torpe lubricidad que para desfogarla se esconden en un cuarto alquilado y ruin, no, eran la eterna pareja que entonaba el sacrosanto y eterno dúo, eran el amor y la belleza. ¡Oficiaban!...

Doña Nicasia se apartó respetuosa, cabizbaja, grave, como se aparta uno siempre de los lugares en que se celebran los misterios del nacimiento, del amor y de la muerte; ¡los misterios augustos!

La noticia circuló entre los huéspedes de la sala, primero, y entre los ausentes a la hora del suceso, conforme llegaban a sus cuartos. Cundió que don Práxedes no se oponía; que Sordo daba su aprobación y que doña Nicasia estaba contentísima de la ocurrencia. Hubo un encogimiento de hombros universal; ¿qué les podía importar que hubiese una mujer de más en la casa? A lo sumo, alborozo por conocerla, idea vaga de que los prefiriera al amante, la grata e informulada inquietud que en los hombres origina, a cualquiera edad y en cualquier estado, hallarse próximos a una mujer bonita. Por desengaño de las miserias de nuestro linaje, Ripoll encogióse de hombros más que los otros, al ser notificado del arribo de Santa, por Gallegos, quien, mañana a mañana, de pantuflas y saco destrozado, instalábase en el cuarto del ingeniero a fumarse media docena de cigarrillos bien conversados:

—¿Qué opina usted, profesor, de esta invasión de faldas?... A mí me alegra... es una real hembra, de buten[34], le digo a usted que es de buten...

No se entusiasmaba Ripoll, de narices sobre sus números. ¿Las mujeres?... ¡peuh!, iguales, todas iguales, por mucho que cada enamorado sostenga lo contrario y para su dama exija una excepcionalidad que es subjetiva, meramente subjetiva... mas en el fondo, todas cortadas por una sola tijera: las mismas mañas, las mismas falsías, los mismos defectazos irremediables de máquinas imperfectas cuyo molde se echó a perder

---

[34] *De buten*: excelente, lo mejor.

hace años... Como no hay de otra marca y de ellas habemos menester para gozar, con ellas apechugamos prometiéndonos componer a la que nos cupo en el reparto o a la que nos corresponde en la perenne arrebatiña...

Reía Gallegos de filosofías semejantes, ¡qué cuerno!, si siendo imperfectas nos matamos por ellas y tras ellas andamos como chuchos rabiosos, ¿qué sería si llegaran a la perfección?, ¡el acabóse, ingeniero, el acabóse!

Luego, contó a Ripoll que los huéspedes habíanse conducido a sus despertares cual si el *Jarameño* y su chica fueran novios de veras, casados la víspera. Ni ruido hicieron en el desayuno, de puntillas se largaron a sus quehaceres, mirando de soslayo a la puerta cerrada:

—Vamos, hombre, que hasta la sirvienta se moderó al batir chocolates y lavar tazas..., esto supera a *Los amantes de Teruel*[35]...

No faltó ninguno a la comida que, según los reglamentos, sirvióse a la una de la tarde en punto. La única contravención a los tales consistió en que el mantel y las servilletas albeaban de limpios y en que en el centro de la mesa figuraba un gran ramo de flores, de a duro lo menos, alegrando semblantes. Gallegos inició algunas alusiones picantes que inadvertidas se evaporaron debido al severo mirar de doña Nicasia, a un carraspeo de Sordo y a un fruncimiento de cejas de don Práxedes. Antes que «los de Teruel» ingresó la sopera, destapada y olorosa.

—Hoy he guisado yo —proclamó doña Nicasia—, hay sopa de ajos, huevos con tomate, bacalao y olla podrida...

—¡Y yo pago el vino! —gritó el *Jarameño* entrando radiante de la mano de Santa, ruborizada, así como suena, ruborizada y para sus adentros temerosa: ¿se le averiguaría en la cara lo que había sido?...

Por dicha, la salva de aplausos que estalló a su llegada diole confianza y ánimos; y cuenta que no solamente la aplaudían a ella, buena parte de los aplausos consagrábanlos a los

---

[35] *Los amantes de Teruel*: drama histórico en cinco actos, de Juan Eugenio Hartzenbusch, estrenado en 1837. Se basa en una leyenda tradicional española la que refiere los amores trágicos de Diego Mansilla e Isabel de Segura.

platos anunciados y al vino prometido, que Bruno introdujo en un canasto: dos docenas de botellas que tintineaban entrechocando, tinto español, legítimo, de la Rioja.

Sin dificultades ganó Santa en este primer encuentro; en sus redes de prostituta elegante, añadidas y a trechos rotas de tanto servir, cautivó a aquel montón de aventureros y de horteras[36], Ripoll inclusive, a pesar de sus despectivas teorías contra el sexo. Isidoro, cautivado a su vez, examinábala, sin embargo; procuraba recordar: ¿dónde he visto yo a esta muchacha?...

Pero llegó el domingo próximo, fecha de lidia, y la decoración cambió. Los individuos de la cuadrilla del *Jarameño*, que a diario visitaban al «maestro» y habituados a estos amasiatos[37] de duración corta y emborrascada, guardando distancias, trataban a Santa como esposa temporal de quien los mandaba, desde el sábado a la noche notólos Santa con actitud diversa, sin sus carcajadas y cantos, sin su alegría de existir ruidosa y franca de los demás días. A lo mejor de su plática quedábanse taciturnos, sacudían la ceniza de los cigarros con meticulosidad pensativa y suspiraban muy por lo bajo, cual si maquinalmente probasen a engañarse a sí mismos ahogando sus suspiros; o miraban al «maestro» fija y largamente, en mudo voto porque la ciencia de él los salvara a todos mañana, en la arena, que tanto puede servirles de sepultura profana como de amplio pedestal de fama y renombre.

—¡Mucho juicio esta noche, y mañana, temprano, en el encierro toos, pa diquelar[38] er sentío de lor bichos! —díjoles el *Jarameño* al despedirlos.

Y Santa vio claro que partían preocupados y que el *Jarameño*, preocupado, regresaba al cuarto; que después cenaba con sobriedad, sin catar el vino ni estrecharla a ella, acostados ya, por lo que alarmada de lo inusitado del fenómeno, se lo reprochó femenilmente.

—¿Ya no me quieres?... —le preguntó dentro de la tibia sombra del lecho, arrimándole el mórbido cuerpo, en un total ofrecimiento.

---

[36] *Hortera:* persona vulgar y de mal gusto.
[37] *Amasiato:* concubinato.
[38] *Diquelar:* comprender, entender.

Estremecióse el matador, mas ante la vecindad del peligro, en las profundidades de su ser arrumbó las ansias de su temperamento de fuego, e igual que si implorara una merced grandísima, habló a su querida:

—¡No, no te quiero ya, te adoro ahora!... Mira, por un cabello tuyo daría mi vida; por toda tú, la vida de mi pueblo, y porque no me engañaras nunca, todos los imperios y reinos de la tierra, ¡y cuidado si hay imperios y reinos!... Si no te abrazo y no te beso y no te como a muchos bocados para saborearte a mis anchas, más padezco yo que tú, ¡te lo juro por estas cruces! (enclavijando[39] las manos aunque no se veía gota), pero si mañana salgo vivo de la corrida, ¡pobrecita de mi alma!, te voy a devorar... No es que la lidia me acobarde, no, ¡si me vieras estoqueando!, se me pone el pulso más firme y más quietecito que cuando duermo, ¡por mi salú!... Es que si se descompasa uno la víspera de torear —será gitanería, concedido—, ¡ay hija!, se corre el riesgo de torear por última vez, y ya ves tú si, queriéndote lo que te quiero, me haría gracia que un bicho me ultimara mañana, ¡corriendito!... Por eso no me toques ni me tientes, ¡por la marecita que te echó a penar en el mundo!, pues si me tocas no respondo; llamas me corretean por las venas, y mi alma y mi vida a ti se me van, y yo detrasito de ellas... Si te abrazo, me ardo; si te beso, parece que pierdo el juicio... Me moriría encima de tu pecho sin sentir nada, nada más que ganas, remuchísimas ganas de continuar contigo después de muerto, enterrado en tu seno hasta que el mundo se concluyese, ¡qué sé yo!, años y años, lo que duraran sumadas tu vida y la mía y la de nuestros hijos, y la de los hijos de nuestros hijos... ¡Mi Santa!... ¡Mi Santa de mi alma!...

Contra su costumbre, no tomó el *Jarameño*, al día siguiente, su café en la cama. De las manos de Bruno recibió la bandeja y en persona sirvióselo a Santa, ya penetrada de la gravedad de los sucesos y que de mal talante lo apuró echada sobre las almohadas; su anca soberbia señalándose a modo de montaña principal, bajo las ropas rugosas, del resto del cuerpo ex-

---

[39] *Enclavijar*: entrelazar.

tendido: en lo alto la cabeza; las negras crenchas rebeldes, cayendo por sábanas y espaldas, como encrespada catarata; en seguida, un hombro redondo, como montaña menos alta; luego el anca, enhiesta y convexa, formando grutas enanas con los pliegues que hacía colcha de bombasí[40], levantada por dentro; después, la ondulación decreciente de los muslos que se adivinaban, de las rodillas en leve combadura; por final la cordillera humana y deliciosa, perdiéndose allá, en los pies que se hundían, de perfil, en los colchones blandos, y que dibujaban angostas cañadas, microscópicas serranías blancas con las arrugas de la ropa, veredas que se entrecruzaban, senderos que conducían a las orillas del lecho, a los hierros dorados de que colgaba el rodapié[41] de punto, o que, internándose bajo las sábanas, conducían, inocentemente, a la piel ardorosa, aterciopelada y trigueña de la bellísima hetaira...

El sol, el sol del cielo, que al abrir el *Jarameño* las maderas del balcón había asaltado la estancia cual invasión de agua represa que de improviso rompe compuertas y anega campos, dio de pleno en Santa, la regó de luz y de moléculas rubias que bullían en la atmósfera, pintó en la pared, con sombra, los contornos de su cuerpo, y por abertura estrechísima del camisón —que no habría consentido ni el paso de un dedo—, el sol, con ser tan grande, por ahí se metió a besar quedamente, con sus labios incorpóreos y astrales, el botón sonrosado de los senos de Santa, que apenas asomaban su forma de copa de la Jonia[42], de copa sólo fabricada para gustar de ella los néctares, las esencias y las mieles.

—Tendremos una gran tarde —vaticinó el *Jarameño* volviéndose a mirar tanto sol dentro de la pieza. Y deteniendo su mirada en Santa, que aguardaba inmóvil el doble baño de calor y de luz, masculló cual si consigo mismo hablase:

—¡Qué linda eres!...

---

[40] *Bombasí:* tela gruesa de algodón, con pelo.
[41] *Rodapié:* adorno, habitualmente de madera, que se pone alrededor de camas, mesas u otros muebles.
[42] *Copa de la Jonia:* copa característica de las antiguas civilizaciones de Grecia, cuya presencia en la Península Ibérica se documenta hacia el siglo VII a.C.

236

Acto continuo, para que no lo ganasen enternecimientos inoportunos, se entregó a Bruno, el que con una maestría de barbero profesional, le afeitó el rostro hasta dejárselo azuloso y terso. Luego, lo vistió de corto, traje de calle; cepillóle el sombrero de anchas alas y le alargó el bastón de carey con puño de oro, Santa insistió entonces en que le permitiera asistir a la corrida.

—Llévame, *Jarameño*. Considera con qué congojas pasaré la tarde aquí sola, ¿me alisto?...

Ni por pienso. El *Jarameño*, serio, reproducía sus negativas de cuando Santa solicitó ir a verlo torear; volvió al pretexto de sus presentimientos, de sus «gitanerías», según los tenía bautizados:

—No irás, mi Santa; por tu madre que no me pidas ir... Me da en el corazón que el día que tú me veas torear ha de ocurrirme una desgracia grande... Quédate aquí, y reza, acompáñame con tu pensamiento y con tu querer, y antes que la noche, regresaré yo.

Bruno, en el ínterin, aparejaba un remedo de altar; dos velas de cera, encima de la cómoda, frente a una Virgen de los Remedios en cromo, que habrían de arder mientras el *Jarameño* se hallase en peligro inminente. Él las encendía al partir y él las apagaba al tornar, lo mismo si tornaba sano y salvo que como cuando en Bilbao tornó en vilo de sus hombres, con aquella cornada en la ingle que lo hacía sufrir aún.

La Guipuzcoana toda, no obstante que a sus inquilinos transportábalos la afición y que el alborozo los delataba, manteníase en cierta reserva en atención al «maestro»; por lo que la comida dominical resultaba relativamente silenciosa y anticipada, se servía en cuanto el matador volvía del «encierro». De acuerdo con lo que la regla manda a los lidiadores, el *Jarameño* sólo tomaba un par de huevos tibios y una copa de Jerez, seco; el estómago debe estar vacío para ceñirse apretada la banda y para disponer, en la brega, de ligereza y agilidad. Santa comió un bocado con desgana, a pesar de las instancias de la patrona que singular afecto le aparentaba; sentíase nerviosa, con palpitaciones y ganas de llorar; colérica de que los huéspedes, ansiosos, consultasen relojes y cambiaran guiños de subrepticias connivencias. Ripoll, flemático, no rehusaba manjar; y Gallegos, en el colmo del entusiasmo por lo que gustaba de los toros y porque el *Jarameño* obsequiábalo domingo a domingo con una contrabarrera numerada, soltaba sin descanso halagüeños augurios: habría un gentío a reventar, público conocedor y villamelones[43], chicas guapas y caritativas:

—¡Que va por usted, hombre de Dios, conque a lucirse y a dejar bien puesto el pabellón!, nosotros los artistas debemos posponer...

Lo callaba a improperios y a bolazos de miga de pan; él no era más que un comicucho, y malón por añadidura, ¿cómo se comparaba a un personaje de la talla del *Jarameño?*... Los cómicos no corren más riesgos en un meneo que sacarse una patada por la cabeza, docena de silbidos y perder la contrata... ¡pero los toreros pueden quedar inválidos, pueden perder la vida!... Bruno, anunciando a su amo que era hora de arreglarse, rompía el medroso mutismo que seguía a la fúnebre observación. ¡Perder la vida!... Y siendo tan fácil perderla, ninguno suponíase a ello expuesto, ni el *Jarameño,* que de la mano de Santa salió esa tarde del comedor. Bruno los precedía, y una vez traspuesta la puerta del dormitorio de los amantes, sin consultar, la cerró con llave.

En la vasta cama matrimonial reposaban las prendas del «traje de luces», la chaqueta con sus mangas abiertas y el pantalón corto, despatarrado; cuidadosamente desdoblado el resto, en inanimada espera de que lo encajaran donde debían encajarlo.

Siempre de la mano de Santa, el *Jarameño* fue y encendió los cirios, se arrodilló y se abstrajo en la contemplación de la imagen; si rezaba, rezaba con la mente, pues Santa no notó ni que moviese los labios. Estaba pálido.

—Siéntate, mi serrana, y aprende a vestirme, que es empresa complicada —le dijo al incorporarse y principiar la maniobra previa de despojarse del traje de calle, cuyos pantalones, por lo ceñidos, hubo de tirarle Bruno, agazapado.

---

[43] *Villamelones:* en México se aplica este término a los espectadores poco entendidos, especialmente en materia de tauromaquia.

Con tal intensidad posábase ahora el sol en la acera de enfrente, que su puro reflejo alumbraba el cuarto del diestro con exceso de luz vivificante, alegre y amiga.

Al quedar el *Jarameño* casi desnudo, se puso en pie. Y Santa, aunque sin hablar, lo admiró en su belleza clásica y viril del hombre bien conformado. Los músculos, los tendones, las durezas de acero que acusaba en los bíceps, en los pectorales, en los omóplatos, en las pantorrillas nervudas y sólidas, en los anchos de la espalda y en lo grueso del cuello, armonizábanse, le prestaban hermoso aspecto antiguo de gladiador o de discóbolo, de macho potente y completo, nacido y criado para las luchas varoniles, las que reclaman el arrojo, el valor y la fuerza; las luchas olímpicas en las que se muere, si se muere, de cara al sol, sonriendo a las mujeres y a los cielos, salmodiado por las valientes notas de las músicas guerreras, en gallarda apostura y espléndido lecho mortuorio; yacente en arena caldeada con efluvios de un rey de astros y con sangre de fieras que agonizan ululantes y se amortajan en la púrpura de sus entrañas al aire; con céfiros de bosques, insanos clamoreos, aplausos y jadeantes respiraciones trémulas de multitudes suspensas y encantadas de hallarse tan cerca de un peligro que no las herirá pero sí las enloquece y fascina, que lo mismo las sacude en sus clámides[44], mantillas y vestidos —que lucen todos los colores—, que en sus espíritus subyugados, donde se anidan todas las pasiones y todas las vesanias. ¡Santa lo admiró!

Sí, reconocía que estaba hecho para esas luchas, adivinábalo, más bien. En cambio, sabía que estaba así mismo hecho para el amor, para el amor suyo, de ella, que, en pago, lo amaba a su manera, plásticamente, por sus juramentos gitanos, por lo asfixiante de sus brazos y lo salvaje de sus caricias de incivilizado. No se resignaba con perderlo acabando de hallarlo, ni con que un toro se lo matase aquella tarde que más convidaba a acercamientos íntimos...

—¡Mira, morena, mira cómo se viste un matador de toros! —le dijo el *Jarameño* sentándose en una silla y abandonándose a las pericias de Bruno.

---

[44] *Clámide:* capa corta y ligera que usaron griegos y romanos.

Primero, el calzón de hilo, corto; luego, la venda en la garganta de los pies, muy apretada, contra luxaciones y torceduras; después, las medias de algodón, y sobre éstas, las medias de seda, tirantísimas, sin asomos de una arruga; después, las zapatillas, de charol y con su lazo en el empeine, y ¡arriba!, ¡pararse!, vengan la taleguilla y la camisa de chorreras, finísima, de hilo puro, de cuatro ojales en su cuello almidonado.

—¡Mis botones de cadenilla, Bruno! —ordenó el *Jarameño*, a tiempo que introducía bajo el cuello de la camisa el corbatín de seda y que se abrochaba los especiales tirantes de brega.

Metióse la falda de la camisa dentro de la taleguilla, que cerró por delante, y pidió faja de seda y sudadero de hilo, con los que Bruno lo cinchó, duro, apartándose luego a preparar el «añadido»[45]. Iba el *Jarameño* a abotonarse el cuello, mirándose al espejo del lavabo, cuando reparó en su medalla bendita —la que se oxidaba con sus sudores, enzarzada en los negros y abundantes vellones de su tórax—, y devotamente la llevó a su boca, la besó muy quedo.

—Anda con el «añadido», Bruno, ¡menéate! —ordenó sentándose de nuevo y destrenzando la coleta.

En el propio instante se oyó que un carruaje deteníase abajo, en la calle, y a la masa de huéspedes, capitaneada por doña Nicasia —sin incluir a Ripoll—, que ansiaban al *Jarameño*, desde afuera:

—¡Ahí está el coche, «maestro», ya van a dar las dos y media! ¿No nos vamos?

—¡Salgo enseguida! —contestóles el *Jarameño*—, adelantaos vosotros y aplaudirme en la plaza!

Bruno procedió a fijar el «añadido», trenzando el pelo postizo con el del diestro y con la moña aovada. ¡Bueno! Había quedado bien... ¡A ver el chaleco! Por supuesto, acorta el correón!... ¡ah!, ¡ah!..., ahora la chaquetilla:

—Cuidado con las hombreras, ¡bárbaro!..., ¡endereza las borlas del sobaco!..., ¡no, no tires recio!, despacio, eso es... —iba diciendo al meter los brazos en las mangas.

Luego, se encasquetó la rizada montera, hacia adelante, su

---

[45] El *«añadido»:* postizo capilar.

delantero mordiéndole las cejas, la parte posterior descansando en el «añadido», y el barboquejo[46] partiéndole entrambos carrillos, de la sien a la barba, como cicatriz indeleble de su carrera. Con codos y manos palpó si los dos pañuelos de la chaqueta asomaban lo bastante, e inclinándose un poco, permitió que el capote de paseo, más verde que un océano y con más oro que una California, que con respetos de sacristán que manosease paños consagrados, extendido sostenía Bruno, le cayera en los hombros sin un pliegue, sin un desperfecto, gloriosamente.

—¡Abre, prenda!, y grita al cochero que baje la capota de la victoria —le mandó a Santa, sin cesar de mirarse al espejo, su brazo izquierdo en jarras, levantando con el codo el capote terciado, dueño de sí mismo, en contemplación egolátrica de su individuo; de la que adolecen todos los artistas que viven en directo contacto con el público y han menester de actitudes determinadas para conquistárselo.

Por el abierto balcón, entráronse atropelladas, diáfanas ondas de luz y auras ligeramente frías de invierno de los trópicos. Ondas y auras envolvían al diestro, hacían resaltar la gallardía de su figura; los tonos verde olivo y oro viejo de la tela y del recamado de su «traje de luces». Santa experimentó inopinados e instantáneos celos, comprendió por qué estos hombres arrancan aplausos a su desfile, por qué engendran pasiones hasta en algunas damas encumbradas. Sus defectos, sus vicios se descubrirán después, mucho después, en la plaza son el color y la curva, el arte y la fuerza, la agilidad y la maestría... tienen sus rostros pálidos... los ojos negros... manchas de sangre... matan, engañan, lastiman, caen... ¡a veces, mueren!... aman siempre, a una hoy, mañana a otra...

Veíalo Bruno idolátricamente, atento a sus menores gestos, solícito perro de caza, orgulloso de ser su criado, de vestirlo y cuidar de su persona, de sus caprichos y de sus armas. Lió sin aspavientos el hato reglamentario: los tres capotes de brega, con costurones y coágulos; las tres muletas rojas; los tres palos para armarlas; la filosa puntilla, y la funda grande, de ga-

---

[46] *Barboquejo:* cinta con la que se sujeta el sombrero por debajo de la barba.

241

muza amarillenta con el monograma del matador, que albergaba los tres estoques pesadísimos, toledanos, de puntas como agujas.

—¿Listos? —preguntó el *Jarameño.*

Y ante la respuesta afirmativa de su mozo de espadas, corrió a Santa, le abrazó el talle y al oído le susurró promesas y esperanzas, nuevas declaraciones rápidas de amores inmensos, nuevas exigencias de fidelidades imposibles; lo que se exige y promete para combatir las separaciones que pueden ser eternas; el conjuro a los riesgos probables; la confianza en el regreso, poetizando los adioses; la voluntad sobreponiéndose a los peligros, a las fatalidades ineluctables que destruyen nuestras dichas y siegan nuestras vidas...

—¡Hasta luego, mi Santa, te juro que hasta luego!... Reza ahora por mí y quiéreme mucho...

Y con el partir del *Jarameño* y Bruno, desvanecióse aquel cuadro de Goya.

Santa se asomó al balcón en los momentos en que la victoria arrancaba con Bruno en el pescante, cargando su hato, serio; el *Jarameño,* solo en la testera, vuelto al balcón, mandándole a Santa millares de besos, sin recato, a ciencia y paciencia de los transeúntes, que alzaban la cara para averiguar adónde se dirigía semejante bombardeo. Al doblar la esquina, ya no arrojó besos, con la mano abierta prometía un pronto regreso; le significaba que lo esperase. ¡Volvería, ya lo creo que volvería!...

—¿Da usted su licencia, criatura? —escuchó Santa, que cerraba su balcón.

Doña Nicasia y el inventor, que no concurrían a los toros, habían resuelto acompañarla y darle palique; quejumbroso y vulgar de la parte de la patrona, iracundo pero no exento de chispa, de la del ingeniero naval.

No iría el *Jarameño* a tres calles, cuando la sirvienta se apersonó en la habitación, a prevenir a Santa que la buscaban.

—¿A mí? —interrogó azorada—, ¿quién puede buscarme, si a nadie he dicho...?

Mas no pudo resistir, ni aun en presencia de extraños que fisgaban su manejo, al hábito adquirido en su recién abandonado oficio de acudir al primer llamado de cualquiera.

—¡Con el permiso de ustedes!... No, doña Nicasia, no se moleste, voy yo misma a ver quién es.

Era Jenaro, el lazarillo de Hipólito, que le sonreía desde el fin de la escalera; descalzo, desarrapado; entre sus piernas juntas, el agujerado sombrero de petate.

—Jenarillo, ¿a mí me buscas?, ¿y qué te pica?, ¿cómo supiste que estaba yo en esta casa?...

—¡Álgame, niña Santita!, largándose con el *Jarameño* ¿pa'dónde había de coger...?

—¿Y qué te trae, quién te manda? —le preguntó Santa acercándosele con cariño y de antemano sabiendo su respuesta.

—Pues ¿quién ha de mandarme, niña?, ¡no se haga!, mi amo don Hipólito, que ya no sabe qué hacer desde que su mercé se salió de la casa... ¡Está triste, triste, palabra!... y en desta mañana me dijo: «Jenarillo, te vas allá a la Guipuz... bueno, a la casa esa, y en cuanto se salga el otro —¡que ojalá y lo reviente un toro!»... no, si no lo digo yo, lo dijo mi amo... «en cuanto se salga, tú te metes y le hablas a Santita, pero sin mentarme, como si fueras por tu cuenta... anda, Jenarillo, anda y mírala por mí»... Ya vine, ya la vide a usté y ya me voy..., pero vuelvo el otro domingo; hoy vine a la una y me estuve *tlachando, tlachando*[47] que el *Jarameño* saliera, desde la pulquería... ya la vide a usté en el balcón, y ¿a que usté no me vido, apostamos?... ¡Niña Santita! —murmuró encogido, antes de despedirse—, ¿por qué no me regala un boleto de sol?

Explicóle Santa que ella no tenía los billetes de entrada, eso correspondía a los empresarios y vendedores:

—¿Quieres mejor un billete de banco?

—¡Un billete de banco!... —repitió aturdido Jenaro, mientras Santa le alargaba uno de a dos pesos. Y cuando fue suyo, lo olió, lo retorció como papel de cigarros, se lo metió por la barriga, en un roto de su camisa:

—Con estos dos trompudos[48] —añadió—, hasta los gendarmes de las esquinas me respetan...

---

[47] *Tlachar* (Méx.): observar, atisbar.
[48] *Trompudo* (Méx.): peso fuerte.

Según la media vuelta que dio, disponíase a volar escaleras abajo, pero Santa lo detuvo:

—¡Aguarda, Jenaro!, ¿qué vas a decirle a Hipo?

—¿Cómo qué?..., que con razón la quiere a usté, que la quiera todavía más, aunque sea ciego, como la queremos todititos los que la vemos.

Y se desbarrancó por la escalera, sin que pareciese que le dolían los desnudos talones al golpear contra las gradas de piedra. En el patio, adrede, volcó una batea[49] colmada de jabonadura y calcetines en remojo, de Sordo y de don Práxedes.

El amancebamiento de Santa desenvolvióse tranquilo. Quietamente deslizábanse las semanas unas tras otras en la insípida atmósfera de La Guipuzcoana; entre las moralejas elásticas del acomodaticio don Práxedes, las furias de Ripoll, los chistes de Gallegos y las marrullerías de Sordo. Santa reía al no más abrirse la boca de Isidoro, le pedía trozos de zarzuelas y estábase las horas pendiente de sus mentiras y verdades de cómico y de bohemio. A don Práxedes —residuos de su educación campesina—, besábale la mano noche a noche; y con doña Nicasia charlaba de su pueblo, su Chimalistac tan próximo y tan distante a un tiempo, lazo de unión, guirnalda de flores, de árboles frutales y de casitas blancas que separaba a un santo de una santa; a San Ángel de Santa Catarina. Ripoll le interesaba sin saber por qué; Izquierdo, el empeñero, inspirábale miedo de que un día se tragara sus alhajas, de las que durante las comidas no apartaba su experta mirada de buitre; y Abascal, a pesar de que le suspiraba a hurtadillas del diestro, érale indiferente.

Su amor por el torero, como que se le desgastase con las semanas pacíficas, similares, sin parrandas ni bullas; paseando en carruajes algunas tardes; yendo al teatro y a cenar de fonda algunas noches; comprando en las tiendas algunas baratijas que, después, en el cuarto, resultaban sin aplicación. Que el hombre queríala, no le cabía duda; ¡qué extremos!, ¡qué ca-

---

[49] *Batea:* artesa para lavar.

ricias frenéticas!, ¡qué ojeadas relampagueantes cuando hablaban del pasado sucio!, qué dulzores y humildades de animal cerrero e indómito que se contiene, cuando hablaban del porvenir sin sombras ni amarguras, allá, en el cortijo andaluz, muy pronto, al terminar la contrata del espada... Sin embargo, a no ser por las alarmas de los domingos, esa amenaza de que un toro despanzurrara al *Jarameño;* a no ser por la ebriedad de los regresos, él sano y salvo, oliente a cabro y como cabro cayendo sobre ella, insaciable de su cuerpo de hembra linda, del que se adueñaba y adueñaba hasta lastimarla, pidiéndole que lo matara, que lo mordiera, que le hiciese daño; pidiéndole lo que nadie habíale pedido:

«—Dame toda tu sangre, ¡barbiana!, ¡dame tu sangre!...»

A no ser por todo esto Santa se habría cansado de él; habríalo dejado sin odios, al contrario, mas también sin penoso esfuerzo. Ella teníase imaginado cosas distintas, lo que él prometía en sus visitas donde Elvira; una continua juerga, la guitarra y la navaja, la manzanilla y la plaza de toros, Santa en lugar visible, el *Jarameño* brindándole los bichos que estoqueara, el público interiorizándose de sus amores, aplaudiendo a Carmen más que a Escamillo[50]... Y en vez de lo imaginado, lo real: el *Jarameño,* receloso del ayer y del hoy, retirándose de amigos, compinches y admiradores; excluyendo terceros en sus cenas y paseos; egoísta e igual a todos los hombres cuando aman y que de buena fe se creen bastantes por sí solos a llenar las mil aspiraciones inadivinables y heterogéneas de las mujeres. No, no basta el perpetuo y monótono «te quiero»; a lo menos a Santa no le bastaba, ¡habíalo oído tanto y a tantos!... Un domingo, hasta se lo participó a Jenaro —que nunca dejaba de presentársele en la ausencia del matador—, ¡extrañaba su vida de antes!

Era verdad. Aquel ensayo de vida honesta la aburría, probablemente porque su perdición ya no tendría cura porque se habría maleado hasta sus raíces, no negaba la probabilidad, pues en los dos meses que la broma duraba, tiempo sobraba para aclimatarse. Además, el *Jarameño* infundíale un miedo

---

[50] La cigarrera Carmen y el torero Escamillo son los protagonistas principales de la ópera *Carmen* de Bizet, basada en un texto de Prosper Mérimée.

atroz; sentíalo capaz de realizar sus amenazas, las que todos los amantes formulan y muy pocos llevan a cabo: las amenazas de muerte que se profieren en los ratos de desconsuelo sin causa aparente, al predecirnos un despiadado instinto que el amor fenece si no supimos cuidarlo, que la carne que uno adora y el alma que uno cree aprisionada dentro de la propia, pueden írsenos sin que haya humano poder que las ataje: la carne a otra carne, el alma a otra alma... De ahí la amenaza de muerte, la que todos los amantes profieren y muy pocos llevan a cabo.

«—¡Si un día no me quisieras, te mataba!... ¡te juro que te mataba!...»

Quizás a ese miedo debióse la inmotivada infidelidad de Santa, a la voluptuosa atracción que el peligro ejerce en los temperamentos femeninos, la curiosidad enfermiza de desafiar la muerte, de temblar a su presencia y con deliciosos terrores aspirar su hálito helado.

Ello fue que un domingo en que no era fácil prever que la corrida se interrumpiría a su mitad con alboroto grandísimo —descalabraduras de aficionados e intervención armada de la autoridad por lo pésimo del ganado—, un domingo traicionero, Santa traicionó al *Jarameño*, entregándose cínicamente a Ripoll que, en un principio, se opuso. No, no, sería una indecencia, él le debía favores al torero, habíale dado mano de amigo... Pero Santa insistió, el *Jarameño* nada sabía, estaba lejos:

—Y tú me gustas, ¡bobo!, por desdichado, porque todo te sale mal... ¡anda!...

Enardecido por la tentadora, Ripoll cedió en un arranque de desgraciado; consintiendo que sus levaduras de socialista destruyeran, por destruir, siquiera fuese una ventura, la propiedad de alguien, la dicha de un dichoso y acreedor a su gratitud...

De súbito, el *Jarameño* dentro de la pieza, como un rayo, convertido en estatua frente al delito torpe. En el acto mismo, la fuga del inventor, que de milagro escapa, el eco de su correr, sin sombrero y sin alientos, por las escaleras y por el patio... En un segundo, las lavas del volcán, la ira que ciega y empuja, la necesidad de destrozar, de pagar daño con daño.

Tambaleante, el *Jarameño* cierra su puerta, con llave, y arroja el «capote de luces», que le estorba; busca algo en la cómoda, en la ropa de calle pendiente de la percha..., al encontrarlo, un alarido siniestro, gutural, del árabe del desierto que resucita en los interiores de su ser...

Por el balcón entornado, palideces crepusculares, rumores callejeros, murmullos de día de fiesta...

Santa ve llegada su última hora —¡todo es rápido, todo es solemne, todo es trágico!—, y se postra de hinojos, mirando hacia la imagen, cuyas velas parpadeantes chisporrotean por lo largo de sus pabilos[51], como los cirios que alumbran a los muertos recién dormidos... Igual a un tigre antes de abalanzarse sobre su presa, el *Jarameño* se encoge, se encoge mucho, y encogido, abre con sus dientes la faca, la cuchilla de Albacete, de muelles que rechinan estridentes, que suena a crimen. La hoja corva reluce... violentísimamente la baja, con el brazo rígido la lleva hacia atrás para que el golpe sea tremendo, para que taladre el corazón que engaña y el cuerpo que se da, para que la mano se empape en la sangre culpable, en los huesos rotos... Y la hoja, ¡tal es el impulso!, clávase en las maderas de la cómoda que sustenta a la imagen y sus cirios...

El *Jarameño* tira, tira con rabia loca, y la hoja tarda en salir... ¿un minuto?..., ¿un siglo?... Por fin, derriba los cirios, derriba a la imagen, y el cristal de su marco quiébrase con estrépito... Suelta la faca el *Jarameño*, porque el gitano se ha asustado, recoge el cuadro, lo limpia, exclama roncamente, sin mirar a su querida:

—¡Te ha salvado la Virgen de los Cielos!... sólo Ella podía salvarte... ¡Vete!, ¡vete sin que yo te vea!, ¡sin que te oiga!... ¡vete!... porque si no, yo sí me pierdo...

---

[51] *Pabilo:* mecha.

Capítulo II

Derechamente, sin asomos de titubeos ni vacilaciones, como golondrina que se reintegra al polvoriento alero donde quedó su nido desierto resistiendo escarchas y lluvias, así Santa enderezó sus pasos fugitivos a la casa de Elvira, sin ocurrírsele que le sobraban recursos más seguros y más honestos, sobre todo; sin rememorar sus proyectos bordados hacía algunos meses, cuando la muerte de su madre habíale estrujado el espíritu y prometídole, con el abandono del vicio, una resurrección de alma y de cuerpo. Nada de eso.

Perseguida por el terrible mirar del *Jarameño,* aquel mirar preñado de homicidio que la hizo suponerse en su última hora, huyó de La Guipuzcoana, humillada, trémula, gacha la hermosa cabeza, en los suelos los ojos, el acobardado corazón batiéndole sin ritmo; ora a gran prisa, cual si le urgiese salir de la cárcel, ora muy despacio, cual si en su pánico tratase de esconderse en ignoradas entrañas recónditas... Bien que advirtió en corredor y ventanas la presencia de la patrona y de los huéspedes, pero airados todos, todos inmóviles, todos agresivos, echándole en cara, con sus actitudes, que sabían su porquería y a una se la reprobaban. Por no tropezar recogióse la falda, y no creyéndose en cobro ni en el zaguán de La Guipuzcoana, salió a la acera, unos cuantos pasos, para no llamar la atención del diluvio de paseantes, con su cabeza al aire, vestida de casa y sin abrigo. Por dicha, obscurecía, y siendo domingo, diversas tiendas no iluminaban sus aparadores, con lo que las calles céntricas lucían sus buenos trechos de penumbra que aquí y allí se desperezaba en piedras y adoquines o se entraba en algún portal abierto o en algún edificio alto colgábase desde la cornisa de su techo, se prendía en los barandales de sus balcones, se bifurcaba en las aristas salientes de sus rótulos mercantiles, a modo de vieja cortina de tul olvidada, de las que sacan en las fiestas, y a la intemperie se deshilachan y, balanceándose, a jirones se caen. En uno de estos trechos de penumbra guarecióse Santa, hasta que un coche, de vacío, la izó a bordo y la condujo al prostíbulo conocidísimo.

—¡Súbase, mi patrona! —le dijo el cochero mientras encendía los faroles y Santa le indicaba la dirección— ya sé dónde, a la casa de Elvira.

¡Cosa más rara!... Ahora, a solas dentro del coche y cruzando las calles de Plateros y San Francisco, con las peluquerías y cafés de par en par abiertos y de arriba abajo alumbrados y concurridos; ahora que su simón, incrustado lo mismo que una escama sucia entre las escamas flamantes de los cientos y cientos de lujosos trenes señoriales, caminaba poco a poco, formando parte de ese inmenso, articulado y luminoso reptil undívago[52]; ahora que, amasada con la multitud, encontrábase más aislada sin embargo, ahora Santa se arrepentía de haber engañado al *Jarameño*. ¿Por qué engañarlo si él queríala tanto?, ¿por qué renunciar al proyectado viaje a España, el viaje que habría de haberse llevado a cabo ni más ni menos que un viaje de novios?... Luego, ¿con quién lo había engañado?, ¿por qué el inventor, que nunca le hizo la rueda, y no Abascal que le bebía los alientos?... Y la infinita tristeza, agorera de las enfermedades incurables, la que sin fundamento aparente predice la muerte cuando nadie aún alcanza a divisarla, acometió a Santa sólo un instante, mas un instante intensivo que la forzó a reconocerse con llagas hediondas en su interior, al estilo de esos frutos que invisiblemente se pudren y agusanan en el corazón, y con gusanos y podredumbre los compran, los muerden y los alaban, a reserva de arrojarlos a los basureros en cuanto el daño asoma... ¿Por qué tan pronto estar tan pervertida, si ayer, sí, ayer no más, todavía era buena?... No ahondó, ni sabía ni quería ahondar, se resignaba pa-

---

[52] *Undívago:* que ondea o se mueve como las olas.

sivamente a lo que es, con la pasiva resignación que por igual invade a sabios e ignorantes, humildes o poderosos, frente a los designios insondables y las fuerzas secretas que, como a hojas secas, nos arrastran y desmenuzan a todos por los traicioneros caminos de la vida... Descubría su mal, lo palpaba y plegábase a las consecuencias, a las resultas fatales. Alegrábala, por lo pronto, con alegrías físicas que maquinalmente compelían a tentar y acariciar su propia persona recién escapada del aniquilamiento, el haberse salvado de las iras del *Jarameño* y, a su vez, también atribuía la inesperada fortuna a milagro patente. Si la navaja no se hubiese enterrado en las maderas de la cómoda... pues se habría enterrado en sus carnes, en las turgencias de su seno de seda y mármol donde los hombres libaban delirantes el deleite que manaba de sus pecíolos sonrosados; o en otro punto cualquiera de sus formas triunfales, en cualquiera curva, en cualquier hoyuelo de los mil y mil que constelaban su piel trigueña y mórbida, como escondrijos de amorcillos, como lugares de descanso para los labios enloquecidos, que de recorrer los urentes[53] desiertos de su cuerpo joven, besando y besando, sentenciados a siempre besar tanta belleza y tentación tanta, habían menester de reposos instantáneos para seguir la dulce tarea de acabar de besarla íntegra, toda, toda. ¡Qué suerte la suya de haber escapado!... pero ¿y si el *Jarameño* al verla de nuevo, de nuevo intentara matarla?... ¡No, no la mataría ya!, esas cosas no se intentan dos ocasiones y si en la primera no se mata, se concluyó, hasta con regocijo de ambas partes por añadidura... Deshecha la mancebía y roto el vínculo que los uncía, menos se arriesgaría el torero a perderse por ella...

Y distraídamente, púsose la chica a considerar despacio los cristales de las peluquerías que albergaban máscaras y caretas, pelucas y barbas, postizos y disfraces por ser primer domingo de carnaval.

No son para descritos los extremos de Eufrasia cuando, al abrir la puerta, topó con Santa. La alzó en vilo, la abrazó, acariciábale mejillas, cintura y ropa. ¡Qué gusto que volviera el

---

[53] *Urente:* ardiente.

orgullo y la alegría de la casa! ¡Menuda que resultaría la sorpresa de doña Pepa, de doña Elvira y de las muchachas, sobre que[54] ni quien la aguardara!

—Lo que es don Hipólito el músico, de esta hecha recobra la vista... ¡Vaya, vaya!... ¡Doña Pepa!, ¡doña Pepa! —gritó desde abajo por no retardar la buena nueva—, ¡albricias, doña Pepa, que ya pareció lo perdido, ya está aquí Santita otra vez!... Están cenando —explicó a Santa.

Verdadero alboroto hubo en el comedor, sillas derribadas en el piso, vertimiento de salsas en el mantel, abrazos y besuqueos a la que regresaba, curiosidades en saludos y miradas, renovación de envidias, sinceros júbilos.

—¿Pero qué te ha pasado, mujer? —preguntóle Pepa al disminuir el tumulto—, ¿ya cenaste?

Antes que respuesta ninguna, los nervios de Santa reaccionaron distendiéndose; las encontradas emociones de la tarde trágica despertaron de su pasajero letargo; algo de alegría por el recibimiento y por saberse salva, y más de amargura por sentirse desahuciada, supuesto que en aquel medio infecto, a ella se le desvanecían temores y penas, todo esto reunido le truncó el discurso, ahogóle la voz y no le salieron palabras, sino lágrimas sentada al lado de Pepa que jugaba con los ricillos de su nuca, en la cabecera de la mesa ruidosa.

—¿Y eso? —reiteró Pepa, sin dejar de jugar con su cabello—, ¡borrica!, no llores, que él te buscará, y si no te busca, ¡pata!, que sobran pantalones en el mundo, ¡boba!, y escasean hembras guapas como tú. ¿Por qué regañasteis?

—¡De milagro no me ha matado hoy, Pepa! —pronunció Santa al fin, incorporándose en el asiento—, y tengo miedo de que me mate.

—¿Pues qué le hiciste tú? —inquirió Pepa fríamente, recortando con los dientes la perilla de su tagarnina[55] de ordenanza.

Grande debía de ser la responsabilidad que Santa se achacaba, puesto que ni ahí osó confesarla, *ahí*, donde quizás obtendría indultos, indulgencias y perdones. Limitóse a contestar, de cara al mantel para mejor disimular su mentira:

---

[54] *Sobre que:* encima de que o además de que.

[55] *Tagarnina:* cigarro puro de mala calidad.

—¿Yo?... ¡nada! ¡Fueron celos, los malditos celos de todos los hombres que se meten con nosotras!...

Pepa, incrédula y experta en achaques de infidelidades, no insistió; diseñó en la atmósfera un elocuente ademán con su cerillo encendido, un ademán amplio e indeterminante que parecía querer alumbrar con la débil flama del fósforo una enorme porción de engaños, ingratitudes y olvidos que trucidan[56] a los amores. Así sería según Santa lo afirmaba, y dio fuego a su puro, con lentitudes de fumador consumado que aprecia el tabaco, y de filósofo que desprecia las irremediables flaquezas humanas.

Las demás mujeres tampoco tragaron el embuste de Santa. ¿Celos?... Verdad que los celos en ocasiones son infundados, pero las más, y con ellas muy especialmente, con ellas que convierten en hábito el engaño, en incentivo la infidelidad y en necesidad el olvido, para continuar vegetando con su existir mísero, con ellas los celos son casi siempre fundados. De consiguiente, si el torero había pretendido matar a Santa, sus razones tendría para ello; y unas excusaban la felonía; otras, censurábanle azuzadas por la envidia, ¿qué más podía apetecer Santa que el haber vivido tranquilamente junto a un hombre con amor y con dinero?, ¡presuntuosa!...

Santa echó de menos a la *Gaditana,* ¿qué había sido de ella? Le contaron su «compromiso» con un empleado de aduanas, quien con su conquista cargó al quinto infierno. Nogales[57] o Tapachula[58], lejísimos, en un remoto rincón de México, en una de sus fronteras, a una infinidad de días de viaje...

—Y tú —le dijeron dos o tres compañeras— ya perdiste tu cuarto, ¿verdá, Pepa?... ahora vas a vivir abajo, después de la sala chica.

Asintió Pepa sin prestar importancia a lo del cambio de habitación. Más importábale que Santa cenara:

---

[56] *Trucidar:* despedazar, matar con crueldad.

[57] *Nogales:* ciudad situada en el estado de Sonora, al norte del país, en la frontera con Estados Unidos.

[58] *Tapachula:* ciudad del estado de Chiapas, al sur del país, situada a pocos kilómetros de la frontera con Guatemala.

—Toma cualquier cosa, unos sorbos de caldo para que se te borren las ojeras... ¿Piensas ir al baile?...

Amotináronse todas, alborozadas por llevarla; la una iba con Fulánez, con Zutánez la otra; aquéllas, solas; disfrazadas éstas. ¿Que carecía de ropa?..., ¡magnífico!, un dominó[59] zanjaba la dificultad. Y ni qué temer al *Jarameño,* pues suponiendo que también él asistiese y asistiese por buscarla, con no quitarse el antifaz y con escurrirse a buena hora, lo chasquearía.

—Si quieres no hagas «sala» esta noche —terció Pepa—, te la dispenso sin cobrarte nada; recuéstate un rato, a oscuras, duerme, si puedes, para rehacerte, y a la hora en que estas chifladas se marchen, tú dirás si te marchas con ellas... ¡Ah! ¿Quieres que te salude el pobre de Hipo?... Va a ponerse hecho un loco en cuanto te sepa aquí otra vez.

Santa respondía que sí a todo, a las que se preparaban a ir al baile, a lo que le aconsejaba Pepa; sí, sí, tomaría el caldo, adoptaría el dominó y el antifaz, saludaría a Hipólito... ¡de veras, pobre!...

Desde su cuarto cerrado, advertía distintamente los ruidos del salón que tan familiares éranle, hasta reconoció la voz de algunos parroquianos antiguos, los infaltables, los de la ingrata categoría de simples clientes que pagan, despachan y se despiden, han pasado a la categoría de amigos y se enteran de la salud de cada una de las daifas[60], a las que no denominan por sus nombres de pelea, sino por los de pila, y se interiorizan de chismes y enredos; los admitidos en el departamento de Elvira, con la que solían jugar una brisca de interés módico y trincar un anisetillo gratuito. Dentro de la quietud relativa de su estancia, sentíase Santa con un apaciguamiento total que le recorría íntegro el organismo y aun consigo misma la reconciliaba: nadie resultábale perverso, ni ella; en el fondo, no amaba al torero, pero tampoco odiábalo, antes continuaba profesándole acendrada simpatía sin perder la esperanza de que habría de contentarse diciéndole ella eso, demostrándole que no pulsaba inconveniente en que de amigos siguieran, perte-

---

[59] *Dominó:* traje talar con capucha, que se usa como disfraz.
[60] *Daifa:* concubina.

neciéndose cada y cuando sus respectivos cuerpos lo apeteciesen. Santa, por engañarlo, no se reputaba más culpable; las gradaciones que establecía para considerar las complicaciones sentimentales ajenas y propias, alcanzaban niveles muy ínfimos; la «fuerza cósmica del elemento que la hembra lleva en sí, fuerza ciega de destrucción invencible, como la de la naturaleza, ya que la mujer es por sí sola la naturaleza toda, es la matriz de la vida, y por ello, la matriz de la muerte, puesto que de la muerte la vida renace, perpetuamente», esta fuerza y los extravíos de su criterio envilecido no sólo absolvíanla por el daño recién causado, sino por los que perpetraría en lo futuro, quizá más benignos, quizá más formidables, pero muchos, muchos, con su carne de lujuria, y de su alma enferma... Lo único que ambicionaba, su pureza, su honra, su conciencia tranquila e inmaculada de virgen crédula y confiadísima que ignora el pecado y sin compasiones la inmolan porque ama, habíalo perdido, perdido para siempre... ¿eran lejanías?, no, porque no le quedaban ni lejos ni cerca, quedaban más allá... allá... en un punto que ni el lenguaje sabe precisar; en el misterioso punto invisible, donde, por ejemplo, queda la muerte... eso era, eso, donde la muerte, de que acababa de escapar, pero cuya calavera contempló a la distancia de un cabello, la muerte que con nosotros llevamos sin llevarla, la muerte que por doquiera nos acompaña sin que lo advirtamos, la muerte que no queda lejos porque puede hallarse cerca y que no queda cerca porque puede hallarse lejos; eso era, donde la muerte nos acecha, más allá... ¡allá! Y en ese misterioso punto invisible yacía lo que Santa ambicionaba.

De consiguiente, operábase en su espíritu lo que en su cuerpo: uno y otro abandonábalos a lo que suponía erróneamente fuerzas superiores, y de regreso al antro, respiraba a sus anchas, arrebujábase en su misma ignominia, cual se arrebujaría en cachemiras y rasos; no intentaba la salud, continuaría mala.

Para su gobierno acordaba, ya que no podía rechazar la maldad, utilizarla y agredir con ella, a tontas y a locas, como actúan todos los poderes que no es dable encauzar, el río de su pueblo —ponía por caso—, que cuando manso bendecíalo, y cuando enfurecido, en su avenida, desgajaba troncos y ahogaba ganado y arruinaba sementeras y acobardaba los ánimos sin importarle un ardite que lo maldijesen o lo amenazasen con los puños cerrados, ni que de ablandarlo trataran con llantos de verdad y ruegos como de persona... El río ¿qué?... persistía con idéntica indiferencia en su benéfico curso o en su curso asolador. Ella, Santa, obraría por modo análogo; con sus caricias calmaría a los sedientos de su cuerpo, a todos los que lo codiciaran —pues para todos había— y si de repente, en el curso de su vivir destruía y engañaba, ¡o matarla o dejarla, sin términos medios! Convencida, sin solución de continuidad en sus ideas, de su perversión; desvanecida de haberse asomado a aquella cima sin fondo de su ser moral, contrajo el rostro, en las sombras del cuarto, y se irguió en el lecho apoyando entrambas manos en las almohadas. ¡No tenía culpa! ¡No se declararía culpable nunca! Que escudriñasen su juventud, su infancia; que cavaran en su corazón y no se alarmasen de los escombros que en él hacinábanse: castillos de candores, alcázares de ilusión, palacio de esperanzas venido abajo con dolores y sin ruidos, según se realizan los inconfesados derrumbamientos internos... ¡A que no cavaban!, ¡a que se conformaban con besarle y aplastarle sus senos erectos y macizos, sin curarse de que debajo de ellos latiera su corazón desconsolado o satisfecho!... Y pues pedíanle sólo el cuerpo, sólo cuerpo les daría, hasta que se saciaran o también se lo enfermasen, cual regularmente acaecería, cual acaeció con varias de sus predecesoras, cual tendría que acaecer con las que la sucediesen en el oficio infame... ¿Corazón?... ¡qué niñada!, con que ya su dueña casi no se acordaba de él y había de echarse en su busca y de consagrárselo al *Jarameño*...

Bastaba con lo hecho, mientras quiso al torero —porque habíalo querido, sin duda ninguna—, mientras lo quiso, mantúvose fiel, pero esa tarde se le antojó el inventor, ¿y qué?, ¿por eso matarla?... Y la alegría física de saberse en salvo de nuevo la ganaba; de nuevo se acarició su cuerpo, maquinalmente, cual si las manos, más torpes que el cerebro convencido ya, necesitaran cerciorarse a su turno de que el cuerpo se hallaba completo y hermoso, recorriéndolo poco a poco por su cuenta, con terquedad de animales inteligentes que avaloran los sucesos...

Adivinó Santa que en aquel instante notificaban a Hipólito que ella había vuelto, porque el piano enmudeció de súbito, rompiendo una armonía, y se oyeron en el patio los taconazos precipitados del ciego, el incesante golpear de su cipión contra muros y baldosas, el aviso en voz baja al lazarillo adormecido en su rincón del zaguán:

—¡Jenaro! ¡Jenaro!, despabílate, ya está aquí Santita, ahora sí que es cierto, me lo ha dicho Pepa...

—¡Adelante, Hipo! —gritó Santa desde la cama, no bien el músico llamó a la puerta.

Y a pesar de las tinieblas de la estancia —mucho menos densas y absolutas que las de sus horribles ojos blanquizcos de estatua de bronce sin pátina—, el ciego avanzó tanteando el terreno con su cayado, y al hallarse junto a la cama, al sentir a Santa, soltó el palo y bajó sus dos manos con pausado ademán episcopal, hasta que toparon con un hombro de la muchacha; allí las detuvo, sin oprimir, en leve caricia a la par idolátrica e inocente; echóse luego a temblar, y por bienvenida única exclamó:

—¡Santita!... ¡Santita!... ¿pero es posible que tan pronto se haya usted arrepentido?...

Santa protestó, ¡qué había de ser arrepentimiento! Ella continuaba amando al torero, era él quien la repudiaba:

—Me ha corrido, Hipo, me ha corrido[61] y por un tanto así, me mata... iba a matarme con su navaja...

El mutismo de Hipólito, cuyas rodillas repiqueteaban contra el lecho y cuyas manos convulsas se hincaron un segundo en las carnosidades del hombro en que posaban, recordaron a Santa la pasión del desdichado, la crueldad que con él cometía puntualizándole lo sucedido; y como a la vez no le agradaba que también este fanático suyo fuese a sospechar el porqué de la rabia del diestro, amainó velas, hábilmente se colocó en el papel de víctima y por indirecta manera —que el otro entendió en el acto—, lo incluyó en el número de sus victimarios posibles:

—¿Ve usted lo que se saca una con querer a uno de ustedes?... ¿Tengo o no tengo razón en desconfiar de todos?...

---

[61] *Correr* (Méx.): echar, arrojar.

—dijo, mas al decirlo, distraída o mañosamente, cogió con una de sus manos las dos del pianista, para reforzar el argumento sin duda, e Hipólito, sofocado de dicha, levantó la ilusión, inclinándose le contestó lo que sólo ella podía entender:

—Es muy distinto, Santita, le protesto a usted que es muy distinto...

¡Todo el poema de su cariño inmenso, igual al de todos los amores sin esperanza, contenido en estas frases indescifrables casi!

—¡Hipo, por tu madre, ve a tocar, que se impacientan en la sala! —declaró Pepa, entrando de improviso en la pieza.

—Pues voy a contentarlos tocando hasta que San Juan baje el dedo.

Y el que se bajó fue Hipólito, a buscar su palo que había rodado por la alfombra. Enderezóse al encontrarlo y se encaminó a la puerta, ágil, sonriente. Desde la puerta agregó:

—Lo que es hoy, Pepa, le toco a usted el mismísimo *sertiminio*[62] de *Hernani,* ¡mi palabra de honor!

No obstante lo numeroso de la parroquia que aquella noche llenaba el establecimiento, el entero mujerío ardía en deseos de que las dejaran pronto, a causa de la atracción que el baile de disfraces ejercía en sus pobres cuerpos de alquiler y en sus atrofiados cerebros de apestadas sociales.

Tales bailes les representaban su reinado: unas cuantas horas de unas cuantas noches en cada año. Les representan su fiesta de ellas, de ellas que son el azote secular, la plaga sin antídoto, la tentación perenne, las lobas devoradoras que aúllan de dolor y que aúllan de placer, las lupas ultrices[63]. Tales bailes reproducen las lupercales a Pan, el dios cornudo y de pezuñas de cabro, tañedor de la flauta pastoril y regulador de las danzas de ninfas, que donde aporta infunde los terrores «pánicos»[64]. Tales bailes representan la fiesta de ellas, donde úni-

---

[62] *Sertiminio:* vulgarismo por *septimino:* composición musical escrita para siete instrumentos o voces. *Hernani,* por su parte, es una ópera de Verdi basada en un texto dramático de Víctor Hugo.

[63] *Ultriz:* vengadora.

[64] *Terrores «pánicos»:* el dios Pan, mitad hombre, mitad macho cabrío, tenía un aspecto terrorífico.

camente imperan y conquistan y mandan, donde la policía no las acosa ni el hombre las escarnece. Saben los que concurren, que allí son ellas las reinas, de efímero reinado, ¡conformes!, pero reinado al fin en el que poseen, por cetro, la copa de alcohol enemigo, por manto, su propia semidesnudez provocativa de que todo el mundo ha disfrutado, por corona, la aureola con que lo mismo la suprema virtud que el vicio supremo, circundan las cabelleras que cayeron al filo despiadado de las tijeras de plata en las tonsuras claustrales, o que, cayendo, irán al despiadado filo de las orgías; la aureola que encuadra los místicos semblantes de las infecundas vírgenes pálidas por la plegaria y el retiro, y los cínicos rostros anémicos de las infecundas hetairas marchitas por los acoplamientos y la blasfemia; por corte, a sus enamorados gratuitos —los jóvenes que aún no tienen ciertos pudores o los hombres maduros que ya no tienen pudores ningunos—, a los padres cuyas hijas duermen soñando sueños blancos en las discretas alcobas de los hogares sacros, y a los esposos cuyas esposas velan pensando pensamientos negros, abrazadas adulterinamente al desengaño, en los conyugales tálamos abandonados...

Santa se dejó llevar, disfrazada con un sencillo dominó oscuro y un antifaz de terciopelo y blonda[65]. A eso de las dos de la madrugada hizo irrupción la caterva de la casa de Elvira en el teatro Arbeu[66], de suyo feo, y acabado de afear por su transmutación en salón de baile. Serían una media docena. Acompañadas de sus galanes, cuatro; sin acompañantes, Santa y la tísica, que lucía disfraz de maga o hechicera para disimular sus flacuras enfermizas. Cerraban la comitiva Jenaro e Hipólito, pues alegó este último, que su deber era acompañarlas, dado que el teatro en cuestión hallábase frente por frente a su domicilio. Pretexto infantil, evidentemente; iba por estar más tiempo donde estuviera Santa, por cuidar de ella, ciego y

---

[65] *Blonda:* encaje de seda.
[66] El teatro Arbeu se construyó en 1875 en un terreno contiguo a las ruinas del convento de San Felipe Neri. El edificio, situado en la actual calle República de El Salvador, fue cerrado en 1954 y dedicado más tarde a usos oficiales.

todo. Tenía recomendada a su lazarillo una vigilancia excepcional:

—En cuanto distingas al de trenza, al maldito ese, me pones cerquita de él y no le apartes la vista, ¡ojo!, y caso que, Dios lo libre, intentara hacer algo a Santita, me empujas recio encima de él y corres a llamar a un gendarme. No se te olvide, Jenarillo, que yo me encargo de no permitir ni que se mueva...

Pagaron las parejas sus entradas, es decir, pagaron las mozas por sí y por sus queridos; pagó Santa por ella y por la maga tísica, e Hipólito se hizo el perdedizo, pagó después por él solamente alegando que su lazarillo no causaba ni cuarto de paga:

—¡Es un inocente! —añadió en son de broma.

El empleado de la taquilla, que conocía al pianista, se asomó a inspeccionar a Jenaro, siguiendo la ocurrencia:

—Ni de balde puede entrar tu angelito, porque es prohibido prostituir a menores... ¡Entra tú, don perdido!, me pagarás luego un aguardiente... pero, de veras, esconde a este prójimo, que se instale por la cantina o por los pasillos, está muy mocoso y muy derrotado... ¡Dejen pasar a ese ciego sin boleto! —gritó a los custodios de las rejas.

Por una de las entradas laterales del lunetario[67] convertido en sala, introdujéronse Hipólito y Jenaro, escondido el lazarillo entre su amo y el muro.

—¿Qué ves? —preguntó el músico—, ¿ves a Santita?

—De aquí no, nos tapa la gente y hay mucha bola[68], ¿no oye usted qué ruidero? Mejor nos sentaremos abajo, ya vide unos asientos vacíos.

A fuerza de codos, de «con licencias» y de «ustedes disimulen» abriéronse paso, lograron descender las gradas e incrustarse en las dos primeras lunetas que encabezaban una de las pocas bancas arrimadas a los barandales de plateas y balcones.

El «ruidero» que Jenaro había aludido era de veras formidable, mixto, de ficticia alegría: la orquesta, instalada en tres pal-

---

[67] *Lunetario:* conjunto de lunetas o asientos que ocupan el patio de un teatro o de un salón de espectáculos.
[68] *Bola:* tumulto, bullicio.

cos segundos, vertía desde arriba un diluvio de notas; de más arriba, de la galería, caían carcajadas, observaciones, chistes de artesanos algo ebrios que presenciaban el para ellos inusitado espectáculo; del palco primero, ocupado por el regidor de turno y por un comisario de policía asistido de un comandante de gendarmes uniformados y de varios gendarmes en pie, descendía la sola nota fría de la reunión; de las plateas, en su totalidad ocupadas por troneras[69] viejos que ya no bailan pero que no prescinden de estas sus favoritas bacanales, y por troneras jóvenes y adinerados que se dignan alternar con la plebe masculina, con los varones que colman el salón, de las plateas entáblanse diálogos con las enmascaradas, con los conocidos que hay que saludar so pena de disgustos y enconos; se invita a cenas limitadas, en los antepalcos; se brindan copas de champaña que hierven dentro del cristal, que se derrama con los vaivenes y alfombra el piso de pequeñitas espumas playeras que se traga el sediento polvo del suelo o que apagan pisadas de bailadores y orlas de faldas mujeriles. De abajo, sube el polvo; se eleva un pronunciado olor a perfume, a alcohol, a sudor; se remontan risas, juramentos, besos; asciende el deseo múltiple, potente, desenfrenado, y todo ello llega hasta los techos, estréllase contra las bombas opalinas de los focos voltaicos, cual mariposas deslumbradas que flotasen en la atmósfera gris. La apretada masa humana se agita al compás de la música; las bocas se juntan; las manos buscan algo y algo encuentran; los bustos se entrelazan como para no soltarse nunca; un malsano regocijo se apodera de ellos y ellas; míranse las manifestaciones iniciales de locura que el alcohol genera; los duelos espantosos, de duración de relámpago, de los amores que agonizan, se acusan en las caras trágicas... El bastonero, con correcciones de ministro diplomático en lo irreprochable de su traje de etiqueta y en lo cortés de sus modales, apoyado en su largo mástil florido, con cascabeles, cintajos y moños, es el islote de paz en esa deshecha turbonada; sin embargo, tiembla, tiembla al unísono del teatro entero que resulta endeble para resistir aquel desbocamiento de

---

[69] *Tronera:* persona que no guarda método ni orden en sus palabras y acciones.

hombres y de hembras que giran y se oprimen y magullan, que dicen quererse, que creen que se quieren... De repente, el mástil florido, con cascabeles, cintajos y moños, que sobrepasaban todas las cabezas, crece más todavía, las sobrepasa más, por un segundo sus cintajos ondean igual a grímpolas[70] de navío que zozobra o a flámulas[71] de festival pagano, luego se abate, choca contra el piso, y sus cascabeles y sus discos suenan desapaciblemente. Calla la música, los enlazamientos se interrumpen, las charlas íntimas se mutilan, y la masa, disgregada, sale en tropel de ganado que huye, hacia la cantina y sus mesitas, hacia el alcohol que promete consuelos y olvidos, resistencias y conformidades, dicha, venturas, alegrías, ¡a peseta la copa! Es el intermedio.

Empinado en su asiento, Jenaro exploraba el salón y agachábase al oído alerta del ciego que reclamaba informaciones. No aparecía el *Jarameño;* había diversos toreros, el *Lagarto,* el *Obispo,* el *Esto* y el *Otro,* pero el *Jarameño* ni luz...

—¡Busca bien, Jenarillo, busca bien!... ¿Tampoco ves a Santita?...

No, tampoco... aunque sí, un momento, que la mirara de frente para poder cerciorarse...

—Sí la veo, patrón, ya la vide... está en la platea de los catrines del Clu... no tiene puesta la máscara... ahorita brinda y se baja el capuchón... todititos se le amontonan, amo, como si ella juera panal y los «rotos» moscas...

—Sobra, Jenaro, ya no mires más y vámonos, que al menos con *ésos* se halla segura y no corro el riesgo de que vuelvan a robármela...

Principiaba una mazurca a atraer bailadores al salón, y aprovechando el tumulto, Hipólito y Jenaro se retiraron por los pasillos interiores en los que dormitaban los responsables del guardarropa, fumaban subrepticiamente viciosos empedernidos, y algún *Pierrot* de enharinado semblante estrechaba el talle de *Colombina,* suplicándole en lo privado que siquiera por esa noche le fuera fiel y de corazón lo amara.

---

[70] *Grímpola:* gallardete de navío que se usa como indicador de la dirección del viento.
[71] *Flámula:* especie de grímpola.

El ciego y el lazarillo avanzaban en silencio; cruzaron el vestíbulo cuajado de mesitas desiertas, salvo una que otra en que disputaban rezagados, borrachos ya. En la del rincón una «arlequina» solitaria y muy ojerosa canturreaba empapando su careta en las lagunas diminutas que las bebidas vertidas habían formado en el sobado tablero. Después codearon a un gendarme; luego oyeron, por el mostrador de la cantina, confundidos entre vociferaciones, carreras e insolencias, el eco odioso de una bofetada... avanzaron aún... la calle.

Es un misterio averiguar de dónde sacaría arrestos Hipólito para hacer lo que hizo al día siguiente. Ello fue que, llegando a su trabajo más temprano que de ordinario, se permitió solicitar de Santa una entrevista en debida forma, por conducto de Eufrasia:

—Pregunte usted a Santita si puede recibirme a solas en su cuarto, para decirle dos palabras que me interesan...

Concedióle Santa su permiso, luego de saludarse y de que Hipólito se arrellanó en el canapé, para continuar rizándose el cabello suelto; operación que llevaba a cabo en una silla frente a la luna de su tocador americano, las tenazas calentándose en la bombilla de su encendida lámpara de petróleo, y ella, Santa, muy escasa de ropas, su bata y otras prendas en la cama: recién bañada, según se colegía de la amplia bandeja con jabonadura, que en el suelo descansaba, y de un olorcito a agua de Colonia, que flotaba por el cuarto.

—¿Qué me quiere usted decir, Hipo?

—Pues, Santita... —empezó el ciego. Y soltó su pena, de una vez, elocuente y hasta imperioso a trechos, necesitando no nada más que conocieran su cariño y lo toleraran, sino que se lo correspondieran, ya que no en idéntica dosis (porque los imposibles no se improvisan ni con las manos se coge el cielo), por lo menos en dosis menor, muy menor, que él encargaríase de cuidar y regar, cual si de planta delicadísima se tratase, de esas que un triunfo cuesta que al cabo de los años florezcan y perfumen, pero que por remate perfuman y florecen premiando los afanes y desvelos del floricultor tenaz. Él no sabía de símiles ni de palabrerías con que cautivarla, y si a planta delicadísima comparábala, dependía la comparación de que él, aunque ciego, sólo a las flores había amado, después que a su madre, se entiende, puesto que su madre le enseñó a quererlas, a aspirar sus aromas, a diferenciarlas:

—... Y en cambio, ni las flores ni nada me enseñaron a querer a mi madre, ¡aprendí yo solo!... Vea usted si es curioso, Santita, por mucho que los dos amores sean muy distintos, también el que por usted siento se me ha entrado como el otro y también me llega hasta los huesos y también carezco de recursos para desterrarlo... y eso que a usted la quiero contra mi voluntad, ¡como usted lo oye!, pero la quiero a usted muchísimo..., ¡no hay idea de lo que la quiero a usted!...

—Pero, Hipo... —lo interrumpió Santa volviéndose a mirarlo, en la una mano las tenazas enrojecidas, en la otra un rizo de su frente, que se le enroscaba en los dedos lo mismo que amaestrado reptil; al descubierto, por la postura, las manchas negras de sus axilas.

—No hay pero que valga, Santita —insistió Hipólito—, no hay más que cariño de mi parte, un cariño ciego, sobre que ciego soy yo, y de la de usted, lo comprendo como si ya usted me lo hubiera dicho, no hay más que repugnancia, extrañeza, y, si bien me va, una puntita de lástima, ¿verdad?... ¡No lo niegue usted!, si yo soy el primero en confesar que tiene usted razón que le sobra, sí, Santita, debo parecerle a usted un monstruo, porque soy un monstruo de fealdad, pero aquí adentro, Santita, mi fealdad no es tanta, puede que hasta haya purezas que no todos le ofrecen porque no todos las poseen... ¡Quiérame usted, Santita!, ¿qué le cuesta?... Vea usted —agregó levantándose—, vea usted cuánto la querré, que ahora mismo, yo sé que está usted desnuda casi, que podría yo echarme sobre usted y no dejarla escapar, así cerrando mis brazos (cerrándolos estrechamente en el aire) hasta ahogarla o hasta que por miedo me dijera usted que sí, que sí a todo... ya, ya sé, usted gritaría, a mí me llevarían amarrado a San Hipólito[72], con mis iguales los locos furiosos ya lo sé, pero sería después de haber logrado algo... Y sin embargo, vea usted cómo sujeto esta fiera que ruge dentro de mí, cómo le acorto la cadena para que se calme matándome y devorándome las entrañas,

---

[72] San Hipólito era el hospital para dementes más conocido y de mayor tradición en la ciudad.

con tal de que a usted ni su aliento le llegue, con tal de que usted no me cobre miedo... Véalo usted, Santita, vea usted cómo vuelvo a sentarme y qué quietecito me quedo, porque usted no me arroje de su lado...

Santa, que a los comienzos del paroxismo del pianista se creyó en positivo riesgo y se levantó de su silla yéndose en dirección de la puerta, tras la que se parapetó sin preocuparse de que el camisón de seda se le resbalaba —dado que Hipólito, así ella se desnudara completamente, no podría mirar su desnudez—, se tranquilizó de advertirlo tranquilo, de nuevo en el canapé, suplicante y sumiso, en humilde actitud de infeliz que se ha ido del seguro[73] y teme que lo riñan. Al propio tiempo, leía en los horribles ojos blanquizcos del ciego, en su persona toda, un cariño hondo y avasallador por ella engendrado, por ella nutrido. Por la vez primera, antojósele que Hipólito, sin ser un Adonis, tampoco era un monstruo, no, era un hombre feo, feísimo por su exterior, mas, si en realidad por dentro difiriese de los que a diario la poseían, junto a quienes Santa reconocíase inferior y degradada... ¿Si en efecto Hipólito la estimase mujer perfecta y superior a él?... ¿Si resultáramos con que la haría feliz?... No, no romanticismo y disparates. Hipo era un monstruo, y mucho que sí; Hipo era un pianista de burdel, mugriento y mal trajeado, sin tener en qué caerse muerto; un individuo quizás más desdichado que ella misma... ¡Menudo cisco el que armarían las mujeres si ella abandonaba la casa para vivir con el músico!... ¡Ni por pienso!

«—¿Nada me contesta usted Santita? —preguntó Hipólito que continuaba en su mansa actitud de vencido.

—Sí, Hipo, voy a contestarle —le replicó Santa, que, hurgando dentro de su ser, encontróse con un resto de honradez y se lo daba gustosa a su enamorado, como se da la moneda última al que demanda nuestro auxilio—. Sé que usted me quiere, me lo ha probado cien ocasiones... y yo, francamente, por ahora, no lo quiero a usted... pero no me inspira asco ni repugnancia, eso no... Y vea usted qué cosa, Hipo, si supiera yo que se le acababa a usted este cariño que me tiene me en-

---

[73] *Irse del seguro:* perder los estribos.

264

tristecería mucho, ¡quién sabe por qué!... Se me figura que el cariño de usted me defiende de lo malo que pueda sucederme, que me sucederá... Se me figura (solemne y sincera, divisando un porvenir sombrío) que usted y yo no hemos de separarnos... ¿cómo le diré a usted?... ¡vaya!, que usted y yo hemos de encontrarnos en momentos difíciles... estoy cierta que he de quererlo a usted, ignoro cuándo ¡algún día!... ¿Quién es? —gritó colérica al que llamaba en la puerta.

—Soy yo, niña Santa —respondió Eufrasia—, que ahí está el coche que manda el señor Rubio y que está esperándola a usted ya sabe dónde.

—Bueno, que se espere, voy enseguida.

Empezó a vestirse, a grandísima prisa, sin pudores porque de ellos carecía y porque aun cuando de ellos no hubiese carecido, la ceguera de Hipólito autorizábala a vestirse cual si se hallara a solas.

Los ojos de Hipólito, no obstante no ver, habíanse cerrado, su barba hundíasele en el pecho, y sus brazos, como ropa colgada de una percha, pendíanle de los hombros desmazaladamente»[74].

En el silencio del cuarto, escuchábase sólo la agitada respiración de Santa, que se apresuraba, y los complejos ruidos que las prendas de vestir, conforme iba poniéndoselas, hacían en su cuerpo. Tales ruidos, el ejercitado oído del ciego traducíalos a maravilla, suplía la ausencia de vista, proporcionábale una exacta contemplación mental de Santa, lo mismo que si la palpara o ayudase a vestir. De ahí que, igual a los chiquillos que persiguen no revelar su presencia, Hipólito conservase su inmovilidad para que Santa, si reparaba en él, no le ordenase salir y dejarla en paz. Y con el pensamiento, muy cerrados los ojos ciegos, lo presenció todo, cuando Santa quedó desnuda, al mudar de camisa, la de casa por una de calle y de seda también, que acusó su calidad en el frote contra la carne limpia y dura; cuando se sentó a meterse las medias, que por ser así mismo de seda, se resistían, y la silla gemía con los esfuerzos de la muchacha; cuando se fijó el corsé, cuyos cordo-

---

[74] *Desmazalado* o *desmalazado:* flojo, caído.

nes silbaron al apretarle la cintura, al atravesar ojillos, al doblarse en los broches; cuando el refajo se deslizó, y cuando extraía de su ropero el vestido, la toca, el abrigo, los guantes.

—¡Hipo! —exclamó Santa, de espaldas al pianista—, en prueba de nuestra más que amistad, voy a confiar a usted un secreto en reserva: De una circunstancia que al momento sabré, dependerá que me «comprometa» yo con Rubio... Nos contentamos[75] anoche, en el baile... insiste en que viva yo con él... Usted mismo me aconsejó que aceptara, ¿se recuerda?... ¿No me odiará usted si me «meto» con él, y si algo me pasa, contaré con usted?

—Conmigo, Santita, cuenta usted cuando se le antoje... ¿Acaso a nuestros esclavos o a nuestros perros les preguntamos eso?... Sólo una condición, quiero decir un favor: que me avise usted qué día se va de aquí y que me consienta visitarla, muy de tarde en tarde, cada semana o cada mes, ¿quiere usted?

—Sí, Hipo, sí, sí quiero... ¡Pero cuidado con publicar ni media palabra de esto! ¡Si supiera usted cuántas envidias y cuántos odios me persiguen desde que he vuelto a la casa!... Mañana hablaremos, ¿eh?..., junto al piano, como antes, tocándome usted mis danzas viejas, mi *Bienvenida*... Y ahora me marcho, que se impacientará mi hombre...

Salieron al patiecito, y Santa, cediendo a irresistible impulso, asió al ciego de una mano y tornó con él al cuarto.

—¿Qué ocurre, Santita, se ha olvidado alguna cosa?...

En lugar de respuesta, Santa venció sus ascos, cerró los ojos, y cual si cumpliera con obligación ignorada, caritativamente, besó a Hipólito, ¡en plena boca! Y escapó a menudo trote femenino, recogiéndose la falda; y el ciego se quedó petrificado, sin alientos, todo su cuerpo miserable y mal vestido, recargado en la pared, muy abiertos sus horribles ojos sin iris, en cruz los brazos rígidos, como si acabaran de ajusticiarlo y su cadáver tardara en desplomarse para siempre.

Presa de interno deslumbramiento y ya sobre aviso, pronto esclareció, dale que dale al piano, que Santa no se engañaba;

---

[75] *Contentarse:* reconciliarse.

que sus compañeras, y aun Pepa inclusive, daban indicios de cansancio, de no tolerar por más tiempo el que Santa fuese la preferida del público y la mimada de la dueña de la casa. Ya no se concretaban a enumerar los defectos de la «reina», ya los abultaban y en corrillos comíansela a críticas y censuras. Era la rebelión sorda que mina los tronos y se gana adeptos hasta entre los indiferentes y bien intencionados. Por suerte, allí estaba él, Hipólito, resuelto a defender a Santa de asechanzas y peligros; resuelto a desbaratar planes y anonadar camarillas malevolentes. Paraba[76] la oreja, gulusmeaba[77] desde su piano, fingíase el distraído, el frío; y así pudo cerciorarse de que la conspiración era seria y con ramificaciones en los burdeles cercanos al de Elvira a cuyas inquilinas se había comunicado lo insoportable del sin cesar creciente dominio de Santa. Tratábase —según Hipólito aclaró atando cabos— de circular la especie de que la tal Santa estaba más enferma y podrida que pantano brasileño; y libre gracias a las crecidas propinas con que huía de los «agentes» y de los hospitales que la reclamaban... ¡qué sé yo cuántas infamias más, cuántos alfilerazos envenenados! Lo que se necesitara para ahuyentar a los marchantes de paga, lo únicamente indispensable para interrumpir la perenne procesión de masculinos que no se hastiaban de saborear y saborear los dudosos atractivos de la aldeana ensoberbecida, lo bastante para bajarle los humos a ella y para trifurcar y multifurcar[78] el chorro de pesos y de hombres que en la cama de Santa iban a parar únicamente. ¿No valían ellas otro tanto, si no más?... ¿No eran todas iguales, unas grandísimas...?

Hipólito hacíase cruces de no haber olido la confabulación en sus principios y prometíase ahora resarcir lo perdido contando a Santa lo mucho que ya el enemigo de sus armas mostraba y lo muchísimo que sin esfuerzo se adivinaba oculto.

A la noche siguiente, entrambos tenían que cambiarse una porción de confidencias, lo que Hipólito había descubierto, lo que Santa había arreglado en su cena con Rubio. Pusiéron-

---

[76] *Parar* (Amér.): poner de pie, enderezar.
[77] *Gulusmear:* oler lo que se guisa.
[78] *Trifurcar y multifurcar:* dividir entre tres o entre muchos.

se a charlar junto al piano, como antes, tocando él las viejas danzas, la *Bienvenida* de ella. Y al amoroso compás de las piezas compuestas en su honor, Santa rompió el fuego:

—Estamos arreglados, Hipo, me ha hecho Rubio propuestas espléndidas que ya acepté, y salvo que surgiera un contratiempo gordo, hoy somos martes... pasado mañana o el sábado a más tardar estrenaré mi casa, con muebles y dos criadas, en la segunda calle del Ayuntamiento, ¿sabe usted dónde es?

Hipólito sabía dónde quedaban todas las calles de México y a regañadientes apechugaba con este segundo secuestro de Santa, porque aun prolongándose más que el del *Jarameño* —que de fijo se prolongaría—, menos riesgo corría Santa que permaneciendo en la casa de Elvira. La idea lo desgarraba, pero el beso de la víspera, con su dejo de bienaventuranza extraterrena, que paladeaba con solitaria y callada fruición, impedíale oponerse al mínimo designio de su ídolo.

—Vaya usted, Santita, le conviene, yo la aguardo...

¡Sacrificábase! Que fuera ella donde su belleza soberana conducíala: que disfrutara de cuanto bueno hay en el mundo y que él ni remotamente podía darle; que se lo diera otro; que le dieran lo que se alcanza y obtiene con dinero, y cuando hostigada y desencantada Santa pidiese amor, ahí estaría él, ése sería su triunfo, cubrirla de amor, del que había venido aumentando y aumentando dentro de su estropeada envoltura de ciego y de pobre. Confiaba en la profecía de la víspera; creía en el emplazamiento formulado por Santa; sí, algún día la suerte de los dos unciríalos a un propio yugo, para que, reunidos, concluyesen de tirar del pesado carro de miseria. Sí, ese prometido «algún día» debía existir, debía ser; y Santa, entonces, indemnizaríalo, después de padecer al lado de otros y por ansia perpetua que nutrimos todos —los desgraciados mucho más—, de que nos toque nuestro día, ¡siquiera uno!, en que probemos la dicha tras que se corre de la cuna al sepulcro. Ese día amanecería alguna vez. Hipólito, con sus ojos ciegos, mirábalo en lontananza, en el quimérico horizonte por el que esperamos que apunte la felicidad ambicionada... Ese día juntaríanse ambos en la vera de un camino sin iniquidades ni abrojos, un camino ancho, ancho, alumbrado de sol, sin amenazas y sin nubes; y amasados sus respectivos sufrimientos, asidos de las manos, confiaríanse, ¡como si rezaran!, todas las tristezas de sus vidas, todas las amarguras de su larga caminata al través del vicio y del pecado... Mostraríanse sus heridas mutuas, las que la existencia causa con sus asperezas, las que inspiran horror a los fariseos de la tierra, y con amante ósculo calmarían sus dolores recíprocos... Sí, ese día advendría, y con su advenimiento ellos verían desvanecerse las penas antiguas, cerrarse las llagas de sus espíritus, evaporarse los llantos inconsolados, sus lágrimas de desesperanza... Se amarían, era fatal, era infalible y era misericordioso; todos aman, todo ama, hasta los seres más débiles y desgraciados, ¡hasta el átomo! El mundo sólo puede existir por el amor; nacemos porque se amaron nuestros padres; vivimos para amar; morimos porque la tierra de que somos hechos, ama, codicia y ha menester de nuestra materia...

Deliraba Hipólito diciendo estas cosas, junto al piano, como antes; tocaba las danzas viejas, la *Bienvenida* de Santa...

Sí, ese día amanecería, tendría crepúsculos, saldría el sol entre nublazones de oro y se hundiría entre los ópalos de la tarde. ¿Qué importaba que el cuerpo de él fuese deforme y que el de ella se hallara marchito por todas las lascivias?... El amor hermosearía el cuerpo del hombre y limpiaría el cuerpo de la hembra, y ya redimidos, caminarían gozosos rumbo a la Sión[79] de las almas, sin memoria de lo pasado, dejando la carne en las zarzas, para las fieras...

Hipólito deliraba, en voz baja, sus horribles ojos sin iris, con radiaciones luminosas, abiertos desmesuradamente, clavados en la altura los globos opacos.

El mal no existía, el mal acabará, el mal acaba... Santa se bañaría en el Jordán del arrepentimiento y saldría más blanca que los armiños más blancos... Ya lo estaba, ya, ya no era una prostituta impenitente, ya él no era un ciego y un desdichado, ya estaban fuera del burdel, ya no había burdeles, ¿qué quiere decir eso?... Ya había llegado el anunciado día, ya ellos hallábanse en el amplio camino de redención, libertos de la maldad infinita de la vida y de los hombres...

---

[79] *La Sión:* el paraíso anhelado, la tierra prometida.

La brutal irrupción de un grupo de beodos de levita dio al traste con la quimera. Pedían a Santa en destemplado tono, abrazaban a las demás, reclamaban botellas y copas, exigían un vals, regaron pesos.

—Somos nosotros, muchachas, no hay que asustarse, que venimos de paz, a divertirnos y a bailar. ¡Suénale al parche, profesor!

La parranda se armó ni mejor ni peor que la de todas las noches; cuatro o cinco individuos de pergeño decente, conocidos de la casa y que exudaban una chispa sorda; tuteándose, bonachones, dispuestos a seguir bebiendo, a pernoctar quizá, y a no pararse en precios. De consiguiente, acogióseles de buen talante y se les sirvió con prontitud y eficacia.

—¡A mí se me cansó el caballo! —declaró uno, dejándose caer en el sofá, muy pálido.

Y a la sazón, presentáronse dos nuevos visitantes, también vestidos con decencia, también conocidos de la casa, y, sin duda, del grupo beodo, puesto que con alguien de los que lo componían se saludaron de mano y apellido. Cerciorada Pepa de que la armonía no presentaba amagos de romperse, consintió de hecho en la fusión sin imaginar lo que iba a suceder. Nada hay más frecuente que esta clase de encuentros imprevistos, que se traducen en un gasto mayor de los bandos que se fusionan y en un mayor beneficio para el establecimiento.

¿A propósito de qué se inició el disgusto, si la reunión navegaba como en un mar de aceite? ¡Averígüelo quien pueda! El pretexto parecía radicar en que Santa —que permaneció sentada en el sofá, cuando a su lado habíase dejado caer el de la metáfora del caballo cansado—, se levantó sin su venia a preguntar cualquier tontería a uno de los últimamente llegados. Desmán tamaño no lo consentía el ebrio, en su ebriedad impulsiva, y con descompuestos modales acercóse a Santa:

—¡Estando conmigo no le hablas a ningún «tal» porque yo no soy un chulo! —dijo, y tiró de Santa por un brazo, con brusquedad.

—Y eso ¿por quién lo dice usted? —inquirió el interlocutor de Santa en moderada entonación y con ánimos de que retiraran el insulto.

Terció Santa, levantando la voz:

—¡Suelta, que me lastimas!... ¿Qué te traes tú?... Yo hablo con el que me dé la gana ¿sabes? ¿De cuándo acá eres mi dueño?

Afortunadamente que los otros, y Pepa en cuenta, se percataron del incidente, y mientras sus amigos forcejeaban con el agresivo —Rodolfo, según lo llamaban—, Pepa y Santa convencían al pacífico de que no debía hacer caso de injurias de un borracho.

Por desgracia en estos medios, para ratificar los tratados de paz o de guerra, la única tinta que se emplea es el alcohol, el Enemigo de la especie, el que nos orilla a los precipicios y a las infamias. Se pidió de beber y se bebió; logróse que Rodolfo y el agredido chocaran las copas y se apretaran las manos: uno de los de la cuadrilla beoda, en vista del cese de las hostilidades, abrazado a una chica desapareció escaleras arriba. Rodolfo, siempre muy pálido, volvió a sentarse en el sofá, taciturno, hosco; reanudóse el baileteo, y Santa, en consejo con Hipólito, determinó retirarse a su habitación, ¿qué hacía allí, en vísperas de comprometerse a lo serio, expuesta a que la insultaran o a sufrir un desagrado?

El alcohol, en tanto, continuaba su obra callada, implacable destructora; precipitábase en los estómagos, que se dilataban o contraían para albergarlo; como un río de fuego, corría por las venas aumentando la circulación rítmica de la sangre; se evaporaba, y por dentro de los organismos, incontenible y arteramente, subía hasta los cerebros, a los que iba envolviendo con siniestra tela sutil de animal ponzoñoso, una tela más espesa y más densa conforme en los estómagos caía más alcohol. A los comienzos de la excitación, colores de rosa, júbilos hiláricos e inmotivados, dicha de vivir, necesidad de amar; el corazón, de sepulturero alegre, enterrando penas y cuitas; el pensamiento, de providente partero, sacando a luz, rollizos y en la apariencia destinados a alentar siglos de siglos, los anhelos recónditos, lo que en la lógica de lo real se halla condenado a nunca nacer; imposibles realizables con ligero esfuerzo, ideales al alcance de la mano que principia a temblar. La vida sonríe, las mujeres nos esperan impacientes, los hombres nos quieren. El alcohol no es el Enemigo, es el Electuario[80], lo bendecimos, pedimos más.

---

[80] *El Electuario:* medicamento que en su composición incluye cierta cantidad de miel, jarabe o azúcar y que tiene la consideración de golosina.

La invasión continúa, el Enemigo adelanta. Pone en fuga las delicadezas que aun el más burdo y zafio consigo lleva; huye la vergüenza y huye el respeto de sí propio; no se pierde la noción del bien y del mal —¡ésa es perdurable!—, pero se los confunde, se los disloca, un fatídico «¿qué me importa?», se sobrepone y de antemano nos absuelve por cuanto reprobado queremos ejecutar; la dignidad se estremece, pugna porque la fuga no se consume, defiende al individuo palmo a palmo...

El Enemigo adelanta, la invasión continúa, ya es casi la derrota. Tambalea la dignidad, quema sus cartuchos últimos, va a sucumbir... El invasor abrió las cárceles para engrosar sus filas, y los presidiarios, armados, salen de los presidios que la voluntad custodia herida y maltrecha, sin energías ni resistencias... salen los instintos perversos, las levaduras de crimen, los legados y las herencias ancestrales, de los hombres de las cavernas, de nuestros antepasados delincuentes; salen todos los encadenados, lo que informa la mitad de nuestro ser y a las bestias nos equipara, los galeotes que guardamos aherrojados en los calabozos de la conciencia, con los quebradizos hierros de la moral y del deber...

El Enemigo ha triunfado. El cerebro se entenebrece, la voluntad yace inmóvil, el discernimiento se ausenta. Y los resultados son salvajes, primitivos, idénticos a los de todas las invasiones; se estupra, se asesina, se degrada, se aniquila al débil, se desconoce la clemencia, se arrasa lo bello, se escarnece lo bueno, se despedazan los dioses lares[81], se escupen las canas, se viola a las vírgenes, se degüella a los niños... ondea la bandera roja, es el salto atrás, la edad pétrea, la inutilidad del esfuerzo y la esterilidad de los propósitos, un alcohólico de más y un hombre de menos. ¡Es el triunfo del Enemigo!

—Pues a mí me parece que se viste usted de un modo ridículo, don... ¿cómo me dijo usted que se llamaba? —balbuceó Rodolfo, mirando con vidrioso mirar al que insultara hacía poco y que en busca de descanso había ido a sentarse en un sillón vecino.

---

[81] *Dioses lares:* en la Antigüedad, dioses de la casa y del hogar.

—¿Decididamente quiere usted camorra? —demandó el juicioso, sin mucho juicio ya, gracias a las copas bebidas.

—¿Con usted?, no, señor; yo peleo con hombres no con... —replicóle Rodolfo, recargando en la palabra soez.

Y fue obra de minutos. Primero, los insultos verbales que enardecen y lastiman más que los golpes que han de seguirlos. Después, la actitud de desafío: los reñidores en pie, estudiándose rápida y recíprocamente en mudo balance de las fuerzas contrarias; las miradas de cada uno aceradas, frías, cruzándose como láminas de esgrimidores de espada, llenas de un aborrecimiento, de una tal necesidad de exterminio que asusta al mismo poseedor. Luego, la visión roja, el milenario impulso homicida, la incurable exigencia fisiológica de matar por matar, el persistente y perpetuo Caín trucidando a su hermano que no le ofendía, de quien no recibía daño ninguno, de quien podía recibir amor y ayuda; el movimiento asesino que una vez comenzado empuja por sí mismo hasta la consumación del asesinato. Rodolfo, fatídico, amartilló el revólver.

Cuando los demás pretendieron intervenir, era tarde. Calló el piano, aunque Hipólito no veía los sucesos; callaron los que reían, los que cantaban, los que hablaban; cesó el baile, cesaron las caricias, las aproximaciones, los contactos, los besos... comprendiendo que algo trágico y definitivo iba a pasar. El revólver, de prisa, de prisa, con movimientos que se dirían suyos e inteligentes, se abajaba, subía, en su cañón y en su cilindro niquelados jugueteando las luces de la lámpara suspendida en el techo. Su boca negra, que parecía bostezar, complacíase en no perder a su próxima víctima, y antes de escupir la muerte escupía el espanto... de prisa, de prisa...

Demudada la víctima, con palideces funerarias, agazapábase, tropezaba con los muebles; las manos, enloquecidas, posábanse apenas en respaldos y rebordes; el mirar fascinado, sin apartarse de aquella boca; los ojos, saltones, subiendo y abajándose a la par de ella. En el mirar, reconcentrado el amor a la vida, la súplica elocuente de que no se la troncharan; un mirar humillado y desgarrador, retratando la certidumbre, el convencimiento de que perecería.

El revólver, de prisa, de prisa, sin dar tiempo a que interviniera nadie ni nadie lo atajara. Todos pálidos, todos jadeantes, Hipólito de pie, apoyado en su piano, tratando de ver el drama, de salvarse del peligro ambiente, con sus horribles ojos blanquizcos, sus ojos sin iris, de estatua de bronce sin pátina.

Caín, erguido, ajustando la puntería para no errar el tiro, Abel, sin esperanza, agonizando sano, fuerte, joven.

De prisa, un fogonazo, otro fogonazo, de prisa, de prisa... El moribundo por el suelo, rindiendo el alma con piadosa exclamación devolviéndola a quien la da, invocando el divino nombre:

—¡Jesús!...

El matador, tambaleante, no quiere ver hacia el muerto; ve a los que lo rodean, estúpida o lúcidamente, según el alcohol se le ausenta del cerebro o dentro de él retuércese por no abandonarlo; su brazo fratricida, como arrepentido del delito, próximo a soltar el arma que bosteza y oscila apuntando a la alfombra.

En la atmósfera un perezoso olor a azufre, igual al que flota en las plazas cuando concluyen las verbenas populares. Los testigos, obrando de acuerdo con sus temperamentos. Pepa, sin poder hablar ni correr, y queriendo realizar entrambas cosas; una mujer solloza cubriéndose el rostro con la enagua; Santa, sin darse cuenta de ello, está junto a Hipólito, cogida de su mano. Las cejas del ciego muévense desaforadamente; Jenaro asoma la cara por la puerta del patiecito y se eclipsa.

Al pronto nadie habla. Reina el estupor frente a lo irreparable: donde la muerte se presenta, todo calla.

En seguida, la indignación sobreviene, todos comienzan a mirar al matador, airados. Y el amigo del muerto se echa encima de él; una vez y otra vez y otra vez le coloca sobre el corazón, que ya no late, las palmas de sus manos; y a pesar de que el corazón no responde, obstínase porque le responda el amigo, se inclina al rostro exangüe, le habla al oído:

—¡Benito!... ¡Benito!...

Después de esperar unos instantes, levanta la cara y le dice al matador, despacio:

—¿Por qué lo ha matado usted?...

El victimario suelta el revólver, que produce un ruido pesado al caer, y los gendarmes, avisados por Jenaro y por Eufrasia, entran en la sala.

Las amarillentas luces de sus linternas de aceite van y besan el rostro del infortunado muerto, melancólicamente, piadosamente...

Capítulo III

De bote en bote estaba el segundo salón de jurados; igual en la gradería destinada al público que en la estrecha tribuna de la prensa. Por la puerta de entrada, por la del gabinete de deliberaciones —que cae a la mismísima plataforma del tribunal del pueblo—, asoman apretados racimos de curiosos aguantando magullones, codazos, corrientes de aire, incomodidad de postura y calor mal oliente de multitud apiñada. ¡Mire usted que había gente![82].

En las afueras empinábanse arremolinados los que ya no podían penetrar en la impenetrable masa, y hasta en el brocal del patio mirábanse individuos sentados, con la vista y el oído convertidos al salón.

A pesar de los sendos gendarmes en la reja del gabinete de deliberaciones y en la del de los testigos, cuyas rejas dan al patio, los que no lograban entrar agolpábanse a ellas. A la del gabinete de deliberaciones, porque de ahí se percibían fragmentos de la audiencia, frases y respuestas de testigos, finales de párrafo de los discursos de los defensores y de los del ministerio público, trozos del proceso que leía el secretario con gangoso y monótono diapasón de clérigo. Y a la del gabinete de los testigos incomunicados, porque se sabía —¿para qué sirven los diarios noticieros y de honrada información?— que el burdel de Elvira, íntegro, habría de declarar en el severo Pala-

---

[82] Esta escena en el Palacio de Justicia guarda una estrecha relación con la que abre la novela de Tolstoi *Resurrección*, tanto en su desarrollo como en los comentarios y valoraciones del narrador.

cio de Justicia. Luego, que el delito era de los que por derecho propio despiertan en las hipocresías sociales afán inmoderado de conocerlos aun en sus detalles más repugnantes y asquerosos, ¡mejor!, que mientras más lodo se remueva y nos salpique, mientras más indecencias sean denominadas sin eufemismos ni circunloquios, mientras más sea dable gozar con el espectáculo tristísimo de un semejante caído donde nosotros no caímos —gracias al acaso y nunca porque no cometiéramos, mentalmente siquiera, el delito en que sucumbió un prójimo—, mientras más podamos contemplar a un infeliz solo contra todos, que fue más débil que las pasiones que a todos nos afligen, más nos apresuramos a concurrir y pelear un buen sitio y a no perder ripio de los debates; más nos regocijamos de sólo ser espectadores cuando pudimos ser actores en el drama que el Jurado nos representa teatralmente y de balde. Y a la hora de las sentencias, cuando de los labios pálidos de los jueces y de las páginas grises de los códigos abátense encima de las desdichadas cabezas delincuentes, como ventiscas o huracanadas lluvias, muchos años de presidio, muchas iras de los que por impecables se disputan, muchas lágrimas de los que aman al sentenciado (para quienes la pena es inicua siempre), a la hora en que se sentencia a muerte y que el espanto difúndese en las conciencias y en los ánimos, un escalofrío de egoísmo nos recorre la piel; una satisfacción nos inunda el pecho, porque nos sentimos libres del peligro y libres del castigo. En los abismos de aquellas almas hemos visto los abismos de la nuestra, idénticas flaquezas, perversiones análogas; pero aquella alma es una vencida y nosotros podemos retirarnos de la diversión al acabar el drama; ¡hasta podemos condolernos en voz muy alta de la suerte del condenado!

Santa, lo mismo que sus compañeras, tomó en un principio la cosa a guasa, y los amigos letrados del establecimiento de Elvira, aconsejaron a las muchachas cuál debía ser su proceder y cuáles sus dichos. ¿Para qué perjudicar al matador, si al fin el otro, el pobre muerto, no por ello resucitaría? Hipólito, citado también como presencial, se opuso a la estratagema; aparte los riesgos de mentir estimaba inhumano que fuesen a absolver al que tan inhumanamente había asesinado.

—Digamos la verdad pura, Santita, sin favorecer a nadie, lo que pasó y lo que vimos, es decir, lo que vieron ustedes... de lo contrario, el amigo del matado, que ha de cantar claro, descubre el pastel y nos embaúlan en chirona..., y ni a quién quejarse, porque de sobra lo mereceríamos por cochinos. Al cabo usted ya se va, ¿qué necesidad tiene de andar en chismes con autoridades?

La tarde que los encerraron en el cuarto de los testigos, por natural emoción —el crimen estaba fresquecito y la vecindad de jueces, curiales[83] y policía siempre impresiona—, guardaron silencio y compostura; las valientes daban lecciones a las pusilánimes: «Pues te plantas y dices: verá usté, señor juez...»; Pepa fumaba puro tras puro, e Hipólito no cabía en sí de gozo por la coyuntura de pasarse bastantes horas al lado de Santa, hablándole de lo que mejor le cuadrase, sin miedo de que viniesen a interrumpirlos los que pagan y no esperan, pues a las compañeras no les haría maldito el caso.

Graduó su charla; a los principios del encierro, indiferente y sin substancias; con más miga después, comentando de nuevo el homicidio, repitiendo ella y él lo experimentado la noche esa, los presentimientos que siempre supone uno haber tenido a modo de heraldos y anunciantes de los sucesos de importancia; lo que por poco ejecutan en el instante de la comisión del delito; lo que a raíz de éste pensaron; lo mal que durmieron; la inminencia de que los hubiesen muerto a ellos, el uno oyó silbar la segunda bala y la otra creyóse herida con el primer fogonazo; las alucinaciones posteriores, a Santa perseguíala la vidriosa mirada del cadáver, a Hipólito el fugaz ronquido del agonizante... Por remate, una humilde confesión mutua, por lo bajo, y una filosófica conformidad:

—¡Qué malos somos, Hipo!...

—¡Malos, Santita, malos!...

Convencidos de su maldad recíproca, se acercaron, sentáronse lado a lado en un rincón, sin más importuno que Jenaro, quien de tanto andar pegado a su amo para auxiliarle en sus menesteres, casi no lo era. La plática cobró sabor y colori-

---

[83] *Curial:* empleado subalterno de los tribunales de justicia.

do. Jenaro aseguraba que las manos de ambos se juntaban y separaban sin que pareciera que los dueños lo hacían a sabiendas. Hallábase empeñado el ciego en averiguar si Santa amaba a Rubio o si con él se «comprometía» por conveniencia simplemente, y Santa insistía en que Hipólito le declarase si, hiciera ella lo que hiciera, el amor de él no se concluiría nunca. Ninguno de los dos resolvíase a mostrar su juego, y con este motivo, sacaban a relucir añejas desventuras, anhelante cada cual de que su interlocutor proclamase que, en efecto, había sufrido menos. A fuerza de desgranar desdichas y de revivir la historia de sus vidas muertas, simulaba que para la que les quedaba por vivir buscaran con el melancólico recuento interesarse el uno por el otro. Traducidos al romance decían sus discursos: «Cuando hayas de quererme no me quieras por mis merecimientos, que nada merezco, ¡quiéreme por lo mucho que en este mundo he padecido!...»

Afuera, el público seguía arremolinado, empinándose para ver y para oír, seguía el gendarme de la ventana ahuyentando a los que atraídos por la encerrada carne de deleite se llegaban a la reja y hacían guiños a las mozas.

Adentro, seguía la audiencia, interminable, plagada de formalismos; seguía la imperfecta e imbécil maquinaria del Jurado cometiendo disparates y disparates. Un momento, que por oficiosa atención el comisario del juzgado entró a ver si algo se les ofrecía a las «niñas» y que la puerta quedó entreabierta, coláronse hasta los oídos de Santa y de Hipólito confusas frases de acusación o de defensa: «vindicta[84] pública»... «una madre que ha de llorar por su hijo»... «juzgad dentro de vuestra conciencia de hombres de bien, señores jurados»... frases enfáticas que tanto podía ahuecar el defensor como el fiscal y que eran tan aplicables al matador como al occiso. Santa e Hipólito reanudaron el hilo de su charla, Jenaro dormitaba.

Los curiosos que se arremolinaban en la otra ventana, la del gabinete de deliberaciones, oían más; alcanzaban a leer el enorme cartel impreso que cuelga de uno de los muros, osten-

---

[84] *Vindicta:* venganza.

tando en gruesos caracteres la inmoral y bárbara admonición que compone la parte tercera del artículo 314 del código de procedimientos penales: «La ley no toma en cuenta a los jurados los medios por los cuales hayan formado su convicción...» Admonición que debe ser el faro iluminador de los que han de dilucidar culpabilidades por las impresiones recibidas; el Paracleto[85] alado que ha de inspirar a una docena, cuando menos, de espíritus —algunos sobornables, vulgares casi todos—, en solemne Pentecostés en que se congregan para absolver o condenar a su hermano. Y las palabras finales del tremendo artículo despiden llamas, ciegan la clemencia, arrasan la piedad hacia los inocentes, que los más empedernidos criminales dejan tras sí, vendan los ojos de los jueces populares para que no los amedrente el patíbulo que les obligan a levantar, con sus garrulerías, el defensor, el agente del ministerio público y el propio presidente de los debates en su resumen dizque imparcial: «...Los jurados faltan a su principal deber si toman en cuenta la suerte que en virtud de su decisión deba caber al acusado por lo que disponen las leyes penales...»

En el gabinete de los testigos empezaron a gruñir las impaciencias, ¿pensarían no llamarlos a declarar? El cuarto se oscurecía, la luz del patio que entraba por la ventana enrejada, liaba sus bártulos para ausentarse. Otra vez el comisario, acompañando al encendedor que prendió la lámpara del techo, mientras un colega prendía, afuera, la del farol del patio, que oscilaba suspendido sobre la fuente del centro. Al comisario, las muchachas y Pepa lo acosaron, ¿a qué hora las despachaban?...

—¡Nosotras tenemos nuestro quehacer! —afirmó Pepa sin rubores.

El comisario se rió mucho, dándose por enterado de la naturaleza del quehacer; pero les anunció que la cosa iba larga, que probablemente terminarían a la madrugada, en atención a que el juez había mandado una tarjeta a su esposa, y el agente, a buscar su capa:

---

[85] *Paracleto:* el Espíritu Santo.

—Hay empeño en concluir esto —agregó—, ya ustedes ven que apenas hace mes y medio que ocurrió el lance... ¡bastante hemos hecho!

Indignóse Pepa y las muchachas se regocijaron de jugarle esa especie de mala pasada a Elvira, quien, a solas en la casa y careciendo de mujeres con que satisfacer a la clientela, renegaría y echaría por esa boca lo que no es para escrito.

Mientras, Santa puntualizaba a Hipólito por qué aún no vivía con Rubio: por el capricho de la esposa, llegado a destiempo, de ir a los baños de Puebla en busca de una maternidad que no venía jamás; comunicábale las finezas para con ella del marido infiel, el que se daba por comprometido y hasta ofrecía, desde luego, sufragar los gastos que originase el inmediato apartamiento de su mancebía próxima.

—A diario me despacha cartas y telegramas. Creo que es un caballero perfecto y que me he sacado la lotería, ¿no cree usted lo mismo, Hipo?

—Santita —replicó el músico—, no sé yo si será tan caballero como parece, lo que saco en limpio es que dispone de fondos en metálico, que le sobra *mosca*, y algo es algo... Lo importante es que dé a usted lo que usted vale, lo que le daría yo, yo que soy un pelagatos y un bueno para nada... lo que le daré a usted, ¡créame que se lo daré, Santita!, en cuanto usted consienta en que vivamos juntos. Por lo pronto, se acababan conmigo los tapujos y las hipocresías, ¿esconderla yo a usted?... ¡qué atrocidad!... ¿Sabe usted lo que me produce este Rubio, y los que no siendo rubios gozan de usted y para gozarla se ocultan?... pues, con ribetes de rabia, me producen lástima... ¡majaderos!, ¿qué más quieren?... Lo que soy yo, Santita... —Y vuelta a tocar la tecla, a fabricar castillos y programas encantadores de futuras existencias; vuelta a dibujar en el vacío planos y más planos de una ideal morada de dicha, de un palacio mágico; aquí este mueble, este otro allí, por la mañana, a hacer una cosa, a la tarde otra y otra a la noche... ¡La quimera!

Como siempre que el ciego daba suelta a sus ensueños de apasionado, y que éstos, a manera de bandadas de palomas, le arrullaban sus sensitividades femeniles y le mitigaban el escozor de su profesión infame, Santa, para no ver la fealdad de Hipólito, para no romper el hechizo, entornó sus ojos, aban-

281

donó sus manos entre las del pianista, que, cual si de reliquias se tratase, apenas si con las yemas de los dedos acariciábalas, y muy de tarde en tarde, por no forzarla a subir, besábaselas bajando él su rostro, devotamente, despacio, sin dejar de hablar, con besos prolongados y respetuosísimos.

De vez en cuando preguntaba Santa:

—¿Y luego, Hipo, qué haremos luego?...

—¿Luego?... Volver a principiar, lo mismito, sin cansarse nunca, sin nunca echar de menos pasatiempos nuevos, ya que por su desventura se sabían de memoria los pasatiempos depravados.

—No saldremos de los sencillos, de los naturales; y hemos de ser nosotros, Santita, los primeros en espantarnos de que con tan poca cosa se sienta uno tan feliz... Cuando al fin nos cansemos de aquello, pues dicen por ahí que se cansa uno de todo —¡yo no lo creo, ¿eh? cuidado!—, entonces, la gran sorpresa, Santita, y ésta sí que no se la digo a usted aunque me desuellen vivo, porque apuesto diez contra uno a que no se la figura usted.

Algunas de las muchachas manifestaron que tenían hambre. Pepa consultó su reloj y vio con asombro que se aproximaban las once, ¡recórcholis!, era indispensable que les consintieran comer un bocado y que a ella le repusiesen su provisión de puros. Con dificultades logróse la comparecencia del comisario y se le prometió gruesa propina, ¿no estaba permitido comer y beber?...

Por supuesto que lo estaba, ¿qué apetecían?... Hízose la lista: sándwiches, cerveza, Banqueros del Destino para Pepa, café con catalán para Hipólito. Agolpáronse a la reja, a ver partir al comisario que provisto de un billete de a cinco pesos cruzó el patio lóbrego y desierto ya.

Con la lobreguez y el desamparo, no sólo el patio, el edificio entero recupera el aspecto de lo que ha sido, su triste aspecto de claustro[86]. Su secularización la borran el día y la

---

[86] En la época de Gamboa el Palacio de Justicia se hallaba situado en el edificio del antiguo convento de La Enseñanza, construido en la actual calle Donceles a finales del siglo XVIII. En 1867, a raíz de las Leyes de Reforma, las monjas que lo ocupaban fueron exclaustradas y el recinto se dedicó a usos civiles. Adjunta a él se hallaba la iglesia de La Enseñanza, que se conserva como tal en la actualidad.

afluencia de litigantes; el apresurado ir y venir de curiales; las consultas en los corredores; los grupos que manotean por las escaleras; el abigarrado conjunto de demandantes y demandados, de actores y reos, de herederos y albaceas, de patronos y promoventes; un continuo zumbido de avispero, alguna carcajada que repercute por los abovedados techos de los pasadizos vetustos, algún diálogo del corredor al patio. De día, el convento se desfigura, ¿quién ha de reconocerlo con su total disfraz de pintura, cal y transformaciones bárbaras? ¿Quién ha de reconstruir en las salas de la Suprema Corte de Justicia, por ejemplo, o en las del Tribunal Superior, o en las de los juzgados menores y civiles, o en las del Registro Público de la Propiedad, los viejos oratorios, las desnudas y austeras celdas, los tránsitos antiguos?... Por otra parte, nadie, entre los que lo frecuentan, reconoce ni reconstruye, pues no van a eso. Van al litigio, a los hurtos legales, a los despojos que los códigos amparan, a los embrollos con que los abogadazos de nota y fama blasonan su reputación de inteligentes, de sabios, de honorables. Todos van corriendo, en áspera carga desenfrenada, en pos del dinero, del embargo, del lanzamiento, de la hipoteca, de las costas y réditos, de las herencias y de los honorarios... Tanto peor para el que crea en la Justicia y en la Justicia espere —los candores no son de este mundo—, que en el palacio que le han consagrado, la diosa de la espada y de las balanzas rara ocasión da la cara, por lo general ocúltala y se encoge de hombros. Es perenne la carga; inacabables los doctores de la ley, los tabeliones[87], golillas[88] y escribas; permanente los clientes, pleiteando uno lo suyo, honestamente; pleiteando otros lo ajeno, con cábalas y arterías. Ensordece la continua refriega; casi pueden asirse las venalidades, las codicias, los agios; el judaísmo cristiano muéstrase idéntico al legítimo, tan ambicioso y tan sin entrañas como aquél. Y cual si el palacio no estuviese suficientemente mancillado con la incesante ralea que ejecutan los halcones borlados, los azores de levita, los gavilanes especialistas; con ese correr de hienas que aú-

---

[87] *Tabelión:* el que da fe de escrituras y actos.
[88] *Golilla:* adorno que se ponía alrededor del cuello, que formaba parte de la indumentaria de los abogados. Por extensión, designa a estos últimos.

llan artículos de códigos, reformadas leyes romanas, godas, ante y postdiluvianas, hanle metido en el patio de la derecha los dos salones para jurados, que, con sus atinadas decisiones, coronan la magna obra de escarnecer a la justicia humana.

De ahí que en la noche —si no se prolonga el jurado—, con la lobreguez y el desamparo recupere el edificio el aspecto de lo que fue, su triste aspecto de claustro.

La secularización se esfuma en las tinieblas; duermen en sus armarios los archivos; negras como ataúdes, las mesas y papeleras escóndense en las sombras de las estancias, se invisibilizan; los doseles de magistrados y jueces, los cortinajes de los «estrados» undivagan como disformes búhos satánicos; los techos crujen, la polilla cae, las arañas laboran, los murciélagos rondan, las iniquidades se ocultan o también reposan... Entonces la Suprema Corte deja de serlo, y el Tribunal Superior, y los juzgados civiles y menores, y el Registro Público de la Propiedad; entonces los viejos oratorios se iluminan, las austeras y desnudas celdas se pueblan, y por los tránsitos antiguos desfilan los antiguos inquilinos del convento que resucita... Y el portero asegura —¡debe hacerse caso de lo que los porteros aseguren!— que se oyen plegarias y salmodias, que se miran sayales toscos, capuchones erectos que tapan semblantes, cirios amarillentos que amarillentas manos flaquísimas sustentan, pies descalzos que caminan sin ruido. Y que se escucha rumor de huesos cuando la visión de fantasmas ambula despaciosamente rumbo a la iglesia de La Enseñanza, en la que sin duda es aguardada, porque —el portero jura y cita el testimonio de sus gentes— se oye que suena el órgano, aunque no cerca cual debiera, sino cual si lo tocasen por debajo de tierra... Y antes del alba, la procesión regresa, húndese por vidrieras y puertas y ¡adivine usted dónde se irá! que cuando el edificio, en las mañanas, se harta del sol y los barrenderos van llegando, todo se encuentra en su lugar, sin que falte un papel, ni una colilla de cigarro, ni una telaraña, sin que las sillas o las mesas se hayan movido un palmo.

—¡Qué casota tan horrorosa, Hipo, da miedo! —le comunicó Santa al ciego, retirándose de la reja.

—Vale que no hemos de habitarla ni usted ni yo, Santita —sentenció Hipólito buscando el sabroso rincón, con su palo, y con su mano libre, las dos de Santa.

Cargadísimo de vituallas tornó el comisario cerca de la medianoche; con lo que dicho se está que los que las aguardaban tiráronse a ellas con hambre de náufragos, tanto más cuanto que de la sala continuaban sin llamarlos a rendir sus famosas declaraciones. Sólo hubo de invitados el comisario mandadero, que no se hizo rogar, y los infelices gendarmes de la puerta y de la ventana que, al pronto, agradecieron sin aceptar y al cabo aceptaron tentados por el olorcillo de las viandas y agobiados por lo indefinido del plantón. Tuvieron que comer y que apurar las botellas con la mano zurda, en inaguantable conversión, desperdiciando líquido. Los demás, a sus anchas, pues el comisario garantizó que tal era la práctica al extralimitarse en duración alguna audiencia. Comieron a dos carrillos, y por varios minutos reinó en la pieza un sensible relajamiento de la incomunicación de los testigos y de la disciplina de los empleados menudos. La cerveza se destapó sin precauciones, tosiendo o riendo en coro con risa fingida y con fingida tos, a fin de que los taponazos no fuesen a delatar el *gaudeamus*[89]. Santa, en parte por broma y en parte por enloquecer al ciego, le endulzó y revolvió su «fósforo»[90].

—Trae acá —dijo a Jenaro—, que lo derramas, yo quiero arreglarle a Hipo su bebida. —Y ella y él estuvieron torpes, ella, por pretender quedar demasiado bien, él, por no acusar demasiado sus titubeos de impedido.

Inopinadamente atacó a Santa un escalofrío agudo. Se echó a temblar sin poder reprimirse, no obstante sus esfuerzos y los abrigos que solicitó.

—¿Por qué tiembla usted, Santita? ¿Se siente usted mal? —le preguntó Hipólito alarmado.

—No, mal no, he de haber cogido frío —repuso Santa con trabajos, por lo que le castañeteaban los dientes—, ¡tiénteme usted!

Un chiflón colado[91] y tenue empujó la puerta entornada, cuyas bisagras rechinaron con desapacible rechinar.

---

[89] *Gaudeamus:* fiesta y diversión con comida y bebida abundantes.

[90] *Fósforo* (Méx.): café con aguardiente.

[91] *Chiflón colado:* viento frío que corre por alguna estrechura.

A ese tiempo, el segundo comisario, asistido de un oficial de gendarmes, entró malhumorado y brusco a interrumpir la cena:

—¡Josefa Córdoba, a declarar!

—¡Vaya, hijo, bendito sea Dios! —le replicó Pepa levantándose con mucha pachorra, desperezándose y pegándole al Banquero del Destino cinco o seis chupadas consecutivas—, vamos andando...

Las demás mujeres llegáronse a Santa, que continuaba temblando, la arroparon, convinieron en que se hallaba desencajada. Anonadado, Hipo acertaba únicamente a maldecir del viento, al que atribuía la enfermedad. Una de las chicas, luego de tentar la piel de Santa, aumentó las congojas garantizando que aquello era un dolor de costado.

—¡A ver, mujer, respira fuerte!... ¿no te duelen las costillas?

Por fortuna, el turno de Santa debía ser de los últimos, pues Pepa regresó al cuarto del encierro —aunque ello está prohibido—, y las otras fueron siendo llamadas, sucesivamente.

Conforme percibían su nombre, componíanse de cara y traje, alisábanse el peinado y se engrifaban[92] los rizos, se mordían los labios, ajustábanse el talle, a dos manos, con sacudida de la falda; luego, una enderezada de sombrero —las que lo portaban—, o una airosa arrebujada del mantón o de la mantilla corta, y, marcando las caderas, salerosas y sonrientes, de antemano sabiendo que gustarían, que inflamarían apetitos en el público masculino y confinado que las aguardaba, que había ido por ellas y por ellas sufrido apreturas y cansancios; sabiendo que hasta los magistrados y funcionarios las aguardaban también tan ansiosos y tan blandos como los concurrentes, seguían al comisario y al oficial de gendarmes, nada severo durante el trayecto diminuto, antes pegándoseles, respirándolas con las narices muy abiertas, ofreciéndoles el brazo, derrotados por su vecindad inquietante de carne indefensa.

¡La conmoción que originaban al presentarse en la audiencia! En las gradas, un oleaje; un estremecimiento perceptible

---

[92] *Engrifar:* encrespar, erizar.

entre los miembros del tribunal, en plena plataforma, bajo el mismísimo dosel; una general fosforescencia en los ojos de los viejos, de los jóvenes, de casados y solteros, de serios y alegres; un deseo palpitante, tangible, en los rostros vueltos a las prostitutas que iban compareciendo resueltas, erguidas al pie de la barandilla, donde imprimían al mantón un gradual descenso para dejar al descubierto el busto encorsetado y provocante con las protuberancias de los senos cautivos que se brindan por debajo de los corpiños; en la cintura una mano sobre la saliente del flanco carnoso y combado; accionando con la otra o asiendo por su mitad uno de los torneados barrotes de la barandilla barnizada; la cara y los ojos sin fijeza yendo a todas las personas, a los techos y a los muebles; picaresca la cara, jugueteando en los labios rojos sonrisas de triunfo o de desdén, muy veladas, de quien se siente poseedora de lo que tienta y doblega al hombre, nada preciso, sin embargo, promete a cada uno, delante de tantos que a un tiempo la codician; la mirada interrogante, con fingidas ignorancias en el fondo de las pupilas que tanto malo han contemplado, un mirar inocente y plácido.

Esa conmoción subió de punto al presentarse Santa; sin escalofrío ya, aunque bastante descompuesta de fisonomía, las mejillas tintas, brillantísimo el mirar, las ojeras pronunciadas, cual si mucho hubiese llorado, sombreándole y agrandándole sus lindos ojos garzos[93].

Los funcionarios, los jurados, los concurrentes que llevaban sus diez u once horas de audiencia en incómoda postura, con enrarecida atmósfera, hurtándose unos momentos para ir y fumar un cigarrillo al gabinete de deliberaciones o beber un vaso de agua a las volandas, tenían el asunto hasta el copete, ansiaban cenar, moverse, hablar, salir de aquella sala congestionada de ácido carbónico, repleta de curiosos, de hedor de transpiraciones, de sospechosos alientos. Las lámparas de petróleo apestaban, los candelabros de la mesa del juez chorreaban estearina[94] y las velas que se columbraban en el gabinete de deliberaciones doblaban su flama gracias a la ventana

---

[93] *Garzo:* de color azulado.
[94] *Estearina:* ácido esteárico, que sirve para la fabricación de velas.

abierta, como si fuesen a apagarse de puro fastidio. Todos estaban ahítos del negocio que los congregaba, sabíanselo de memoria aun en sus nimios detalles. El reo, que a sus principios inspiró simpatías a unos y antipatías a otros, ya no inspiraba más que universal abominación, ¿por qué no terminaba el juicio? Con tal de que terminase, habríanlo absuelto o condenado con la misma frescura y la misma inconsciencia... Las actitudes imploraban tregua, las cabezas se recargaban en los respaldos de los asientos o en los muros; uno de los defensores, echado encima del pupitre, pintaba con lápiz animales y casitas; el secretario dormitaba, el codo en la mesa del juez, cubriéndose los cerrados ojos con la mano distendida que hacía veces de pantalla; el juez, para disimular los necios bostezos que le contagiaba un gendarme distante, tocaba el tambor con los dedos en la gruesa carpeta y se arruinaba el bigote a fuerza de sobárselo. Sólo el reo, por lo ingrato del banquillo sin respaldo y por palpar que toda esa máquina al pellejo le tiraba, estaba grave, ligeramente encorvado, los brazos cruzados en el pecho, sin pestañear.

De suerte que el desfile de las prostitutas, aunque esperado y sabido, alegró a la sala. La conjunción de las diosas fue amigable; los sacerdotes de Temis[95] acogieron del mejor talante a las sacerdotisas de Venus[96]. Evaporáronse los tedios, las soñolencias y las anquilosis de las articulaciones quietas o fatigadas; uniformóse el movimiento de los cuerpos; una conversión general hacia la barandilla. Notóse que uno o dos miopes frotaban el cristal de sus quevedos[97] con sus pañuelos y con el forro de sus sacos, apresuradamente; que muchas narices se abrían cual las de los sabuesos en la buena pista, y deleitándose husmeaban el olor que despedían las mozas, mezcla asfixiante de perfume caro, de sudor combatido que huele apenas, de carne limpia y de cerrada alcoba de mujer.

A cada nueva declarante, los ánimos se enardecían más, las

---

[95] *Temis:* en la mitología griega, diosa del derecho y la justicia.
[96] *Venus:* divinidad romana del amor y la belleza.
[97] *Quevedos:* lentes de forma circular que se sujetan solamente en la nariz. El nombre procede de los retratos del escritor español de este nombre.

seriedades profesionales escapaban, las fisonomías, por oficio ceñudas, dilatábanse. Se advertían hipócritas codazos entre los jurados vecinos, guiños entre los alejados; el juez, como una grana, se agitó en su sitial; y el agente del ministerio público —un positivista[98] furibundo, un científico que se desayunaba con Lombroso, comía con Brocca y cenaba con Ribot[99]— se apoyó en la barandilla como en un balcón y detallaba a las meretrices, francamente, despacio, con benévola sonrisa de sabio que examina sabandijas interesantes e inofensivas para con él, que, por encima de debilidades y flaquezas, sabe de qué antena cogerlas sin que muerdan ni envenenen. Los maleantes aseguraban que no había tales carneros[100] y que el agente era un gran punto[101] en las casas de asignación[102], en las que se gastaba sus sueldos, estudiando en las que las habitan los progresos incurables de la degeneración y decaecimiento de este pícaro mundo.

Habituada Santa a despertar apetitos, y aun a provocarlos, nada hizo en esta vez, ni siquiera realzar sus encantos, que más de uno de los que la devoraban tenía saboreados. Se concretó a responder según la interrogaban: lo que oyó y lo que vio, la verdad pura que Hipólito le encareció confesar; con ganas de que le permitieran retirarse; sospechándose enferma a lo serio por el escalofrío intenso que venía de sacudirla igual que a árbol endeble, de apariencia de roble, al que el menor cierzo deshoja y abate.

---

[98] *Positivismo:* sistema filosófico que admite únicamente el método experimental y rechaza todo apriorismo y todo concepto absoluto. Véase Introducción.

[99] Cesare Lombroso (1836-1909), Paul Brocca (1824-1880) y Théodule Ribot (1839-1916) fueron tres destacados teóricos positivistas que desarrollaron sus investigaciones en el terreno de la antropología, la medicina y la psicología. Las teorías de Lombroso, que sostenía que factores como la herencia o la enfermedad eran fundamentales para comprender la psicología del delincuente, tuvieron gran eco en la época. También en *Resurrección* de Tolstoi interviene un fiscal que «hablaba de herencia, de criminalidad nata, de Lombroso, de Tarde, de evolución, de lucha por la vida...» (ed. cit., pág. 90).

[100] *No había tales carneros:* no era cierto lo que se decía.

[101] *Punto:* quizás empleado en el sentido de *hombre de punto:* persona principal.

[102] *Casas de asignación:* en México, sinónimo de prostíbulos.

Contrarió a tal extremo la actitud de Santa, cuando todos contaban solazarse la vista al menos, frente a la hetaira a la moda, que uno de los defensores no halló más recurso que inventar el repreguntarla. Y lo solicitó con la prosopopeya forense:

—Ruego al señor presidente de los debates que permita a la defensa hacer algunas preguntas a la testigo...

Hubo una general aquiescencia a la solicitud del abogado defensor, quien se encaró a Santa:

—Dice usted que los creyó reconciliados al verlos hablar en voz baja, «¿no es cierto?... ¿Qué palabras cruzaron? ¡Repítalas usted!

Santa no las recordaba ni tampoco supo qué clase de relaciones existían entre ellos...

El defensor, por oficio, salióle al encuentro y le opuso argucias que escuchó Santa arrugando las cejas... El defensor la enredaba:

—¡Cuidado con contradecirse! Usted ha declarado que presenció cuando los presentaban, después del primer altercado; conque, si los presentaron es claro que no se conocían, ¿cómo contesta usted ahora que ignora las relaciones que existían entre ellos?...

Acorralada, Santa, quedóse sin responder por lo pronto, mirando de hito en hito al defensor, cual si éste debiera ministrar[103] la respuesta que le exigía a ella; luego dobló la cabeza, para recapacitar, y a lo último dijo distintamente, encogiéndose de hombros:

—¡Pues no sé!... Es muy cierto que vi que los presentaban, pero no sé, de veras no sé eso que dice usted de las relaciones...

Los prácticos en estas urdimbres, preparáronse a aplaudir el ensañamiento del defensor, que probablemente metería a la testigo en un berenjenal sin salida. Chasqueáronse, sin embargo, ya que se limitó a significar a Santa un «está bien» rebosante de amenazas, y al juez un «estoy satisfecho» que daba el opio[104].

---

[103] *Ministrar:* suministrar, proporcionar.
[104] *Dar el opio:* cautivar, embelesar.

Al salir Santa, la acometió un segundo escalofrío menos rudo pero más persistente, y todavía obligáronla a permanecer un largo cuarto de hora, en el de los testigos, mientras esos señores resolvían, en vista de su repentina indisposición y de sus flagrantes contradicciones, si era de otorgársele la licencia que para partir impetraba.

No chistó sílaba dentro del simón con sus vidrios incompletos desde la calle de Cordobanes[105] a la puerta de la casa de Elvira. Pepa, que se la acostó en el regazo y que sintió que ardía, la tranquilizó a la vez que maldecía de los autores del pésimo rato:

—¡En sudando, tú te alivias, criatura!... Pero ¿visteis (a las dos mujeres instaladas en el vidrio del carruaje) lo tiesos que se ponían Fulano y Zutano en su papel de alcaldes? *¡Lipendis*[106]!... ya me pagarán la lata en cuanto aporten por casa.

Derechito a sus anchas camas, intocadas aquel amanecer por la carencia de clientes, fueron a parar las testigos del homicidio. Juraba Elvira lo propio que un carretero, contra los peleles del Juzgado que, indebida y atontadamente —clamaba frenética—, por dizque averiguar un suceso más claro que el agua, habíanle retenido sus reses; con lo que sus parroquianos, los del fuste, los que pagaban sin cicaterías ni ruindades, ¡hasta el *Jarameño!*, se le fugaron echando chispas después de paciente espera, a saciar su sed de hembra en los prostíbulos rivales del barrio. Parada en medio de su ganado sumiso, babeaba de ira, examinábalas una por una, golpeábase los grasos muslos fláccidos, que recibían el golpe trepidante, como perniles manidos o gelatinas a punto de derretirse:

—¿Y quién me indemniza a mí, vamos a ver, quién?... ¡Me caso con la Biblia, corcho!... ¡Lo menos me hacen perder doscientos duros! Cualquiera me vuelve a matar aquí, ¡qué poca vergüenza!... que se maten en la calle, como los perros, y que la dejen a una ganarse su vida. Mañana os cobraré «sala» doble, no sola yo he de perder... sacadlo vosotras de vuestros marchantes, que os sobran mañas para ello... Y tú, Hipo, ya te

---

[105] *Calle de Cordobanes:* hoy Donceles.
[106] *Lipendis:* tontos, bobos.

me estás largando, ¡lila[107]! ¿No hubo piano?, pues no hay guita, ¡ea!... ¡Ésa, que sude, Pepa, darle un buen trago y arropármela!

Trepó las escaleras bufando, se oyó el portazo que daba en la vidriera de su cuarto, al encerrarse. Hipólito, afligidísimo, solicitó y obtuvo de Pepa la gracia de quedarse velando a Santa, por si empeoraba o necesitábase que alguien fuera a la botica, a buscar a un médico:

—Si ella lo consiente, por mí sí —resolvió Pepa trasteando botellas en la alacena del saloncito, para alistar la pócima.

Santa, que mientras Elvira disparaba rayos y centellas, se había acostado, demostró su consentimiento encogiéndose de hombros; el escalofrío la agitaba demasiado, a pesar de la montaña de cobertores y colchas que resistía. La calentura, alta, teníala sumida en densa modorra.

De puntillas entraron a despedirse las demás mozas, a tocar a Santa los carrillos y la frente, meditabundas y supersticiosas junto a la compañera herida repentinamente con dolencia de incógnita gravedad; sintiéndose todas expuestas a eso, a que un vientecillo traicionero y suave, u otro motivo infinitamente pequeño, las enferme cuando menos se piensa, y por desamparadas, por rameras y por despreciables, nadie de verdad se duela de ellas, y de juzgarlas inútiles para su arte triste de proporcionar placeres, las arrojen a los hospitales, a los muladares luego, si alguna alma caritativa no se opone y ocultando la limosna, la obra buena, ocultando el nombre, no reclama el cuerpo que fue nicho de caricias, relicario de besos, búcaro de perfumes, urna de tentaciones y vaso bellísimo de deleite, para devolverlo a la tierra materna y sacra, la única que en el mundo no las rechaza, la que las cobija igual que a los buenos y que a los justos que sólo pecaron siete veces al día...

Y más por cobrar ánimo que por comunicárselo a la enferma, decíanle después de quemarse con su contacto:

—No te alarmes, chica, esto no será nada, ya verás lo mejorada que amaneces...

---

[107] *Lila:* tonto, fatuo.

La circunstancia de acostarse solas, así fuese por las cuantas horas que para la del alba faltaban, templó las tristuras que el mal de Santa sembrara en las muchachas. ¡Ser dueñas de sus camas y de sus movimientos; poder revolverse en las sábanas frescas y limpias; reconquistar siquiera una vez en el cautiverio indefinido, un remedo de libertad; poder soñar y dormir en todas las posturas, y extender los brazos y doblar las piernas; no tener que obedecer a nadie, ni que fingir cariño, ni que desterrar el sueño, ni que vencer ascos, ni que padecer alientos extraños y apestosos a alcohol o a cosas peores!, ¡qué lotería! Y con excepción de dos viciosísimas, que se amaban sáficamente y juntas se acostaron con alborozo reprimido de recién casados, el resto entró en sus cuartos sahumados, con un placer análogo al del galeote a quien se le permite sacarse los grillos y no arrastrar la cadena. Veían sus camas desiertas que les auguraban legítimo descanso, y una contracción gozosa, de granuja que logra apoderarse de ambicionada golosina, les anudaba la garganta y las hacía reír, ¡qué gusto!, dormir a su antojo, no satisfacer caprichos malsanos, no plegarse a depravaciones y porquerías, no sufrir vecindades incómodas y exigentes que lastiman y envilecen... Mañana volverían al potro, ¡qué remedio!, ¡pero hoy, esas pocas horas, serían libres!... Satisfechas y ansiosas de disfrutar en el acto la dichosa soledad, desnudáronse a la carrera, echando de menos a sus amantes gratuitos con los que sí se acostaban y dormían complacidas, y a los que no avisaron de la impensada fortuna.

Instalóse Hipólito a la cabecera de Santa después de poner en el suelo una almohada a Jenaro, que el lazarillo se dormía parado. Ya Santa, automáticamente, había apurado la pócima y reintegrádose a su modorra.

—¡Santita! —le murmuró Hipólito—, ¿sabe usted quién soy yo?... ¿Me reconoce?...

—Sí Hipo, sí lo reconozco, pero me cuesta tanto hablar... ¡De esta hecha me muero, Hipo, yo sé que me muero!

Horas negras las que pasó el músico mientras amanecía para los demás —¡que para él no amanecía nunca!—, pegado al lecho de lo que más idolatraba. Ignorante, y por añadidura ciego, no oponía a lo incontrastable sino una forzada resignación doliente, por lo que se cruzó de brazos en la silla que ocupaba y a pensar se puso una porción de fantasías desgarradoras. ¿Qué tendría Santa?... Algo muy grave, gravísimo, las enfermedades benignas no asaltan de súbito con intensidad tamaña, o si lo realizan, no se presentan acompañadas de tan alta fiebre. ¿Cuánto tiempo duraría postrada?... ¿Curaría?... Caso de curar, ¿cómo quedaría?... Porque lo que es pedirle que pensara en la posibilidad de la muerte de Santa, era pedirle lo excusado, no, no, de morir no moriría, estaba cierto, sin fundar su certeza en nada consistente. Aunque Santa no muriese, la trinidad de preguntas que él deletreaba en las oscuras cuencas de sus ojos ciegos, bastaba para aterrarlo, por no hallarle respuesta. Removido hasta en sus bajofondos de desgraciado, intentó apelar a la oración, cual a supremo recurso, mas ¡ay!, la oración no acudía a la cita, merodeaba fragmentaria e ineficaz por entre las arrugas de su corazón y las canas de su alma, llegando a los labios, si acaso, pedazos rotos, desteñidos e inservibles de sus infantiles plegarias que lo calmaban todo y que él balbuceaba con fe inquebrantable al lado de su madre, primero, en memoria de su madre, después. Como con su desordenado vivir apartóse de misticismos y rezos —por no suponerse digno de practicarlos—, ahora los rezos se resistían al llamado, ya no eran sus amigos ni su remedio el bálsamo, que a lo menos amortigua el dolor. ¡Aviniéraselas él según pudiese!... Entonces, su miseria lo paralizó, él y Santa, y los más sanos y los más fuertes eran hormigas, insectos diminutos que mueren sin saber defenderse, en un segundo y por cualquier pequeñez, sin que la hormiga se dé cuenta de la suela que la aplasta ni la criatura de la enfermedad que la doblega... Se nace, se vive y se muere sin que comprendamos palotada... y los tres prodigios, con no entenderlos, los mencionamos vanidosamente y los traemos en continuo ajetreo...

Santa rompió a hablar, desvaríos de fiebre, reconstrucciones trágicas de su niñez, trastocamientos de fechas y sucedidos: el *Jarameño,* en su casita blanca de Chimalistac; Rubio, de alférez de gendarme, queriendo seducirla en la casa de Elvira; Santa casada con el compañero de sus hermanos en la fábrica de Contreras, el tañedor de guitarra que por ella se perecía cuando ambos eran muy jóvenes; Jenaro, de hijo de ella, e Hipólito trasmutado en sus dos hermanos, los hidalgos rústicos que la repudiaron y maldijeron:

—¡Fabián! ¡Dame agua del pozo, que está helada!... ¡Esteban!, no dejes que Cosme galope al retinto... ¡Qué sol, Dios mío, qué sol!...

E Hipólito, que no contaba con esto, que jamás había oído el delirio de nadie, perdió el tino, y, por pronta providencia, despertó a Jenaro. Jenaro, con el sopor persistente de su sueño de piedra y el susto de un brusco despertar, sentado en la alfombra, cerrándosele a su pesar los ojos, escuchó atónito las incoherencias de Santa, divagando sin término, vuelta a la pared, la cabeza hundida en las almohadas y toda ella inmóvil, como si la agobiasen las ropas. Los ratos en que callaba, poníase a jadear lo mismo que si ascendiese por cuesta empinadísima o que si llegara de muy lejos, quejumbrosa... y rendida...

No se hablaron el ciego y el niño. Jenaro, bien despabilado ya, diríase que era el ciego, a juzgar por la fijeza con que, más que a Santa, parecía mirar lo que Santa decía, sus divagaciones y desvaríos, que en el silencio de la casa y de la ciudad —precursor de la aurora— adquirían resonancias de voces extrahumanas. Hipólito, desmoralizado por completo, diríase que era el niño, a juzgar por la firmeza con que se aproximó a Jenaro y por el afán con que en su enmarañada cabellera recargó la mano, en muda demanda de apoyo y arrimo. Calladas sus bocas permanecieron los dos, sus caras en la dirección del lecho de Santa, sobrecogidos de oírla delirar, de que un cerebro se desorganice tan pronto y un pensamiento salga por ahí dando traspiés de ebrio; de que la palabra cometa equivocaciones de loco.

—¿No estará hechizada, patrón? —pudo al fin articular Jenaro, muy quedo.

—Lo que está es muy grave, Jenaro, ¡quién sabe de qué! ¿Crees tú que se muera?...

—¿Que se muera?... —repitió Jenaro. Y luego de una gran pausa meditativa, añadió—: ¡Pues, amo, eso sólo Dios!

En éstas, un golpe de tos de la enferma interrumpió el coloquio; Santa revolvióse en la cama, se retiró el embozo y las ropas, se inclinó hacia fuera buscando algo, sin identificar a sus dos amedrentados veladores.

—¡Santita! —suplicó Hipólito yendo de un salto junto a Santa, cual si no fuese ciego—, ¡no se destape usted! Dígame qué quiere...

—¡Escupir! —tartamudeó Santa trabajosamente por no hacerlo en las sábanas.

—¡Anda, Jenaro, menéate tú, que ves! La escupidera para Santita, ¡pronto!

Alargóle Jenaro el trasto, Santa escupió, con más tos después de escupir, resopló acalorada, miró a Hipólito, a Jenaro y la estearina que se concluía en su palmatoria con flama larga y trémula, se dejó caer de espaldas, intentó darse aire con el pañuelo, y volvió a su modorra y a su tema:

—¡Uf!... ¡qué sol, Dios, mío, qué sol!...

—¡Sangre, patrón, la niña Santa ha escupido sangre! —anunció Jenaro considerando el esputo adherido al plano inclinado de la escupidera.

—¡Quítala de aquí, Jenaro! —le mandó el pianista, que no veía gota. Y como en soliloquio, agregó—: ¡Sangre!... entonces sí que se muere.

Y no, no se murió, aunque la pulmonía fue de patente. Ora[108] su juventud y su naturaleza de campesina —que lucharon a brazo partido en unión de drogas y cáusticos—, ora el manifiesto capricho que preside el curso misterioso y el imprevisto desenlace de las enfermedades graves, que se apagan cuando matar debieran y matan cuando debieran apagarse, el hecho es que Santa, a los siete días de haber sido atacada, fue dada de alta, recomendando, sí, los mayores cuidados posibles en la convalecencia que comenzaba sobre buen pie. «Una recaída —pronóstico textual del facultativo liquidado— sería forzosamente funesta.»

Santa, afortunada, renació a la vida en las mejores condiciones: por segunda vez, abandonando el burdel y sus antihigiénicas esclavitudes; ignorante de los riesgos corridos y de las maldades en su contra desencadenadas durante la dolencia; ignorante también de la heroicidad del *Jarameño*, a quien nunca volvió a ver; convencida de que Rubio, el

---

[108] *Ora:* aféresis de *ahora*.

amante nuevo, la quería de veras y la mimaría a pedir de boca; convirtiéndose de la noche a la mañana en dueña y señora de una casita, con criadas de ella y muebles de ella y todo de ella, en cuenta[109], unos pájaros que se prometía colgar en los corredores para que con gorjeos alegraran la vivienda y en la morada evocaran placenteros recuerdos de días desaparecidos y felicidades difuntas... Hasta la estación resultaba propicia, en pleno verano, mediando el mes de julio con sus lluvias torrenciales que refrescan y limpian; con sus atardeceres deliciosos y sus noches tibias, consteladas, casi pensativas; noches en que puede uno sentarse al aire libre y platicar con las estrellas, y ofrecer la propia enmienda por lo malo que hicimos y que ya no hemos de hacer nunca más... Luego, el interno regocijo que nos inunda por haber escapado de la muerte, y que todo lo poetiza, Santa padecíalo hondamente; quería a sus compañeras, Elvira y Pepa inclusive; interesábale Hipólito; la enternecía Jenaro. El roñoso y anémico jardín que medio oculta al burdel, teníalo Santa por floresta sin par y tras de los vidrios de un dormitorio alto, entrapajada[110] y tornando a la salud, hallaba simpática la calle, virtuoso el barrio, la ciudad grandiosa, incomparable la vida.

Fue su despedida placentera, en temprana hora para que el amenazante aguacero le permitiese, antes de desencadenarse, ganar su morada; el burdel tranquilo y silencioso, sin marchantes ni importunos; con un carruaje de bandera azul, muelles y auriga experto, que evitaría los tumbos. Santa, muy débil, muy flaca, muy pálida, andando poquito a poco del brazo de Hipólito, a quien Rubio —que no osaba exhibirse de día con su conquista— comisionó para acompañar a la convaleciente. El mujerío, despeinado, en zapatillas y con batas que se desabotonaban descaradamente, salió hasta el coche a despedir a la libertada. Eufrasia lloraba a moco tendido, y Elvira, entre bromas y veras, vaticinó desgracias:

---

[109] *En cuenta:* expresión que alude a una consideración o plan futuro.
[110] *Entrapajada:* envuelta en trapos, abrigada.

—Vaya, hija, que sea para bien, pero no te engrías[111] ni sueltes a este «primo». Guarda los parneses y procura no ponerte fea, no sea que cuando tú necesites volver al burdel, ya ni el burdel te quiera...

¡Qué esfuerzos tuvo que imponerse Hipólito para no reventar y narrarle a Santa lo que ignoraba! Contúvose, sin embargo. Que no supiera lo malo, y así no se le amargaría su existencia próxima; que no supiese lo bueno, y así acabaría por ni recordar al torero, quien, al fin y a la postre, si aún no se marchaba para su tierra, marcharíase en breve, y con los años, la distancia y la ausencia, también se le borrarían de la memoria sus aventureros amoríos con una mexicana. A él, Hipólito, ni lo bueno se le olvidaba: cómo con la gravedad de Santa, coincidió un incesante telegrafiar de Rubio, desde Puebla, llamándose a burlado por la carencia de respuestas; cómo él, por su ceguera maldecida, no pudo enterarse ni disculpar a la enferma; cómo Elvira se permitió violar los telegramas acusadores y vino en aclarar que la *santita* fraguaba una segunda escapatoria de sus garras... Feroz, resolvió que la ingrata —¡qué barbaridad, ingrata!— a donde se iría desde luego sería al hospital, ¿o se imaginaría que por su linda cara la había de mantener echada en la cama y sin que su cuerpo pagase lo que comía?... Todos los ruegos se estrellaron contra esa roca salvaje, que riñó con Pepa, levantó los puños de destripaterrones, cual dispuesta a golpear con ellos a sus pupilas, y a Hipólito, por una nada me lo planta de patitas en las cuatro esquinas... ¡Qué fiera!

Y aquí entraba lo bueno, personificado en el *Jarameño*, ni más ni menos, y así Hipólito le pesara reconocerlo y confesarlo, que no le pesaba, ¡lo justo, justo! Acháquelo usted a que el matador no se conformaba con no ver a Santa, o a que por lo cercano de su partida a España deseaba, probablemente, hacer las amistades con quien había sido su querida, es lo comprobado que el hombre, sin saber que Santa estuviese en-

---

[111] *Engrías:* Santamaría *(op. cit.)* ofrece como acepción de *engreírse* «encariñarse de una cosa». Sin embargo, el contexto de la frase sugiere más el sentido de «envanecerse», «ensoberbecerse».

camada, se apersonó en el «establecimiento» a la noche siguiente del jurado, dizque a enterarse de si las barbianas gemían en las cárceles o andaban sueltas y en campaña; en realidad, en busca de Santa, por la que ni preguntó, pero acerca de la que todas las otras suministráronle pormenorizada información. Santa, gravísima, con pulmonía, el doctor teníales dicho que no aseguraba la cura. El *Jarameño* manifestóse incrédulo, indiferente en seguida:

—¿Conque sí, eh?... pues ya ella se burlará de la purmonía y del dotor y de la marecita del dotor... ¿Vais a tomarme er pelo?...

No se convenció ni con el dicho de Pepa, ni con la corroboración de Hipólito, que apenas si tocaba el piano acatando el mandato imperioso de Elvira, y que para cumplir y ahogar el ruido de las notas, discurrió meterle al instrumento una media docena de periódicos a fin de que los martinetes no golpeasen directamente las cuerdas y el piano produjera un sonido grato y como distante, que sedujo a los parroquianos, por su novedad, y que por lo delicado y tenue no molestaba a la enferma.

El *Jarameño* sólo se convenció al penetrar en el cuarto, que olía a medicinas; al sentir con su tacto que la muchacha ardía y que no atinó a identificarlo por más que le clavaba sus ojazos calenturientos. Obra de una hora permaneció en la alcoba sin fumar ni beber, sentado a los mismos pies de la cama, taciturno y quieto. Con detenimiento informóse de síntomas y detalles, de quién era el facultativo, de si Santa —y eso lo repitió cuatro o cinco veces— carecía de algo... Tornó al otro día, desde temprano, y al otro y al otro, asistiendo, sin estorbar, a curaciones, encajado en los ángulos de la estancia, sentándose luego a los mismos pies de la cama, siempre quieto y taciturno. Estalló al quinto día que la gravedad fue menor y que Elvira determinó el inhumano envío de Santa al hospital. De la habitación sacó el espada a la dueña, y en el patiecito, delante de sus pupilas, de la «encargada» y de la servidumbre, en ese idioma que hablaba, salpicado de terminajos que serían españoles en España, pero que en México ni Hipólito ni nadie los entiende, la puso de asco, la achiquitó a palabrotas y a berrinche:

«—Tú no eres más que una tía zorra, y una pindonga[112], y una charrana[113], ¿estás?... Y a Santa, ninguno la mueve de esa cama, ni el santísimo nuncio, porque al que se atreva, lo abro, ¡tal por cual!, lo que es a mí no me das coba... Y pa'lo que sea menester, aquí ties cien duros ¡so esto y so aquello!... Y si más hace falta, más daré, ¡ajo!... Y a ella no se le dice quién ha pagado, porque aquí no ha pagado nadie, ¡recorcho!... Y que viva con quien quiera, si es que no se muere... y que sea feliz, ¡hostia!, que no vuelva a ser germana[114]...»

Conforme Santa mejoraba, el *Jarameño* espació sus visitas, no se le mostró más; inquiría noticias, reiteraba su pregunta de si algo le faltaba, y la víspera de que la dieran de alta, ya ella en sus cabales, él se eclipsó, generosamente.

¡Por bobo iba Hipólito a contar heroicidad semejante! Nones, y para embaucar a su conciencia, por vía de compensación, tampoco contaría las perrerías de Elvira.

Concretóse a hablar de su persona, a exagerar involuntariamente la gravedad del mal y los atrenzos suyos:

—¿Ya me ve usted sentenciado a no verla jamás?... Pues ni se calcula usted lo que sufrí creyendo que no volvería a sentirla, a oírla, a verla como la veo, dentro de mí...

Rubio, apostado en la vivienda, salió al encuentro del coche y ayudó a que Santa se apeara sacándola poco menos que en vilo.

Para recompensar a Hipólito por lo que, seguro, estaría padeciendo, Santa, en la acera, diole las gracias, hizo que Rubio se las diera también:

—Ya lo sabe usted, Hipo, puntualito a visitarme, que Rubio lo consiente... Y con Jenaro, traiga usted a Jenaro, Hipo...

Igual a esos días que amanecen sin nubes, con luz poderosa y celeste que hasta el espíritu alegra; con sol que ilumina y hermosea campos, casas y calles, y del más vil guijarro hace un diamante, que en las charcas impuras derrama oro, y en la piedra y el hierro en lo insensible, parece que infundiera ánima, que purifica y limpia, tornando en blanco lo negro, lo

---

[112] *Pindonga:* mujer de la calle.
[113] *Charrana:* tunante.
[114] *Germana:* mujer pública.

viejo en joven, lo enfermo en sano, que engalana las campanas llenas de herrumbre de los templos centenarios y las fachadas leprosas de las casas vetustas; que a los miserables, a los que tienen frío, a las flores de los jardines públicos y a los niños desnudos de los arrabales pobres, caliéntalos amorosamente y les permite olvidar y reír, iguales fueron los albores de la mancebía de Santa y Rubio; un mes escaso; un mes en que gustó de la doble bendición de reír y de olvidar. Olvidó cuanto podía lastimarla —y cuenta que había bastante—, rió de cuanto podía halagarla —por suerte había mucho más. Aquello no era convalecencia, con su séquito de residuos, molestias y temores, era renacimiento inefable a una existencia buena, nueva, insoñada. No sólo el cuerpo —su cuerpo maculado, bellísimo y hecho a los ayuntamientos inmundos de los machos civilizados— se le aliviaba ganando minuto a minuto lo que la muerte (mientras se lo llevaba íntegro) con la enfermedad llevóse en prendas, no, también el alma aliviábasele, también ganaba minuto a minuto lo que el vicio (mientras se la cubría íntegra de telarañas espantosas) le había emporcado ya. Aquello era como un estreno de alma y cuerpo, que fabricados por excelso artífice, sentáranle a maravilla. No advertía arrugas ni pliegues, ni incomodidades, quedábanle a medida de la necesidad y del deseo.

Es claro que Rubio no la amaba con vehemencia, ¿y qué?, hallábase él muy lejos de ser un nene y ella aún no se despercudía[115] del todo. Luego se vería.

Mas ¡ay!, que con el segundo mes y con el tercero, lo que se vio descorazonó a Santa. Los albores de su día de sol, de luz poderosa y celeste, se evaporaron, y como los mejores días primaverales, que tormenta sin anuncio truécalos en lluviosos, tristes y lúgubres, y con la lluvia implacable cae sobre los espíritus la desesperanza, y sobre campos y ciudades fúnebre cortina transparente que lo opaca todo, que cierra horizontes y aprisiona anhelos, así, con un soplo, viniéronse abajo los aéreos castillos edificados por Santa. Además de que Rubio no la quería, la despreciaba; y a cada paso de la prosti-

---

[115] *Despercudir:* despabilar, despertar.

tuta hacia la quimérica e inasible Tierra de Promisión —a cuyos lindes creía ir llegando—, cada vez que las alas entumecidas y torpes de su alma convaleciente pero en vía de alivio, intentaban volar a la altura, Rubio encargábase de desengañarla en términos rudos, con saña de amante:

«—Las meretrices no arriban a las tierras de promisión, ¡no faltaría más!; las almas de las mujeres perdidas no vuelan porque no poseen alas, son almas ápteras...»

Efectuábase en Rubio un fenómeno común y explicable, por mucho que Santa no se lo explicase; víctima de la amargura con que lo obsequiaba su hogar tambaleante, supuso que una querida de los puntos de Santa mitigaría su duelo y le proporcionaría los dulces goces a que se consideraba acreedor. En lugar de pretender una compostura en su matrimonio —tan mal avenido como la inmensa mayoría de los matrimonios—, gracias a la moral acomodaticia con que nos juzgamos y absolvemos de todos nuestros actos reprobables, echólo a un lado y él se encaminó, cual persona con enfermo en casa y que maquinalmente se dirige a una farmacia en solicitud de un remedio de paga, al burdel, por principio, al amancebamiento después; convencido de que ahí guardábase el medicamento, fácil de ingerir por otra parte, y sabrosísimo al paladar. Y en tanto se familiarizaba con la idea de que Santa únicamente a él pertenecía; en tanto apresurábase a raspar con sus besos los vestigios indelebles de los miles y miles que a modo de pedrisca habían flagelado sin agotarla la planta deliciosa de su cuerpo trigueño, voluptuoso y duro, el amasiato fue llevadero, hasta con cierto picor, que en más apetitoso convertíalo, de besos de otros, de muchos; de caricias ajenas que persistían y le daban a la carne comprada y dócil, perfecta semejanza con esas monedas que han rodado por mercado y ferias y lucen la huella del sinnúmero de dedos toscos que las oprimieron y para siempre opacaron su brillo original y su limpidez prístina. Pero se percató pronto de que los remedios que vende el burdel son ineficaces, y de que a Santa ni con labios de bronce que en toda una vida se cansaran, le rasparía las entalladuras acumuladas y hondas de las ajenas caricias y de los besos de otros. Los horrendos celos retrospectivos unidos a la perenne y humana presunción de que nosotros nada más seamos los preferidos y los primeros, desoldó el quebradizo vínculo que los engañaba y los mecía juntos. Exasperado Rubio con su esposa, acababa de exasperarse con su manceba; iba de la una a la otra con la certeza de que ya habrían cambiado y alguna de las dos satisfaría lo que él venía persiguiendo, y frente al doble desengaño, enfurecíase, con distintos modales y lenguaje distinto increpaba a las dos, sin hallar consuelo. Un descubrimiento empeoró la situación: sus modales y su lenguaje para con ellas eran distintos, aun se decía a sí mismo que respetaba a su esposa, que carnalmente tan sólo estimaba a su manceba, que nutría dos afectos diversos y compatibles —la hipócrita y falsa moral burguesa practicada por Rubio desde niño—, y ellas, en cambio, cual si se conociesen y aconsejasen, cual si estuviesen elaboradas de una propia masa para afrontar sus respectivos conflictos sentimentales, aunque las separaran millones de leguas —¡alabastro la una, lodo la otra!—, tenían, sin embargo, criterios análogos, análogos mutismos, pasividades y respuestas; recibíanlo casi igual, casi igual lo despedían... Y una verdad leída no sabía dónde, impúsosele a Rubio, un concepto descarnado con el que colmaba la ofensa inferida a la esposa con el vulgar adulterio:

«—... ¡Entre las mujeres no existen categorías morales, no existen sino categorías sociales. Todas son mujeres!...»

Luego que las entrañas del amor las informa el odio, principia en el deseo y no concluye en el espasmo, sino en el asco; no asco instantáneo que a las veces tradúcese en la tortura de palabra y aun en la de obra, y a las veces, domeñado por la autosugestión, se traduce en reposo y mutismo, en una nueva embestida que no intentamos por volver a poseer a la persona amada, sino para convencernos de que de veras amamos. La voluptuosidad confina con el cansancio y el hastío y el acto carnal con el crimen —aunque la mayoría, por fortuna, no perpetre este último—; pero, sin excepción, no hay hombre, por enamorado que esté, que no sufra de instantes de repugnancia hacia el espíritu que venera y la carne que adora. Esto, no obstante, son pocos, poquísimos, los que lo mismo que los grandes carniceros en el cubil y en la gruta —nidos de los amores libres—, en el museo y en el jardín zoológico

—nidos de sus amores conyugales—, no defiendan hasta el homicidio la carne yacente a sus pies y destrozada con sus zarpas de que ya comieron y de que ya están hartos.

Por todos estos estados psíquicos, agravados con que, en el fondo, nunca había amado a Santa, atravesó Rubio; y las ternezas de los comienzos, las confidencias iniciales abochornábanlo ahora. De verse tan degradado, de verse delincuente, esmerábase en denigrar a Santa, en disminuir su propia degradación y delincuencia maltratando y envileciendo a la confidente. Porque se lo había dicho todo, según es de rigor en cualquiera junta sexual, a la que se recetan una fidelidad ideal, un interés noble y sin límites, una duración perpetua. Vació en su querida las hieles que su esposa le vertía, las arideces de los cónyuges que no se compenetran, las melancolías letales e incoloras en que se consumen los matrimonios desavenidos. Y cuando su querida le resultó mujer asimismo, se amedrentó, diose a vilipendiarla, a insultarla, no porque ella era lo que era, sino por haber sido él ligero, indiscreto, débil.

—No te envanezcas por los secretos que te he confiado, porque te he dicho lo que a nadie debe decirse; no creas que armada de ellos podrías causarme daño... tú no eres peligrosa, ¿quién ha de hacerte caso siendo una...?

La palabra horrible, la afrenta, revoloteaba por los aires. En los muebles, en las paredes, en las lámparas, en la comida, en todas partes Santa veíala escrita y sin tartamudeos la leía: la maldición, las cuatro letras implacables...

Santa llegó a despreciar a Rubio —¡y quizá hubiese podido amarlo si él explota las simpatías de ayer! No lo plantaba en seguida con sus pesos y su ordinariez, porque resistíasele regresar a la casa de Elvira, donde ya no la tragaban, o a otra gemela o inferior, donde sólo su fama de reina conociesen del reinado se desquitaran teniéndola a su merced.

Impedimento de marca mayor por igual estorbábaselo: Santa sentíase atacada de insidioso mal venido a luz con la pulmonía. Síntomas alarmantes y raros, unas hemorragias atroces, escoltadas de pesantez en el abdomen, dolorosa irradiación en los riñones y en los muslos en el perineo y en las ingles...

—¿Qué será Hipo? —preguntaba al músico, en absoluto desconocimiento de las infelicidades de Santa, a pesar de que menudeaba sus visitas, asociado a Jenaro—. No he de consultar médico, porque Rubio se creería cosas que no son, y no quiero volver con Elvira.

Hipólito no la sacaba de dudas, prometía yerbas milagrosas, drogas empíricas, el vulgo.

Entonces Santa, a la que prescribieron para su convalecencia un uso morigerado[116] de alcohol, fue gradualmente aumentando la dosis, toda la gama, desde el coñac fino hasta el aguardiente que abrasa y corroe. Contrajo el alcoholismo, tiróse a él, más bien dicho, como al único Leteo[117] adecuado a sus alcances y desgracia.

Y por arraigado hábito —¿quién reprocha al licenciado de presidio que arrastra el pie con que por años y años tiró de los férreos eslabones y de la monstruosa bala de cañón?—, por alcohólica, por enferma y por desgraciada engañó a Rubio, con frenesí positivo, sin parar, donde se podía, en la calle, en el baño, en los carruajes de punto, en la mismísima vivienda. Y antes y después del engaño reincidente, bebía, bebía... en ocasiones, se quejaba, reapareciéndole los dolores alarmantes y raros...

Cuando al fin Rubio se enteró, al cabo de varios perdones y participaciones en excesos alcohólicos, cuando la expulsó despiadada y brutalmente, Santa estaba borracha. Al cochero, que le propuso al reconocerla llevarla a casa de Elvira, le contestó riendo y tambaleando.

—No, allí no... llévame a otra, hombre, de tantísimas que hay, pero que sea de a ocho pesos siquiera... ¡todavía los valgo!

---

[116] *Morigerado:* moderado.
[117] *Leteo:* en la mitología griega, río de los Infiernos cuyas aguas hacían olvidar su pasado terrenal a las personas que habían bebido de ellas.

Capítulo IV

Igual a lo que se pudre o apolilla y que, en un momento dado, nadie puede impedirlo ni nada evitarlo, así fue el descenso de Santa rápido, devastador, tremendo.

Los sombríos círculos de la prostitución barata, los recorrió todos apenas posando en ellos lo bastante para gustar su amargura infinita y no lo suficiente para a lo menos tomar resuello y con alientos mayores, después de un poco de relativo reposo, continuar descendiendo como descendía, a trompicones, con dramático paso, cayendo y levantando, enferma, alcohólica, lamentable. Diríase, al verla, que ahora caminaba a tientas, encogida y medrosa —como caminamos en las tinieblas—, ignorando dónde pararía, procurando lastimarse lo menos posible, ya que sin lastimamientos no caminaba, resignada corporalmente, ¡sólo corporalmente!, pues para sus adentros, ¡quién sabe qué maldiciones mascullaba entre los hipos de sus ebriedades pertinaces y entre sus labios trémulos, que hablaban sólo cuando el alcohol concedíale cortos descansos y ella recordaba tiempos mejores, días que fueron, que habían sido...!

Desde la noche en que Rubio la repudiara indignado por la flagrante infidelidad, Santa bajaba, siempre más abajo, siempre más; no cual si Rubio simplemente la hubiese repudiado del apócrifo hogar, sino cual si dotado por milagro repentino, de una fuerza sobrehumana, la hubiera echado a rodar con empuje formidable por todas las lobregueces de las cimas sin fondo de la enorme ciudad corrompida. En ellas rodaba Santa, en los sótanos pestilenciales y negros del vicio inferior, a la

306

manera en que las aguas sucias e impuras de los albañales sub-
terráneos galopan enfurecidas por los oscuros intestinos de
las calles, con siniestro glu glu, de líquido aprisionado que en
invariable dirección ha de correr aunque se oponga, aunque
se arremoline en ángulos y oquedades sospechosos y hedion-
dos, que los de arriba no conocen, aunque brame y espuma-
jee en las curvas y en los codos de su cárcel. Allá van, a escape, por las cloacas y letrinas, más turbias, más ciegas y más inconscientes conforme engrosan más y más caminan... allá
van, sin saber adónde, golpeándose contra insensibles paredes tapizadas de barro y limo que las estrangulan, deforman y
encauzan, que casi han de contemplarlas con las cicatrices
que las inmundicias han grabado y esculpido tenaz y pacientemente, y que en el antro, simularán ojos condenados a perpetua fijeza, a nunca parpadear, a ver la fuga de las aguas impuras, con sus iris de lepra y sus pupilas de cieno... Allá va el
agua, incognoscible, sin cristales en su lomo, sin frescor en
sus linfas[118]; conduciendo detritus y microbios, lo que apesta
y lo que mata; retratando lo negro, lo escondido, lo innom-
brable que no debe mostrarse; arrojando por cada respiradero
de reja, un vaho pesado, un rumor congojoso y ronco de cansancio, de tristeza, de duelo... allá va, expulsada de la ciudad
y de las gentes, a golpearse contra los hierros de la salida, a
morir en el mar, que la amortaja y guarda, que quizá sea el
único que recuerde que nació pura; en la montaña, que apagó la sed y fecundó los campos que fue rocío, perfume, vida...
    ¡Así Santa!
    La noche de la quiebra con Rubio, no previó nada, habi-
tuada a triunfar con su carne de deleite y de pecado, envalen-
tonada con el alcohol que de poco tiempo acá suavizábale los
dolores de su cuerpo enfermo y los que fatalmente producíale su desastroso vivir, no prestó al suceso la mínima importancia; ¿que se había concluido el encierro con uno?... ¡Bravísi-
mo!, demasiado duró; ya vendría otro, y si ese otro no venía,
ya volverían todos, ansiosos, suplicantes, a implorar, no que
los amase, sino que se dejara amar de ellos, humildes, pacien-

---

[118] *Linfa:* líquido que circula por el organismo humano. Poéticamente,
agua.

tes, ridículos; con los mismos ademanes, las mismas ofertas, los mismos estremecimientos y las mismas tonterías... ¿Los hombres?... ¡bah! Y se reía del sexo entero, compadecíase de los que se denominaban «los fuertes»; recordaba esta actitud y aquella cara y, sin poder remediarlo reía, reía, rió más alto, dentro de los mugrientos interiores del simón que trastabillaba en el arroyo. Un instante pensó buscar a Hipólito y comunicarle la ruptura, su decisión de no volver a la casa de Elvira, pero a causa de los entorpecimientos de su voluntad de dipsómana[119], rechazó la idea, hasta continuó riendo del asombro que causaría al músico encontrarse con el nido vacío y el pájaro volando. Le avisaría después.

Cuando el coche se detuvo, Santa desconoció el sitio.

—¿Qué casa es ésta? —preguntó al cochero que abría la portezuela.

—¿Ésta?... es de las caras —replicó el automedonte, volviéndose a determinar la fachada—, aquí hay muchas gringas que hablan en su lengua...

—¿Americanas?... ni a tiros, ¡bruto! ¿No sabes que no nos quieren?... Llévame a casa de la *Tosca*, en el callejón de...

—Ya sé, ya sé —contestó el auriga encaramándose en su pescante y azotando los caballos—, ¡orita llegamos!

Contra toda probabilidad, la *Tosca*, competidora, paisana y enemiga de Elvira, no admitió a Santa, por la especie de francmasonería en que se agitan las inquilinas de los prostíbulos; sabíase que aunque Santa era artículo de grandísima demanda, se «comprometía» con frecuencia y los parroquianos serios se enfadaban y preferían en establecimiento diverso mujeres menos guapas y a la moda, pero más sufridas y constantes. Sabíase, gracias a la conspiración fraguada contra Santa en su propio burdel, que la chica había estado en el hospital, sin que se hubiese sacado en limpio si con motivo o sin él. Sabíase que había estado luego dizque con pulmonía —¡vaya usted a fiarse!...— y por último, sabíase que en la actualidad estaba enredada con un señorito rico, quien no aprobaría que su querida, por un disgustillo cualquiera, se le largase y le tira-

---

[119] *Dipsómana:* alcohólica.

ra plancha tan soberana... Sobre todo, ¿por qué no regresaba Santa, como era natural, a la casa de Elvira, la sola que había explotado a sus anchas la prolongada bonanza de esa mina?... Allí había gato, ¡claro que lo había!

Y la *Tosca* en persona, sin testigos, en su alcoba chillante de ama de tales casas, le brindó un anís y muy cogida de las manos de Santa, tranquilamente la desahució, sonriendo y endulzando la repulsa:

—Pues verás, hija, por qué no te tomo, verás... Lo que te dije de que no hay cuarto disponible es mentira, que siempre se te había de hallar un huequecito donde la pasaras tan contenta... no, lo que sucede es que no deseo ponerme de uñas con la Elvira, ¡ya ves tú!, ella me perjudica y me busca la vida, ¡con su pan se lo coma!... y calcúlate, calcula lo que diría y lo que me haría. Además, tú andas liada con un tío de mucha guita, lo sé, boba, ¿qué te crees?... No, no me salgas con que habéis reñido, ¡ea!, que tú y yo sabemos que esas riñas duran lo que a nosotras nos pega la gana... El pobrecito te buscará y haréis las amistades, y yo un pan como unas hostias si te recogiera...

Santa intentaba terciar, poner los puntos sobre las íes, y de no lograrlo, porque la *Tosca* no consentía baza, conformóse con apurar a pequeños sorbos las copas sucesivas que le escanciaban, sin contarlas, iracunda, retozándole en la garganta palabras soeces.

—No, no me interrumpas, chica, que yo no soy fácil... ¡Tú andas enfermita, créeme a mí, se te ve en el semblante, criatura!... y esta noche te cargas una juma[120] que tutea al Verbo... Vete a casita, no seas tonta, haz las paces con tu oíslo[121] varón y mañana me darás las gracias. ¿Despediste tu coche?

Muy airada por lo que oía y muy insegura por lo que tenía bebido, Santa se levantó y soltó a la *Tosca* las palabras soeces que en antes retozábanle en la garganta. A ella no le faltaba al respeto ninguna esto ni ninguna estotro:

—Vine a tu casa por favorecerte, ¿lo oyes?, pero a mí lo que me sobra es donde vivir, y rogada, mal que te pese... He-

---

[120] *Juma:* borrachera.
[121] *Oíslo:* persona querida.

mos concluido tú y yo, que lo que es ahora ¡por cualquier dinero me quedaba contigo!... ¡cóbrate tus anises! —terminó arrojando a la bandeja un par de duros.

Y más ebria aún, se echó a la calle, resuelta a no llamar a nuevas puertas, siendo como era tan tarde, la hora en que esas casas «trabajan» y no contratan pupilas; segura de que dondequiera que se presentara recibiríanla en palmas; en el fondo, herida en su amor propio por la conducta de la *Tosca*. Su coche aguardábala.

—¿Qué hora es, tú? —balbuceó pugnando por abrir la puerta del vehículo.

El cochero dijo una hora que Santa no entendió a las derechas. Vacilante penetró en el carruaje y asomada a un ventanillo agregó:

—Ahora, a la fonda de las Ratas[122], que me muero de hambre... ¡Ah, te convido a cenar si le apuras a los cuacos!

No quiso entrar en el fonducho, al que por humorada fuera distintas veces en unión de señores principales, el que debe la fama de que disfruta a lo excelente de sus platos populares, guisados con maestría. Por lo demás, el lugar es infecto, descuidado, sucio y mal concurrido; pero se va a él cuando se anda de tuna y acompañado de mozas del partido. Generalmente arriban los consumidores medio borrachos y salen borrachos completos, mas en el ínterin se ha cenado bien, bebido pulque con exceso y hasta trincado[123] con el vecino de mesa: algún artesano huraño y cortés que con urbano modo acepta el trinquis —y aun lo retribuye—, a reserva de enfadarse y pasar a expresivas vías de hecho si descubre en el trato señoril el menor asomo de desprecio o burla. Por esa moderación de los contertulios y porque inexorablemente cierra sus puertas a las once de la noche en punto, no hay riñas ni voces que escandalicen o alarmen al vecindario; a lo sumo sí se escucha, puertas adentro, una «Marina» que chapotea y zozobra o un canto sentimental cuya melancolía piérdese entre libaciones y regüeldos. Es un figón casi decente, que derrota al resto de sus congéneres, como ortigas crecidas en los barrios

---

[122] La antigua calle de las Ratas forma parte de lo que hoy es Bolívar.
[123] *Trincar:* beber vino o licor.

hormigueantes y a los que no puede uno aventurarse sin positivos riesgos. El dueño de éste, obeso y bonachón al parecer, ha visto y oído mucho, conoce las debilidades, flaquezas y lacras de la gente de levita, duélese de ellas, y de no poder remediarlas, las explota callada y estoicamente. Es un antiguo y retirado camarero de restaurante, que conserva parte de sus viejos hábitos: la cara afeitada, la sonrisa pronta, la contabilidad turbia. En las manos la barba, atisba a su clientela, dormitando a la manera de gato veterano y socarrón, que tolera que los ratones se diviertan y chillen hasta cierto límite. Profesa principios fijos. Repantigado tras el mostrador, defiende con su vientre disforme el cajón del dinero, al que nadie sino él mete mano; a su derecha, los tres barriles de pulque reposan y transmutan en monedas su líquido; frente por frente quédale la cocina, de la que no sacan asado, enchilada[124] o fiambre que él no divise, sin contar con que los meseros[125] deben mostrarle lo que sirven y que él mira al desgaire[126]... No caben engaños, es una ganancia segura. Los obreros le llaman Don Fulano, los de levita lo tutean, en memoria del restaurante. Él sonríe a todos y no fía a ninguno. A prima noche lee *El Imparcial*[127].

—Que me sirvan en el coche —mandó Santa al cochero—, pide cosas que piquen, y que a ti te sirvan en el pescante.

Santa jamás recordó la terminación de la noche aquella. ¿Dónde se encontró al mocito entre cuyos brazos despertó después del mediodía siguiente, en un hotel pésimo de la calle de Ortega?[128]... El muchacho, que por su porte y pergeño acusaba mediana decencia, cuando Santa abría los ojos, vestíase con escasísimo ruido, cerradas las maderas del balcón, como si se preparara a huir avergonzado. Reparó en que Santa lo miraba, y se ruborizó, quedóse con la toalla en el aire,

---

[124] *Enchilada:* en México, tortilla de maíz aderezada con chile, cebolla o queso.

[125] *Mesero* (Amér.): camarero.

[126] *Al desgaire:* con descuido afectado.

[127] *El Imparcial:* diario que se publicó en Ciudad de México entre 1896 y 1914. Durante el porfirismo se consideraba como un órgano semi-oficial del gobierno.

[128] *La calle de Ortega:* hoy República del Uruguay.

muy encarnado y sin concluir de enjugarse el cuello, que le chorreaba hilos de agua.

—¿Ya despertó usted? —le preguntó, cual si los abiertos ojazos de Santa no fueran prueba plena de su despertar.

—¿Pues no lo ves? —repúsole Santa, con su profesional tuteo—. ¿Quién eres tú? ¿Por qué estoy contigo? ¿Qué cuarto es éste?...

El conturbado adolescente —dieciséis años a todo tirar— tuvo un arranque de sinceridad juvenil, y parándose a media estancia, en camiseta, lavado de cara y manos, accionando con la toalla a guisa de bandera de parlamento, despejó la incógnita.

—Se lo voy a decir a usted todo, ¡la pura verdad! Ya esto no tiene remedio y no quiero que usted vaya a formarse juicios desfavorables; prefiero que me mande usted preso, de una vez, a que se crea lo que no es...

—¡Que yo te mande a la cárcel!... ¿Y qué me has hecho? —le preguntó Santa interesada e incorporándose en la cama, hincando un codo en las almohadas, en fuga la angostísima manga de la camisa de seda y embutidos, al descubierto un hombre y el nacimiento de uno de los senos—, ¿qué me has hecho?... no llevas cara de bandido.

El muchacho, siempre muy colorado, confesó su hazaña.

Era estudiante, y estudiante pobre, de la Preparatoria, sin su familia en México. Hacía bastante tiempo, lo menos un año, que había conocido a Santa en una «tanda»[129] última del Teatro Principal[130]; ella, elegante, alhajada y guapa, con otra muchacha y dos sujetos bien puestos que intentaban ocultarse en el fondo del palco. Prendado de ella, tomó informes y supo en qué casa vivía, cuánto costaba visitarla y qué difícil resultaba el lograrlo, aun disponiendo de la suma, crecida para los flacos bolsillos de él. Sin embargo, a punta de privaciones y ahorros sobre sus mensualidades, amasó el total que cambió por un flamante billete de a diez pesos, y que guardó como tesoro dentro de una calavera —ornato de su cuartucho y pro-

---

[129] *Tanda:* sección de una representación teatral.
[130] El Teatro Principal fue destruido por un incendio en 1931. Se hallaba situado en la actual calle Bolívar.

piedad de un compañero, estudiante de medicina— para que la portera por miedo al cráneo no se hurtase el billete. Mas a pesar del billete y contra lo que rabiaba por morder a Santa, no se decidía a ir en su busca, concretábase a contemplar el papel y a prometerse un gran goce para cuando la rabia lo apremiase o para cuando venciera esa timidez inexplicable en él, que, en la escuela y con sus amigos, pasaba por emprendedor y osado. Tenía novia, y bonita, y las noches en que conseguía charlarle a la ventana, despedíanse con un beso, entre los barrotes... Había tenido amores de más enjundia con una costurerita del Palais Longchamps, ¡el de la calle de Plateros!... y una dependienta de La Imperial[131], esa casa americana con espejos en la que venden sodas y helados, acogía sus requiebros, sus ramos de violetas, había aceptado su invitación de ir con él solo a las luces de los Ángeles, hasta las diez...

—¡Pero con usted no pude nunca! —continuó, yendo a sentarse a la insegura cama, que gimió con el duplicado peso, y en la que Santa embelesada lo escuchaba—, ¡no, nunca! Llegaba yo al jardín, ¡vaya, una noche hasta me asomé a la sala! Por cierto que un ciego toca el piano, ¿verdad?, ¡para que vea usted cómo sí me asomé!... pero al tratar de preguntar por usted, la lengua se me pegó al paladar, me temblaron las pantorrillas y sólo atiné a escaparme. ¡Me dio tanto berrinche y me dije tantas picardías por bruto!... Y usted dispensará, ¡Santa! —añadió virilmente—, el billete destinado a usted lo gasté al fin, que en este México es empresa de romanos economizar dinero. Ya sin fondos, me he conformado con soñar con usted, de tiempo en tiempo, y con mirarla, mucho, mucho, cada vez que la veo en alguna parte. ¿A que usted no me conocía ni de vista?... Anoche, ya tarde, yo salía del teatro Arbeu y me la encontré a usted frente a la botica de las Damas[132], rogándole el cochero que tomara una toma de acetato[133], estaba usted semicongestionada, ¡caracoles!... La reco-

[131] El Palais Longchamps y La Imperial se hallaban situados en Plateros, hoy avenida Francisco I. Madero.
[132] *La botica de las Damas:* la calle de las Damas forma parte de la actual Bolívar.
[133] *Acetato:* sal de ácido acético.

nocí, ¡y me dio un gusto!... Le hablé a usted por su nombre y usted me contestó de tú, me dijo: «Súbete aquí, conmigo, y la correremos juntos.» ¡Al sordo se lo dijo usted!, que no había acabado de decirlo y ya estaba yo adentro, pegadito a usted que se me recostó en el hombro. Lo malo fue... —y calló, púsose a retorcer la toalla, más encarnado todavía.

—¿Qué fue lo malo? Dímelo, bobo, ¿qué fue?...

—¡Bueno, pues sí! —exclamó el estudiante después de reflexión breve—, fue lo malo que el cochero se insolentó al ordenarle yo que nos llevara a la casa esa en que usted vive. Le di las señas y, riéndose el muy ordinario, me plantó en mi cara que si no se le liquidaba no daría ni un paso. Yo... yo no llevaba dinero ni de dónde sacarlo; por fortuna, me acordé de mi reloj, un reloj de níquel que anda al pelo y así de grandote, como sartén, lo saqué y se lo propuse en prenda, que se lo rescataría hoy... él lo vio, lo oyó, por poco no lo prueba el muy desconfiado, y se dignó traernos a este hotel; ¿qué hacía yo con usted dormida y trastornada, en medio de la calle?... El cuarto se debe, hay que pagarlo ahora, a la salida, y si usted no desconfía como el cochero, en cinco minutos voy y consigo los cuatro reales, ¿quiere usted?... Luego, en abonos[134], yo le iré dando lo que usted cobre por una noche entera, pues no pude resistir mirándola a usted y... ¡desnudándola! —concluyó por lo bajo.

Rato llevaba Santa de estar gozando inmensamente con la chusca confesión de su enamorado, por lo que al llegar a este punto, echósele encima, como loba que era, y ambos rodaron abrazados por la cama gemebunda y débil.

—¡Hiciste divinísimamente bien, ¡zopenco!, ¡sabroso!, ¡feo!... Vuelve a desnudarte, ¡conquistador!, y no te acuerdes de tu costurera ni de tu novia, acuérdate de mí nada más y ven, ¡mi vida!, hártate de mí que te me doy toda, ¡óyelo! Te me doy de balde, hasta que te canses, para que vuelvas a soñar con Santa...

Lo mismo que ogro hambreado pegóse Santa un festín con aquella juventud que, a su vez, mostraba afilados colmillos y

---

[134] *En abonos:* a plazos.

314

un apetito insaciable. Cómo mordía, ¡canijo!, ¡cómo mordía y cómo devoraba, sin refinamientos, depravaciones ni indecencias, sino a lo natural, con glotonería de dieciséis años, deliciosamente![135]...

—¡Ay, Santa! ¡Santa! —suspiraba durante las treguas, rendido—, ¡qué linda eres!

No necesitaba Santa apelar al arsenal de torpes excitantes a que apelaba en el ejercicio de su socorrida profesión. Con mirarlo, con moverse, con respirar lo enardecía; y él volvía a la carga con bríos mayores, en parte, por exigencias orgánicas casi vírgenes, y en parte, por hacer provisión, lo más que se pudiera, de mujer codiciada, superior a sus medios y que quizás no volvería a disfrutar en muchos años, hasta que no ganase costales de dinero.

Diose por vencida Santa, en dulce y nunca experimentada derrota; y sacándose de la media un lío de billetes de banco, ella ordenaba, ¡cuidadito!, invito a comer. Un criado marchó en solicitud de viandas; una comida de fonda humilde, rociada con cerveza barata, que les supo a banquete.

Entristeciéronse ambos, al ponerse la luz, olvidados de que en esta pícara vida todo concluye, todo, aun ella misma. Nada se habían prometido ni nada habían recordado, por lo que su junta resultó encantadora. A causa de la falta de promesas, no tuvieron que engañarse ni se adelantaron las desazones que ya el prometer trae consigo; y a causa de la falta de recuerdos, no resucitaron penas ni amarguras, las que, parecidas al polvo de lo que se tiene arrumbado en los arcones de las casas o en los armarios de las memorias, salen revueltas con las reminiscencias placenteras cuando manoseamos los días viejos o cuando oreamos las momias de las épocas difuntas. Ellos no, celebraron y festejaron su imprevista conjunción, sin enconos por el pasado ni aprensiones por lo por venir. Se besaron, vivieron largos años en fugaces minutos, y al separarse por corporal cansancio, se sonrieron satisfechos,

---

[135] La escena guarda una cierta similitud con otra de *Naná*, en que la prostituta, tras tener también una relación con un joven, siente que «bajo las caricias de aquella adolescencia, rebrotaba en ella una flor de amores» y «volvía a sus quince años» (Émile Zola, *Naná*, Madrid, Cátedra, 1988, pág. 260).

plácidos, agradecidos mutuamente de no haberse escatimado voluntades ni caricias.

Su conjunción fue un doble crepúsculo; para el estudiante, con sus dieciséis años, crepúsculo de aurora, de alba; para la infeliz Santa, un crepúsculo de atardecer de noche que comienza pero que todavía no amedrenta, que con su media tinta adormece cuitas, disminuye dolores y promete descanso. Como todos los crepúsculos, fue bello para el uno y para el otro. A la donación espléndida del cuerpo de la moza, pagó el doncel con la ofrenda soberbia de sus besos y de su juventud. Nada se debían, por eso nada se cobraban. Y se separaron tan contentos, cual los pastores primitivos, los Daphnis y las Chloes[136] del poeta heleno. Ni siquiera se les ocurrió darse nueva cita, ¿con qué objeto?... El amor no emplaza; las aves y las flores no se encadenan, se encuentran, hay un rumor de alas, caída de algunas plumas, gorjeos; hay tallos inclinados, polen en corolas que se iluminan, caída de algunas hojas, perfume que se difunde, y nada más. La naturaleza se regocija, la tierra se pasma, el mundo ama.

¡Pobre Santa! ¡En cuántas ocasiones después de esta fecha grata, no recordó hasta sus detalles más nimios! Diríase que su casual encuentro con el estudiante había sido análogo a la luz del fósforo que encendemos para avanzar en lo oscuro. Alumbra, sí, pero tan poco, y se nos consume al necesitarla tanto... Porque, a contar de aquí, el descenso de Santa convirtióse en un despeñamiento idéntico a todos los despeños; rapidísimo, implacable, sin nada ni nadie que lo evite o remedie. Sólo había algo que caminara más de prisa que su despeñadura, su enfermedad, los dolores aquellos, en su principio raros y ya tremendos, ahora frecuentes, lacerantes, preñados de fúnebres presagios. Atribuíalos Santa al mal que aterroriza a las prostitutas[137], que tarde o temprano casi siempre las atrapa. Procedió lo propio que para combatirla proceden las del

---

[136] *Daphnis y Chloe o Las pastorales:* novela griega en cuatro partes atribuida a Longo, que cuenta la historia de amor de ambos protagonistas, que, recogidos y criados de niños por una familia de campesinos pobres, acaban casándose tras sufrir diversos avatares.

[137] La primera edición incluía a continuación: «la sífilis».

316

gremio: desde luego, una ocultación absoluta, para la que es preciso, al apretar los dolores, una resistencia inverosímil, que llega a las lágrimas, reír en lugar de aullar; retorcerse a solas, y en público tolerar el corsé, que se vuelve coraza de tormento —los abrazos de los clientes, que se asemejan a tenazas de martirios venecianos. Después de la ocultación al extremo, la aplicación de remedios empíricos, las yerbas que envenenan o sanan vendidas a hurtadillas únicamente por agoreras ancianas y soterradas en viviendas remotas y espantosas, donde terminan los arrabales de las ciudades y comienzan los terrenos baldíos, desolados, yermos; los ungüentos y los polvos con nombres ininteligibles; los encantamientos y hechicerías; los talismanes y los augurios: «Emplee usted sangre de gallo o pelos de gato negro», «cargue usted un ojo de venado o un esqueleto de lagartija», «ponga una batea de agua a la luz de la luna en menguante, queme incienso y bese el trasero de un recién nacido»; la magia y el ocultismo, las frases portentosas, los quietismos[138], las invocaciones diabólicas de enmarañado sentido, las herejías y las impiedades, cuanto daña el espíritu sin aliviar la carne. Todo lo hizo Santa y su mal persistía, inatajable, insidioso, progresando, como castigo venido de lo alto por culpas endurecidas y que mina un organismo sometiéndolo a padecimientos crueles y sin cura. Por maravillosos que fuesen específicos y drogas, estrellábanse contra la terquedad de la dolencia que día a día se agudizaba, ahora, el dolor abarcaba regiones varias, escoriaba y ulceraba, roía con ferocidades de animal dañino y pequeñísimo, al que no sabemos dar caza. Había crisis insoportables, que sumían a Santa en un infierno de penas del que salía, sin embargo, con el semblante normal, el color firme y sin menoscabo las curvas de su cuerpo. Notaba, no obstante, cierto agravamiento al concluir de proporcionar placer a los que con su dinero exigíanselo y, al propio tiempo, no se reconocía fuera de combate, llevaba a cabo prodigios inauditos de fingimiento y resistencia.

---

[138] *Quietismo:* doctrina de algunos místicos heterodoxos que propugnan la contemplación pasiva, la indiferencia y el anonadamiento de la voluntad como forma de perfección del alma.

Luego, que con la misma imprevisión con que fue guardando las joyas que le dieron sus apasionados ricos —una cantidad más que mediana de gemas preciosas que ella arrumbó en cincelado cofrecillo, con las que engalanó su belleza tentadora y con las que se complacía en jugar arrancándoles soberanos destellos cuando desde arriba dejábalas caer en el capitonado[139] fondo del alhajero—, esas joyas la abandonaron sin sentir, a par que la salud, los enamorados y los protectores. Entre las corredoras de alhajas que frecuentan los prostíbulos, en representación de los murciélagos[140], y que le compraron las piedras en la séptima u octava parte de su valor, y los prenderos peninsulares, que son, si cabe, peores aún que las corredoras. en un suspiro pusiéronla sin más alhajas que sus ojazos, todavía brillantes a pesar de las lágrimas, aterciopelados y expresivos, con el divino alero de sus pestañas sedosas y rizadas que los sombreaban y defendían avariciosamente. Volvía la cara Santa y hacíase cruces por lo veloz de la desaparición: ¿cómo era posible perder en un instante tanta piedra, tanto, oro, tanto esmalte?...

Mientras las joyas produjeron dinero, la situación anduvo tal cual; se pudo cohechar a los «agentes» que con ferocidades de milano y afán de enterradores perseguían al ave enferma y próxima a perecer; se pudo conservar algo de legítimo orgullo, protestar contra inhumanas exigencias de amas de burdel, mudar de casa, hasta instalarse en vivienda privada, de la que hubo que desertar en breve. Pero las joyas se fueron a pique y se apeló entonces a los trajes de coste, las sedas y rasos que no se estimaban antes cosa mayor, los sombreros, abrigos y plumas que antes contábanse a docenas. ¡Qué atrocidad, todo se iba! Y al paso que la pobreza y la desnudez se afianzaban, el descrédito cundía y la traidora enfermedad agravábase. Ya en burdeles inferiores ponían reparos para admitir a Santa; ya el gremio sabíala enferma, y de comentar la dolencia tantísima boca, peor resultaba aquélla y más desahuciada la víctima; ya los hombres conocían el caso y aconsejábanse unos a otros... ¿Ayudar o ver de aliviar a quien había sido su ídolo?... ¡qué

---

[139] *Capitonado:* acolchado.
[140] *Murciélago:* chupasangre, prestamista.

bobería! Aconsejábanse no tener tratos con ella, huirla, era un peligro y una amenaza. Alguien propuso denunciarla a la autoridad a fin de que se apartara y a buen recaudo se pusiese el infalible e inminente contagio.

Con perfecta conciencia de que se hundía, Santa continuaba hundiéndose. Para que le dolieran menos los golpes, declaróse decididamente la querida del alcohol, que siquiera la adormecía, y aun la obsequiaba, cuando entre sus viscosos brazos de monstruo sujetábala, con panoramas y espejismos que la hicieron amar los envenenados sopores, cargar la mano para que el engaño se prolongase, ¡sobre que así era feliz!; siquiera en sueños de plomo de los que despertaba aporreada, el alcohol conducíala a su pueblecito de Chimalistac, a su casita blanca con naranjos y gallinas, al regazo de su madre, al honesto querer de sus dos hermanos honorables.

De despertar y volver a los ergástulos[141], Santa lloraba; mas al principiar a beber su tósigo[142], cuánto reía a carcajadas roncas y lúgubres que sus cofrades de vicio no entendían, pero sí respetaban con honda conmiseración callada, apuntando en sus pupilas apagadas de alcohólicos.

Hipólito venía sufriendo más, mucho más que la misma Santa. Al iniciar el descenso, es decir, después de la repulsión de la *Tosca*, sin embargo de no ver él nada con sus ojos ciegos, olfateó el siniestro, y en medio de eufemismos predíjoselo a Santa. Por sus desdichas, él se sabía al dedillo las máculas y cábalas de que adolecen las mujerzuelas de los burdeles, sus amas y encargadas; consiguientemente, veía lo que a Santa aguardábale si no tronchaba el peligro de raíz y resolvía domiciliarse por algún tiempo en ciudad o pueblos cercanos:

—Descanse usted, Santita, que a más que el descanso ha de venirle de perlas, necesita usted borrar la impresión que a fuerza ha de originar su quiebra con ese Rubio y el desaire de la *Tosca*. Si carece usted de fondos, que no ha de carecer, yo guardo unos reales que son de usted Santita... Sobre todo, póngase usted en cura, desde mañana, desde hoy, ¿qué sabemos lo que serán sus dolores? ¿Le falta a usted un nombre

---

[141] *Ergástulo:* lugar en que vivían o se encerraba a los esclavos.
[142] *Tósigo:* veneno.

para retirarse de este oficio endiantrado?... Pues si no la apena a usted por lo poco que soy, tome usted el mío, que yo no le reclamaré pago ni retribuciones.

Cuando estos sucesos comenzaron, no los consideraba Santa con el pesimismo del pianista, considerábalos al contrario, de buen cariz... Tal vez con objeto de que sus energías no se le amenguaran, discurrió que la mudanza de hábitos no estaba exenta de atractivos:

—Realizaré un deseo que ya se me enmohecía de puro viejo, Hipo —decíale al músico escandalizado—, conocer cómo viven las prostitutas pobres. Si no me agrada, siempre habrá tiempo de desandar lo andado y de volvernos atrás. Soy casi rica, Hipo, no se apure usted, y en realizando este capricho o regreso a una de las casas de lujo o me pongo a vivir con usted, muy sosegada, para que usted alcance su sueño y yo me alivie. Pero, ahora no me contraríe usted, no me vaticine desgracias, ¡déjeme probar esto, unos días, vamos!, acabaré de asquearme, me regeneraré de veras y seré luego la mujer más constante con usted, ¿no se enoja?, ¿seguirá queriéndome?

Y, finalmente, venciendo los ascos que le inspiraba el ciego —ascos que por el alcohol y el encanallamiento progresivo tendían a borrarse—, felinamente lo acariciaba Santa; con lo que Hipólito perdía los estribos y la besaba, la besaba en el cuello, por sobre la ropa apretábala tanto que le cortaba el respiro, como si ya tuviese derecho para hacerlo o como si la honda pasión contrariada rebasara la medida y por los poros se le escapase.

Una ocasión, por poco no la posee. Su animalidad, acicateada por el deseo refrenado, por la creciente intimidad que los ligaba —veíanse en los hoteles mal reputados, después de que algún anónimo dueño de Santa salía del cuarto, dejando encima de un mueble, visiblemente, el importe de la convencional tarifa (un puñado de monedas que cabrilleaban[143] en la media luz de la habitación cerrada), y en el aire enrarecido de la misma, un olor vagabundo y perezoso, a tabaco, bebida y sudor masculino; olor que se parecía, aunque en escala menor y muy desvanecido, al de los establos desaseados que al-

---

[143] *Cabrillear:* vibrar a la luz.

bergaron muchas reses, cuando ya el ganado marchó a las dehesas y el sol revuelve con sus rayos los detritus y miasmas[144]. Allí llegaba Hipólito, guiado por Jenaro; allí daba suelta a sus suplicaciones, temores y profecías; allí acogotábalo el hedor aquel, que además, le estrujaba el corazón y a sus horribles ojos sin iris acertaba como a estriárselos, según los surcos que en los globos blanquizcos le imprimían las lágrimas lentamente resbalándole. ¡Cuántas mañanas lloró sin poder ni saludar, parado a la mitad de la estancia, blandiendo el cipión que descendía luego sin castigar a la ramera, ni menos las incalificables debilidades de él que le estorbaban el morir y día a día llevábanlo a contemplar, y aún adorar, ignominia tan grande!... A diario la propia protesta, el propio juramento:

—Si usted no cambia, Santita, aquí lo dejamos. ¡Le juro a usted que no vuelvo a buscarla ni a preocuparme de lo que le acontezca!

Para eliminar testigos, mandábase a Jenaro por aguardiente y café —que era éste el único desayuno que toleraba el estragado estómago de la chica. Y durante una soledad de éstas, el ciego se le abalanzó delirante, desfigurado, amenazador:

—¡Yo!, ¡yo! —gritaba—, ¡alguna vez yo, que me muero por usted! ¡Yo, Santita, sea usted compasiva, que si más aguardo, no me tocará nada! Todos pasan sobre usted, Santita, como si fuera una piedra de la calle... ¿y yo, que la idolatro, oigo el tropel y con eso he de saciarme?... No Santita, así suceda lo que suceda... ¡Hoy paso yo!...

Hubo instantes de lucha, de positiva brega cuerpo a cuerpo; sin otra ventaja de la parte de Santa que su vista sana y buena, en tanto que Hipólito debía combatir con las tinieblas de sus ojos y el defenderse de Santa, quien, al fin, se puso en cobro, y sofocadísima, declaró al ciego desde el lado opuesto del catre que a modo de trinchera los distanciaba:

—¡No, Hipo, por Dios! Es usted demasiado bueno y no merece que yo me le entregue como estoy. ¡No, le digo a usted que no! —agregó corriendo semidesnuda y aterrorizada de la actitud del ciego, que a fe que espantaba: los párpados de

---

[144] *Miasma:* «efluvio maligno que se creía desprendían cuerpos enfermos, materias corruptas o aguas estancadas» *(DRAE)*.

sus ojos enormemente abiertos, dilatada la nariz y contraída la boca, encogido todo él, cual fiera lista a saltar, sin cayado, los nervudos brazos abriéndose y cerrándose desesperados de sólo asir el vacío; con brincos de gato montés y resoplidos de tigre enjaulado.

—¡No, Hipo, no!... —repetía Santa, yendo de un extremo a otro, Hipólito, ganándole terreno minuto a minuto, sin hablar, tendidos sus brazos como antenas de araña fantástica, en reclamo del cuerpo fugitivo que no veía pero que con locura adoraba; cuya vecindad adivinaba en su oído admirable de ciego, cuya desnudez olfateaba con irrazonable frenesí de infeliz y hacia el cual tendía los brazos temblorosos en suprema y terrible demanda de alivio...

La lucha se tornó implacable, con encarnizamiento de enemigos. Ya no había ídolo ni idólatra, sino el eterno combate primitivo de la hembra que se rehúsa y el macho que persigue. De vez en cuando, escuchábanse ahogados y roncos «¡no!», «¡no!» de Santa y los arrastramientos de Hipólito, en el piso de ladrillos... Un descuido de Santa, que resbaló en el suelo; luego dos gritos, el de pavor de ella y el de victoria de él; luego..., luego un jadear meramente animal, de personas enlazadas que forcejean, el ciego encima, magullando la carne idolatrada que al mundo entero pertenecía, abriéndose brecha con crueldades de gorila... Santa, en muda ya, domeñada, en espera de la furiosa embestida, con la silenciosa conformidad de su sexo, para aquellas derrotas fisiológicamente fabricado, y entrando de rondón, Jenaro, que se petrifica de mirar el informe e imponente bulto, que vierte el aguardiente, el café; que, niño en definitiva, solloza y clamorea:

—¡Amo!... ¡don Hipólito!... ¡niña Santa!... ¿Qué es?...

Ahí terminaron las soledades, nunca más se mandó a Jenaro en busca de nada. Si los camareros de los hoteles no podían ejecutar el mandado, prefería Santa permanecer en ayunas, no beber su aguardiente, cuanto hay, con tal de no permanecer a la exclusiva merced del ciego.

Pues aquella criatura, a pesar de sus depravaciones, a pesar de ser la negación del pudor y de todos los pudores, conservaba uno en favor de Hipólito. Raro, ¿verdad?... mas así era. No quería dársele tan manchada y sucia, saliendo de todos los brazos. Quería dársele después de una interrupción en su degradado vivir, que medio la limpiara y medio hiciérala digna del amor del pianista que, al cabo, esplendía por sobre las negruras de su despeñamiento, igual a antorcha de salud, a estrella celeste que le garantizara perdón, descanso, olvido. ¡Y explíquense ustedes por qué, ello no obstante, retardaba el principio de enmienda, la interrupción indispensabilísima, por qué el propósito de ayer, hoy desbaratábase, y por qué el de hoy corría mañana parecida suerte!...

Ante la tardanza, ante el continuo rodar de la moza peñas abajo, Hipólito llegó a desesperar, y sacando fuerzas de flaqueza, cumplió con la oferta de separarse de ella:

—Santita —le dijo con resolución—, ¡adiós! Ni nunca me ha querido usted ni nunca me querrá, que si algo me quisiera, a buen seguro que no me tuviese en este purgatorio... ¡Ya no puedo más, se lo protesto a usted! Día a día vengo a sacarla a usted de estos hoteles de Satanás y usted se me queda, me promete que mañana se irá conmigo... y ese «mañana» bienaventurado que yo aguardo hace quién sabe cuánto tiempo, jamás amanece, Santita, porque usted lo detiene, porque se creería que usted prolonga la noche y en lo oscuro se encuentra complacida, que usted aborrece el sol... ¡Ay, Santita, cómo se conoce que no es usted ciega!... Cómo se conoce que su ida conmigo poco le significa, que conmigo seguirá tan a oscuras o más que ahora... Pues quédese usted, Santita, quédese y Dios que la ayude, yo ya no espero... ¡Jenaro!, despídete de Santita —ordenó el pianista, para proporcionar coyuntura a que Santa lo llamase.

Pero Santa, muy alcoholizada aquella mañana, mal atendió las patéticas razones del ciego, le permitió partir, y al adiós de Jenaro, murmuró:

—Sí, sí, váyanse, que se me parte la cabeza, y hasta mañana o hasta la noche, en el café de la Escondida[145], ya saben...

—No —contestó Hipólito regresando a la vidriera—, ni hasta la noche ni hasta mañana... ¡Adiós, Santita!

Cuando un río en avenida, descuaja, destroza y arrastra hasta enormes piedras y gruesísimos troncos que allá van, ca-

---

[145] La calle de La Escondida es en la actualidad la calle Ayuntamiento.

balgando en las crestas espumantes y en los lomos verdosos de las ondas bramadoras a perderse en el mar, aunque en el pánico de su curso demente, piedras y troncos se revuelvan, se entierren, resurjan y giren y por huir y salvarse, ocasiones hay en que una paja desgarrada y mísera, que también cabalga, pero despavorida, en las líquidas crines del vestigio desbocado, con sólo que de la ribera la sujete una rama, un tallo tan mísero y endeble cual ella, escapa del turbión, y muy asida a esa debilidad, circundando con su cuerpecito íntegro el tallo salvador, las aguas pasan por encima de ambos y dolidas de sus dos debilidades, como que respetaran esas nupcias de dos desventuras que ni sumadas alcanzan a oponerle una resistencia siquiera mínima. Y al apaciguarse el río, al volver las aguas a su manso y rumoroso discurrir benéfico, los árboles y piedras —fuerza, soberbia, poderío—, no se miran ya; el tallo salvador y la paja desgarrada —lo débil, lo despreciado, lo humilde— ahí están, muy abrazados, temblando todavía dentro de un marco circular de espumas que, a manera de besos, cada ola les arrojó a su paso y que se apagarán muy pronto, después de haber acariciado y creídose eternas —como los besos, que después de acariciar y de apetecerlos eternos, bórranse muy pronto, de los labios primero y de las memorias después.

En cambio, si suprime usted o aparta de la ribera la rama o el tallo, la paja perece con mayor prisa que las piedras y que los troncos.

Ése fue el caso de Santa. Suprimido Hipólito, ella continuó rumbo al abismo, a escape, desgraciada, despreciada, desamparada y doliente. Recorrió la escala, peldaño por peldaño y abrojo por abrojo, hasta que dio con sus huesos y su cuerpo enfermo en un fementido burdel de a cincuenta centavos; nido de víboras, trono del hampa, albergue de delincuentes, fábrica de dolencias y alcázar de la patulea[146].

Era un cuarto, más que grande, deforme y disforme; una de sus cuatro paredes encaladas, embistiendo en un rincón a su vecina y sostén, con lo que ambas, en el ángulo que determinaban, amenazaban desplomarse y aun habían comenza-

---

[146] *Patulea:* maleantes.

do a hacerlo, por arriba, del lado de las vigas, según la tierra en polvo y los terrones cual puños que se venían abajo, al transitar de los carros cargadísimos y toscos que durante ocho horas diurnas, en su laborioso ir y venir de hormigas monstruosas, estremecían el arrabal.

Para arribar a tan ruin anclaje, anduvo Santa la Ceca y la Meca, lo mediano y lo malo que las grandes ciudades encierran en su seno como cutáneo salpullido que les produce un visible desasosiego y un continuo prurito, que únicamente la policía sabe rascar, y que contamina a los pobladores acomodados y los barrios de lujo. Es que se sienten con su lepra, les urge rascarse y aliviársela, y a la par despiértales pavor el que el azote, al removerlo, gane los miembros sanos y desacredite la población entera. En efecto, si la comezón aprieta y la policía rasca, sale a la cara la lepra social, se ven en las calles adoquinadas, las de suntuosos edificios y de tiendas ricas, fisonomías carcelarias, flacuras famélicas, ademanes inciertos, miradas torvas y pies descalzos de los escapados de la *razzia*[147], que se escurren en silencio, menudo trote, semejantes a los piojos que por acaso cruzan un vestido de precio de persona limpia. Caminan aislados, disueltas las familias y desolados los parentescos; aquí el padre, la madre, allí el hijo por su cuenta, y nadie se detiene, saben dónde van, al otro arrabal, al otro extremo, a la soledad y a las tinieblas. Lo que importa es que no los adviertan, que el ruido de los carruajes, la animación, el trabajo y el placer de los que poseen esas cosas, los escude y los esconda. Tanto peor si alguno de ellos es capturado por sospechoso; el resto de la familia no se acercará a indagar causas ni a compartir cautiverios. El trote menudo continúa, el punto terminal se halla distante...

Eso y más conoció Santa; conoció gentes y sucedidos que muchos ignoran hasta su muerte, a pesar de que han vivido siglos y años en la propia ciudad, leyendo sus diarios, concurriendo a los jurados, cultivando relaciones con autoridades y gendarmes. Santa lo conoció todo por exigencia de su oficio, que, en determinado nivel, es el natural y discreto intermediario entre lo que ataca y lo que se defiende, entre el delito y la ley.

---

[147] *Razzia:* batida, redada.

Su actual domicilio, ubicado en región de pésima fama, más allá del Chapitel de Monserrate[148] y de San Jerónimo[149] y muy al Sur y cayendo al Oriente, disponía hasta de nueve arpías sin contar a Santa. El cuarto de las paredes que se desplomaban, lo subdividían dos tabiques principales que dejaban una especie de pasillo o corredor bien estrecho, y varios tabiques laterales que se agarraban como podían, con alcayatas, cuñas y retazos de cuerdas ennegrecidas de pringue, de los dos principales y de las paredes desconchadas. Por muebles, unos camastros agraviados, de colores sombríos y huérfanos de lana en colchones y almohadas; alguna silla de tule, desfondada y coja, y en la pared suspendida, a guisa de icono apropiado al culto salvaje que ahí se practicaba, una invariable bandeja de peltre[150] con abolladuras y costras que ningún ácido sería capaz de extirpar, coronada con una toalla nauseabunda cuyas dos extremidades oscilaban patibulariamente a los portazos de las pupilas y de sus visitantes. Al fondo del pasillo o corredor, sobre una mesa con menesteres domésticos, una impiedad casi sacrílega: la imagen en fotografía de un santo, clavada con tachuelas en sus esquinas, rodeada de flores de papel, luciendo dos o tres exvotos de plata enmohecida y resistiendo los parpadeos de una lamparilla de aceite que dentro de una copa rota alumbraba noche y día.

Allí recaló Santa, después que la echaron de todas partes; llena de dolores y de pobreza; medio borracha; sus ojos opacos; su espléndido cuerpo donde no anguloso, hinchado, convertida en ruina, en despojo y en harapo.

—¿Admite usted una más? —preguntó a una vieja con chiquiadores[151] de jabón, entrapajada en el rebozo, chupando

---

[148] El chapitel era una de las grandes acequias que se construyeron en el siglo XVI para canalizar las aguas y evitar las inundaciones en la capital. Era la que se situaba más al sur, a la altura de la actual calle de San Antonio Abad, y pasaba por delante del monasterio benedictino de Monserrate.

[149] En la calle de San Jerónimo se hallaba el convento del mismo nombre, fundado en tiempos de Felipe II.

[150] *Peltre:* «aleación de cinc, plomo y estaño» *(DRAE).*

[151] *Chiquiadores o chiqueadores* (Méx.): rodajas que se pegan en las sienes a manera de parche como remedio casero para el dolor de cabeza. Se usaron en un tiempo de carey, como adorno femenino.

una colilla de cigarrillo y oliente a alhucema[152], que le franqueó la pequeña puerta taladrada de agujeros y remiendos.

Hubo una pausa muda, en pleno sol, el que, por bañar la acera, también bañaba, noblemente, la entrada del antro. La vieja examinaba, sin lograr levantar del todo los carnosos párpados que tendían a esconder los ojos. Luego, alargó sus manos, como puñados de sarmientos, puso al descubierto parte de sus brazos desnudos que por apergaminados y flacos imitaban brazos de momia, y con las manos, que se distendieron igual a tarántulas amaestradas, palpó caderas, senos y muslos, alzó la falda un poco y por fin ordenó:

—¡Entra!... Si no te has desayunado, ahí hay hojas con catalán; si ya te desayunaste, barre quedito, que tenemos a uno todavía durmiendo...

Ni a la vieja se le ocurrió averiguar si la libreta de Santa hallábase en orden, ni a Santa contarle que carecía de ella. ¿Con qué fin, si en esas regiones profundas, la sanidad y sus «agentes» ya no se muestran celosos del cumplimiento de sus deberes?... Para el supuesto remoto de que a los «agentes» asaltase la excentricidad de ir a incoar esclarecimientos, siempre encontraríase libreta substituta con que contentarlos. Por lo demás, ni riesgo, que los parroquianos del cubil tienen poderosas razones personales para no armar algazaras si los enferman. Si acaso, aclaran quién fue la culpable y le arriman un pie de paliza[153] en las tenebrosas calles adyacentes o en los horripilantes figones de las cercanías, en donde invitan y regalan a este hato de desdichadas. Pero no acuden a la policía, ¡un cuerno!, pues en la liquidación saldrían con su «haber» muy encanijado y su «debe» repleto de partidas por pagar. La mayoría de la parroquia es estuche de honorabilidades; soldados desertores, que allí mismo venden y negocian los uniformes, los *chacós*[154], las cartucheras y los marrazos[155]; rateros prófugos, que allí ocultan, por lo pronto, lo diminuto y frágil apa-

---

[152] *Alhucema:* espliego.
[153] *Arrimar un pie de paliza:* dar una zurra.
[154] *Chacó:* sombrero militar.
[155] *Marrazo:* hacha de dos bocas que usaban los soldados para hacer leña.

ñado con sus artes e industrias; fletadores de tierra y de agua, de canoas y carros que meten más matute[156] que mercancías declaradas; buhoneros y «carcamanes»[157], que regresan o parten a las ferias rurales; comerciantes al menudeo, de la vecindad, con más trampas y deudas que existencias en sus tiendas, a las que no pueden tornar, porque, *injustamente,* se las ha sellado el juzgado; infieles administradores de pulquerías, sin empleo, pero con odios, con reales y con revólver al cinto... En ocasiones excepcionalísimas y a vueltas de influjos y parlamentos con la dueña del ergástulo, algún pobrecito reo de homicidio que, aburrido de no saber si lo fusilarán o lo indultarán con veinte años de presidio, se fuga de Belén[158] y allí lo albergan sus valedores mientras le procuran disfraces y seguridades. Un mundo especial, que aflige e interesa; sin sentido moral y con rasgos morales que deslumbran; la hez trocándose a veces en abnegación; los pocos contra los muchos; como cavernas las conciencias, como hábito el crimen, como lenguaje el caló; lo que sobrenada, la resaca de las grandes charcas humanas que se dicen ciudades, los antisociales, en fin.

Al cerrar la puerta y de nuevo atrancarla, la vieja habló imperiosa y lacónicamente:

—¿Cómo te llamas? —preguntó a Santa.

—Santa —repuso ésta.

—Pues desde hoy te llamas Loreto, ¡qué Santa ni qué tales!...

Y hasta el nombre encantador se ahogó en la ciénaga.

A pesar de la decadencia de Santa, esta gehena[159] la anonadó. ¡Qué noches y qué tardes y qué mañanas y qué agonía! Salía de los brazos de un forajido y caía en los del mal que por dentro la trituraba o en los del alcohol falsificado que bebía a torrentes para ver de aniquilarse, de no sentir, de que la tirara encima de su camastro o en el vivo suelo, y roncar embrutecida e insensible. Y asistía, presenciaba lo que se sucedía, inconsciente y atónita, sin protestas ni remedios, cual todos

---

[156] *Matute:* artículo de contrabando.
[157] *Carcamán:* contrabandista.
[158] *Belén:* prisión pública de la capital, llamada así por el antiguo convento donde se instaló. Fue destruida tras el triunfo de la Revolución.
[159] *Gehena:* infierno.

sufrimos las pesadillas peores que no se acaban, las que enloquecen, las que, despiertos, nos hacen temblar, pedir fervorosamente a Dios que lo visto y sentido no lo veamos ni sintamos nunca, más que en pesadilla.

Su único consuelo estribaba en salir y meterse en un afamado figón de la plazuela de Regina, denominado: El Sesteo de las Fatigas, que se cerraba a media noche corrida y en el que se guarecía y embriagaba un conjunto multicolor y multiforme de gente de pelea sin oficio ni beneficio, por lo menos durante seis horas, de las Oraciones[160] a las doce, cuando al fonducho ardíansele los intestinos. ¿Fue aquí o con el asesino escapado de Belén, que con ella se desveló una noche completa, donde Santa aprendió la letra de una danza que sin cesar canturreaba después de aprendida? Ambos pudieron ser los maestros, pues en El Sesteo había mucho canto, con guitarra y todo, y el asesino —¡el mundo es así!— trató a Santa con finuras y ternezas femeniles de puro delicadas, le confesó por qué había matado, ¡y aun le habló de una mujer que quería y de un hijo, chiquito, cuyo paradero ignoraba!... (la pareja que aquella noche pernoctó tabique de por medio con el asesino y Santa, contó que les oyó llorar y charla que te charla, en voz baja de confidencia y de secreto). Como a un momento dado, el hombrón se soltó cantando, ora porque el aguardiente se le encaramase a la cabeza, ora porque el recuerdo de sus desdichas lo hubiera embriagado, no está investigado dónde Santa aprendería la danza que canturreaba tercamente, sin afinación ni voz, cual súplica reiterada de que las palabras cumplieran lo prometido en la dulzura de la melodía y en la magia de la rima. ¡Las danzas son la apropiada música de los individuos que agonizan y de las razas que se van!

Uno de los cuartetos contenía ofrecimientos tan misericordiosos:

...dicen que los muertos, reposan en calma,
que no hay sufrimientos en la otra mansión...

---

[160] *Las Oraciones:* momento del anochecer en que se toca en las iglesias la campana para rezar el Avemaría.

que Santa los repetía sin descanso, obsesionada ya por la muerte, creyendo a pies juntillas en la garantía de los versos sepulcrales. Sin aquel entusiasmo ni aquella devoción con que decía lo primero, cantaba el resto, por no truncar la estrofa:

> *... que si el cuerpo muere, jamás muere el alma,*
> *y ella es la que te ama con ciega pasión...*

Al llegar a estas palabras últimas, por asociación natural de ideas, como por ensalmo aparecíasele Hipólito, el ciego, mirándola sin verla con sus horribles ojos blanquizcos de estatua de bronce sin pátina. La aparición borrábase en el acto, sin que Santa pudiese distinguir en lo confuso de los lineamientos que se esfumaban, si el alma de ella, la que «jamás moría», era la que anhelaba que Hipólito se diera prisa a rescatarla, o si Hipólito no la rescataba porque ya el alma de Santa obrase en su poder y él mantuviérase custodiando el sagrado depósito.

En las dudas, fue la enfermedad la que sí alcanzó su grado máximo. Materialmente atenaceaba a Santa, y con la carga a cuestas de la gehena en que moraba, no daba ya paso, ni realizaba movimiento, ni intentaba ademán que no le arrancara gritos, los que, aunque sofocados lo más posible, oíanselos los clientes, las compañeras, el ama. Instantes había en que ni caminar conseguía, sino que a rastras ganaba el camastro, asíase crispada a sus ropas nada limpias, y con lágrimas de verdad, imploraba clemencia de sus alquiladores:

—¡No me toques, que me estoy muriendo!... ¡Y no me acuses con la vieja, porque me correría y no tengo adónde irme!...

Unos la forzaban, como infernales chivos en brama, sin curarse de sus dolores que suponían fingidos; algunos contados, le pagaban y aun le aconsejaban apelar a tal o cual remedio; los más, desde el cuarto, pedían una suplente:

—¡Oye, tú, Fulana, manda otra muchachona, que ésta no sirve!...

Medio mes contemporizaría la vieja, y al cabo de él, con idéntico tono e imperio idéntico a los empleados para la admisión, la despachó:

330

—Mira cómo te las compones, porque mañana te me largas... Te perdono los catorce reales que me debes del rebozo...

Hay situaciones que ya no empeoran con nada; por lo que Santa redújose a responder con un triple sí a la perentoria admonición:

—Sí... sí... sí, me iré mañana... ¡Ya lo creo! —añadió, sin saber por qué lo añadía.

Fueron tantos y tales los dolores que la torturaron toda esa tarde, que no probó gota de alcohol. Sudaba mucho, sus ojos parecían sepultados en sus cuencas, y las ojeras, de tan negras, parecían huellas de golpes recién recibidos. Debía hallarse muy grave, muy grave... Revolcándose en su cama miraba a su alrededor y hacia atrás, en forzada conformidad contra lo irremediable; ya ella marchaba, ya, el tren o el buque o la diligencia o lo que fuera, echaba a andar y se la llevaba, vaya si se la llevaba...

Al oscurecer, una mejoría ligera, mas suficiente para que reaccionara. Llamaría a Hipólito e Hipólito vendría, en el momento, amante y noble, sacaríala de ahí y la ayudaría a bien morir, la enterraría, y, sobre todo, la perdonaría. Aumentó su deuda a dos pesos, solicitando una peseta con que pagar a un mandadero:

—El señor que va a venir por mí, le pagará a usted —aseveró con aplomo, y ante la incredulidad de la vieja, agregó—: Si nadie viniera, ¿qué le importa a usted una peseta más?...

El recado a Hipólito, sincero y feroz, verbal y con laconismos de telegrama que anuncia una defunción:

—Le dirás a un ciego que toca el piano en tal casa de tal calle, que Santa, ¡fíjate!, que Santa está muriéndose y quiere verlo, nada más, y que se venga contigo, ¡corre!

Si la vieja, las mozas y los clientes hubiesen sido asustadizos o de diversa pasta amasados, habríanse hecho cruces frente al portento que veían: un ciego feísimo y pésimamente trajeado, llegando en coche al burdel, en cuyos interiores se precipitó auxiliado de un lazarillo descalzo y roto.

—¡Santa!... ¡Santita!... ¿Dónde está usted?...

Y después de contestar Santa, el ciego se metió en el cuarto y apenas si se escuchó como un sollozar de personas que no desean ser sentidas.

—¡Hipo! —decía Santa muy por lo bajo al pianista, que la palpaba y olía y besaba devotamente—, me echan de aquí, ¡de aquí!... nadie me quiere ya... apesto, estoy podrida, ¡me muero!...

—Yo te quiero, yo... yo... Y te llevo conmigo... y no te morirás... ¡porque no es posible que te mueras!

Se la llevó, en efecto, pagando lo que adeudaba.

Salieron los demás, hasta la mitad de la calle, no creyendo que aquello fuese realidad.

El ciego entró a Santa en el carruaje, siguiéndola después; y como Jenaro subió al pescante ni más ni menos que un lacayo, las sombras de la noche y del arrabal completaron el hechizo.

Triunfalmente, arrancó el carruaje.

Capítulo V

Sonaban las diez de la noche cuando el simón se detenía en la casa de Hipólito; por lo que el ferrado y arcaico zaguán estaba cerrado ya, circunstancia que no desagradó al pianista, pues le ahorraba la curiosidad de los vecinos, que, seguramente, excitaríanse muchísimo si lo viesen entrar en su domicilio acompañado de una mujer.

En cambio, el teatro Arbeu, frente por frente del inmueble, ostentaba encendidas todas sus baterías de luces, abiertas sus puertas, y por éstas saliendo a la calle los concurrentes, a disfrutar del entreacto. Las luces se estiraban hasta la pared frontera, arrancando de los balcones destellos que simulaban interior iluminación en los edificios alumbrados. Oíanse murmullos y risas, mirábanse flamas de fósforos que duraban un instante y cigarros encendidos cuyos fuegos revoloteaban en limitado radio, siguiendo los ademanes que les imprimían los fumadores agrupados. Al borde de la acera opuesta al teatro, veíanse, en fila, mesitas atestadas de panes con sardinas, de bizcochos y dulces, todas con idéntico alumbrado: una vela de sebo, con pantalla de papel para que el viento no las apagara, y todas con los propietarios tras ellas, evitando que los granujas revendedores de billetes y contraseñas —emperadores del arroyo— no les birlasen algún comestible. A entrambos lados de las puertas del teatro, hileras de carruajes estacionados, desiertos varios pescantes porque sus cocheros conversaban en corrillo, apagados diversos faroles por economía, dormitando algunos caballos, con el pescuezo muy tendido y la cabeza muy gacha, des-

333

cansando en la lanza[161] y en los cejaderos[162], o aproximándose al empedrado más y más a cada respiración, como si con ésta marcaran el nivel de su sueño.

De un salto de simio, Jenaro se bajó del pescante, abrió la portezuela y pidió órdenes:

—¿He de ir a buscar cena?...

Primero, liquidóse el coche, con respectiva propina; luego abrió Hipólito el zaguán con una llavaza que de su pantalón extrajo, y, Jenaro adelante, para no desamparar a su amo, que tampoco desamparaba a Santa, Jenaro resultó guiando a los dos por el patio enlosado. La enorme casa, a oscuras y en silencio, salvo, abajo, una que otra claridad que asomaba medrosa y pálida por las hendiduras de las puertas cerradas de los cuartos, y, arriba, una que otra vidriera de ventana o puerta —con cortinas de gancho—, tras las que se adivinaban. Como ruidos, el chorro de la fuente del patio blando y monorrítmico; y de aquí, y de allí, llantos de niños inquietos y canturreos maternales, arrullándolos. En un rincón del patio, sujeta a dos paredes, una cuerda colgada de ropa recién lavada que se oreaba, y aun mecía, dando a camisas y calzones, de mangas abiertas y espatarrados, fatídico aspecto de mutilados que ahí se pudrieran o de blancos espectros a punto de remontarse y desvanecerse.

La vivienda de Hipólito estaba en los altos, y a ella subieron quietamente, Jenaro exceptuado, que, conocedor del terreno, anunciaba peligros:

—¡Cuidado! Ese es el caño... No se coja usted del pasamano, niña Santa, porque le falta un pedazo... Ahora, de uno en uno, porque el corredor tiene un boquete más ancho que yo... ¡Ya llegamos!

Santa, que tanto tiempo llevaba de no contemplar sino las peores lobregueces, no pudo menos de elogiar la casa. Apoyada en el barandal del corredor, mientras Hipólito bregaba emocionado por meter una segunda llave en la cerradura de su habitación, murmuró:

---

[161] *Lanza:* vara de madera que sirve para dar dirección al carruaje y a cuyos lados se enganchan las caballerías.
[162] *Cejadero:* tirante del carruaje que se encaja en la lanza y sirve para retroceder.

—¡Qué bonita es esta casa, Hipo, qué grande!

Reducíase la morada del pianista a una azotehuela deste-chada que hacía veces de recibidor a la intemperie; enseguida, tres piezas: una de medianas dimensiones, de cielo raso agu-jereado y manchado por las goteras, con papel de tapiz sucio y desgarrado; otra, muy oscura, en la que dormían Jenaro y el *Tiburón,* un palomo llegado de donde nunca se supo, por los aires, y domesticado al extremo de atender por su nombre, es-coltar a los inquilinos lo mismo que un perro, comer posado en un hombro del músico o en la boca de Jenaro, alegrando a los moradores con su cucurruquear, y viniendo a ser la nota única presentable de la desmantelada casucha, con el arrastrar de su cola abanicada por los pisos y su volar confianzudo por las estancias. Al final, la cocina, con un brasero de poyo que se desmoronaba por desuso, una alacena poblada de ratones y arañas, y tierra y polvo y humedades. Figuraba en el cuarto de Jenaro una amplia cama de la fábrica del lazarillo: cajas de vino vacías y agrupadas, en sus junturas, paja, encima un pe-tate, desteñidos retazos de ancianas alfombras y un cobertor heredado de Hipólito... ¡El muchacho dormía tan ricamente! El cuarto del patrón sí que abundaba en muebles, desde mu-llido catre de a cinco pesos, con colchón de resorte y colchón de lana, sábanas, almohadas y colcha, hasta tocador de la ca-lle de la Canoa[163], con espejo que de nada servía a Hipólito. Había de todo: mesa de noche y mesa para comer, un sofá de cerda, ropero de llave, cuatro sillas y platos, cubiertos y vasos de distintos precios y matices. Una lámpara sin bombillas, que proporcionaba menguada luz si la encendían, y una vela esteárica, de las de a medio real, que se consumía encajada en palmatoria de hojalata, recubierta de capas de estearina petri-ficada que las velas anteriores habían ido acumulando con su indigente arder y su pródigo chorrear.

Optaron por prender la vela de preferencia a la lámpara, y al comprender Hipólito que ya se veía dentro de su casa, qui-tóse el sombrero, cogió ambas manos de Santa, y, besándolas, solemne, exclamó:

---

[163] La calle de la Canoa es actualmente la calle Donceles.

335

—¡Mira qué poco puedo ofrecerte, Santa, pero todo tuyo, todo, hasta nosotros, que somos tus criados! Aquí se hará lo que tú mandes, aquí te aliviarás y nadie en el mundo, digo, mientras tú quieras, nadie vendrá a importunarte, ¿estás contenta?...

Echóse Santa en brazos de Hipólito, cegada por la llama de aquel amor que, lejos de extinguirse, trazas llevaba de perdurar hasta la muerte de quien lo nutría o de quien lo inspiraba; quizás hasta después, más allá de la muerte y del olvido.

—¿De verdad tanto me quieres, Hipo? —preguntó Santa, dudosa de que no obstante su primitivo desvío hacia Hipólito y de que ahora, que despreciada físicamente, enferma y sin encantos, la repudiaban todos, hubiese alguien que en quererla persistiese con esa idolatría infinita de mar sin orillas—. ¿No será —continuó quedo— que, por no poder verme, te has figurado que soy distinta de como soy?... ¿No sabes —continuó casi en un soplo— que mi belleza se me ha ido? ¿No te lo dije ya? ¿No te dije que ya nadie me busca, que doy asco, que no sirvo ni para satisfacer a los más ordinarios, los «pelados»[164] de las calles y los vagabundos de los caminos?... ¿No te doy asco a ti? ¿No es una limosna la que me brindas por lo que me reste de vida, que bien corto ha de ser?...

Hubo una pausa imponente, larga. Desasióse el músico de los brazos de Santa, delicadamente, envió a Jenaro en busca de cena, y caminando en la estancia, cual si no fuera ciego, con aplomo increíble, llegado donde Santa pronunció:

—¡Oye!

Hubo una nueva pausa. Parecía que Hipólito mirara el suelo, según lo doblado de su cabeza. En realidad, mirábase por dentro, miraba atrás, a lo sufrido en tiempos pasados, al páramo desolado en que siempre latiera su corazón. Y luego, rompió a hablar:

—Yo mismo no sé cuánto te quiero, ¡hay cosas que no se saben!... pero, calcúlate que me hacían pedacitos, muchos, muchos, ¿me comprendes?... Cada pedazo del tamaño del ojo de una aguja, y que muchos hombres, muchos, fueran tirándolos por el mundo entero, a puñados, acá un puñado,

---

[164] *Pelado* (Méx.): tipo de clase baja, mísero e inculto.

otro en China, que dicen que está lejísimos, y así todos, a leguas y leguas unos de otros, separados por montes, por ríos, por todo lo creado... Pues si tú, en medio de un desierto, mil veces más enferma y más pobre y más despreciada y más fea, ¡vaya, que asustaras a las fieras!, si tú un día me llamabas como me has llamado hoy, si como hoy me juras que me quieres, lo mismo que, vivo, volé a tu lado y a tu lado me tienes y a tu lado me tendrás hasta que nos muramos, lo mismo mis pedazos se juntarían solos, por milagro muy grande, y juntos, quiero decir, yo rehecho, habría ido hasta ti, a bendecirte y adorarte como en este momento te adoro y te bendigo...

—¡Sí, Hipo, sí te quiero, te juro que sí te quiero! —le dijo Santa, al fin cautivada y de veras queriéndolo—. ¡Créemelo, dime que lo crees!

—Tú no sabes —siguió Hipólito rechazándola, sin contestarle si creía o no creía en su juramento, completamente alucinado—, tú no sabes lo que es vivir sin amor toda una vida... Dios te libró de saberlo, ¡ríndele gracias! A ti, al contrario, amores te sobraron, los has deshojado al principio, pisoteado después, y al principio y después te has reído de ellos, igual a las criaturas que se ríen de los juguetes que rompen y de las flores que destrozan, porque no les importa, ¡hay muchas jugueterías y muchas flores en el mundo!... Tú has sido una feliz, pues se me figura a mí que ni con parar en lo que paraste te manchaste por dentro... Apuesto a que en el fondo eres buena, ¿verdad que sí? Me lo revela el que hayas acabado por quererme y por venirte conmigo que, fuera de mi madre y de ti, no me ha querido nadie... ¿Qué es tu fealdad si a la mía la comparas? ¿Qué es tu miseria y qué el mal que te aqueja?... Yo te aseguro que también soy bueno, sí, no seré un santo, pero bueno sí soy... la prueba, que nunca he maldecido de Dios y que con más conformidad que desesperación he venido caminando a tientas por esta noche interminable en que me hallo sumido...

El ciego, al decir esto, habíase incorporado, y la luz de la vela le dio de lleno en su rostro comido de viruelas, en sus horribles ojos sin iris, que, por inmóviles, parecían mirar las tristezas que brotaban de sus labios protestantes, el acumulado dolor que enumeraba, el desconsuelo de su existencia yerma en amores. Muy impresionada, veíalo Santa, sin reparar ya en la fealdad de su adorador último, antes descubriendo en ese propio rostro infamado con la triple marca de la viruela, del padecer y de la miseria moral y material en esos ojos blanquizcos de estatua de bronce sin pátina, una hermosura extraña, un atractivo de persona martirizada, que ha apurado hasta las heces, solitario y mudo, el cáliz amarguísimo de todas las desgracias.

Una onda formidable de piedad la acercó a Hipólito, la prosternó a sus plantas, abrazada a sus rodillas. En el mismo instante, acatando la costumbre, el palomo vino, volando desde las piezas oscuras, a posarse en el hombro de su amo.

Y a la débil flama de la vela, que zozobraba en el nimbo de las sombras del cuarto, destacábase el grupo simbolizando el ciego con aquella paloma en su hombro y con aquella mujer a sus pies, una escultura trágica del irremediable y eterno sufrimiento humano, abandonada en una de las tantas encrucijadas de la vida, maltrecha por las inclemencias de los tiempos, pero siempre erguida, sin nunca desmoronarse, yendo a parar en ella el amor en sus formas únicas de terrenal y alado.

Presentóse Jenaro con la cena y con su vivacidad de avispa. Sin previa venia encendió la lámpara, abrió la ventana para que se les metieran un poco las estrellas, aderezó la mesa, y batiendo palmas, hizo que Santa e Hipólito se acomodaran. Les sirvió con diligencia de consumado camarero profesional, desmenuzó migas para el *Tiburón,* que con cuello y cola contoneábase por entre platos y vasos, y a la hora de destapar la modesta cerveza, que para embravecerla había estado agitando, procuró que el taponazo causara estruendo, derramó la espuma y anunció cómicamente:

—¡Champaña de a diez locos![165]. ¡De la casa de doña Elvira, en que hemos trabajado todos!...

Se manifestaba tan contento del hallazgo y secuestro de Santa, como el pianista su amo, quien cenó distraído, vuelta su cara a la muchacha, cual si pudiera mirarla. Y era lo que

---

[165] *Loco:* popularmente, peso.

sorprendía a Santa, ¿por qué si ella volvíase a contemplarlo, él ejecutaba maniobra análoga? No concluyó aquí lo extraordinario: después de la cena, como si le leyese los pensamientos, Hipólito pidió la botella del catalán y con grande discreción dijo a Santa, que se moría por catar aguardiente:

—Bebe una copita de esto, que yo lo acostumbro encima de mis comidas y no estaría bien que me consintieras beber solo. —Y con raro tino, sin verter gota, le sirvió en un vaso grande el tanto de dos o tres copas pequeñas.

Por no mortificarla con su presencia, se levantó y llamó a Jenaro a la azotehuela, donde con él sostuvo animado parlamento del que Santa pescó un trozo que otro:

—Muy temprano, Jenaro... muy temprano, a las siete siquiera...

Santa se apresuró a despachar su ración de catalán, porque sus dolores se anunciaban y necesitaba reposo. Sin quejarse todavía demasiado, vio sonriendo los postrimeros aprestos de Jenaro: el cuidado con que guardó trastos, apartando para sí los mejorcitos restos de la cena; el cariño con que puso en el suelo al *Tiburón,* que no se oponía a los manoseos del granuja; y el chiste con que se retiró tocando «rancho», con una mano en la boca a guisa de trompeta, su plato de cena en alto, y el *Tiburón* tras él a paso veloz, oscilante la cabecita, como un péndulo erecto, inflando y desinflando el buche al compás de sus coquetos andares. Llegado Jenaro a sus dominios, llamó la atención de Santa el escuchar que sostuviera una tendida charla.

—¿Con quién habla Jenaro? —le preguntó a Hipólito.

—Con el *Tiburón* y con sus ratones y sus arañas de la alacena —le explicó el músico, habituado a las prácticas de su lazarillo—, está poniéndoles de cenar.

De ahí a poco, nadie habló; sin duda Jenaro dormía y sus animales también, Santa hacía poderíos por vencer sus dolores, que volvían a atenacearla y retorcerla bajo las sábanas. Mordía éstas, a fin de que sus quejidos nacieran muertos e Hipólito no los advirtiese, y con todas las veras de su alma anhelaba honradamente que aquéllos, cuando menos, no la laceraran tan duro; que le otorgasen breve tregua, aunque luego la atormentaran peor. Pero que pudiera entregarse a Hipólito, tornarlo dichoso alguna vez; que pudiera ofrendarle su cuerpo, inútil ya y nada codiciable, a quien por él se perecía, a quien merecíalo más, ¡oh, mucho más!, que los mil y mil que se lo habían estropeado con sus caricias torpes y sus despóticas lujurias asquerosas... Y conforme Hipólito, desnudándose muy despacio y con la exagerada parsimonia del que intenta prolongar halagüeñas ideas y situaciones de cuya realidad se duda, preparábase a palpar y saborear el ideal de su vida —a punto de convertírsele en hecho positivo—, los dolores se le adelantaban e invadían el entero cuerpo de Santa cual áspides y víboras se le enroscaban en nervios y músculos, y a semejanza de dragones de leyenda o de celosos endriagos heráldicos, se le amontonaban y redoblaban sus desgarramientos, zarpazos y mordeduras, donde menos debieran redoblarlos... Mordía Santa mayor cantidad de ropas, padeciendo lo indecible con lo que sentía y con la convicción de que no podría, ¡materialmente no podría!, premiar el amor inmenso del ciego, que se aproximaba ya a la cama, lo propio que si a un templo se aproximara; recogido, suplicante, tendidos entrambos brazos para anticipar, desde con la punta de las uñas, la soñada posesión de la mujer idolatrada y por tantas ocasiones en la apariencia perdida para siempre.

No supieron sus ojos ciegos que la vela, consumida, boqueaba en la palmatoria, pero sí su instinto le gritó que triunfaba, que diera un paso más, el definitivo que de la dicha nos separa, y se proclamase señor y dueño de Santa. Aún se retuvo, tímido cual recién casado, y metióse en la cama... mas al experimentar el calor tibio y el contacto múltiple, estalló el volcán que alimentaba por dentro, y con estridentes fragmentos de risas roncas, con entrecortado y tierno murmurio, apenas oíble, de palabras truncas, que a borbotones le salían cayó sobre Santa, que, a pesar de la adoptada resolución de sacrificarse, de morir a ser preciso con tal de que Hipólito gozara, fue tan espantoso su dolor, que se encabritó como se encabritan las vírgenes en los sagrados y secretos combates nupciales, y en llanto y sudor bañada, repelió la embestida:

—No puedo, Hipo, no puedo... ¡Mejor mátame!...

Por natural efecto del mismo amor inconmensurable en que el ciego se consumía, sucedió entonces el mayor de los portentos: Hipólito, por heroico esfuerzo de la voluntad, domeñó el desbocado potro de su deseo, y besando a Santa en la frente, sereno y tranquilo en un segundo, él, fue él quien presentó excusas que resultaban grandes de puro desgarradoras:

—Tienes razón, mi Santa, estás enferma y yo lo olvidé, perdóname y duerme, ¡pobrecita!, me basta con tenerte aquí... Sí, acostada en mi brazo... así, Santa, así... ¡descansa, duerme!

Indudablemente fue aquella noche la más casta que nunca tuvo Santa, purificada por el dolor, que no le daba punto de sosiego, y saturada por el amor de Hipólito, que ni se movía, para ver de proporcionarle la quietud que a una demandaban el cuerpo enfermo y el espíritu no muy sano de la muchacha.

Ni uno ni otro dormían y los dos lo simulaban con su inmovilidad y sus ojos cerrados. De tiempo en tiempo, a ella estremecían el dolor, y a él el deseo; y resistían calladamente y en el mutismo. Los pensamientos de Santa, en premio al tanto sufrir pasado, prometíanle la era de dicha que todos perseguimos y de la que todos habemos menester; los pensamientos de Hipólito, en premio al tanto esperar resignado, prometíanle la propia era de dicha que Santa columbraba: el día ofrecido había llegado.

Así sentíanse bien, juntos, cubiertos por la misma sábana humilde y rota como ellos, participándose su calor mutuo; seguros el uno del otro; unidos en lazo indisoluble por su desventura común y su común miseria. Necesariamente, sus pensamientos subían —cada cual por su lado, e ignorantes de que remontaban una sola ruta— a un único paradero, dispensador misterioso de las conjunciones como la suya. Sus pensamientos subían a dar gracias, recordando por el camino que habían sido olvidadizos, que eran culpables; que Santa pudo perecer en el ergástulo de que acababan de libertarla, y que Hipólito, sin luz en sus ojos ciegos ni luz en su alma enamorada, habría perecido en cualquier rincón, desesperado y precito[166]. De fijo los perdonaban, supuesto que les consentían amarse. Las ternuras de que se sabían dueños y que se juraban no escatimar-

---

[166] *Precito:* condenado a las penas del Infierno.

se, curábanlos de lo sufrido, borrábanles desesperaciones y apagábanles los odios almacenados, los limpiaban de rencores, enconos y maldades. ¡Por el amor volvían a Dios! Y sus pensamientos continuaban subiendo, blancos como armiños, arrodillados como comulgantes, bendiciendo como desgraciados, seguros de que los perdonarían porque ya ellos habían perdonado. Y el dolor de Santa se amortiguaba, trasmutábase en llevadero; y el deseo de Hipólito disminuía, trasmutábase en deleite quimérico y dulcísimo... Muy poco a poco fueron moviéndose, hasta que sus cuerpos se tocaron sin malas tentaciones ni torcidos apetitos, en inmensa promesa pura de pertenecerse cuando pudieran. Y se oyó entonces que el *Tiburón* aleteaba, pero ellos creyeron, no que fuese una paloma, sino el cariñoso Ángel de la Guarda de su infancia, que con ellos se reconciliaba viniendo de muy lejos enviado, que satisfecho de verlos, plegaba las inmaculadas alas, y a falta de madre, de salud, de riqueza y de dicha, ¡dolido de ellos!, les velaba el solo sueño que debe velar, el sueño casto, en que al fin cayeron la pobre prostituta y el pobre ciego...

Gracias a este sueño, inteligentemente llevó a cabo Jenaro el mandado de la víspera. Antes de las siete, de puntillas se huyó con llave y todo, para que no tuviese algún intruso la ocurrencia de ir y despertar a sus amos. Del exceso de júbilo, hizo gritar al loro de la portera y a la portera inclusive, que por la travesura, lo regaló con una carretada de denuestos. En sus interiores, eran enemigos personales ella y él.

En menos de una hora, precediendo a un cargador que conducía un gran canasto tapado, que mucho intrigó a las comadres y desarrapados pipiolos del patio, regresó Jenaro, conduciendo a su turno, en un cesto los desayunos que humeaban lo mismito que locomotoras que por combustible gastaran café. En la azotehuela de la vivienda licenció al cargador, luego de volcado en el enjuto lavadero el contenido del gran canasto, contenido que resultó ser un cargamento de flores fresquísimas, con todos los perfumes y con todos los colores. Un capricho de Hipólito, que como nunca veía nada, no encontró obsequio más a propósito para Santa que cubrirle de flores su mezquina casita, el dormitorio principalmente.

342

«—Que al abrir sus ojos, Jenarillo, vea muchas flores, muchas, y después que me vea a mí... puede que le parezca yo menos feo...»

¡Los ahogos que pasó Jenaro porque no se despertaran! Sus ágiles pies desnudos corrían de aquí para allí, con rumores apenas perceptibles; a efecto de que el *Tiburón* no cucurruqueara o no volase, lo encarceló en su cuarto, y él púsose a decorar azotehuela y dormitorio, sin orden ni concierto, a impulsos de su fantasía desordenada y turbulenta. El caso es que la habitación quedó quizás mejor que si un floricultor de oficio la hubiera engalanado; recreaba la vista y halagaba el olfato; tenía algo de jardín y algo de iglesia, bastante de fiesta y bastante de campo. Cerca de las nueve dio la mano última a su labor, suelta al *Tiburón* y sol a la estancia, abriendo la ventana de par en par. El café, servido en la mesa enflorada, entibiábase dentro de las tazas.

Santa despertó la primera, y en la grata somnolencia que sigue al sueño, probablemente se imaginó que aún se hallaba dormida; porque aspiró el aire a plenos pulmones, con hondo suspiro de satisfacción, medio vio las flores y volvió a cerrar los ojos sonriendo al espectáculo inesperado.

Jenaro les lanzó al *Tiburón,* que fue a parar a las mismas almohadas e hizo la «rueda»; y golpeando en la puerta del cuarto les anunció a gritos el desayuno.

—¡Ya traje el café con leche!

También Hipólito abrió sus párpados, y calculando que la batahola la producía el buen éxito de las flores, para no malograrlo, para que sus horribles ojos blanquizcos no echasen a perder las cosas, los cerró de nuevo; y aunque notó que se enderezaba Santa, jamás sospechó para qué, ¡cómo sospechar delicias de esa índole!... Santa se enderezó, y sin el menor asomo de repugnancia o de asco, aprisionó a Hipólito entre sus brazos desnudos, conmovida y llorosa, le besó sus ojos ciegos —los sentenciados a no verla nunca—, y ellos se abrieron desconsolados, exageradamente, pugnando por ver ¡un segundo siquiera, Señor!... Las lágrimas de Santa, sobre ellos suspendida, los penetraron gota a gota y en el acto se reabsorbieron en aquella superficie seca, como se reabsorbe la lluvia en los terrenos sedientos, áridos e infecundos que no han probado el agua.

Inauguróse una existencia de ensueño, no vivían, no, ni el uno ni el otro, ¡resucitaban! En medio de los dolores tremendos que no desamparaban a Santa, hiciéronse calle[167] todos sus instintos femeninos, Hipólito no necesitaba ver para reputarse feliz, y Jenaro brincaba y saltaba lo mismo que un cordero. Volóseles el día dibujando planes y esbozando proyectos: Santa guisaría, cosería y barrería, pues se pintaba sola para tales faenas; Jenaro haría mandados y otras diligencias callejeras, e Hipólito trabajaría por las noches en la casa de Elvira, según uso y costumbre.

Hipólito aprobaba, con incondicional aquiescencia beata de bienaventurado, pillando de tiempo en vez un brazo de Santa, su cintura, su vestido, que besaba con glotonería de can hambreado que hurta carne exquisita.

Por lo pronto, Santa y Jenaro, so pretexto de asear la casa, levantaron densa polvareda que les obligaba a llorar, toser y reír. Después, Santa guisó en el brasero de poyo, que por desuso se desmoronaba, platos más aplaudidos que comidos, pues Santa, a pesar de sus preconizadas habilidades culinarias —poseídas en realidad cuando sus juventudes campesinas—, no condimentó ni lo más sencillo, muy bien que digamos. Al incierto futuro con que gratuitamente contaban, consignaron asimismo las opíparas comidas de que habían de disfrutar; todo lo emplazaron para pronto, mañana o una semana, plazos breves de quienes traen a cuestas pesada carga de desdichas y ansían descansar.

¿Por qué a cada proyecto y a cada plan, el implacable mal sin remedio que a Santa afligía, le clavaba las garras, desbarataba los castillos de naipes y entristecía a Hipólito?... Doblábase Santa apoyándose en muebles y paredes, desfigurado el rostro y hundiéndose ambas manos en los sitios doloridos; acariciábala Jenaro, e Hipólito fruncía las cejas y entre dientes mascullaba quién sabe cuántas protestas e imprecaciones. Cuando los dolores se acrecentaron y Santa hubo de acostarse, el músico declaró sombrío:

—¡Lo primero es que te cures! ¡Mañana te verá un médico, y si ése no sirve, otro y otro, hasta que alguno te alivie!

---

[167] *Hacer, dejar o abrir calle:* dejar paso libre.

Con uno bastó; uno que se presentó de parte del facultativo particular del establecimiento de Elvira y al que Hipólito había acudido en su tribulación.

La enfermedad de Santa era tan característica, tan avanzada se hallaba, que el galeno tuvo de sobra con un solo examen para diagnosticarla por su nombre terrorífico y para pronosticar un desenlace próximo y funesto. Terminado el examen, llamó a Hipólito a la azotehuela, todavía con pétalos, tallos y hojas de las flores de la víspera, y sin medias tintas ni prolegómenos disparó la nueva:

—¡Lo que padece la señora es un cáncer tremendo y sin cura!... ¡Es mal incurable! ¡Quizá alargaríasele algo su vida, aunque tampoco es seguro, procediéndose a la operación, pero la operación no carece de riesgos y es costosísima...!

—¿Cuánto?... —interrumpió el ciego, pálido y convulso, a todo resuelto, menos a perder a Santa.

—Pues, por ejemplo, en el Hospital Béistegui[168], que posee todos los adelantos modernos, porque aquí ni intentarlo —repuso el facultativo aludiendo a la ruindad de la morada y avaluando de una ojeada lo que el músico sería capaz de pagar—, costaría unos cien pesillos, sin incluir lo que cobren por la convalecencia en una de las salas; yo llevaré a un compañero y a un practicante, para el cloroformo.

—¿Dice usted que sin la operación es infalible y pronta la muerte de la enferma?...

—¡Infalible y pronta, sí señor!

—¿Cuándo quiere usted operar? —preguntó resolviéndose y sin discutir precios—, yo pago adelantado...

—Pasado mañana, en la mañana —contestó el doctor, después de consultar su cartera—. Mañana arreglaré su ingreso y dormirá ya en el hospital.

—¿Puedo asistir a la operación?...

—¡Hum!... si usted se empeña y promete no moverse ni chistar...

---

[168] El Hospital Béistegui, inaugurado en 1886 en el edificio que había sido convento de Regina Coeli, se hallaba situado en la plazuela de Regina, próximo al templo de este nombre.

—¿Cómo se llama la operación? —preguntó Hipólito por último, desencajado.

—¡Histerectomía![169].

Y el enrevesado nombre acabó de anonadarlo, encontraba enrevesada la estructura y siniestro el sonido, le sonaba a terrible, a peligroso, a inhumano. No colegía nada bueno, y si con ella apechugaba, debíase a la pasividad de ser imperfecto que humilla al hombre y le obliga a conformarse con todos los males que sin cesar se le van encima.

¡Qué caray!, él no sabía palotada de nada, fuera de manotear en el piano para ir viviendo. Aquel doctor asegurábale que de no proceder a esa histero... demonios, Santa moriría, ¡su Santa!... y ahí no cabían vacilaciones; la operación cuanto antes, con sus riesgos y peligros, que siempre serían más conjurables que los de la muerte.

No se enteró en sus cabales de cuando el médico se despedía, le estrechó la mano y se quedó hipnotizado por la muerte, a la que veía cortejando a Santa, durmiendo con ella, a cada instante apretando el cerco, y relegándolo a él a postrimer término, a él, que había tenido la paciencia de aguardar a que nadie codiciase a Santa, a que todos, ¡todos primero!, se hubiesen hartado de ella, y él, a lo último, surgir, arrebatarla, esconderla y adorarla enterita, desde sus pies ensangrentados por los abrojos de su extraviado vivir, hasta sus cabellos, rociados y coronados de besos y de alhajas, de rosas y de espumas, de desprecios y de infamias. Y he aquí que cuando, después del perseverar y del sufrir, creía alcanzar a su ídolo, ahora escarnecido y pisoteado, ahora, que ya sus semejantes y sus hermanos, ¡maldita fraternidad despiadada!, luego de enfermarlo, envilecerlo y prostituirlo se lo tiraban a la mitad de la calle por inservible, agotado, exhausto y sin picor; ahora que él se agazapaba a levantarlo, así que la jauría humana, ahíta y babeante, había vuelto grupas y ululando se precipitaba sobre la carne sana de las rameras de refresco que, igual a manadas de reses, vienen de todas partes a abastecer los prostíbulos, los mataderos insaciables de los grandes centros, ahora, ¡ay!, un

---

[169] *Histerectomía:* extirpación quirúrgica del útero.

cáncer le trocaba en inviolable lo que fue depósito, arsenal y fábrica de todas las violaciones, lo que de tanto ser violado ya no provocaba deseos ni en los individuos más disolutos... Y tras el cáncer, cual si éste no fuera bastante, asomaba la muerte y se la quitaba, riendo de que Hipólito no probaría nunca a Santa, probándola ella y desmenuzándole encanto por encanto, hueso por hueso, entraña por entraña. Contra la muerte no cabía lucha, él luchó contra todo lo que se había opuesto a la posesión, había luchado pacientemente. Nada lo arredró, mientras lo que se le opuso tuvo sus lados vulnerables y flacos. ¿Que la muchacha inauguró con éxito excepcional su vida libertina, y la ungieron reina, y a sus pies quemaron los penetrantes inciensos de la lujuria y de la alabanza? ¡Mejor! Él contempaba el triunfo desde lejos, confiando en que se desvanecería y las horas negras tendrían que venir. ¿Que él era un monstruo de fealdad y Santa un portento de belleza y tentación, cuyo gusto, por rudimentario y vulgar que se considerase a sus comienzos, había de afinarse con el roce, y de finalizar por habituarse y preferir a los hombres guapos, elegantes y ricos, los que no reparan en ensuciarse con todos los fangos porque para contrarrestarlos disponen de todos los perfumes? ¡Mejor! Hipólito presentaríase el día del desengaño, y lo querrían por él, monstruosamente feo, y no abrigaría aprensiones de que los hermosos y los elegantes volvieran a cortejarle a su querida. Las alarmas de Hipólito nacieron al amancebarse Santa, con el torero sobre todo, ¡ése sí que había sido riesgo, y de órdago! Una vez conjurado, repúsose futuro dueño exclusivo de Santa, y bárbaramente, con cruel salvajismo de enamorado, fueron alegrándole las sucesivas caídas de la chica. Que cayera, sí, que se lastimara y se hiciera sangre, mucha sangre por fuera y dentro, que una enfermedad le quitase su belleza o un cuchillo celoso y anónimo se la desfigurase; que la repudiaran todos, ¡todos!, hasta los animales y las piedras, para que entonces se acordaran de él y lo llamaran y lo quisieran. Ni miedo de que él renunciase o de descontentadizo y digno alardeara, ¡oh, no! Él amaba y, en consecuencia, de antemano había perdonado, de tiempo atrás esperaba en la sombra, en el silencio y en las lágrimas, con los brazos tendidos en perenne súplica ignorada, a que las injusticias y las iniqui-

347

dades se cebaran en la mujer elegida y por remate se la dieran sin joyas, sin ropas ni alegrías, herida por los vicios y depurada por los martirios... Él la aliviaría, él que era feo como monstruo, repugnante como la miseria, pobre como Job, desvalido y ciego, él la aliviaría, con el supremo electuario de su amor infinito.

Pero la muerte es la invencible, la superior a todo lo malo y a todo lo bueno; la muerte pulveriza a los individuos más fuertes y los proyectos más cuidados; y era la muerte la que se aparecía en el preciso momento en que Hipólito principiaba la idolátrica cura de Santa. Sus energías para luchar y esperar evaporábanse, dobla las manos...

Y en un rapto de desesperación, para de un golpe castigar su impotencia y su desgracia, llevóse sus crispados dedos a sus ojos blanquizcos y sin iris, resuelto a extirparlos, con demencia irrazonada; ya que nunca le sirvieron ni nunca habían de ver a Santa, que se pudrieran ellos primero en algún muladar, y él luego, en cuanto también se sacara con sus uñas el amante corazón, que, muriendo Santa, tampoco para nada le servía...

—Hipo, ¿qué haces? —le dijo Santa, aquietándole las manos convulsas, al salir a la azotehuela y averiguar por qué el ciego tardaba.

—¿Yo?... Pues sacarme una paja que se me entró en los ojos. ¿La ves tú?...

Fue la prueba decisiva. Jamás vio Santa tan de cerca aquellos ojos horribles capaces de impresionar hasta a un naturalista; blanquizcos, rugosos, opacos, con redecillas venosas que simulaban en la convexa superficie de los globos enormes y yertos, complicadas marañas de cabellos sucios; los lagrimales grises, con pequeños y asquerosos conglomerados de sustancia clara.

Sin tener que vencerse, con la tierna despreocupación altísima de mujer que ama, para la que no existen deformidades, ¡con qué cariño y cuánta gratitud los besó diversas veces, en su alrededor, en los párpados entornados, en las cejas bravías y en las pestañas truncas! ¡Cómo los hizo que en llanto se empaparan! ¡Qué noblemente cayó encima del hombro de Santa la fea cabeza y el desgraciado rostro del ciego!...

En esa postura, lo interrogó acariciándole su oreja bestial con los labios suyos, los que habían sido enloquecedores, carnosos lo mismo que pulpa de jugoso fruto, rojos lo mismo que granada a la que entreabre su propia savia, frescos lo mismo que sombreado venero[170] montañés, y que ahora, hinchados y colgantes en sus comisuras, no inspiraban sino indiferencia o piedad:

—Estoy de muerte, ¿verdad? ¿Te lo ha dicho el médico y tú ni te resignas ni hallas manera de decírmelo?... ¡Dímelo, Hipo, dímelo, que yo ya me lo sé!... Me siento mala, como si me desarmaran a tirones para guardar mis huesos... Lo que no me gusta es que tú te pongas así, pues qué, ¿no sabes que todos hemos de morirnos?...

Temblorosamente, Hipólito la apretaba, ora la cintura, ora el anca ya flaca, sin morbideces y dureza de hacía sólo un año, cual si pretendiese cubrirla íntegra, multiplicar las defensas de sus manos y los escudos de sus brazos. Enlazados encamináronse al dormitorio, en el que permanecieron bastante tiempo sin hablar y sin soltarse, gustando a solas del placer de reconocerse el uno del otro, juntos, quietos, en amorosa resignación muda frente al destino injusto que amenazaba para toda la eternidad separarlos. Así estaban bien por cima del lodo en que habían vivido; asidas sus manos, sus cuerpos en contacto íntimo de abandono voluntario, de casta dádiva recíproca al borde de la tumba; los dos desventurados; los dos heridos por la vida; los dos desesperados y no oponiendo a las secretas fuerzas inescrutables que nos amagan, sino una tristísima pasividad de impotentes que se unen para que el rayo los destruya unidos, queriéndose y llorando... Y en esa quietud dramática los cogió la noche; y Jenaro, melancólico, no osaba perturbarlos; y el *Tiburón* refrenó sus vuelos, se posaba cerca y parecía mirarlos de lado, con sus ojillos sanguinolentos que palpitaban... No cenaron, cuando Jenaro se ofreció a ir por cena, aprovecharon ellos la interrupción para dar suelta al mundo de confidencias, encargos y súplicas que preceden a las grandes despedidas.

---

[170] *Venero:* manantial.

—Avisa a Elvira que no iré a tocar, y tú, toma, cena donde te acomode y regresa tarde... Coge las llaves.

Luego que solos quedaron, Hipólito encendió un cigarrillo, Santa rehusó una copa de aguardiente, y ambos, empleando inauditas finuras, consagráronse a la ingrata tarea de escarbar en sus existencias mutuas.

¡Válgame Dios, y cuántas penas ocultas no salieron a las tinieblas de la ruin sala; cuántos sitios lacerados no se descubrían los narradores, cuántos sufrimientos comunes, cuántas amarguras y cuántas cicatrices!

En su ansia de contárselo todo, mezclaban infantilmente lo pueril a lo serio, lo que graba trazas en el alma a lo que provoca sonrisas al recordarse. Con incongruencia, fuera de propósito y obsesionado por la idea fija, Hipólito iniciaba preguntas, respuestas, rectificaciones y ratificaciones con aplomo gratuito, para sugestionarse y sugestionar a Santa, para de veras creerlas de tanto repetirlas:

—Como tú no te has de morir de eso del cáncer, por eso es la operación, para que sanes; cuando te alivies, después de tu convalecencia, haremos...

Un millón de proyectos, descartando a la muerte, que con necedades de mosca volvía y volvía a zumbar por sus oídos, a enmudecerlos con su aleteo invisible. En ocasiones, ganábalos la confianza, vivirían, sí, ¿por qué no habían de vivir juntos? ¿A quién perjudicaban con su enlace voluntario, si eran dos desperdicios sociales que nadie había de reclamar? Y durante los fugaces momentos de confianza, de victoria, de este poderoso instinto de conservación que nos hace agarrarnos a la vida aun cuando sintamos que se nos escapa sin remedio, charlaban de cosas gratas, de sus infancias; de sus madres; de que Santa se llamaba Santa, porque nacida en un día primero de noviembre, su madrina, una italiana cuyo esposo administraba la hacienda de Necoechea[171], en San Ángel, opúsose a que su ahijada se llamara Santos, alegando que en su tierra es común que una mujer se apellide Santa y que a las que tal

---

[171] *La hacienda de Necoechea, en San Ángel:* probablemente Gamboa se esté refiriendo a la Hacienda Goicoechea, una de las más importantes de la localidad, que forma parte de un antiguo monasterio carmelita erigido en 1692.

nombre portan se les diga por el diminutivo: Santuzza o Santucha, no recordaba exactamente.

Por su lado, Hipólito confesó a Santa un grandísimo secreto: no estaba tan tirado a la calle, era poseedor de más de cuatrocientos pesos economizados.

—¿Qué te creías —dijo yendo a sacar un envoltorio del colchón de la cama—, que yo soy un pordiosero?... Te chasqueaste, mi Santa, te chasqueaste, porque soy un capitalista: ¡Cuenta, cuenta el tesoro! —exclamó riendo y deshaciendo la hucha encima de la mesa.

Encendieron la luz, Santa contó: había, en efecto, entre billetes y monedas, hasta cuatrocientos once pesos con seis reales. El porvenir de la pareja asegurado por un año lo menos. Pronto se evaporó el ficticio contento, tornaron al sofá, a sus lugares, y de nuevo se cogieron las manos y aproximaron sus cuerpos; la salita, alumbrada ahora; el *Tiburón,* picoteando los billetes y las monedas, irónicos e inservibles si no hay quien los gaste.

Debía ser tarde, porque la casona había entrado en muda.

Muy nerviosa Santa, y mirando aparentemente al dinero, aunque en realidad mirase fúnebres lontananzas, le soltó de improviso:

—Si me muero... ¡no, no me interrumpas, Hipo, que tampoco yo lo deseo!... pero si me muriera, júrame que tú me enterrarás en el cementerio de mi pueblo, en Chimalistac, lo más vecina que se pueda de mi madre... ¿Me lo juras?...

Y el ciego juró, con voz clara y entonación firme, mas protestando sin embargo con la actitud, sentándose a Santa en las piernas y estrechándola furiosamente, como si ya, en singular combate, combatiese con la tierra, dispuesta a tragarse a su querida.

Acostóse Santa, que no podía con los dolores, Hipólito afirmó que se acostaría luego.

—Dame tu mano, Hipo, no me dejes —le suplicó Santa entre sábanas. E Hipólito llegóse al borde del catre, donde se arrodilló a fin de que Santa no se molestara, y donde clavó su rostro monstruoso. Los dos callaban, los dos pensaban, inmóviles, los mismos pensamientos, muy apretadas sus manos con objeto de que ni uno ni otro se marchara solo. La vela

351

agonizaba despidiendo intensas intermitencias de luz y de sombra, y el *Tiburón*, echado sobre el «tesoro», dormía con su cabecita escondida bajo una ala.

Al llegar Jenaro, que les llevaba unas tortas compuestas porque no se quedasen en ayunas, pasó tal sofocón de divisar el grupo, que ganáronle tentaciones de arrodillarse lo propio que Hipólito... sin ruido se escabulló a su cuarto y por la primera vez en su vida lo visitó el insomnio, no pegó los ojos, y en cambio sudó mucho. El silencio imponente de la noche, de la casa y de sus amos, lo impresionó fuera de medida; fue hasta imaginar que Hipólito y Santa habían muerto, que él había muerto también, que todos habían muerto.

¡Vaya un aspecto riente el del hospital! Su fachada flamante y moderna; su proximidad con el templo de Regina, en cuya vetustez diríasele apoyado; los anchos de la tranquila plazuela en que está edificado, lo que el sol retoza con las plantas de su primer patiecillo, y el aseo extremo que respira, despojándolo por completo de la desconsolada apariencia que distingue a los demás hospitales. Santa, que sólo conocía en la materia el siniestro hospital de Morelos, y que por su gravedad y por los ahogos que acarrea una operación quirúrgica en el que debe sufrirla, llevaba su alma en un puño, no pudo menos de poner tristezas y miedos:

—¡Hipo, Hipo! ¡Esto no parece hospital!... Es tan bonito que hasta creo que voy a sanar.

Previo cumplimiento de ciertas formalidades, ajuste y pago correspondientes, quedó Santa instalada en la cama número once de una de las salas cercanas a la de operaciones. Una crujía[172] limpísima, con un total de veinte camas simétricamente colocadas a una y otra parte, separada cada cual por un mueble barnizado que sirve de mesa de noche y encierra los prosaicos menesteres en que el cuerpo se desahoga. Al fondo, una mesa con trastos y libros; dos cuartos para el practicante y los enfermos; colgando de un testero, un Crucifijo grande, en escultura y sin peana. En el testero opuesto, un extenso lavabo automático de mármol y metal niquelado, en esquele-

---

[172] *Crujía:* sala larga donde hay camas a uno y otro costado, y en ocasiones en medio.

to[173]. Sutil olor a desinfectantes, exceso de ventilación graduada y de claridad libre. Se habla a media voz, el calzado no produce ruido. Varias enfermas levantan la cabeza, miran curiosamente a los que entran y vuelven a hundirse en las almohadas. Parten de un rincón apagados quejidos rítmicos. Sentada a orillas de una cama, una mujer vestida, tose, escupe en una escupidera que por sí misma se lleva a la boca, límpiase con un pañuelo extendido y vuelve a toser. Recargado en las almohadas de otra cama, distínguese un busto flaco, de hombros angulosos y brazos de niño, las manos desgranan las cuentas de un rosario y reposan encima del embozo de las sábanas que cubren un vientre enorme, el rostro se ve muy pálido, hundidos los ojos, los labios exangües, color de tierra seca, recitan las letanías sin formularlas, como si las rumiaran y no atinasen a tragárselas...

Santa ha ido describiendo a Hipólito —que no la suelta— desde el ingreso hasta su cama. Allí se despiden, él regresará a la tarde.

Anúncianle al salir que la operación será a las siete de la mañana siguiente, y Jenaro y él tiemblan de oírlo; sin hablarse, se marchan llamando la atención de empleados y porteros.

—¿Adónde vamos, amo? —pregunta Jenaro en los umbrales de la casa del dolor.

—¡Vamos al...! —vomita el ciego con descompuesta voz.

Y la insolencia retumba en los ámbitos de la plazuela espaciosa y sosegada.

Sin preciso rumbo, echáronse a andar por las calles indiferentes y colmadas de vida, de la inmensa ciudad insensible.

La visita de la tarde más que reanimarlos los atormentó. No se atrevieron a decirse nada en aquella sala de padecimientos y de testigos, ni siquiera mencionaron su amor, convertido por contrario signo injusto en irrisión y sarcasmo; no traicionaron el fingido parentesco inventado con el plan de que a Hipólito se le permitiera esa visita y su asistencia a la operación. Se han declarado hermanos y como hermanos se conducen, tierna y castamente. Lo propio que la víspera, se

---

[173] *En esqueleto:* sin acabar.

cogen las manos, diríase que no se cansan de ese contacto, inofensivo y amante a la vez. Poquísimas palabras, Santa mira a Hipólito y lo encuentra bello, decididamente. Hipólito pugna porque sus ojos vean a Santa, y de no lograrlo, mantiene sus párpados cerrados, tan pegada la barba a su pecho, cual si estuviera horadándoselo. Jenaro, sentado en el suelo, los ve a los dos.

Un triunfo costó a Hipólito ir por la noche a tocar en casa de Elvira, pero después de lo que había faltado no podía permitirse el lujo de renunciar a un trabajo que le suministraba el sustento, ni provocar que le licenciasen por poco cumplido en sus obligaciones; sobraban pianistas nocturnos con que sustituirlo. En cierto modo, no le resultaba pesado matar así la espera. ¿Qué habría hecho en su vivienda sin Santa y contando los minutos que tenían que transcurrir antes del supremo peligro?... Prolongó, pues, el desvelo; prestóse de buen grado a seguir tocando en horas extraordinarias, arriba, en el piano que a la policía no le es dable escuchar; y cuando a las cinco de la mañana, con el alba, con Jenaro y con quince duros de más salía a la calle, todavía retardó su andar, cual si con ello pudiese retardar también el fatal advenimiento del instante espantoso. Por Jenaro más bien, consintió en penetrar en un cafetín recién abierto, donde, sin probar pan, apuraron el brebaje humeante que les sirvieron. Y en la mugrienta banqueta en que se desayunaban, les sorprendió el doble repique de la Catedral y de la Profesa[174] sonando las seis y media.

Al doblar a la plazuela de Regina, Hipólito se detuvo e interrogó a Jenaro, lo mismo que si el granuja fuese dispensador de vidas y muertes, con fe candorosa de hombre desgraciado y cobarde:

—¿Se morirá Santa, Jenaro?...

El muchacho, sin sospechar que con su respuesta se encaraba al Misterio que preside y rige a todo lo creado, contestó:

---

[174] La Casa Profesa de Jesuitas fue construida en 1670 y remodelada entre 1779 y 1812. El edificio adjunto fue sede de la histórica reunión que dio inicio a la Independencia de México. Fue demolida para prolongar la Avenida 5 de Mayo.

—¿Y por qué se ha de morir, amo, si a nadie le hace daño viviendo?...

—¡Hipo, gracias a Dios! —fue el saludo con que lo recibió Santa, en postura ya para aspirar el cloroformo, rodeada de médicos, practicantes y enfermeros enmandilados y hasta los codos remangadas las camisas—, ¡creí que llegabas tarde!

Blanco como un papel, desatinado como ciego y tambaleándose como un borracho, después de tropezar con aquél y con éste sin dar excusas ni los buenos días, Hipólito desasióse de Jenaro y corrió a la cama. Los brazos de Santa acogieron al músico y condujéronlo hasta la boca de la enferma, con gran asombro de los circunstantes que no quisieron estorbar a «los hermanos» su efusivo transporte. El médico que dirigía la operación los separó, entregó a un individuo la mascarilla consabida y dijo a Hipólito:

—Juicio, amigo mío, si no, no presenciará usted la operación. Recuerde su compromiso...

Acomodaron a Santa la mascarilla, sobre la que empezaron a verter las primeras gotas de anestésico, y aún se la oyó murmurar:

—Adiós, Hipo..., ¡me voy!

—Duerme, mi Santa, duerme sin miedo, y ya verás cómo sanas..., hasta luego, hasta que despiertes... aquí estoy, junto a ti.

Era mentira, los doctores lo apartaron y Jenaro se le acercó amedrentado con aquel aparato. La cloroformización duró largo rato, gracias al alcoholismo de Santa, que se puso a charlar incoherentemente: verdades y ficciones entresacadas de lo mucho que había vivido en tan poco tiempo y de lo mucho que ambicionó sin alcanzarlo nunca; horrores de hetaira y purezas de doncella, una fragmentaria mezcla que sólo a Hipólito emocionaba. Sobrevinieron en seguida dos sacudidas nerviosas con carcajadas, sollozos y gritos, tras éstos, un mutismo alarmante, las aspiraciones imperceptibles, a la respiración idéntica al soplo de una fragua: ¡puf...! ¡puf...!

—¡Ya está! —anunció el operador, sin retirar la mascarilla ni suspender el gotear del cloroformo, que difundía su olor dulzón, en reducido radio.

A una seña del cirujano, los enfermeros cargaron con Santa dormida, hacia adelante las piernas flexionadas y oscilantes como trapos; a los flancos, cirujanos y practicantes; a lo último, la cabeza y el individuo del cloroformo; Hipólito, guiado por Jenaro, cerrando el solemne cortejo que cruzó la amplia sala por su camino central, sembrando alarmas en las enfermas encamadas a una y otra parte, y que, acabadas de despertar, incorporábanse en los lechos y veían despavoridas el lento y matinal desfile.

Se recorrió, asimismo, un trecho de corredor, abrieron una puerta, e Hipólito notó que el corazón le daba un vuelco brusco y que el entero cuerpecillo de Jenaro se sacudía. Estaban en la sala de operaciones, porque así que hubieron colocado a Santa —en alguna mesa sería—, el médico previno cerraran, empujó a Hipólito hasta una silla distante, y en su entonación ordinaria avisó a Hipólito que iban a comenzar, que no se moviesen ni tentasen nada, porque todo se hallaba desinfectado y él y Jenaro no; que no hablasen ni los interrumpiesen por motivo ninguno.

—La operación en sí es delicadísima y reclama una exagerada concentración. Ustedes quietos aquí, que aquí no estorban...

¡Qué habían de estorbar si el pánico teníalos reducidos a su más mínima expresión! Hipólito dejóse caer en la silla, y Jenaro se acurrucó entre las piernas de su amo, ambos carraspeando muy quedo por el insufrible hedor a azufre y ácido fénico[175], con que la atmósfera de la estancia se hallaba purificada y que a ellos les cogía la garganta y producíales náuseas. ¡Hacía, además, un calor!... el de la autoclave[176] para esterilizar instrumentos y vendas, que ostentaba hasta manómetro[177], ni más ni menos que las estufas o las calderas de las máquinas.

Percibían confusamente el departir de los doctores; los breves diálogos del director y de los ayudantes: «que si para impedir el enfriamiento de las extremidades de la enferma ha-

---

[175] *Ácido fénico:* líquido cáustico de fuerte olor, que se utiliza como desinfectante.
[176] *Autoclave:* aparato de forma cilíndrica y cierre hermético que, por medio del vapor a presión y temperaturas elevadas, sirve para esterilizar los objetos empleados en las intervenciones quirúrgicas.
[177] *Manómetro:* aparato para medir la presión.

bíanle cubierto las piernas con algodón, y apretádole las vendas de franela»... «Que si el suero quirúrgico para las inyecciones continuas durante la operación —el suero mágico que no obstante ser sólo compuesto de sal y de agua, da la vida—, estaba listo»... «Que si las esponjas montadas, el algodón, las pinzas, las valvas[178], ¡qué sé yo cuánto más!, habían sido inspeccionados»... Y como fueran las respuestas afirmativas, de un golpe enmudecieron los operadores y la batalla dio principio.

Un reloj de pared recobró entonces su imperio, el sonoro y pausado tictac de su gran péndulo se señoreó de la estancia y a la vez se instaló en toda ella, firme, incansable, casi humano:

—¡Tic! ¡tac!... ¡tic! ¡tac!... ¡tic! ¡tac!...

Con él alternaban los estridentes ruidos de las pinzas cuando sus dientecillos de acero se hincaban en la carne acuchillada, y los de las tijeras cuando cortaban despiadadamente en lo vivo. Los gritos del operador, dominándolo, lo apagaban, gritos que en jerga médica se denominan «dosis de alarma» y que se profieren para reclamar de los ayudantes lo que en el acto se ha menester:

«—¡Irrigador!»... «¡Pinzas corvas!»... «¡Algodón!»... «¡Liga aquí!»... «¡Otro cuchillo!»... «¡Esponja!»...

Volvía el silencio —pues silencioso era el jadear del operador—, y volvía el reloj a señorearse, firme, incansable, casi humano:

—¡Tic! ¡tac!... ¡tic! ¡tac!... ¡tic! ¡tac!...

Persistía Santa en un ronquido pianísimo, salpicado de tiempo en tiempo de quejidos en toda forma, al rebanar la cuchilla o las tijeras partes sin duda demasiado delicadas; cual si los nervios sensitivos y los órganos sensorios, a pesar del anestésico que maniata la memoria e inmoviliza hasta cierto punto los músculos, se lamentaran de lo mucho que sufrían.

Hipólito, que no podía ver, llegó a alucinarse con el sonido del reloj. Primero, lo identificó como a tal reloj; luego antojósele un ratón disforme en alguna labor diabólica, perfo-

---

[178] *Valva:* aparato para separar partes blandas en el curso de una intervención quirúrgica.

rando los muros, y que callase al hablar la gente, para reanudar *incontinenti*[179] su destrucción:

—¡Tic! ¡tac!... ¡tic! ¡tac!... ¡tic! ¡tac!...

Luego, lo repuso en su naturaleza propia de reloj, pero no marcador de las horas, sino roedor de las vidas. Eso era, eso; y acabaría con Santa, con él, con los médicos, con el mundo, inexorable y fatalmente, aprovechándose de que no le hacemos caso nunca. Él roe, roe siempre, de día y de noche, cuando estamos despiertos y cuando estamos dormidos, cuando gozamos y cuando padecemos, él roe, más a cada minuto, más, va desmenuzándonos:

—¡Tic! ¡tac!... ¡tic! ¡tac!... ¡tic! ¡tac!...

De súbito, el siniestro: un síncope blanco de la enferma, la suspensión brusca de la respiración, cuando la operación, magistralmente ejecutada, tocaba a su término.

—¡Maestro! —prorrumpió el que aplicaba el cloroformo—, ¡la enferma no respira!

El tropel de las catástrofes: carreras, aglomeraciones, mutismos. Antes que nada, intentóse el procedimiento científico, la respiración artificial tirando de la lengua; el procedimiento antiguo, de presión en las costillas, cuanto prescriben tratados y tratadistas. Después se abrieron puertas y ventanas sin miramientos, y el aire entró a enterarse de la defunción; hasta los árboles del jardín interior, que desde las ventanas columbrábanse, como que rezaran un sudario, con el susurro de sus hojas. ¡Todo en balde!

Santa, que se durmiera creyendo que la llevaban a la salud y a la vida, había traspuesto ya el postrimero dintel augusto.

Sin recordar los doctores la ceguera de Hipólito, le permitían que se acercara al cadáver:

—Puede usted verla, si quiere, su hermana, desgraciadamente, ¡ha muerto!

Y el reloj, por encima del fúnebre silencio que escolta a la muerte, continuaba royendo, firme, incansable, casi humano. Santa era uno menos, muchos faltaban y por ellos iba:

—¡Tic! ¡tac!... ¡tic! ¡tac!... ¡tic! ¡tac!...

---

[179] *Incontinenti:* al instante, sin dilación.

Hay determinados estados de alma imposibles de describir y en el que quedó Hipólito fue uno de éstos. Por momentos, confinaba con la locura; calmábalo, otros, gemir y llorar; otros, parecía atacado de imbecilidad. Los momentos lúcidos supo aprovecharlos a maravilla, poniendo a contribución sus amistades e influjos, que los tenía, pues no impunemente llevaba años y años de tratar a personas y personajes con la igualitaria intimidad de los burdeles en que él tocaba el piano y que aquéllos frecuentaban. Poseía conocidos encumbrados, con autoridad y todo, en la sanidad, en el gobierno del distrito, en varios ministerios y oficinas. A ellos acudió para obtener lo que perseguía: permiso de velar el cadáver de Santa en la vivienda de él, permiso de sepultarlo según su voluntad última, en el cementerio de su pueblo, cerca de su madre.

Por lo demás, a nadie comunicó, fuera de los indispensables, el luctuoso suceso; y a Elvira y sus pupilas, únicas, si acaso, que habrían concurrido al humilde sepelio, menos que a nadie. El sufrimiento, el amor y la muerte habíanle purificado a Santa —conforme al criterio del ciego—, y, en consecuencia, careciendo ya de puntos de contacto lo mismo con los malos que con los buenos de este mundo, era una profanación, a la que se resistía, el invitar extraños. Los despojos de Santa sólo a él pertenecían, sólo él mandaba en ellos como señor absoluto; por eso los ocultó celosamente hasta de las groseras curiosidades de los vecinos de su casa, que intentaban ver a la muerta y se ofrecían a velarla, a guardar compañía al viudo y al huérfano, que tal simulaban Hipólito y Jenaro.

—¡Gracias, gracias, de veras no!

Previa provisión de flores y cirios, con la muerta se encerraron en la vivienda. Los dos solos la velaron, digo, los tres, porque el *Tiburón* se incorporó a sus amos, no fue a posarse en el hombro de Hipólito como solía, ni reclamó a Jenaro con los picoteos y rasguños de ordenanza su cena de migajas y sobras. Probablemente a causa de la luz y del chisporroteo de los cirios, tampoco escondió su cabecita bajo el ala, cucurruqueaba, sí, y sus ojillos no se apartaron de la difunta, a la que creeríase contemplaba desde la mesa.

Y allá, en el risueño cementerio de Chimalistac, del pueblecito en que se meció la cuna blanca de Santa, allí la enterraron Hipólito y Jenaro, en el simpático cementerio derruido, siempre abierto y siempre apacible, en cuyos bardales desmoronados, los lagartos toman el sol y corretean, las hormigas trabajan y las abejas anidan; en cuyos árboles copudos y viejos dan sus pájaros moradores estupendos concertantes[180] de gorjeos; entre cuyas malezas óyese palpitar la intensa vida vermicular[181] de los campos funerarios, en cuyos sepulcros modestos, la lluvia que cae y la yerba que crece esconden y borran los nombres de los desaparecidos y las fechas de los desaparecimientos; en cuyo recinto entran las vacas y en las tumbas mismas pacen y mugen; donde los chicos del pueblo van a jugar, y mariposas, heliotropos y campánulas, sin respetos al sitio, se enganchan, se enlazan y se aman; adonde llega el rumor de la catarata doble de «la presa grande» —por cuyos dos arcos de piedra y después de atravesar la huerta extensa del vetusto y secularizado convento del Carmen, se despeña el río—, tan melancólico y desvanecido, cual si las ondinas[182] quiméricas de sus aguas se impusieran la poética tarea de arrullar a los cuerpos que descansan, y entonaran, dulcísimamente, la balada de la muerte...

A este cementerio enderezaron sus pasos, tarde con tarde, el ciego y su lazarillo, y en él permanecían hasta que los grillos comenzaban sus cantos y las luciérnagas se encendían. Jenaro se aproximaba a Hipólito, de bruces sobre el sepulcro, y como si lo despertara de pesado sueño, le repetía, moviéndolo:

—¡Amo! ¡Amo!... Ya es de noche.

La devota visita reproducíase a la tarde siguiente, con idénticas actitudes, idéntica duración e idéntico, al parecer, pesado sueño.

Mandó poner Hipólito en el sepulcro una lápida, consistente en ancha losa tersa, y a la mitad de la losa, sin epitafios ni letreros, mandó entallar, hondo, el solo nombre de Santa en grandes caracteres, para que ni la lluvia ni la yerba borrá-

---

[180] *Concertante:* pieza compuesta de varias voces entre las que se distribuye el canto.

[181] *Vermicular:* relativo a los gusanos.

[182] *Ondina:* ninfa, espíritu del agua.

ranlo o escondiéranlo, y para poder él leerlo y releerlo de la única manera que sabía leer: con el tacto de sus dedos.

...El tiempo continuaba rodando; ya Santa llevaba meses de enterrada, e Hipólito no faltaba ni un día a echarse de bruces sobre el sepulcro, su monstruoso rostro pegado a la losa, como si a su través, sus ojos ciegos que nada veían en el mundo, allí sí viesen el adorado cuerpo; las manos repasando el nombre-poema; los labios murmurándolo conforme los dedos lo deletreaban:

—¡Santa!...

Jenaro, muchacho al fin, se aburrió pronto de permanecer dentro del cementerio, y al cabo de una semana, en cuanto a Hipólito le invadía aquella especie de éxtasis, largábase por el pueblo en amor y compañía de sus habitantes menudos, a jugar «canicas» o a hurtar frutas y panales. Al oscurecer, presentábase a despertar a su amo, quien, perdidos la noción del tiempo y el sentido de la vista, nada advertía ni preguntaba nada.

Y sucedió una vez, cuando Hipólito ya no tenía qué dar a Santa —ni lágrimas, porque se las había dado todas—, que de tanto releer en alta voz el nombre entallado en la piedra: ¡Santa!... ¡Santa!... vínole a los labios, naturalmente, una oración: y oraciones sí que no se las había dado nunca. Pero ¿podría rezarle?... Siendo él lo que era y ella lo que había sido, ¿valdría su rezo?...

De rodillas junto al sepulcro, resistíase a orar... ¿Qué eran ella y él?... ¡Ah!, ahora sí que veía, veía lo que eran: ¡ella, una prostituta, él un depravado y un miserable! Sobre ella habíanse cebado los hombres y las concupiscencias; hallábase manchada con todos los acoplamientos reprobados y con todas las genituras[183] fraudulentas; había gustado todas las prohibiciones y todo lo vedado, inducido al delito, sido causa de llantos y de infidelidades ajenas... Él no andaba mejor librado, y los dos habían vivido en todos los lodos y en todas las negruras, fuera del deber y de la moral, ¡despreciados y despreciables!

---

[183] *Genitura:* «acción y efecto de engendrar» *(DRAE).*

Si ella resucitase y de la mano de él pidiera perdón a sus hermanos y a sus semejantes, sus semejantes y sus hermanos los repudiarían a los dos, tapándose los oídos para no oírlos, los ojos para no verlos y las conciencias para no perdonarlos... Su martirio común y su sufrir continuo nada les valdría si los alegaban en esta tierra baja y corrompida..., ¡no!

Sólo les quedaba Dios, ¡Dios queda siempre! Dios recibe entre sus divinos brazos misericordiosos a los humildes, a los desgraciados, a los que apestan y manchan, a la teoría[184] incontable e infinita de los que padecen hambre y sed de perdón... ¡A Dios se asciende por el amor o por el sufrimiento!

Hipólito gesticulaba y hablaba cual si alguien estuviese oyéndolo...

Transfigurado, su rostro horrible vuelto al cielo, vueltos al cielo sus monstruosos ojos blanquizcos que desmesuradamente se abrían, escapado del vicio, liberado del mal, convencido de que ahí, arriba, radica el supremo remedio y la verdadera salud, como si besase el alma de su muerta idolatrada, besó el nombre entallado en la lápida, y, como una eterna despedida, lo repitió muchas veces:

—¡Santa!... ¡Santa!...

Y seguro del remedio, radiante, en cruz los brazos y de cara al cielo, encomendó el alma de la amada, cuyo nombre puso en sus labios la plegaria sencilla, magnífica, excelsa, que nuestras madres nos enseñan cuando niños, y que ni todas las vicisitudes juntas nos hacen olvidar:

Santa María, Madre de Dios...

principió muy piano, y el resto de la súplica subió a perderse en la gloria firmamental de la tarde moribunda:

Ruega, Señora, por nosotros, los pecadores...

Guatemala, 7 de abril de 1900.
Villalobos, 14 de febrero de 1902.

---

[184] *Teoría:* nombre de las antiguas procesiones religiosas griegas.

Colección Letras Hispánicas